REBECCA BRANDEWYNE

Desperado der Liebe

Buch

Nur ihrem Großvater Noble Winthrop zuliebe willigt die junge Araminta in die Heirat mit Judd Hobart ein. Sie ahnt, daß beide Männer an *ihr* Glück ganz zuletzt denken: Der Großvater wünscht sich sehnlichst einen Enkel und Erben, und Judd hat eher Winthrops Ranch im Sinn als seine schöne Verlobte.
Und es gibt noch jemanden, dem diese Hochzeit ein Dorn im Auge ist: Der berüchtigte Desperado Rigo de Castillo, der durch Hobarts Schuld seine Frau verloren hat, raubt nun dem Todfeind im Gegenzug dessen Braut. Nichts liegt Rigo ferner, als sich in die bezaubernde Araminta zu verlieben, und auch Araminta ahnt, daß ein abgekartetes Spiel hinter Rigos Machenschaften stecken muß. Doch die Liebe geht ihren eigenen, verschlungenen Weg …

Autorin

Rebecca Brandewyne feierte mit ihrem ersten Roman *Wer die Liebe flieht* auf Anhieb einen überragenden Erfolg. Seither hat die Autorin zahlreiche Bücher verfaßt, die sich eine riesige Lesergemeinschaft erobert haben.
Von der Zeitschrift *Romantic Times* wurde sie bereits mehrmals zur »Autorin des Jahres« gekürt.

Außerdem von Rebecca Brandewyne als Taschenbuch lieferbar:

Wildes Blut. Roman (55361)
Purpurblüten. Roman (55301)
Im Rausch der Nacht. Roman (55344)
Fieber der Sehnsucht. Roman (43982)

REBECCA
BRANDEWYNE

DESPERADO DER LIEBE

Roman

Aus dem Amerikanischen
von Gabriela Prahm

PORTOBELLO

Die Originalausgabe erschien unter dem Titel
»Desperado«
bei Warner Books, New York.

Umwelthinweis:
Alle bedruckten Materialien dieses Taschenbuches
sind chlorfrei und umweltschonend.

Portobello Taschenbücher erscheinen im Goldmann Verlag, München,
einem Unternehmen der Verlagsgruppe Random House GmbH

Einmalige Sonderausgabe Januar 2005

Dieses Werk wurde vermittelt durch die
Literarische Agentur Thomas Schlück GmbH, 30827 Garbsen.
Umschlaggestaltung: Design Team München
Illustration: Schlück/Daeni, Garbsen
Druck: GGP Media GmbH, Pößneck
Verlagsnummer: 55403
An · Herstellung: Lisa Weber
Made in Germany
ISBN 3-442-55403-9
www.portobello-verlag.de

1 3 5 7 9 10 8 6 4 2

Für meine treuen Leserinnen,
meine stete Freude und Inspiration.
Euch allen meine Liebe und tiefste
Wertschätzung.

Mein besonderer Dank gilt Ozzie,
Bill und Robert dafür, daß sie Verständnis
für die Zeitnot einer Autorin haben
und meinen Computer intakt und am
Laufen halten.

PROLOG

Die Entführung einer Gringo-Braut

High Sierra, Texas 1913

Zunächst glaubten sie, es sei das Krachen von Feuerwerkskörpern.

Ein durchaus verständlicher Irrtum, wie Araminta sich später, sehr viel später, sagen sollte, als der erste Schrecken tiefer Wut und einer Furcht gewichen war, die größer war als die vor ihrer Hochzeitsnacht, zu deren feierlichem Anlaß das Feuerwerk bestimmt war. Im ersten Moment jedoch hatte sie, ebenso wie die übrigen Gäste, die sich auf der High Sierra, der Ranch ihres Großvaters Noble Winthrop, eingefunden hatten, den kleinen Explosionen am nächtlichen Himmel kaum Beachtung geschenkt. In ihrem Kopf hatte ein dumpfer Schmerz gepocht, ihre Sinne waren wie betäubt gewesen vor Kummer und von zuviel Champagner, und doch hatte sie die ganze Zeit tapfer und höflich gelächelt – während der schier endlosen Trauungszeremonie, die im Innenhof der Ranch stattfand, unter einem weißen Baldachin zum Schutz vor der sengenden Sommersonne, und auch während des sich anschließenden üppigen Festmahls; selbst später noch, als sich die Damen der Gesellschaft, von der Hitze vertrieben, ins kühle Haus zurückzogen und sich dort ausruhten, während die Männer den Schatten des breiten Portikus aufsuchten, wo es reichlich Drinks und Zigarren gab; und sie hatte auch den ganzen Abend über gelächelt, als es galt zu promenieren, zu tanzen und zu feiern – doch dieses Lächeln erstarrte nun auf ihrem Gesicht.

Araminta war keine glückliche Braut; nichts wünschte sie sich in ihrer Erschöpfung mehr herbei als das Ende dieses strapaziösen Tages; sie sehnte sich nach einem heißen Bad und ihrem Bett. Und doch hielt sie den äußerlichen Schein der Ausgelassenheit aufrecht, solange es ging, um nur ja den Moment möglichst lange hinauszuzögern, wenn sie und ihr angetrauter Ehemann die Treppe zu ihrem Schlafzimmer hinaufgehen würden; denn der Gedanke an das, was ihr in dieser Nacht noch bevorstand, erfüllte sie mit Grausen. Für einen Moment erstarb ihr Lächeln, ehe sie sich wieder fing und einmal mehr ihre wahren Empfindungen verbarg, während sie innerlich inständig betete, es möge ein Wunder geschehen und sie vor der unerwünschten Zuwendung ihres Gatten bewahren. Doch als dieses Wunder dann tatsächlich geschah, so plötzlich und unerwartet, war es ein solch lähmender Schrecken für sie, wie sie ihn von ihrer Hochzeitsnacht erwartet hatte, vor der sie sich schon so lange fürchtete.

Denn es war kein Feuerwerk, was die Nacht zerriß, sondern Gewehrfeuer und Detonationen von Granaten. Das wurde klar, als ein mexikanischer Diener ohne Warnung in den opulent geschmückten Ballsaal gestürmt kam, wo die Hochzeitsgäste von nah und fern Aufstellung für den Kotillon genommen hatten oder auf der Veranda versammelt standen, um sich das Feuerwerk anzuschauen, das in jenem Moment erstarb, als der Diener ängstlich und aufgebracht stammelnd hereinplatzte. Das Orchester, das eben noch einen Walzer angestimmt hatte, verstummte schlagartig und mißtönend, und einige der Gäste, die den erregten Diener noch nicht erblickt hatten, fragten sich verwirrt, was denn los sei. Andere wiederum – zweifellos betrunkener als der Rest – nahmen gar nicht wahr, daß etwas nicht stimmte, und taten die unwillkommene, unpassende Unterbrechung mit einem Achselzucken ab. Jemand riß einen lauten, trunkenen Scherz, worauf hier und dort Gelächter erscholl. Ein anderer verlangte lautstark, das Orchester solle weiterspielen, und dann bat Noble Winthrop mit erhobener Stimme um Aufmerksamkeit, während er sich den Weg zum Orchesterpodium bahnte. Doch noch ehe er zu Wort kam, schlug ein wahrer Kugelhagel in die Säulen vor dem Portikus ein, durchlöcherte Holz und Deckenputz und ließ die Splitter bis in den Ballsaal regnen. Schlagartig war alle Festlichkeit verflogen; Schreckensschreie ertönten, und Panik brach unter der Crème de la crème von West-Texas aus, die sich in eine wilde Meute verwandelte, die drängelte, stieß und schubste und rücksichtslos alles niedertrampelte, was sich ihnen in ihrer wilden Flucht in den Weg stellte.

Verdutzt und ungläubig begriff Araminta nur langsam, daß sich ihre Hochzeitsnacht plötzlich in einen Alptraum ganz anderer Art verwandelte. Wie angewurzelt stand sie in der Mitte des Ballsaals – stehengelassen von ihrem ungalanten Gesprächsparnter –, während rings um sie das wahre Chaos toste. Alles geschah so rasend schnell, daß sie gar nicht begriff, was überhaupt vor sich ging. Das kann nicht wahr sein, sagte sie sich im stillen. Das neunzehnte Jahrhundert mit den blutigen Indianeraufständen, brandschatzenden Banditenbanden und Revolverhelden, den turbulenten und gewalttätigen Auseinandersetzungen um Land – all das gehörte der Vergangenheit an. Sie schrieben das Jahr 1913. Niemand überfiel heutzutage mehr eine Ranch, und schon gar nicht die High Sierra.

Das alles konnte nicht wahr sein. Und doch war es das. Mit einemmal wurde sie sich bewußt, in welcher Gefahr sie schwebte, als sie unsanft hierhin und dorthin gestoßen wurde und von der heillos aus dem Ballsaal stürmenden Stampede über den Haufen gerannt zu werden drohte.

Nur vage nahm sie das Krachen der Gewehre und die Detonationen von Granaten wahr, als die Männer ihres Großvaters endlich ihrerseits das Feuer eröffneten; das Getrampel von

Stiefeln und Sporengeklirr der Mexikaner, die über den Hof Richtung Portikus und Ballsaal gestürmt kamen; die Schrekkens- und Schmerzensschreie, die im Nachtwind widerhallten. Dann erblickte sie die Eindringlinge, und Angst erfüllte Aramintas Sinne, und sie verspürte einen bleiernen Geschmack in ihrem Mund; der Schweiß brach ihr aus allen Poren und durchdrang den kunstvoll bestickten champagnergoldenen Taft ihres Brautkleides. Der schwere Stoff mit der langen Schleppe hinderte sie am Laufen und erschwerte die Flucht. Sie blieb mit dem Saum hängen, und ratschend zerriß das Kleid. Sie stolperte, verlor das Gleichgewicht und wurde von den hinausstürmenden Gästen zu Boden geworfen. Sie fiel auf die Knie. Ihr Herz schlug ihr bis zum Hals; erschrocken keuchte sie auf. Gleich würde sie niedergetrampelt werden. Vergeblich riß sie die Arme hoch, um sich vor dem bedrohlichen Gedränge zu schützen.

Über die Kakophonie des Aufruhrs hinweg vernahm sie eine Stimme, die ihren Namen rief: »Araminta.« Dann stieß eine große, kräftige Hand durch das Gewühl, schloß sich wie eine eiserne Fessel um ihr Handgelenk und zog sie hoch. Heilfroh, so knapp davongekommen zu sein, spürte Araminta kaum den Schmerz, als sie am Arm emporgezerrt wurde und einen unsanften Stieber in die Rippen erhielt, als ihr Mann sie einfach über seine breiten Schultern warf. Mit Faust und Ellenbogen bahnte er sich den Weg durch die wild schubsende Menschenmenge und trug Araminta so mühelos mit sich, als habe sie ein Fliegengewicht. Zum erstenmal an diesem Tag war Araminta froh, daß ihr Mann so bullig, groß und stark war.

Durch ihr blondes Haar hindurch, das sich längst gelöst hatte und über ihr Gesicht gefallen war, erblickte sie eine Horde fremder Männer – mexikanische Bandoleros –, die in diesem Moment durch die Flügeltüren gestürmt kamen, bis an die Zähne bewaffnet mit Gewehren, Karabinern, Pistolen, Macheten, Messern und schwer behangen mit Patronengürteln. Zu ihrem Entsetzen eröffneten die Banditen das Feuer und schossen wahllos in den Ballsaal, wenngleich – sehr zu Aramintas Erleichterung, aber völliger Verwunderung – über die Köpfe der Gäste hinweg, was das Chaos und den Aufruhr noch vergrößerte. Niemand kam dabei ums Leben, doch Putz und Glas regneten von der Decke des Saales auf die Flüchtenden herab. Kurz darauf wurden auch die beiden massiven, mit unzähligen brennenden Kerzen versehenen Leuchter getroffen; eines der Seile, an denen sie von der Decke hingen, wurde entzweigeschossen, und der Leuchter krachte zu Boden, wo er zerbarst und Glassplitter und Kerzen in alle Richtungen schleuderte.

Zum Glück stand in diesem Augenblick niemand unter dem Leuchter, doch etliche der brennenden Kerzen rollten hierhin und dorthin und wurden achtlos von den Füßen der Davoneilenden umhergetreten und blieben an der Wand zum Portikus liegen, wo sie die schweren Brokatvorhänge, die wie vergoldete Wasserfälle zu beiden Seiten der Flügeltüren herabflossen, in Brand setzten. Innerhalb weniger Sekunden glich der Ballsaal einem flammenden Inferno; die Flammen fraßen sich die Vorhänge empor, und das Feuer spiegelte sich in den gegenüberliegenden Wandspiegeln wider. Dann krachten die Gewehre der Bandoleros erneut los, und die Spiegel zersprangen; Splitter prasselten wie gefrorenes Feuer auf den blankpolierten Fußboden. Damit das Feuer nicht auf das ganze Haus übergriff, eilten einige Beherzte unter den Gästen und Bediensteten unter der beißenden, den Ballsaal erfüllenden Rauchdecke hindurch, rissen die Vorhänge herunter und versuchten, die Flammen zu ersticken oder auszutreten.

Araminta schwirrte der Kopf. Der Ballsaal schien sich wie wahnsinnig vor ihren tränenerfüllten Augen zu drehen; wie eine Stoffpuppe wippte sie auf dem Rücken ihres Mannes auf und nieder, während sie versuchte, sich Mund und Nase zuzuhalten. Sie schloß die Augen, doch der beißende Qualm ließ sie husten und würgen; ihr Magen revoltierte. Dann aber atmete sie erleichtert die frische Luft ein, als ihr Mann endlich den Ballsaal verlassen und die Eingangshalle der weitläufigen Hacienda erreicht hatte.

Nachdem das Feuer gelöscht war, versammelten sich hier die Damen der Gesellschaft und drängten sich auf der Treppe, um in die Sicherheit der oberen Stockwerke zu gelangen, während die Männer in aller Eile zu Waffen und Munition griffen, die der Vorarbeiter der Ranch, Clem McCabe, zusammen mit mehreren anderen Arbeitern in Noble Winthrops Arbeitszimmer austeilten. Benommen sah Araminta ihren Großvater in der Eingangshalle stehen, aufgebracht und fluchend gab er Anweisungen nach links und rechts. Mit einem kurzen Blick, der sich vergewisserte, daß sie wohlauf war, setzte ihr Mann Araminta auf dem Treppenabsatz ab.

»Geh hoch in dein Zimmer«, befahl er ihr. »Schließ dich ein und öffne niemandem außer mir.«

Sie nickte benommen; das Gesicht aschfahl, die Augen geweitet vor Furcht. Sie sehnte sich nach einem Wort der Ermutigung, einer trostspendenden Geste, doch ihr Mann hatte sich, in der Annahme ihrer prompten Folgsamkeit, bereits abgewendet und eines der Gewehre ergriffen. Schließlich war sie die Braut eines der einflußreichsten Männer von Texas, und so erwartete er ein entsprechendes Verhalten von ihr. Sie sah, wie er durch die verzierten Bogentüren der Hacienda hinauseilte; und sie war sicher, daß er längst nicht mehr an sie dachte, sondern nur vom Gedanken an Vergeltung erfüllt war. Diesen Überfall auf die High Sierra – zumal an seinem Hochzeitstag – würde er als unverzeihlichen Affront betrachten, den es so rasch und unerbittlich wie möglich zu beantworten galt. Um die Grausamkeit, zu der ihr Mann fähig war, wissend, erschauderte Araminta für einen Moment, als sie daran dachte, was die

Banditen erwartete, die es gewagt hatten, das Königreich ihres Großvaters zu überfallen. Dann raffte sie ihr Kleid und eilte die Treppe hinauf, immer wieder innehaltend und an die Türen entlang des Korridors klopfend. Erst jetzt, viel zu spät, erinnerte sie sich an ihre Verpflichtung gegenüber ihren Gästen und wollte zumindest nachschauen, ob die Damen der Gesellschaft sich auch sicher in ihren Zimmern verbarrikadiert hatten.

Als sie ihre Gemächer erreichte, schloß Araminta die Tür und drehte den Schlüssel um. Für einen Moment lehnte sie sich gegen die Tür, zitternd und nach Luft ringend, dankbar, daß es in ihrem nur vom Mondlicht, das silbern durch die Flügeltüren zum Balkon hereinfiel, erleuchteten Zimmer dunkel war. Dann vernahm sie draußen das anwachsende Gewehrfeuer und die Explosionen, lief auf den Balkon und beugte sich über die Holzbalustrade.

Unter ihr herrschten Aufruhr und Gewalt. Die Flammen der zahllosen, anläßlich der Hochzeit entzündeten Fackeln flakkerten im Nachtwind und tauchten die Banduleros und Männer ihres Großvaters in ein bizarres Muster aus Licht und Schatten während des heftigen Schußwechsels. Das während des Kampfes zusätzlich entfachte Feuer erhellte die Dunkelheit, und als sich der beißende Rauch schließlich verzogen hatte, konnte Araminta reglos daliegende Leiber ausmachen und Verwundete, die verzweifelt versuchten, sich in Sicherheit zu bringen. Der Anblick ließ sie erschaudern, und sie fragte sich, wie viele von ihnen überleben würden.

In der verhältnismäßigen Geborgenheit ihrer Gemächer ruhiger geworden, mutmaßte sie, was wohl der Grund für diesen Überfall sein mochte. Die meisten Mexikaner, die über die Grenze kamen, waren Banditen und Viehdiebe und kaum zu einem derart gezielten und räuberischen Angriff auf die Ranch imstande. Doch war ihr Großvater – ebenso wie ihr Gatte – ein reicher und mächtiger Mann mit einer Vielzahl von Feinden. Es war durchaus denkbar, daß die Desperados angeheuerte Söldner waren, gedungen von jemandem, den sich ihr Großvater über die Jahre – zu Recht oder zu Unrecht – zum Feinde gemacht hatte. Aber warum fand die Vergeltung zu diesem Zeitpunkt statt, ausgerechnet heute, an diesem Abend, während ihre Hochzeitsfeier in vollem Gange und das Haus voller Gäste war, viele von ihnen ebenso wohlhabend und einflußreich wie ihr Großvater und ihr angetrauter Mann?

Ein Kugelhagel, der dicht an ihr vorbeistrich, ließ Araminta zusammenfahren und machte ihr bewußt, wie gefährlich es für sie hier draußen auf dem Balkon war. Wie töricht von ihr, überhaupt hinausgegangen zu sein! Rasch zog sie sich in ihr Zimmer zurück, schloß die Flügeltüren und legte mit Mühe den eisernen Riegel vor. Im selben Moment erschrak sie, als die Fensterrahmen urplötzlich zu beben begannen, als würde das ganze Haus wackeln und einstürzen. Dann vernahm sie ein schreckliches Krachen, als Holz auf Holz schlug; das Geräusch drang von unten zu ihr herauf, und sie wußte, daß die Bandoleros mit einem Rammbock die Eingangstür aufzubrechen versuchten. Warum nur? fragte sie sich. Die Desperados hatten doch bereits Zugang durch den Ballsaal; wahrscheinlich drängten sie sich schon mordend und brandschatzend auf den Fluren des Hauses.

Araminta war nicht feige. Aber hier in ihren Gemächern war sie sich ihrer Weiblichkeit und Verletzlichkeit so gewahr wie noch nie. In ihrer Furcht, vergewaltigt und umgebracht zu werden, sehnte sie sich nun nach einer Waffe, einer Pistole oder einem Messer. Doch alles, was ihr zur Verfügung stand, war ein massiver, metallener Kerzenständer, der notfalls ausreichen mußte. Mit diesem Notbehelf von Waffe in der Hand zog sie vorsichtig den Schlüssel aus dem Schloß ihrer Schlafzimmertür und kniete sich hin, um einen Blick durch das

Schlüsselloch hinaus auf den Korridor zu werfen. Obwohl sie niemanden dort sah, nagte die Angst an ihr, und sie wagte es nicht, die Tür zu öffnen. Schließlich nahm sie all ihren Mut zusammen. Was, wenn jemand Hilfe brauchte?

Seltsamerweise verspürte Araminta keine Sorge um ihren Großvater oder ihren Mann. Die Ehrfurcht, die beiden Männern in West-Texas entgegengebracht wurde, war so groß, daß es sie nahezu unbesiegbar machte. Es war schlicht unvorstellbar, daß einer von beiden tatsächlich niedergestreckt werden könnte. Aber sie mußte an die Gäste und Bediensteten denken, und so lange, bis sie auf der Ranch ihres Mannes residierte, war sie noch immer die Herrin im Haus ihres Großvaters. Es war ihre Pflicht, so sagte sie sich, nach denen zu schauen, für die sie die Verantwortung trug.

Araminta war derart gefangen in ihrem inneren Widerstreit, daß sie gar nicht die Schritte schwerer Stiefel auf dem Balkon gehört hatte. Als plötzlich eine Scheibe der Flügeltüren eingeschlagen wurde, wirbelte sie bei dem ohrenbetäubenden Krach keuchend herum und erblickte draußen auf dem Balkon zwei Bandoleros. Einer der beiden war gerade dabei, mit dem Knauf seiner Pistole die restlichen Glasstücke aus dem Rahmen zu schlagen, dann langte er hinein und öffnete die Verriegelung. Jeden Moment würden die beiden Banditen bei ihr im Zimmer sein. Der Kerzenhalter würde ihr gegen die Eindringlinge nicht helfen. Mit aller Kraft schleuderte sie ihn in Richtung der Flügeltüren und traf die Hand des Mannes, der sich am Riegel zu schaffen machte. Knurrend und fluchend zog er seine Hand zurück und warf einen wütenden Blick durch die zertrümmerte Scheibe. Araminta zögerte keinen Moment und wandte sich zur Tür ihres Schlafzimmers um. Der Schlüssel! Wo war der Schlüssel? Sie hatte ihn doch herausgezogen... aber wo hatte sie ihn nur hingelegt?

Hektisch suchte sie nach dem Schlüssel, als plötzlich hinter ihr die Flügeltüren nachgaben und aufschwangen. Als einer der Bandoleros ins Zimmer drang, schlossen sich ihre Finger um den Schlüssel. Vor Schreck aufschreiend, steckte Araminta den Schlüssel ins Schloß und drehte ihn heftig, kam blitzschnell auf die Beine, riß die Tür auf und stürmte auf den Flur hinaus.

Sie hörte Stiefelpoltern hinter sich und das Klirren mexikanischer Sporen, als die beiden Männer ihr über den Korridor nachjagten. Fast meinte sie, den heißen, keuchenden Atem ihrer Verfolger, der sich mit ihrem Keuchen verband, im Nacken zu spüren. Ihr Mut sank, weil sie wußte, daß sie kaum eine Chance hatte, ihnen zu entkommen, vor allem nicht in ihrem Brautkleid. Tränen rannen ihr über das Gesicht, während sie rannte und rannte. Sie hatte nicht genug Luft, um um Hilfe zu schreien.

Doch irgendwie schaffte sie es bis zur Treppe. Zitternd stolperte sie die Stufen hinab, hielt nur kurz auf dem Absatz auf halber Höhe inne, als die Eingangstür schließlich unter den Stößen des Rammbocks nachgab und die Banditen johlend und jubelnd in die Eingangshalle drangen, womit sie ihr den einzigen Fluchtweg abschnitten. Ihnen auf den Fersen folgte ein prächtiger schwarzer Hengst durch das Portal; gefleckt von weißem Schaum und geritten von einem verwegenen, gutaussehenden Mann, so dunkel und beeindruckend wie sein Pferd. Für einen Moment verharrten Roß und Reiter auf der Schwelle; der Hengst stieg hoch, schnaubte und scharrte mit den Hufen auf den Terrakottakacheln, während der Mann im Sattel versuchte, das Tier inmitten des wüsten Kampfgetümmels unter Kontrolle zu halten. Dann rief er den Bandoleros etwas zu, stieß triumphierend sein Gewehr in die Höhe und trieb sein Pferd durch das Handgemenge.

Drei Angreifer schüttelte er ab, hielt dann inne und schaute hinüber zur Treppe, wo Araminta noch immer bebend und wie gebannt stand. Funkelnde grünbraune Augen blickten ihr unter der breiten, hochgebogenen Krempe seines schwarzen, mit Silber verzierten Sombreros entgegen und bohrten sich in ihre schreckgeweiteten grünen Augen; und in diesem Augenblick schien sich alles in ihr in nichts aufzulösen, als seien all ihre Sinne allein auf diesen Mann gerichtet. Schlagartig erfaßte sie den Grund für diesen Überfall auf die High Sierra. Ein müßiges, sardonisches Grinsen, das ihr eisige Schauer über den Rücken jagte, spielte um den sinnlichen Mund des Mannes, als er sah, wie ihr alle Farbe aus dem Gesicht wich. Dann riß er mit einem wilden Schrei sein Pferd herum und kam auf sie zugeprescht. Schon trafen die donnernden Hufe des schwarzen Tieres auf die untersten Treppenstufen. In ihrem verzweifelten Versuch zu fliehen, wandte sich Araminta um, doch die beiden Badoleros, die in ihr Zimmer eingedrungen waren und sie den Flur hinuntergejagt hatten, versperrten ihr den Weg in die Freiheit. Sie saß in der Falle. Es gab keinen Fluchtweg mehr und keine Möglichkeit, sich zu wehren. Sie konnte nur hilflos auf dem Treppenabsatz verharren, während Roß und Reiter immer näher kamen.

Als sich der Mann herabbeugte, um sie zu packen, glaubte Araminta für den Bruchteil eines Moments zu erkennen, wie sich seine harte, spöttische Miene kurz unter einem Anflug von Verehrung und Bedauern wandelte; doch ging alles so schnell, daß sie letztlich überzeugt war, es sich nur eingebildet zu haben. Das flackernde Licht der Kerzen mußte ihren Augen einen Streich gespielt haben, denn es hatte nicht den Anschein, als würde er von seinem Vorhaben ablassen. Und dann schloß sich sein linker Arm auch schon wie ein stählernes Band um ihre schmale Taille, zog sie empor und setzte sie vor sich in den Sattel, so sehr sie sich auch dagegen wehrte, wild und blind um sich schlug, ihn an Kopf und Schultern traf, doch nur, bis der Druck seines Armes sich so sehr verstärkte, daß es ihr die Luft abschnürte und ihrer Gegenwehr ein Ende bereitete. Er murmelte etwas auf spanisch – Worte, die sie nicht verstand –, dann lachte er leise dicht an ihrem Ohr; sein warmer Atem ließ sie vor Angst und schierer Erregung erzittern, und sie schämte sich dafür, »*Vámonos*«, rief er mit kehliger Stimme seinen Männern zu. »*Vámonos, compadres. Montad vuestros caballos. Cabalguemos.*« Gehen wir. Gehen wir, Männer. Besteigt eure Pferde. Wir reiten zurück.

Momente später, als sie in die Dunkelheit hinausgaloppierten, die holperige Straße entlang, die von der High Sierra fortführte, mischten sich Aramintas Tränen mit der kühlen Nachtluft, die ihr das wild wehende blonde Haar zerzauste. Der Arm des Desperados hielt sie fest und preßte sie auf eine vertraute Weise eng an sich, die einem zweifelhaften Versprechen auf weitere Innigkeiten gleichkam, während sie die Ranch weiter und weiter hinter sich ließen. Hoch droben im nächtlichen Himmel zog eine Sternschnuppe über sie hinweg. Ein schlechtes Omen, das Araminta bereits begriff.

Sie würde ihre Hochzeitsnacht mit dem erbittertsten Feind ihres Mannes verbringen.

ERSTER TEIL

Desperado

1. Kapitel

Die Prärie, Texas 1912

Mit gemischten Gefühlen schaute Araminta Winthrop aus dem Fenster ihres Privatabteils auf die vorbeiziehenden Wiesen und Felder hinaus, während der Zug, den sie in New York City bestiegen hatte, stetig gen Westen schnaufte. Selbst jetzt war sie nicht sicher, ob sie wirklich die richtige Entscheidung getroffen hatte. Wohl zum hundertstenmal seit Antritt ihrer Reise zog sie den schlichten Umschlag hervor, den sie aufgehoben hatte, und las sich das Telegramm ihres Großvaters durch. Es war so persönlich, wie dies bei einem Telegramm möglich war – niemand erwartete langatmige Höflichkeitsfloskeln darin –, und die Gründe ihres Großvaters, weshalb er wünschte, sie möge zu ihm nach Texas kommen, waren gewiß einleuchtend. Dennoch wurde Araminta diesen plagende nagenden Zweifel nicht los.

Ihr Großvater Noble Winthrop, Großgrundbesitzer und Rinderbaron, war einer der wohlhabendsten und mächtigsten Männer im Bundesstaat Texas; und sein Einfluß reichte gar bis in die höchsten Regierungskreise in Washington. Araminta war noch ein Kind gewesen und wie benommen vor Kummer, als sie ihren Großvater das letztemal gesehen hatte, und entsprechend vage waren ihre Erinnerungen an ihn. Die Furcht und die Verachtung für ihn waren jedoch so lebendig, als wäre es gestern gewesen. Sie erinnerte sich an ihn als einen hochaufgeschossenen Mann mit kurzem weißen Haar, das einer Glatze wich, mit buschigen weißen Brauen und einem Schnurrbart, einer Hakennase und dunkelgrauen Augen, so dunkel wie das Metall von Gewehren, und mit einem Blick, so bohrend und eindringlich wie der eines Adlers. Sein Umgang mit Kindern war nie sonderlich herzlich gewesen, wenngleich ein Enkelsohn wohl ganz gewiß seine Zuneigung gewonnen hätte, vielleicht sogar seine Liebe. Für seine Enkeltochter jedoch – wann immer er an sie erinnert wurde – hatte er nur Verachtung übrig. Araminta war es nur recht gewesen, daß er sie nicht weiter beachtete, und weil sie wußte, wie leicht sein Temperament mit ihm durchging, war sie ihm möglichst aus dem Weg gegangen.

Ihre lebendigste Erinnerung an ihn war jener Tag, als er sich mit seinem einzigen Sohn Preston, ihrem Vater, endgültig zerstritten hatte. Araminta war damals sieben Jahre alt gewesen und verstand nicht, worum es bei dem schrecklichen Streit zwischen den beiden Männern ging, den sie ungewollt mit anhörte. Sie wußte nur, daß ihr Vater danach mit ihr und ihrer Mutter Hals über Kopf die High Sierra verließ und schwor, nie mehr zurückzukehren. Erst viele Jahre später verstand Araminta die Bedeutung der haßerfüllten Worte, die zwischen Vater und Sohn an jenem schicksalhaften Tag gefallen waren, und sie begriff, daß es der Umstand, daß ihre Mutter keine weiteren Kinder mehr gebären konnte, gewesen war, was Noble Winthrops inbrünstiger Hoffnung auf eine Dynastie durch seinen Sohn ein Ende bereitet hatte. Selbst jetzt, als sie müde die Augen schloß, konnte Araminta den gräßlichen Disput zwischen Vater und Sohn in den Ohren klingen hören, so als wäre sie wieder ein Kind.

»Ich hätte deine unfruchtbare Mutter davonjagen oder mich von ihr scheiden lassen sollen, als ich erfuhr, daß sie keine Kinder mehr bekommen kann, Preston. Verdammt sollen sie sein, diese milchgesichtigen, schmalhüftigen Weibsbilder!

Taugen nicht zum Kinderkriegen. Ich hab versucht, es dir zu sagen, als du Katherine geheiratet hast, aber du wolltest ja nicht hören. Hast dir eingebildet, du wüßtest alles besser!« Und: »Mach nicht denselben Fehler wie ich, mein Sohn. Opfere dich nicht für eine Frau auf. Am Ende verachten sie dich nur für alles!« Und: »Meine Güte, nachts sind alle Katzen grau, du Dummkopf!« Das waren nur einige der häßlichen Worte, die Noble an jenem Tag seinem Sohn an den Kopf warf. Doch Preston Winthrop liebte seine Frau und weigerte sich vehement, sich von ihr zu trennen; lieber nahm er es in Kauf, High Sierra für immer zu verlassen und ohne einen Penny von seinem Vater zu leben.

Weil er wußte, wie weit Nobles Einfluß reichte, ging Preston mit seiner Familie so weit von Texas fort wie möglich – nach New York City. Er besaß noch, was seine verstorbene Mutter ihm hinterlassen hatte, eine Erbschaft, die ihm sein Vater weder vorenthalten noch streitig machen konnte, und sein familiärer Background sorgte dafür, daß sich ihm Türen öffneten, die jedem anderen verschlossen geblieben wären. Er besaß den Geschäftssinn seines Vaters, und mit der Zeit gelang es Preston, durch zahlreiche Investitionen und Anteile an den unterschiedlichsten Firmen und Unternehmungen ein kleines Vermögen zu machen; Geld, das er liebend gern für seine Frau und seine Tochter ausgab. Und so war die Familie, abgesehen von dem gelegentlichen Gedanken, was Noble wohl ausheckte, um seinem Sohn Steine in den Weg zu legen, wohlhabend, glücklich und eng verbunden. Doch dann ereignete sich ohne Warnung eine Tragödie. Eines Abends, fröhlich von einer Party heimkehrend, kamen Aramintas Eltern bei einem Fahrstuhlunglück ums Leben und ließen die zwölfjährige Araminta als Waise zurück. Aber als wäre dieses Unglück nicht genug, mußte sie schon bald von ihrem Großvater und einigen anderen Gentlemen und deren Vertretern, die allesamt nach New

York gekommen waren, erfahren, daß das Vermögen ihres Vaters dazu verwendet worden war, diverse Geschäftskredite auszugleichen, die nach seinem Tode sofort fällig geworden waren. Als die Angelegenheiten des verstorbenen Preston Winthrop schließlich zur vollen Zufriedenheit der Banken, Investoren, Aktieninhaber, Anwälte und Notare geregelt waren, stand Araminta völlig mittellos da, abhängig von ihrem Großvater, der zu ihrem gesetzlichen Vormund bestimmt worden war.

Noch immer unter dem Schock stehend und um ihre Eltern trauernd, war Araminta dennoch erleichtert, als Noble sie nicht zu sich auf die High Sierra zurückholte, sondern in ein Mädcheninternat schickte, das Miss Standish Institut, eine der angesehensten Privatschulen in New York. Trotz seines barschen, wenngleich gütigen Verhaltens ihr gegenüber fürchtete sie sich noch immer vor ihm. Zudem konnte sie nicht anders, als ihm die Schuld am Tod ihrer Eltern zu geben. Sie haßte ihn und wollte nichts mehr mit ihm zu tun haben.

Ihr Wunsch ging teilweise in Erfüllung, weil er sie während all ihrer Jahre im Internat nicht ein einziges Mal besuchte, wenngleich sie stets pünktlich zum Geburtstag und zu Weihnachten passende Geschenke von ihm erhielt, zweifellos von seinem beflissenen Sekretär Mr. Gideon ausgewählt. Doch darüber hinaus zeigte ihr Großvater ihrem Wissen nach keinerlei Interesse an ihrem Wohlergehen, wofür sie höchst dankbar war. Sie ahnte ja nicht, daß er sich alle Vierteljahre ausführlich von ihren Lehrern und seinen Gesandten berichten ließ, wie es ihr erging. Dennoch kam ihr hin und wieder, vor allem in den Ferien und an den Feiertagen, unweigerlich der erhitzte Gedanke, er könne sich doch mehr um sie kümmern, ganz gleich wie bescheiden auch immer; denn so gräßlich er auch sein mochte, er war schließlich ihr einziger noch lebender Verwandter, und sie war einsam und unbeliebt im Internat.

Nun, da sie ihren Schulabschluß hinter sich hatte, sah Araminta ein, daß sie selber die Schuld trug für so manchen Kummer, den sie erlitten hatte. In ihrer anfänglichen Trauer und dem Gefühl des Verlorenseins nach dem Tod ihrer Eltern hatte sie sich von allen abgekapselt und mit keinem der Mädchen Freundschaft geschlossen. Später war sie, wenngleich nicht ohne Rückgrat, so doch schüchtern und zurückhaltend gewesen, und sie zögerte, sich zu öffnen und über den eigenen Schatten zu springen; unsicher, was sie gegen den Ruf tun sollte, den sie sich inzwischen ungerechtfertigterweise erworben hatte – nämlich herzlos und eingebildet zu sein. Wütend und verletzt über die Verachtung und den Spott ihrer Mitschülerinnen, ihre Zurückweisung ihrer zaghaften Annäherungsversuche, hatte sie sich mit verletztem Stolz wieder in sich verschlossen und sich ganz aufs Lernen konzentriert, was ihr die besten Zensuren der Klasse einbrachte, aber gleichzeitig und unglücklicherweise dazu führte, daß sie als Streberin verschrien war und sich noch weiter von den übrigen Mädchen entfremdete. Entschlossen sagte sie sich, daß ihr das nichts ausmachte.

Nach ihrem Abschluß verabschiedete sie sich frohen Herzens vom Internat und machte sich nach New York City auf, dem einzigen Ort, den sie jemals als ihr Zuhause betrachtet hatte.

Was ein durchaus bewundernswerter, jedoch törichter Entschluß für eine junge Frau war, die gerade erst achtzehn geworden war; und sie traf diesen Entschluß ohne Wissen, Zustimmung oder Unterstützung seitens ihres Großvaters, gewillt, lieber die Verbindung zu ihm endgültig abzubrechen, als seiner anmaßenden Forderung Folge zu leisten, nach erfolgtem Schulabschluß zu ihm auf die High Sierra zu kommen. Sie war jetzt volljährig, sagte sich Araminta immer wieder. Er hatte seine Pflichten erfüllt. Nun war er ihr nichts mehr schuldig – und sie wollte nichts von ihm. Genau wie ihr Vater auch würde sie ihren eigenen Weg in dieser Welt gehen. Schreiben und Zeichnen hatten ihr schon immer am meisten zugesagt, und sie war fest entschlossen, diese Begabungen zu nutzen, Journalistin zu werden und sich einen eigenen Namen und Karriere zu machen. Doch 1912, in jener Zeit, in der eine Dame, die sich zu Recht so nannte, weder arbeitete noch sich plagte, wurden Frauen, die dies dennoch taten, auf niederträchtigste Weise ausgebeutet – und zwar auf mehr als nur eine Weise –, nämlich von gerissenen, gewissenlosen Männern, in deren Händen die Industrien der Nation lagen, einschließlich Nachrichtendienste, Zeitungen und sonstige Verlage.

Aramintas Geschlecht, ihr gutes Aussehen und ihre Jugend gerieten ihr von Anfang an zum Nachteil. Allein, schutzlos und verzweifelt auf der Suche nach einer Anstellung, war sie ein leichtes Opfer für Schurken; und in New York City gab es genug davon. Wenn Miss Winthrop bitte ins Hinterzimmer folgen möchte, dann werde sich ganz sicher eine Möglichkeit finden lassen. Naiv, wie sie war, fiel sie bei ihrem ersten Vorstellungsgespräch auch prompt auf diesen üblen Trick herein. Bislang war sie den größten Teil ihres Lebens von der harschen Realität der Welt abgeschirmt worden – zunächst von ihren Eltern, später dann von ihren Lehrern am Internat –, und man hatte sie im Glauben und Vertrauen auf die Güte, Aufrichtigkeit und Freundlichkeit ihrer Mitmenschen erzogen. Ihren Großvater, wenn sie überhaupt an ihn dachte, betrachtete sie als unnormales Wesen, durch eine Laune der Natur entartet, dem sie, wenn sie nur menschenfreundlich und gottesfürchtig genug wäre, eher mit Mitleid und Vergebung begegnen mußte anstatt mit Verachtung. Bislang war ihr jedwede bittere Desillusionierung erspart geblieben; sie war gewiß verletzt worden und es hatte geschmerzt, doch waren die Wunden wieder verheilt und hatten sie nur ein klein bißchen trauriger und verwirrter zurückgelassen, wenn sie an die Narben dachte. Doch das war nicht oft der Fall gewesen, denn Araminta war die natürliche Unverwüstlichkeit der Jugend gegeben, und ihr innewohnendes Vertrauen und ihr stiller Mut gaben ihr Halt und bestärkten sie in ihrer Überzeugung, daß am Ende doch das Gute stets über das Schlechte triumphierte.

Ihrem ersten Erlebnis in einem Hinterzimmer einer Zeitungsredaktion anläßlich eines Vorstellungsgesprächs entkam sie nur knapp mit intakter Jungfräulichkeit. Sie war entsetzt, angewidert und schockiert über die plötzlichen unverschämten und groben Avancen, und doch, nachdem sich ihr erstes Entsetzen, die Wut und Furcht gelegt hatten, unternahm sie starrköpfig und unbeirrt einen erneuten Versuch. Der Mann, der sie belästigt und begrapscht hatte, war ein Strolch gewesen, ein Ganove, der keinen Funken Anstand im Leibe hatte. Das würde ihr kein zweites Mal passieren. Wochen später hatte sie auf bittere Weise erfahren, daß sämtliche Versprechen einer Anstellung verlogen waren und sie niemand als Journalistin ernst nahm. Die grapschenden Hände, rüden Flegeleien, dreisten Annäherungsversuche, das gemeine Grinsen und seltene gutgemeinte, aber entmutigende Ratschläge, die sie bei ihrer Suche nach Arbeit erhielt, ließen sie schließlich zu der Überzeugung gelangen, daß alle Männer Schufte waren.

Und auch die Stadt selbst trug dazu bei, daß Araminta die Scheuklappen verlor. New York City war nicht die Stadt, die sie als Kind, geborgen in ihrem herrschaftlichen elterlichen Zuhause, erlebt hatte, sondern ein furchteinflößender Ort voller Gewalt, Verbrechen, Not und Elend. Obgleich Araminta jeden Penny gespart hatte, den sie im Internat alle Vierteljahre von ihrem Großvater erhalten hatte, schwanden ihre Ersparnisse recht bald während ihrer Suche nach einer Anstellung dahin.

Schließlich war es soweit, eine Stelle als »Laufbursche« beim *Record* anzunehmen, einer kleinen Tageszeitung, deren

Herausgeber und Chefredakteur, ein gutherziger Ire namens Liam O'Grady, Mitleid mit ihr hatte und sie einstellte, damit sie solch niedere Arbeiten wie Botengänge, Kaffee kochen und Stifte anspitzen erledigte. Hin und wieder nahm sie auch Kleinanzeigen entgegen und las Korrektur. Nachdem sie drei Monate beim *Record* war, durfte sie sogar bisweilen ihrem Traum frönen, eine richtige Reporterin zu werden, nämlich wenn Liam ihr erlaubte, kleine und eher belangslose Artikel über Mode, Essen und den üblichen Krimskrams für die zweimal wöchentlich erscheinende Frauenseite zu verfassen. Für all das bekam Araminta sieben Dollar pro Woche bezahlt – mehr konnte sich Liam nicht leisten –, doch in einer Zeit, in der ein Mann im Durchschnitt weniger als fünfzehn Dollar die Woche für sechzig Stunden Arbeit erhielt und viele Menschen gänzlich ohne Arbeit waren, schätzte sie sich glücklich. Und doch reichte ihr Lohn manchmal nicht einmal für ihre spärlichen Ausgaben, und dann war sie gezwungen, auf Ersparnisse zurückzugreifen, was sie in Panik geraten ließ.

Sie wohnte in einem Zimmer, das kleiner war als der Kleiderschrank, den sie einst im elterlichen Haus gehabt hatte. Es befand sich in einem heruntergekommenen Mietshaus, das einem Wucherer von Vermieter gehörte, der sich ironischerweise in denselben gesellschaftlichen Kreisen bewegte wie einst Preston und Katherine Winthrop. Auch wenn Araminta sich vor körperlicher Gewalt fürchtete, lernte sie doch frühzeitig und aus äußerster Notwendigkeit heraus, sich ihrer Haut zu erwehren, verbal wie körperlich, und sich gegen das Gesindel auf den Straßen von New York City zu behaupten. Sie hatte in ihrer Handtasche stets einen massiven Briefbeschwerer und trug einen spitzen Regenschirm bei sich für den Fall, daß ein Strauchdieb sie belästigte; und nachdem sie die ersten beiden Angreifer mit ihrer beschwerten Handtasche abgewehrt hatte, von Furcht erfüllt, aber ohne zu zögern, und einen dritten mit dem Schirm in die Flucht geschlagen hatte, ließen die meisten Männer der Nachbarschaft sie in Ruhe. Sie machte das Beste aus den schlichten, bequemen Kleidern – die ihr Großvater als unwürdig erachtet hatte für eine junge Lady an einer so angesehenen Privatschule wie ihrer –, in denen sie nicht aufzufallen hoffte; zudem machte sie sich unattraktiver als sie war, indem sie ihr langes blondes Haar zu einem strengen Dutt knotete und einen alten, schäbigen, breitkrempigen Hut trug. Wenn sie mit der Stadtbahn zum nördlichen Ende der Park Row fuhr, wo die meisten Zeitungen der Stadt ihren Verlagssitz hatten, hielt sie den Blick gesenkt, ebenso wie abends auf dem Heimweg. Solcherart Vorkehrungen trugen dazu bei, daß sie nur selten behelligt wurde, abgesehen von den unvermeidlichen Bettlern an jeder Straßenecke, die noch ärmer waren als sie. Auch wenn New York City der Wohnort einiger der vermögendsten, mächtigsten Männer des Landes war, beherbergte die Stadt ebenso – wie Araminta nun wußte – ein wahres Heer von Notleidenden und Obdachlosen. In der Mehrzahl waren dies Einwanderer, denen es hier in Amerika, dem Land der Freiheit und der unbegrenzten Mögichkeiten, schlechter erging als in ihrer Heimat, von wo sie doch vor der Armut und dem Hunger geflüchtet waren; und viele waren Schwarze, vor kaum einem halben Jahrhundert durch den Norden befreit und danach ihrem Schicksal überlassen.

Araminta war so sehr darauf bedacht, nur ja nicht aufzufallen oder Freunde und Bekannte ihrer Eltern um Hilfe zu ersuchen, daß die von Noble Winthrops ausgeschickten Agenten mehrere Monate brauchten, um sie ausfindig zu machen; Monate, in denen er seine Enkeltochter entweder wutschnaubend verfluchte oder sich Sorgen machte, ihr könne etwas zugestoßen sein und sie sei möglicherweise schon tot, auf immer für ihn verloren und seine größte Hoffnung ein weiteres und letztes Mal zunichte gemacht.

Da in seinen Augen Frauen stets weniger wert waren als Männer und allein deshalb auf Erden waren, um die Bedürfnisse eines Mannes zu befriedigen und ihm Kinder zu gebären, hatte er nach dem Bruch mit seinem Sohn Aramintas Existenz ignoriert. Und doch hatte es ihm beim Wiedersehen mit ihr einen sonderbaren Stich versetzt, als er die Vorkehrungen für das Begräbnis ihrer Eltern und für ihre weitere Zukunft traf; damals war sie zwölf Jahre alt gewesen, und als er sie sah, zu welch atemberaubender Schönheit sie sich entwickelt hatte, war ihm zum erstenmal der Gedanke gekommen, daß sie ihm vielleicht doch noch nutzen könne. Sein Patensohn nämlich, Judd Hobart, würde in einigen Jahren eine Frau brauchen, und bis dahin, vorausgesetzt, Nobles Bemühungen zahlten sich aus, würde Araminta eine zum Pflücken reife Frucht sein und überdies, da sie ein stattliches Vermögen erben würde, ein Preis, den jeder Mann mit Blut in den Adern und Gier in der Seele zu schätzen wüßte. Durch seinen Patensohn und seine Enkeltochter würde sich Nobles Traum von einer Dynastie doch noch erfüllen. Er mußte nur abwarten, bis Araminta herangewachsen war, und in der Zwischenzeit den Hobarts den einen oder anderen Wink geben.

Es wäre ihm niemals in den Sinn gekommen, daß Araminta die Unverfrorenheit besitzen könnte, ihm die Stirn zu bieten und sich seiner Aufforderung, nach ihrem Schulabschluß zu ihm nach Texas zu kommen, zu widersetzen; ja, sogar fortzulaufen, ehe die von ihm gesandten Männer eintrafen. Gleichwohl konnte er eine gewisse Bewunderung für den Starrsinn und Mut seiner Enkelin nicht verhehlen, und sein Interesse an ihr wuchs. Also wagte sie es doch tatsächlich, sich wie ihr Vater gegen ihn aufzulehnen. Der Gedanke mißfiel ihm nicht gänzlich, denn sein Patensohn Judd zog aufgeweckte Mädchen den unterwürfigen vor. Dennoch würde Araminta lernen müssen, daß ihr, so sehr sie sich auch dagegen sträuben mochte, nichts anderes übrigblieb, als verheiratet, gesattelt und gezähmt und – früher oder später – geritten zu werden, wie jede andere Frau auch.

Als seine Agenten sie dann schließlich ausfindig machten und ihm über ihr Leben berichteten, erkannte Noble scharfsinnig, daß es seine Order, sie solle heimkommen, und die selbstverständliche Annahme, sie werde sofort gehorchen, gewesen waren, die sie hatten davonlaufen lassen. Aramintas Liebe und Loyalität galt ihren Eltern. Schon deshalb würde sie niemals aus freien Stücken auf die High Sierra zurückkehren, es sei denn, ihr blieb keine andere Wahl. Unfähig, eine Niederlage einzustecken, unternahm Noble unverzüglich das Notwendige, um ihr jegliche Alternative unmöglich zu machen. Wenn Araminta sich mit ihm anlegen wollte, dann sollte sie sogleich merken, daß er ein würdiger Gegner war.

Als erstes wurden Liam O'Gradys Background und seine persönlichen Angelegenheiten gründlichst ausgeleuchtet. Dann statteten ihm Nobles Agenten eines Abends einen Besuch ab, und dem Herausgeber und Chefredaktuer des *Record* wurde freundlich ans Herz gelegt, sich von Araminta Winthrop zu trennen, was für ihn nur von Vorteil sei. Wie beiläufig wurden Liams Zechtouren, seine horrenden Spielschulden, Indiskretionen mit Freudenmädchen und Verbindungen zu gewissen zwielichtigen Zeitgenossen erwähnt. Ihm wurde angedeutet, daß es nicht nur eine Blamage für ihn, den Herausgeber des *Record*, wäre, sondern auch verheerend für sein Blatt, sollten seine Anzeigenkunden von seinem höchst »farbigen« Lebenswandel erfahren; denn mit diesem Wissen würden sie sich zweifellos zu einer Zusammenarbeit mit einer anderen Zeitung entschließen, um nicht in einen Skandal verwickelt zu werden. Liam war außer sich. Araminta tat ihm leid. Aber er war kein Dummkopf, und er hatte seine Frau und vier Kinder zu versorgen. Als er am nächsten Morgen Araminta die Papiere aushändigte, konnte er ihr nicht in die Augen schauen, als er etwas von »nicht zufriedenstellender Arbeit« und »Suffragetten-Gehabe« murmelte; diese Begründungen für ihren Rausschmiß hörten sich selbst für ihn völlig unsinnig an. Er konnte nur hoffen, daß sie ihm eines Tages vergeben würde.

Araminta war am Boden zerstört. Sie hatte in Liam nicht nur einen väterlichen Wohltäter gesehen, sondern auch einen Freund. Sie konnte beim besten Willen nicht begreifen, was seine hohe Meinung von ihr so plötzlich geändert hatte und was sie getan haben mochte, um es sich mit ihm zu verderben. Doch sie erkannte schon bald, daß alles Bitten und Argumentieren nichts an seinem Entschluß ändern würde. Benommen suchte sie ihre Sachen zusammen und taumelte hinaus. Stundenlang irrte sie durch die Straßen, ehe sie sich auf den Heimweg in ihr kleines, schäbiges Zimmer machte. Dort wartete bereits der Hausverwalter auf sie und setzte sie davon in Kenntnis, daß die Miete für ihr Zimmer erhöht worden sei. Der wöchentliche Mietpreis, den sie nun zu zahlen hatte, war so hoch, daß sie nicht wußte, wie sie dieses Geld aufbringen sollte, selbst wenn sie Arbeit gehabt hätte.

Die ihre Lage verändernden Ereignisse des Tages stürzten Araminta in tiefe Verzweiflung. Ihr war klar, daß nur wenig Aussicht bestand, bei einer anderen Zeitung angestellt zu werden. Eine Stellung als Gouvernante würde bedeuten, daß sie in jenen Kreisen arbeiten müßte, die zu meiden sie versucht hatte, und sie schämte sich bei der Vorstellung, gezwungen zu sein, bei ehemaligen Freunden und Verwandten ihrer Eltern um Almosen zu betteln. Realistisch gesehen, war alles, was ihr blieb, die Arbeit in den Fabriken, jenen Ausbeuterbetrieben, in denen Frauen zwölf Stunden und mehr am Tag schufteten, sechs Tage die Woche, was sie vorzeitig altern ließ und ins Grab brachte, kaum daß ihre Jugend vorüber war. Entweder vergifteten die ungesunden Arbeitsbedingungen ihre Lungen und raubten ihnen die Kräfte, oder sie gerieten mit Haar, Gliedern oder Kleidung in die monströsen Maschinen, an denen sie arbeiteten, und wurden, hilflose Opfer, in die kreischende Masse von malmendem Stahl und alles zermahlendem Räderwerk gezogen. Und über die Frauen, die sich tagtäglich für Geld in den Bordellen und an den Straßenecken anboten und sich dabei Brutalitäten und Krankheiten aussetzten, wollte Araminta nicht einmal nachdenken.

Einige Tage darauf, gerade als ihr Vermieter sie vor die Tür setzen wollte, traf das Telegramm ihres Großvaters ein. Er sei enttäuscht, so las sie, daß sie New York City der High Sierra vorzog. Er sei ein alter Mann und einsam. Sie seien einander doch die letzten lebenden Verwandten. Er finde es nicht richtig, daß sie nicht wie eine richtige Familie zusammenlebten. Es sei an der Zeit, die Vergangenheit ruhen zu lassen. Sollte Araminta ihre Entscheidung, nicht auf die High Sierra zurückzukehren, ändern, werde er sie mit offenen Armen willkommen heißen. In der vagen Hoffnung auf ihre Heimkehr habe er ihr eine bestimmte Geldsumme seines New Yorker Bankkontos zur Verfügung getellt, die sicher für eine Zugfahrt im Privatabteil, sämtliche Reisekosten und anderweitige Aufwendungen ausreichen werde. Als das Telegramm ihres Großvaters eintraf, kam es Araminta wie ein Geschenk des Himmels vor.

Nun, in ihrem Privatabteil des Zuges, der sie gen Westen brachte, fragte sie sich erneut, woher ihr Großvater gewußt hatte, wo sie war, und sie dachte über den sonderbaren Zufall nach, daß das Telegramm so bald auf ihre Kündigung und die Erhöhung ihrer Miete gefolgt war. Sicher hatte ihr Großvater Detektive beauftragt, sie ausfindig zu machen. Hatte er gewußt, daß sie niemals freiwillig auf die High Sierra zurückkehren würde, und hatte er deshalb berwirkt, daß sie *Record* verlassen mußte? Hatte er dafür gesorgt, daß ihre Miete erhöht wurde? Hatte er mit all dem erreichen wollen, daß sie sich seinen Wünschen fügte? Sie mußte daran denken, wie peinlich es Liam gewesen war – als würde er lügen und sich dafür schämen –, ihr zu kündigen. War er, wie auch immer, gezwungen worden, sie zu entlassen? Und ihr Zimmer... Sie wußte aus Gesprächen mit anderen Mietern des Hauses, daß ihre Miete als einzige erhöht worden war. Ihr war auch nicht entgangen, daß ihr Großvater ihr keine finanzielle Unterstützung angeboten hatte für den Fall, daß sie lieber in New York City bleiben wollte. Seine Großzügigkeit hing von ihrer Rückkehr nach Texas ab. Aber warum sollte er sich plötzlich sorgen, wie es ihr erging?

Sicher, er war nach dem Tod ihrer Eltern seinen Verpflichtungen stets nachgekommen. Dennoch hatte er in all den Jahren niemals den Versuch unternommen, ihr näherzukommen. Er hatte nur anläßlich ihres Geburtstags oder Weihnachten von sich hören lassen, und das nur kurz und unpersönlich, ohne ein Wort der Liebe oder auch nur der Zuneigung. Ihn demnach zu verdächtigen, der Verantwortliche für ihre plötzliche Misere zu sein, schien völlig abwegig. Welches Motiv hätte er haben können, um ihre Anwesenheit auf seiner Ranch zu erzwingen? Eigentlich keines, sagte sich Araminta. Er war ein alter Mann. Vielleicht wollte er nichts weiter, als Frieden mit der Vergangenheit zu schließen und sicherzugehen, daß er, wenn er starb, mit reinem Gewissen vor seinen Schöpfer treten konnte. Der Zeitpunkt seines Telegramms schien nur eine seltsame Fügung des Schicksals zu sein. Vermutlich ließ sie ihre Fantasie mit ihr durchgehen und sah Schatten, wo keine waren.

Araminta war sich bewußt, daß die Monate in New York City ihren Tribut gefordert hatten. Oft hungrig, hatte sie an Gewicht verloren, und die Erschöpfung hatte dunkle Ringe unter ihre Augen gezeichnet, denn sie hatte in ihrer beengten Bleibe nie gut schlafen können. Trotz aller Vorbehalte gegenüber ihrem Großvater mußte sie sich ehrlicherweise eingestehen, daß in diesem Moment die Aussicht, ausreichend zu essen zu haben, von Bediensteten umsorgt zu werden und nachts sicher im eigenen Bett zu liegen, durchaus verlockend war. Wäre sie mit ihrem Versuch, unabhängig zu werden, nicht gescheitert und hätte sie nicht das Gefühl, ihre Eltern zu verraten, indem sie auf die High Sierra zurückkehrte, so wäre sie heilfroh gewesen, morgens nicht mehr um vier Uhr aufstehen zu müssen und sich zu einem langen, beschwerlichen Arbeitstag in New York City aufzumachen.

Mit einem tiefen Seufzer riß sie sich aus ihren Grübeleien. Nun konnte sie es ohnehin nicht mehr ändern. Sie hatte ihre Entscheidung getroffen, und es gab ein Zurück mehr. Bald würde der Zug den Bahnhof von El Paso erreichen, wo ihr Großvater sie erwartete.

2. Kapitel

Ruckend und kreischend kam der Zug im Bahnhof von El Paso zum Stehen. Araminta blieb noch einen Moment sitzen, warf einen Blick aus dem Fenster des Abteils und versuchte, ihr plötzliches Herzklopfen zu besänftigen. Ihre lange Reise war zu Ende, doch hatte sie das Gefühl, als würde ihre Zukunft nun erst beginnen. Eine Aussicht, die sie gleichermaßen aufregte wie beunruhigte. So hatte sie sich nicht mehr gefühlt, seit sie nach ihrem Schulabschluß nach New York City gegangen war. Doch nun kamen ihr die wenigen Monate der Unabhängkeit unwirklich und wie ein Alptraum vor. Schließlich nahm sie ihr Gepäck, stieg aus dem Zug und schaute sich auf dem Bahnsteig nach ihrem Großvater um. Aber sie erblickte ihn nirgends. An seiner Statt kam sein Sekretär Mr. Gideon auf sie zu, an den sie sich noch erinnerte, weil er ihren Großvater nach New York

City begleitet hatte, als ihre Eltern gestorben waren. Araminta wußte nicht, ob sie erleichtert oder gekränkt sein sollte, daß ihr Großvater nicht persönlich erschienen war, um sie abzuholen. Wenn er sich etwas aus ihr machte, wäre er jetzt ganz sicher hier. Doch nein, sie durfte nicht so vorschnell über ihn urteilen, sagte sie sich entschlossen. Sie wollte, daß ihr Verhältnis einen guten Anfang nahm, und wahrscheinlich gab es für seine Abwesenheit einen triftigen Grund. Dennoch hatte sie sich innerlich gewappnet, ihm gegenüberzutreten, da dies aber nun auf einen späteren Zeitpunkt verschoben war, würde sie ihren Mut während der langen Fahrt nach High Sierra aufrechterhalten müssen.

»Wie geht es Ihnen, Mr. Gideon?« Araminta reichte ihm die behandschuhte Hand.

»Miss Winthrop, wie schön, daß Sie sich noch an mich erinnern«, begrüßte sie der Sekretär, augenscheinlich geschmeichelt und erfreut, und schüttelte ihr die Hand.

Mr. Gideon arbeitete schon seit vielen Jahren für Noble Winthrop; trotzdem wußte Araminta nicht, ob Gideon sein Vor- oder Familienname war. Ihr Großvater hatte ihn stets nur Gideon genannt. Er war ein ruhiger, gepflegter, jedoch eher unscheinbarer Mann Anfang Vierzig. Wenn sein Gesicht auch wenig einnahm, so funkelten seine blauen Augen nicht nur vor Herzlichkeit, sondern auch vor Intelligenz; und sie wußte, daß ihr Großvater große Stücke auf ihn hielt. Sie deutete auf ihre Lederkoffer, die aus dem Zug geladen worden waren und nun auf dem Bahnsteig standen; und nachdem Mr. Gideon einen Träger für das Gepäck besorgt hatte, gingen sie auf die Straße, wo das geräumige Automobil ihres Großvaters geparkt stand, das Verdeck zurückgeklappt, die schwarze Karosserie wie Nerz in der Sonne leuchtend. Während der Träger die Koffer hinten verstaute, half Mr. Gideon Araminta beim Einsteigen. Kurz darauf waren sie unterwegs.

El Paso erstreckte sich am Fuße des Mount Franklin, der in der Ferne emporragte, unterhalb des schmalen Passes, wo der Rio Grande aus den kahlen südlichen Ausläufern der Rocky Mountains entsprang, was dem Städtchen auch den Namen verliehen hatte – El Paso del Norte, nun schlicht als El Paso bekannt. Mit einer Einwohnerzahl von mehr als Zehntausend und seit 1881 mit vier Eisenbahnen war die Stadt belebt und lärmend. Auf den breiten staubigen Straßen drängten sich Automobile, Pferde und Kutschen; auf den Gehwegen bewegten sich hauptsächlich Weiße, Mexikaner und Indianer, aber Araminta erblickte hin und wieder auch Schwarze in der Menge. Trotz dieser Melange von Rassen und Kulturen war El Paso dennoch eindeutig mexikanisch geprägt. Nahezu sämtliche Gebäude waren aus Lehm gebaut, und ihr Stil erinnerte an die ebenso dicht gedrängten Gebäude der Schwesterstadt Ciudad Juárez, direkt am anderen Ufer des Rio Grande. Der breite Fluß stellte die Grenze zwischen Mexiko und den USA dar und war seit Jahren als Folge der Veränderungen des Flußlaufes eine stete Quelle heftigster Grenzstreitigkeiten gewesen.

Das Wasser des Rio Grande war gelblich und trübe vom Schlamm. Dennoch fand Araminta den Fluß einladend, als sie ihn teilweise durch die Bäume und Gebäude hindurch erblickte, und sie beneidete die braungebrannten Kinder, die unten am Ufer tollten und badeten. Die Sonne brannte gleißend vom türkisblauen Himmel herab; es war ein heißer Tag, und auch wenn die Luft eher trocken als stickig war, war ihr Reisekleid bald durchgeschwitzt, und sie fühlte sich unbehaglich. Deshalb war sie auch froh – selbst wenn ihr Wiedersehen mit ihrem Großvater dadurch weiter aufgeschoben wurde –, als Mr. Gideon ihr mitteilte, daß er auf Anweisung ihres Großvaters eine Suite in einem Hotel am Ort angemietet hatte, wo sie Gelegenheit haben würde, sich frisch zu machen und etwas zu sich zu nehmen, ehe es weiterging zur High Sierra, Noble

Winthrops riesiger Ranch im Nordosten von El Paso. Araminta schützte sich mit ihrem Schirm gegen die sengende Sonne und genoß weiter das Bild, das die Stadt ihr bot, während Mr. Gideon das Automobil durch die belebten Straßen steuerte, hin und wieder hupend, wenn ein Maultier oder ein Lastkarren im Wege waren, und immer wieder auf Sehenswürdigkeiten deutend. Araminta erinnerte sich kaum noch an die Stadt, und es war ihr, als würde sie sie zum erstenmal sehen. El Paso unterschied sich sehr von New York City und allem, was sie bisher gesehen hatte; die mexikanische Architektur und Lebensweise verlieh der Stadt eine Fremdartigkeit, die sie beeindruckte und ihr das Gefühl vermittelte, als habe sie eine andere Welt betreten.

Schließlich erreichten sie das Hotel, ein kleines, aber gediegenes zweistöckiges Gebäude aus weißem Lehm mit einem schattigen Portikus, verzierten schwarzen, schmiedeeisernen Balkonen und einem roten Ziegeldach. Sie betraten die weitläufige Lobby, deren Wände weiß gekalkt waren; der dunkle Parkettboden war mit Wachs so blank gebohnert worden, daß er glänzte, und darauf lagen bunte mexikanische Teppiche. Von der Decke hingen schwere Kronleuchter. Eine breite, geschwungene Treppe, die zum zweiten Stock hinaufführte, beherrschte das Zentrum der Lobby, die gemütlich mit Sofas, Sesseln und Tischchen, auf denen Pflanzen in Messingtöpfen und Flechtkörben standen, eingerichtet war. Während Mr. Gideon zum Empfangstresen hinüberging, um die Schlüssel für ihr Zimmer zu holen, schloß Araminta ihren Schirm, streifte die Handschuhe ab, schlenderte müßig durch die Lobby und schaute sich um.

Allem Anschein nach war das Hotel ein beliebtes Haus am Ort; Gäste kamen und gingen, und so manchen führte der Weg durch den Rundbogen zum angrenzenden Restaurant, aus dem der verführerische Duft von dampfenden Tortillas und Frijoles herüberzog. Zu ihrer Überraschung stellte Araminta fest, daß dieser Duft Erinnerungen an ihre Kindheit in ihr weckte, und sie sah sich in der Küche der High Sierra sitzen, während die Köchin, die rundliche, nette Teresa, lächelnd und singend ihre Arbeit verrichtete, heiße, schmackhafte Enchiladas und andere mexikanische Speisen zubereitete. Manchmal hatte Araminta ihr dabei zur Hand gehen dürfen, hatte Teig geknetet oder die feurig-scharfe Salsa umgerührt. Noch mehr überraschte sie, daß sie sich bei dieser Erinnerung auf die Ranch ihres Großvaters zurücksehnte, wo sie sich, wie ihr nun mit einemmal klar wurde, nicht völlig ungeliebt oder elend gefühlt hatte. Sie hatte glückliche Zeiten dort mit ihren Eltern, Teresa und einigen anderen Bediensteten verlebt, und das trotz des langen Schattens ihres Großvaters. Zumindest war die High Sierra ihr ein vertrauter Ort, der einst ihr Zuhause gewesen war. New York City hätte sie niemals wirklich ihr Zuhause nennen können. Sie hatte dort nicht gelebt, sondern nur existiert; sie hatte einer düsteren Zukunft entgegengesehen wie die jener bemitleidenswerten Frauen, die in den Fabriken schufteten oder sich als Prostituierte verkaufen mußten, bar jeder Hoffnung, jemals ein besseres Leben führen zu können.

Sie legte ihre Handschuhe auf dem fein geschnitzten Tischchen vor dem großen, goldgerahmten Wandspiegel ab und betrachtete kritisch ihr Spiegelbild. Bis zu diesem Moment war sie sich gar nicht bewußt gewesen, wie dünn sie geworden war, wie ausgezehrt und bleich das Gesicht unter der Hutkrempe; ihre grünen Augen stachen deutlich aus dem blassen Teint mit den hohen kantigen Wangenknochen hervor. Nichts erinnerte mehr an den rosigen Teint, den sie von viel frischer Luft und regelmäßigem Sport im Internat gehabt hatte. Ständig müde und erschöpft, hatte sie in New York ihrem Aussehen nur wenig Beachtung geschenkt. Nun sah sie es mit Bestürzung, denn mehr als alles andere würde es ihrem Großvater beweisen, wie sehr sie bei ihrem Versuch, auf eigenen Füßen zu stehen, gescheitert war und welch ein Segen sein Telegramm tatsächlich gewesen war. Sie hatte gehofft, dies vor ihm verbergen zu können, entschlossen, ihr Verhältnis zueinander auf gleicher Ebene zu beginnen.

Nachdem sie den Hut zurechtgerückt und einige lose Haarsträhnen festgesteckt hatte – Bemühungen, die ihr Äußeres nur wenig verschönerten –, wandte sie sich vom Spiegel ab und biß sich auf die bebende Unterlippe.

Nichts verachtete ihr Großvater mehr als Zaghaftigkeit und Schwäche, gemahnte sie sich. Es würde ihr nicht zum Vorteil gereichen, als verblichenes und verwelktes Veilchen vor ihn hinzutreten. Aber sie hatte mit einemmal das Gefühl, als fehle ihr die Kraft dazu, forsch und mutig aufzutreten.

»Ihre Handschuhe, Señorita.«

Araminta war so tief in ihre trüben Gedanken versunken, daß sie die tiefe, seidige Stimme zunächst gar nicht vernahm. Erst als der Mann sie ein zweites Mal ansprach, reagierte sie.

»Señorita?«

Ihr stockte der Atem, als sie sich zu ihm umdrehte, denn sie sah sich dem zweifellos attraktivsten Mann gegenüber, der ihr jemals begegnet war. Groß und geschmeidig, muskulös wie ein Raubtier, hatten seine Bewegungen dieselbe unterschwellige Eleganz und Gefährlichkeit, strahlte er denselben animalischen Magnetismus und eine spürbare Bedrohung aus. Seine Schultern waren breit, der Bauch flach, die Oberschenkel muskelbepackt; das alles wurde durch seinen eleganten schwarzen Anzug eher unterstrichen als verdeckt, der nach mexikanischer Art geschnitten war – mit einem Bolero anstatt langem Jackett – und wozu er ein edles weißes Hemd mit Spitze an Kragen und Ärmeln trug. Außer einem Siegelring und einer Taschenuhr an einer langen Kette, die aus massivem Silber und vortrefflich gefertigt waren, trug er keinen

Schmuck. Seine ganze Erscheinung zeugte von Vornehmheit und Wohlstand.

Sein schwarzes, in Wellen zurückgekämmtes Haar glänzte wie Obsidian, sein von der Sonne gebräuntes Gesicht war hart und gelassen, als wäre es aus Stein gemeißelt. Nicht nur sein Teint, sondern ebenso seine gebogene Nase und hohen Wangenknochen verrieten das spanische Blut in seinen Adern. Zoll für Zoll bot er den Anblick eines Grande, Herr der Hacienda, Herrscher über alles, was er erblickte. Sein sinnlicher, zynischer Mund deutete auf einen zügellosen und verruchten Lebenswandel hin, während seine stolze und aristokratische Haltung von einem Mann kündete, der es gewohnt war, sich zu nehmen – und auch zu bekommen –, was er wollte. Bei diesem Gedanken erschauderte Araminta unbewußt. Sie vermutete, daß er jenes stählerne Rückgrat besaß, das eher vererbt als erworben wird und das daher unendlich stärker und unbeugsamer war. Sie spürte intuitiv, daß es gefährlich oder sogar tödlich sein konnte, den Weg dieses Mannes zu kreuzen.

Doch vor allem seine Augen waren es, die sie wie angewurzelt dastehen ließen. Tiefliegend unter schwarzen Brauen, mit dichten, schwarzen Wimpern, glänzten sie so dunkelbraun wie rauchiger Quarz und waren auch genauso unergründlich. Sein Blick war derart durchdringend, daß Araminta unwillkürlich errötete und ihr Herz zu klopfen begann. Er starrte sie so unverschämt an, als würde er wissen, wie sie unbekleidet aussah. Das ziemte sich nicht und war erniedrigend. Wie konnte dieser unhöfliche Kerl es wagen! Er erinnerte sie an jene aufdringlichen Strolche im Zeitungsverlagviertel von New York, und sie wollte sich sein Benehmen verbitten, wenn nötig mit körperlicher Gewalt. Doch riet ihre innere Stimme ihr davon ab, so impulsiv zu handeln, denn er würde sie nicht nur spielend abwehren, sondern sich vor allem amüsieren. Dieser Gedanke machte sie noch ärgerlicher. Sie hätte auf dem Absatz kehrtgemacht und ihn dort stehenlassen, doch er hielt, wie sie nun sah, ihre Handschuhe in der ausgestreckten Hand. Natürlich – sie hatte sie auf das Tischchen vor den Spiegel gelegt und dort in ihrer Zerstreutheit vergessen.

Vor Wut bebend, griff sie nach ihren Handschuhen. Als sie dabei seine Hand berührte, wurde sie von einem heftigen und unerklärlichen Zittern durchlaufen, so als hätte sie einen Stromschlag erhalten. Seine Haut fühlte sich beunruhigend warm und elektrisierend an. Seine Finger, obgleich lang und schmal, bogen sich mit der Kraft einer Stahlfessel und machten ihr unangenehm ihre eigene Zerbrechlichkeit bewußt. Verdammt soll er sein! Warum mußte er sie auch auf diese unverschämte Weise anstarren? Ihre grünen Augen blitzten wütend; sie hob das Kinn und streckte resolut den Rücken durch. Sie würde es nicht zulassen, daß er sie auf diese Weise einschüchterte.

»Gracias, Señor«, entgegnete sie kühl. Diese spanischen Worte kannte sie noch aus ihrer Kindheit, und sie kamen ihr unweigerlich über die Lippen, als sie höflich nickte als Geste des Dankes und des Abschieds. Dennoch verriet die Art, wie sie ihre Handschuhe drehte und drückte, während sie ihm dankte, unbewußt ihren inneren Aufruhr, was dem abschätzenden Blick des Fremden nicht entging.

Er lächelte spöttisch wie über einen privaten Scherz. Beschämt spürte Araminta, wie sie noch tiefer errötete. Sie konnte einfach nicht verstehen, weshalb er sie so sehr aus der Fassung brachte. Es war ganz und gar unerklärlich. Er war ein völlig Fremder und ganz sicher niemand, mit dem sie näher Bekanntschaft schließen wollte. Dieser Gedanke wurde noch bestärkt, als Mr. Gideon leise vor sich hin fluchend erschien und ihre erröteten Wangen sah und den Mann, der der Grund dafür war. Dem Fremden knapp zunickend, wandte er sich an Araminta.

»Ich bitte vielmals um Entschuldigung, daß ich Sie habe warten lassen, Miss Winthrop. Unglücklicherweise gab es eine kleine Verzögerung beim Empfang, ein ärgerlicher Irrtum bezüglich Ihrer Suite, was meiner Intervention bedurfte. Ich hoffe doch, Sie haben dadurch keine Unannehmlichkeiten gehabt?«

»Nein. Dieser ... Gentleman hat mir nur meine Handschuhe nachgebracht, die ich unachtsamerweise liegengelassen hatte.« Es war Araminta nicht entgangen, daß Mr. Gideon den Fremden weder angesprochen noch sich ihm vorgestellt hatte. Eine eigentümliche Spannung herrschte zwischen den beiden Männern; gewiß kannten sie sich und waren einander alles andere als wohlgesonnen.

»Nochmals vielen Dank, Señor«, murmelte Araminta hastig, weil sie jeden Ärger vermeiden wollte. »Und nun, Mr. Gideon, wenn Sie mir bitte mein Zimmer zeigen würden. Ich bin müde und hungrig. Ich möchte mich gern ein wenig frisch machen und dann das von Ihnen versprochene Essen genießen.«

»Aber sicher, Miss Winthrop. Wenn Sie mir bitte hier entlang folgen wollen.« Noch einmal kurz dem Fremden zunikkend, nahm er sie sanft beim Arm.

Als Araminta sich für einen Moment zu ihm umwandte, sah sie etwas Hartes und Bedrohliches in den Augen jenes Mannes aufblitzen, ehe er sie erneut mit einem sardonischen Lächeln bedachte, auf gekonnte, militärische Weise die Hacken zusammenschlug und sich höflich verbeugte. Irgendwie wußte Araminta, ohne sich ein weiteres Mal zu ihm umzuschauen, daß er ihr und Mr. Gideon nachsah, als sie die Treppe hinaufstiegen.

»Miss Winthrop«, begann Mr. Gideon, als sie im zweiten Stock angelangt waren und den schmalen Flur zu ihrer Suite hinuntergingen. »Normalerweise würde ich es mir niemals anmaßen, Sie mit einem Rat zu behelligen, in diesem Fall jedoch denke ich, daß es sich nicht vermeiden läßt. Es wäre das beste, wenn Sie ... nun ja, wenn Sie Ihrem Großvater gegenüber nicht erwähnen würden, daß Sie General del Castillo begegnet sind.«

»General del Castillo?« unterbrach Araminta ihn erschrokken. Ihrer Meinung nach war der Mann schätzungsweise Anfang Dreißig, eindeutig zu jung für einen derart hohen militärischen Rang. »Demnach ist er ein Offizier der Armee?«

»Nein, er ist ein Guerilla, ein Revoluzzer, und als solcher nicht besser als ein Bandolero, ein Desperado, in Rebellion gegen die offizielle Regierung Mexikos und der Armee, den Federales. Zudem ist er aus Gründen, die ich selber nicht genau kenne und über die ich Sie daher auch nicht aufklären kann, ein erbitterter Feind Ihres Großvaters und der Familie Hobart. Sie erinnern sich vielleicht noch an die Hobarts, die engsten Freunde Ihres Großvaters, die auf der Nachbarranch leben. Und deshalb möchte ich Ihnen auch dringend davon abraten, Ihrem Großvater von Ihrer Begegnung mit dem General zu berichten. Rigo del Castillo ist kein geziemender Umgang für Sie, und Ihr Großvater wäre sicher außer sich, wenn er erführe, daß der General Sie angesprochen hat, wie harmlos und zufällig es auch immer gewesen sein mag.«

»Ich verstehe, und ich weiß Ihren Rat zu schätzen, Mr. Gideon. Ich möchte Großvater nicht verärgern, also werde ich ihm nichts davon sagen, ich verspreche es Ihnen.«

Inzwischen waren sie bei der Suite angelangt, Mr. Gideon schloß die Tür auf und ließ Araminta den Vortritt in den weitläufigen, elegant im mexikanischen Stil eingerichteten Salon. Dann ging Mr. Gideon hinüber zur Doppeltür, die zum ebenso geräumigen Schlafzimmer führte, und öffnete sie ebenfalls. Nachdem er sich vergewissert hatte, daß Aramintas Gepäck heraufgeschafft und das Bad vorbereitet worden war, sagte er, daß er sie in einer Stunde zum Lunch im Restaurant des Hotels abholen werde, und ließ sie dann allein.

Als Mr. Gideon gegangen war, schlüpfte Araminta rasch aus ihren Kleidern, die von der Fahrt über die staubigen Straßen von Texas stark verschmutzt waren, und ließ sich dankbar in die Wanne sinken, die bis zum Rand mit wohlig heißem Wasser gefüllt war. Sie seifte sich großzügig ein und genoß das wohltuende Gefühl. Ihr letztes heißes Bad lag schon eine Ewigkeit zurück, denn in ihrer dürftigen Unterkunft in New York war sie gezwungen gewesen, sich im Waschbecken zu waschen. Doch vielleicht war ebendies der Grund, weshalb sie sich ein wenig dafür schämte, daß ihr Großvater Mr. Gideon angewiesen hatte, eine ganze Hotelsuite für diesen Nachmittag zu mieten, nur damit sie sich frisch machen und ein wenig ausruhen konnte nach der langen Zugfahrt. Es erschien ihr sowohl verschwenderisch wie extravagant, ein Luxus, den sich nur sehr reiche Leute leisten konnten. Doch andererseits war ihr Großvater vermögend, einer der wohlhabendsten Männer in Texas, vielleicht sogar des ganzen Landes; seine Macht und sein Einfluß reichten weit und verliehen ihm eine bedrohliche Aura. Verbunden mit seinem energischen Auftreten und seiner beherrschenden Persönlichkeit machte ihn das zu einem Mann, dem sich selbst seinesgleichen nicht in den Weg zu stellen wagten.

Doch Rigo del Castillo, der aufgrund ihres Namens und der Begleitung durch Mr. Gideon um ihr verwandtschaftliches Verhältnis zu Noble Winthrop gewußt haben mußte, schien nicht im mindesten entmutigt davon, daß er sich mit seinem Verhalten den Zorn ihres Großvaters zuzog. Araminta schloß die Augen und ließ sich tiefer in das heiße Wasser sinken, und als sie sich an den müßigen, musternden Blick des Generals erinnerte, überkamen sie wohlige, prickelnde Schauer. Er war gewiß alles andere als ein Gentleman, dachte sie bei sich. Mr. Gideon hatte ganz recht daran getan, ihn ihr nicht vorzustellen; er war kein Mann, dessen Bekanntschaft eine anständige

Frau suchen sollte. Doch als sein großes dunkles und attraktives Bild ungebeten vor ihrem geistigen Auge aufstieg, erzitterte sie erneut wie vorhin, als sie seine Hand berührt hatte, und das verstörte sie zutiefst. Sie begriff nicht, wieso ein Mann von solch zweifelhaftem Ruf und Manieren eine derartig sonderbare und beunruhigende Wirkung auf sie hatte. Die Reise mußte sie doch mehr mitgenommen haben, als sie bisher geglaubt hatte. Vielleicht hatte ihr Großvater dies vorhergesehen und deshalb für eine erholsame Reisepause gesorgt, ehe sie zur High Sierra weiterfuhr. Wenn dem so war, dann dachte er doch mehr an sie und war ihr doch mehr gewogen als angenommen. Vielleicht hatte er sich ja in all den Jahren geändert und war milder gestimmt. Doch wenn das der Fall gewesen wäre, dann hätte Mr. Gideon ihr doch nicht anraten müssen, ihrem Großvater die Begegnung mit Rigo del Castillo zu verschweigen.

Araminta hätte gerne den Grund für die Feindschaft der beiden Männer gewußt, und als sie an das Auftreten des Generals dachte, begann sie zu zittern. Nein, Rigo del Castillo war nicht der Mann, der feige vor ihrem Großvater zurückweichen würde; viel wahrscheinlicher war ihrer Einschätzung nach das genaue Gegenteil – er war ein Mann, dem es große Befriedigung verschaffte, seinen Gegner anzugreifen und zu besiegen. Vielleicht, dachte Araminta, hatte er genau gewußt, wer sie war, ehe er sie angesprochen hatte. Und wenn, dann hatte er sich ihr möglicherweise sogar in einer ganz bestimmten Absicht genähert und ihre Handschuhe waren nichts weiter als ein willkommener Vorwand gewesen. Durchaus denkbar, daß er mit dem unverschämten Blick eine Konfrontation mit ihrem Großvater hatte heraufbeschwören wollen.

Sie beschloß, ihr Versprechen gegenüber Mr. Gideon zu halten und nichts zu sagen. Es machte keinen Sinn, mit ihrem Großvater auf dem falschen Fuß neu zu beginnen; und zudem wollte sie von Rigo del Castillo nicht als Schachfigur benutzt werden, welches Spiel er auch immer spielen mochte. Mit diesem Entschluß beendete Araminta ihr Bad und trocknete sich ab. Sie fühlte sich schon viel munterer. Nachdem sie sich umgezogen hatte, bürstete sie ihr langes blondes Haar so lange, bis es golden glänzte, und band es dann zu einem schlichten Knoten. Etwas Puder und ein paar Tupfer Gardenien-Parfüm hinter die Ohrläppchen und auf die Handgelenke vervollständigte ihre Toilette. Dann klopfte auch schon Mr. Gideon an ihre Tür, um sie zum Essen abzuholen.

Als sie den Flur Richtung Treppe entlanggingen, hörte Araminta, wie hinter ihr die Tür zu einem der anderen Zimmer geöffnet wurde, und wandte sich um. Dort stand Rigo del Castillo in leidenschaftlicher Umarmung mit einer jungen brünetten Frau, deren Gesicht Araminta nicht erkennen konnte, und küßte sie innig. Araminta spürte brennende Röte auf ihren Wangen und drehte sich hastig um; doch unglücklicherweise brach der General den Kuß in diesem Augenblick ab, schaute zu ihr und sah, wie Araminta ihn und die junge Frau anstarrte, deren Gesicht eng an seine Brust geschmiegt war. Über den Kopf der brünetten Unbekannten hinweg lächelte er Araminta herausfordernd zu, ehe er sich wieder herabbeugte und die Frau in seinen Armen erneut küßte, ohne jedoch dabei den Blick von Araminta abzuwenden. Das Herz klopfte wild in ihrer Brust, und sie eilte so rasch den Flur hinunter, daß sie stolperte. Als sie sich ungeschickt aufrichtete, hallte Rigo del Castillos höhnisches Lachen in ihren Ohren wider.

3. Kapitel

Nach einer herzhaften warmen Mahlzeit im Restaurant des Hotels, bei der Araminta feststellte, wie sehr ihr die mexikanische Küche immer noch mundete, zog sie sich in ihre Suite zurück und gönnte sich ein erholsames Mittagsschläfchen. Die Aufregung, Nervosität und das Rattern des Zuges hatten sie während der langen Fahrt von New York nach Texas keinen Schlaf finden lassen. Und so nickte sie nun völlig erschöpft ein, kaum daß sie sich entkleidet und auf das breite Daunenbett gelegt hatte. Die kühle Brise, die vom Rio Grande durch das offene Fenster wehte, und die sanften Geräusche von der Straße waren wie ein besänftigendes Schlaflied gewesen. Sie war erst einige Stunden später erwacht, als Mr. Gideon an ihre Zimmertür klopfte.

Und jetzt saß sie wieder neben ihm im Automobil ihres Großvaters und genoß den Anblick der Landschaft, während sie nach High Sierra fuhren. Sie hatte ganz vergessen, wie weit und offen das Land hier war, nahezu endlos, so ganz anders als das enge New York. Meilenweit erstreckte sich die Landschaft von West-Texas vor ihr; doch nicht nur Sand und Lehmboden, sondern auch das grüne, von der Sommersonne trockene und ausgedörrte Grasland der Prärie. Hier und dort ragten Kakteen empor, manche mit kleinen Blüten, von strahlendem Gelb bis zu tiefem Violett. Wie kampfbereite Soldaten standen die Kakteen dort, zeichneten sich in unterschiedlichen Größen vor dem Horizont ab. Steppenläufer säumten die Straße, wo die sterbenden Präriewinde sie im Frühling hingeweht hatten. An den knorrigen Mesquitebäumen bogen sich die schmalen olivefarbenen Blätter an den Enden.

Die Sonne hatte den Zenit überquert und begann den langsamen Abstieg gen Westen.

Dieses karge, wilde Land, dachte Araminta bei sich, hatte wenigen Glück gebracht, war aber so vielen zum Verderben geworden. Hier überlebten nur die Starken, und das nur mit all ihrem Kampfgeist. Als sie den Blick über das Land schweifen ließ, das sich in alle Himmelsrichtungen erstreckte, kam sie sich winzig klein und unbedeutend vor. Dennoch erfreute der Anblick ihr Herz, denn anders als in New York konnte man hier draußen atmen; unter diesem Himmel fühlte man sich grenzenlos frei und hatte das Gefühl, unter der geöffneten Hand Gottes zu stehen. Die Landschaft berührte etwas Lebendiges und Erdiges in ihr, und zum erstenmal fragte sie sich, wie ihr Vater diese Gegend je hatte zurücklassen können. Plötzlich hatte sie das Gefühl, tatsächlich heimgekehrt zu sein, und dieses Gefühl wurde noch stärker, als kurz darauf die Hacienda in Sicht kam.

Es war ein eindrucksvolles, breitgestrecktes zweistöckiges Gebäude, der Mittelpunkt von etwa 60 000 Hektar Land. Das Ziegeldach hatte die Farbe von rotem Lehm, die schweren Holztüren, Fensterläden und Balkone die der rotbraunen Flüsse. Und ringsum erstreckte sich, so weit das Auge reichte, die Ranch ihres Großvaters. In der Ferne ragten die Berge wie Wächter über sein Königreich empor. Unwillkürlich beugte sich Araminta vor, um besser durch die aufgewirbelten Staubwolken blicken zu können, als sie sich ihrem Zielort näherten. In der einen Hand hielt sie den aufgespannten Schirm, mit der anderen hielt sie sich an der Windschutzscheibe fest, als der Wagen durch dic Schlaglöcher in der Straße rumpelte, die über die Jahre von Kutschen, Rinderherden und neuerdings Automobilen verursacht worden waren. Sie war noch ein Kind gewesen, als sie die Ranch verlassen hatte; nun kehrte sie als erwachsene Frau zurück. Sie hatte sich verändert, und nun war sie gespannt darauf, ob sich in all den Jahren auch die Ranch verändert hatte, wohl wissend, daß die Zeit nicht stehengeblieben war, wenngleich das Haus noch immer so aussah, wie sie es in Erinnerung hatte.

Schließlich hielt Mr. Gideon direkt vor dem Eingang. Und dort stand Teresa, strahlend, rund und herzlich wie eh und je; ihr Lächeln leuchtete in ihrem vertrauten braunen Gesicht, als sie Araminta mit ausgestreckten Armen willkommen hieß. Araminta schwang die Beifahrertür auf und rief: »Teresa, Teresa«, und fiel ihr in die Arme.

»Oh, Miss Araminta, ich kann es kaum glauben, daß Sie es sind«, sagte Teresa gerührt und schüttelte den Kopf, während sie die junge Frau musterte, die nun statt des Kindes, an das sie sich erinnerte, vor ihr stand. »Sie waren noch eine *muchacha*, als ich Sie das letztemal sah, und nun sind Sie groß – und eine feine Dame *muy bonita* dazu. Oh, da werden die Männer sich aber den Kopf nach Ihnen verdrehen. Willkommen daheim, willkommen daheim! Kommen Sie doch herein. Ich mache Ihnen *Sopaipas*. Die mögen Sie doch noch immer am liebsten, nicht wahr? Ich bereite sie gleich zu, damit sie ganz frisch und siedend heiß sind. Oh, Miss Araminta, wie schön, daß Sie wieder da sind. Sie waren ja so lange fort.«

Sie weiter lobend und neckisch tadelnd, führte sie Araminta ins Haus, und dort war schließlich auch ihr Großvater. Er erschien in der Tür seines Arbeitszimmers, die sich zur Eingangshalle hin öffnen ließ. Kritisch blickte er ihnen entgegen, die buschigen, weißen Brauen hochgezogen. Dann stützte er sich, schwerer als Araminta es in Erinnerung hatte, auf seinen verzierten Gehstock und kam auf sie zu.

Er begrüßte sie ziemlich schroff. »Du bist also der Grund für den ganzen Aufruhr, ja? Wurde ja höchste Zeit, daß du kommst. Ich hatte schon geglaubt, Gideon hat den neuen Wagen in den Graben gesetzt. Da ist ja ein Pony schneller. Hab ich recht, Gideon?«

»Ganz recht, Mr. Winthrop«, murmelte der Sekretär gelassen. Er hatte, wie Araminta bemerkte, die Angewohnheit, den barschen Äußerungen ihres Großvaters stets zuzustimmen, zumal diese selten als persönliche Kränkung gemeint waren; Noble Winthrop ging mit jedem unsanft um.

»Na, dann laß dich mal anschauen, mein Mädel«, fuhr ihr Großvater fort und ignorierte Gideon, so als hätte der nichts gesagt. »Blaß wie ein Weidenkätzchen und auch so schmal. Aber vermutlich kann man nichts anderes erwarten, wenn man in New York City lebt, wo die Häuser so dicht beieinanderstehen, daß man keine Luft kriegt und keine Sonne sieht. Nur gut, daß du dich entschieden hast, nach Texas zurückzukommen. Hier kann ein Mann noch aus der Hintertür spucken, ohne gleich die Haustür des Nachbarn zu treffen. Hast ja nicht viel auf den Rippen. Na, Teresa wird dich schon wieder aufpäppeln. Ich sollte sie meine Rinder füttern lassen, dann wären die Biester in der Hälfte der Zeit fett genug und könnten zum Markt gebracht werden. Drei Tage hockt sie schon in der Küche und kocht und kocht, aber glaubst du, ich bekomme auch nur einen Happen zu essen? O nein. Wenn du nicht endlich gekommen wärst, mein Mädel, dann wär ich glatt verhungert.« Er warf Teresa einen scherzhaften Blick von der Seite zu.

Dann trat er zu Araminta und ergriff verlegen ihre Hand; und Araminta stellte überrascht fest, daß er wegen ihres Wiedersehens nicht minder nervös war als sie, auch wenn er das niemals zugegeben hätte. Sie beugte sich vor und gab ihm einen Kuß auf die wettergegerbte Wange. Sie sah, wie erschrokken er war, denn seine dunkelgrauen Augen weiteten sich und schauten noch grimmiger als zuvor.

»Siehst aber gar nicht so aus, als könnte dich ein Windhauch umpusten, Großvater«, erwiderte sie trocken, wohl wissend, daß ein Scherz ihn nur verärgern würde. »Wenn ich es so bedenke, würde ich sogar sagen, daß du ziemlich fit und wohlgenährt aussiehst.«

Das war nur die Wahrheit, denn auch wenn er von der Gicht geplagt wurde, weswegen er den Gehstock brauchte, so war Noble Winthrop doch in jeder anderen Hinsicht ein echtes Mannsbild für jemanden in seinem Alter. Zwar ging er nun gebeugt vom Alter, doch war er noch immer kräftig gebaut und größer als ein durchschnittlicher Mann, mit breiten Schultern, einem massigen Oberkörper und muskulösen Armen und Beinen. Manche behaupteten, er sei in seiner Jugend imstande gewesen, einen Stier mit einem Schlag umzuhauen. Ihn nun betrachtend, hatte Araminta keinen Anlaß, dies zu bezweifeln. Seine große Hand schloß sich wie ein stählernes Band um ihre viel kleinere. Sie erwiderte seinen kräftigen Handschlag so fest sie konnte, und ihr Großvater drückte noch ein wenig fester zu, bevor er sie losließ, kurz erstaunt schnaubend und zustimmend grummelnd, weil sie diesen Test bestanden hatte. Aber es würde nicht der einzige bleiben, da war sich Araminta ganz sicher. Für Noble Winthrop mußte ein Mensch beweisen, was in ihm steckte; für jene, die seine hohen Erwartungen nicht erfüllen konnten, hatte er keine Verwendung.

»Was stehen wir hier herum?« knurrte er plötzlich. »Teresa, hattest du nicht was von frischen Sopaipas gesagt?«

»Sí, patrón.«

»Na, worauf wartest du dann? Bring sie uns in mein Arbeitszimmer und dazu eine ganze Kanne frischen Kaffee, und zwar einen starken und schwarzen und nicht so eine Brühe mit Zucker und Sahne, wie Frauen es mögen. Meine Enkeltochter ist eine Winthrop, und so trinkt sie auch ihren Kaffee, hab ich recht, Araminta?« Ohne ihr die Gelegenheit zu geben, etwas darauf zu erwidern, hielt er ihr den Arm hin, damit sie sich bei ihm einhakte. Dann führte er sie zu seinem Arbeitszimmer. »Hier entlang, mein Mädel. Wir beide haben eine Menge zu besprechen und zu regeln, also laß uns keine Zeit verschwenden. Ein Mann bringt es zu nichts in dieser Welt, wenn er den

Tag verbummelt. Das schreib dir mal hinter die Ohren, hörst du?«

Araminta nickte. Bedächtig paßte sie ihre Schritte seinem langsameren Gang an, als sie durch die Eingangshalle gingen. Das Arbeitszimmer ihres Großvaters war noch immer so wie früher eingerichtet. Die Möbel waren wie eh und je mit kostbarem, rotem Leder gepolstert und mit demselben bunten Stoff bezogen, an den sie sich aus ihrer Kindheit hier erinnerte; und noch immer dominierten Nobles massiver Eichenschreibtisch und der Drehsessel den Raum. Über dem Kamin hing das riesige Porträt ihrer Großmutter Victoria, die schon lange verstorben, doch auf alle Zeit auf diesem Ölgemälde verewigt war, wie sie als junge Frau ausgesehen hatte. Als Araminta dieses Bild nach so vielen Jahren wieder ansah, wurde ihr mit einemmal bewußt, daß sie nahezu das Ebenbild ihrer Großmutter war.

»Du bist ihr sehr ähnlich«, bemerkte ihr Großvater, als könne er ihre Gedanken lesen. »Victoria war so schön wie eine Rose, nur hatte sie leider auch die Mängel einer Rose. Sie hatte kein Stehvermögen und ist hier in Texas vertrocknet und verblüht. Wollen nur hoffen, daß du trotz ihres Aussehens aus härterem Holz geschnitzt bist, Mädel. Du und ich, wir sind die letzten Winthrops, und auch wenn meine Feinde schwören, ich sei zu böse, um jemals zu sterben, werde ich dennoch nicht ewig leben. Denke, mir bleibt auch nicht mehr allzuviel Zeit. Aber ich fürchte den Tod nicht, hab zu lange mit ihm gelebt. Als ich das erstemal nach Texas kam, war dieses Land noch wild und gefährlich, und der Tod konnte einen jeden Tag treffen. Ich habe die Indianer überstanden, Mexikaner, Skorpione und Klapperschlangen, so dick wie mein Arm, Wirbelstürme und reißende Flüsse, Krankheiten und Verwundungen, bei deren Anblick du in Ohnmacht fallen würdest. Oftmals war ich gezwungen, den Saft eines Kaktus oder das Wasser aus einem Hufabdruck im Lehm zu trinken, und war froh, überhaupt etwas zu trinken zu haben. Ein Mann, der damals nicht lernte, auf sich aufzupassen und mit den Dingen zurechtzukommen, der wurde schon bald Fraß für die Geier. Ich hab mit nichts angefangen; mit Schweiß, Blut und Mumm hab ich die High Sierra aufgebaut und zu der Ranch gemacht, die sie heute ist, eine der größten verdammten Rinderranches im Staate Texas – zur Hölle, des ganzen verdammten Landes. Ich hatte gehofft, mal eine Rasselbande anständiger, kräftiger Söhne zu haben, die das alles erben und den Namen Winthrop weiterführen würden, das Erbe und die Früchte eines arbeitsreichen Lebens. Aber die Dinge haben sich nicht so entwickelt, wie ich es geplant hatte, und nun bist du alles, was ich noch habe. Ein junges Ding, das noch feucht hinter den Ohren ist und sich im Leben nicht auskennt.«

»Da muß ich dir aber widersprechen, Großvater«, wagte Araminta zu entgegnen, hielt seinem bohrenden Blick stand und ignorierte seine ungehobelten Worte, von denen sie annahm, daß er sie damit hatte schockieren wollen. »Du hast ein falsches Bild von mir. Auch ich habe harte Zeiten erlebt, habe Not, Elend und Tod gesehen. Und New York City ist auf seine Weise genauso wild und gefährlich wie der Westen von Texas. Aber ich habe überlebt.«

»Pah«, schnaubte er, als wüßte er es besser. In diesem Augenblick kam Teresa mit einem Silbertablett, schwer beladen mit Sopaipas, einer Kanne Kaffee und zwei Tassen aus feinstem Porzellan, Untertellern und Servietten. Noble bedeutete seiner Enkeltochter, auf dem Chesterfieldsofa Platz zu nehmen, vor dem ein vollendet geschnitzter Teetisch aus Satinholz stand. »Die Honneurs sind natürlich an dir«, sagte er sachlich.

»Wenn du es wünschst, Großvater«, antwortete Araminta gelassen und mit mehr Selbstvertrauen, als sie tatsächlich verspürte.

Sie schenkte den Kaffee ein und tat zwei Sopaipas auf jeden

Teller, erhob sich und servierte ihrem Großvater, der ihr gegenüber in einem der bequemen Sessel Platz genommen hatte. Dann kehrte sie zum Chesterfieldsofa zurück, heilfroh, daß sie es trotz zitternder Hände geschafft hatte, anmutig und ohne Panne die Pflichten einer Gastgeberin zu erfüllen.

»Na, wie ich sehe, hat man dir im Internat wenigstens etwas von dem beigebracht, was eine Frau wissen muß.« Genüßlich biß er in eine der honiggefüllten Beignets, dann blies er in seinen Kaffee und nahm einen Schluck. »Freue mich zu sehen, daß das Geld für deine Ausbildung nicht zum Fenster rausgeschmissen war. Verschwendung mag ich nicht, es ist dumm und führt unweigerlich zu Not und letzten Endes zum Ruin.« Für einen Moment hielt er inne, dann fuhr er fort: »Aber genug herumgeredet. Wir beide sollten uns zusammenraufen, denn wenn wir auch eine Familie sind, so sind wir einander doch in mancher Hinsicht fremd, und ich will nicht abstreiten, daß mich daran eine gehörige Portion Schuld trifft. Ich habe nie gut mit Kindern umgehen können, und ehrlich gesagt, hielt ich es nach dem Tod deiner Eltern für das beste, daß du im Internat warst, unter der Fürsorge und Obhut anderer Frauen, anstatt von einem Kuhhirten wie mir großgezogen zu werden. Außerdem hatte ich das Gefühl, daß du mich nicht besonders leiden konntest, Mädel, und du hattest vielleicht sogar gute Gründe dafür; immerhin hast du miterleben müssen, wie dein Vater und ich im Streit auseinandergegangen sind und es niemals geschafft haben, unsere Differenzen auszuräumen. Dennoch müssen wir versuchen, dies alles zu begraben und uns auf unsere gemeinsame Zukunft konzentrieren. Wir haben sonst niemanden auf dieser Welt, und Blut ist am Ende immer dicker als Wasser. Wäre er noch am Leben, hätte dein Vater das sicher auch eingesehen.«

Die folgende Stunde mit ihrem Großvater verlief angenehm. Doch es änderte nichts daran, daß Aramintas Gefühle für ihn nach wie vor gespalten waren. Sie glaubte, ihn nun besser zu verstehen, war sich aber nicht sicher, ihn auch zu mögen. Sie hegte Bewunderung für das, was er im Leben erreicht hatte. Doch ihr war klar, daß er auf seinem langen Weg zum Erfolg skrupellos auf anderen herumgetrampelt war und so manchen aus dem Weg geboxt hatte, um selber voranzukommen. Trotz seines Ansehens und Vermögens war er ein verbitterter, einsamer alter Mann, da war sie ganz sicher. Mochte es auch den Anschein haben, als schlüge ihn nun im Alter das Gewissen und als habe er seine Liebe zu ihr entdeckt und sei vom tiefen Verlangen erfüllt, Frieden zu schließen – sie bezweifelte es.

Denn ihr war nicht entgangen, daß er sie nicht willkommen geheißen hatte auf High Sierra. Und trotz seines vielen Redens hatte er mit noch keinem einzigen Wort seine Zuneigung zu ihr ausgedrückt. Gewiß, er hatte ihr gesagt, er werde ihr monatlich eine großzügige Summe zur persönlichen Verwendung bereitstellen, hatte darauf beharrt, daß sie sich eine neue Garderobe zulegte, aber mit der Begründung, damit sie in den feinen Kreisen von West-Texas etwas darstellte. Zudem durfte sie sich aus den Ställen jedes Pferd aussuchen, das ihr gefiel, natürlich abgesehen von seinem eigenen. Er wollte, daß sie die High Sierra als ihr Zuhause betrachtete und ihn und das Personal sofort wissen ließ, wenn es ihr an irgend etwas fehlte.

Doch als sie es gewagt hatte zu erwähnen, sie wolle ihre Karriere als Journalistin fortsetzen, hatte er ihr mit erhobener Hand abrupt das Wort abgeschnitten und lapidar gesagt, daß es für seine Enkeltochter nicht in Frage käme, einer so gewöhnlichen und für eine Dame unpassenden Beschäftigung nachzugehen. Debütantin, Gastgeberin, Ehefrau, Mutter und Wohltäterin für Kirche und Hilfsorganisationen betrachtete er als die einzigen für eine Frau ihrer Herkunft angemessenen, und er würde es nicht zulassen, daß sie ihrem Namen durch anderweitiges Verhalten Schande bereitete. Nach dieser Erklärung war seine Miene so finster gewesen, daß Araminta es vorgezogen hatte, sich nicht mit ihm anzulegen, weil sie instinktiv spürte, daß es ihn nur noch mehr aufbringen und letztlich zu nichts führen würde. Innerlich jedoch hatte sie längst den Entschluß gefaßt, sich nicht einfach so seinen rigiden Forderungen und Erwartungen zu beugen, sondern einen Weg zu finden, ihre Träume doch noch wahr werden zu lassen.

Doch mußte sie trotz aller Entschlossenheit zugeben, daß sie nicht wußte, wie das im Moment möglich sein sollte. Vielleicht konnte sie ihren Großvater mit der Zeit umstimmen. Wenn nicht, würde sie eben eine andere Antwort finden müssen. In der Zwischenzeit erschien es ihr Herausforderung genug, sich auf der Ranch einzuleben, ihren Großvater besser kennenzulernen, sich auszuruhen und neue Kräfte zu sammeln.

Tatsächlich erlebte Araminta nun, da sie sich nicht länger um ihre Sicherheit sorgen mußte, den Einbruch, der auf eine Phase von Streß und Anstrengung folgt, in der Körper und Geist gezwungen gewesen waren, über die Grenzen der natürlichen Reserven hinaus zu funktionieren. Und so zog sie sich nach dem Abendessen in ihr Zimmer zurück, sich mit den Strapazen des langen Tages entschuldigend. Ihr Großvater begleitete sie hinauf, da auch er zu Bett gehen wollte, nicht länger imstande, so lange wie früher aufzubleiben. Als sie ihr Zimmer erreichten, stellte Araminta fest, daß sie dort untergebracht worden war, wo sie auch als Sechsjährige, nach Abschluß des Kindergartens, gewohnt hatte. Wie alles andere auf der High Sierra auch, sahen ihr Zimmer und Schlafgemach noch genauso aus, wie sie sie damals zurückgelassen hatte. Es war, als hätte ihr Großvater mit dem Verlust seines einzigen Sohnes auch jegliches Interesse an der Hacienda verloren und als wolle er sich nicht die Mühe machen, sie zu renovieren oder mit Gas und elektrischem Licht zu versehen, was er sich spielend hätte leisten können. Aber daraus, daß er sich ein Automobil gekauft hatte, schloß sie, daß seine Gleichgültigkeit nicht für den Rest der Ranch galt. Nun jedoch, als Noble einen Blick in Aramintas Räumlichkeiten warf, mußte es ihm gedämmert haben, wie mädchenhaft und unpassend die Einrichtung war, denn er räusperte sich verlegen, ehe er das Wort erhob.

»Ich nehme an, du möchtest die Zimmer neu herrichten, was? Neue Möbel reinstellen. Ach, zum Teufel, das ganze Haus könnte einen neuen Anstrich vertragen. Hab in letzter Zeit so gut wie keine Gesellschaften gegeben. Aber jetzt, wo du hier bist, werde ich dafür sorgen, daß du in die besseren Kreise von West-Texas eingeführt wirst, wie es sich gehört. Gib ein großes Fest, Mädel, so daß die Leute vor Neid platzen und ihnen die Augen übergehen. Bei all den Junggesellen in der Gegend kann ich mir gut vorstellen, daß es hier bald zugehen wird wie im Bienenstock. Und wenn die erst mal einen Blick auf dich geworfen haben, dann wirst du bald so viele Einladungen zu Barbecues, zum Tee und zu Partys bekommen, daß du gar nicht mehr weißt, wo dir der Kopf steht. Natürlich werden wir uns revanchieren müssen. Ich werde gleich morgen früh mit Gideon reden. Er wird schon wissen, was wir alles brauchen, und er kennt bestimmt die besten Läden, wo du mit ihm einkaufen kannst; und die Adressen, wo du bestellen kannst, was du in El Paso an Gewünschtem nicht finden kannst. Und denk immer dran: keine falsche Bescheidenheit, Araminta. Ich will nicht, daß die Leute von uns Winthrops sagen, wir wären gewöhnlich. Mir ist schnuppe, was es kostet, solange ich für mein Geld etwas kriege, das was hermacht. Also, verlier keine Zeit, hörst du?«

Mit diesen Worten nickte ihr Großvater, ohne ihre Antwort abzuwarten, wünschte ihr eine gute Nacht und humpelte den Flur hinunter zu seinem Schlafzimmer. Einen Moment lang sah ihm Araminta gedankenverloren nach. Dann zog sie leise die Zimmertür ins Schloß. Ihre Koffer waren bereits ausgepackt worden, wie sie entdeckte, als sie sich fürs Zubettgehen zurechtmachte. Ihre Kleider, augenscheinlich frisch gebügelt, hingen im Schrank, ihre Unterwäsche lag ordentlich gefaltet in den Schubladen der Kommode, und auf der Frisierkommode lagen bereits die Erbstücke ihrer Mutter, der silberne Handspiegel, die Bürste und der Kamm aus Elfenbein. Ihre kleine Sammlung wertvoller Bücher, von denen die meisten ihrem Vater gehört hatten, standen auf dem Nachttischchen. Im Schaukelstuhl saß ihre Lieblingspuppe aus Kindertagen. Sie war alt und ein wenig zerschlissen, aber irgendwie hatte es Araminta nicht übers Herz gebracht, sich von ihrer Puppe zu trennen. Als sie ihre wenigen Habseligkeiten betrachtete, wurde ihr mit einemmal klar, daß dies die gesamte Summe ihres bisherigen Lebens darstellte. Tränen traten ihr in die Augen bei dieser Erkenntnis. Sie hatte solch große Zukunftspläne und Hoffnungen gehabt, als sie das Internat verließ. Daß nichts daraus geworden war, war in der Tat schwer zu ertragen, vor allem wenn sie bedachte, welche Zukunft ihr Großvater für sie ausersehen hatte. Ohne Zweifel erwartete er von ihr, daß sie einen der reichen Rinderbarone oder Landeigner heiratete. Und sicher hatte er auch schon einen oder mehrere in Frage kommende Kandidaten im Auge.

Bei dieser Vorstellung erschauderte Araminta. Sie hatte nichts gegen eine Heirat; im Grunde sehnte sich ein Teil von ihr sogar nach einem Mann und Kindern. Nur verwirrte sie die Art und Weise, wie ihr Großvater dabei vorging, und sie fand es geschmacklos, sie wie eine Preis-Färse an den Höchstbietenden zu versteigern. Für ihren Großvater war eine Heirat augenscheinlich nichts anderes als eine geschäftliche Verbindung; diese Auffassung konnte sie nicht teilen, sie widerte sie an. Ihre Eltern hatten einander so leidenschaftlich geliebt, daß sie, nur um zusammenbleiben zu können, alles andere geopfert hatten, darunter auch die High Sierra, Preston Winthrops Erbe.

Aufgewachsen im Umfeld dieser reinen, unvergänglichen Liebe, wußte Araminta tief in ihrem Herzen, daß sie sich niemals mit weniger zufriedengeben würde, wenn es um ihre Ehe und ihren Ehemann ging. Bestürzt hatte sie jedoch erfahren müssen, daß ihr Großvater sie nicht einmal um ihre Meinung zu seinen Plänen gefragt hatte; ihre Bedürfnisse waren ihm eindeutig egal, und er ging davon aus, daß sie sich seinem Willen fügte. Die Vorstellung, daß seine Weisungen sie zwingen würden, einen Mann zu heiraten, den sie nicht liebte und niemals würde lieben können, war gleichermaßen erschrekkend wie abstoßend, ebenso das Wissen, daß ihr Großvater niemals auch nur die geringsten Skurpel gehabt hatte, seinen Einfluß und sein Vermögen als Waffe gegen jene einzusetzen, die sich ihm widersetzen, selbst bei seinem eigenen Sohn nicht. Warum also sollte es bei ihr anders sein?

Doch dann sagte sie sich, daß sie mit ihren düsteren Vermutungen, ihren Großvater, ihre Hochzeit und Zukunft betreffend, gewiß übertrieb, zumal sie noch nicht einmal jemanden kennengelernt hatte, der überhaupt als Freier in Frage kam. Im selben Moment jedoch mußte sie an Rigo del Castillo denken, an sein tiefes, spöttischs Gelächter und an das Gefühl seiner Haut an ihrer, so elektrisierend wie ihr knisterndes Haar, wenn sie es durchbürstete und mit der Spange bändigte, die sie nachts stets trug, damit sich ihr Haar im Schlaf nicht verknotete. Sie betrachtete ihr Spiegelbild und zog eine Augenbraue hoch, als sie an den General dachte, entsetzt, daß sie die kurze Begegnung mit ihm einfach nicht vergessen konnte. Er sah verdammt gut aus, gestand sie sich zerknirscht und widerwillig ein, und zwar auf eine bedrohliche und teuflische Weise, von der sie sich auf seltsame Weise angezogen fühlte. Sie konnte verstehen, warum bestimmte Frauen ihn trotz seines Rufs als Schwerenöter und Rebell – vielleicht sogar gerade deshalb – attraktiv fanden. Nicht, daß sie es getan hätte, natürlich nicht, sagte sie sich im stillen. Es war nur der Umstand, daß er und ihr Großvater, aus welchen Gründen auch immer, erbitterte Feinde waren, was ihre Neugier und ihr Interesse am General geweckt hatte. Wissen war Macht, und es würde interessant sein, herauszufinden, wer dieser Mann war, der sich mit ihrem Großvater angelegt hatte – und dies, ohne Schaden zu nehmen –, weil sie nicht glaubte, daß es viele von dieser Sorte geben konnte. Selbst ihr Vater hatte Noble Winthrops langen Arm der Vergeltung und Rachsucht gefürchtet, und dies aus gutem Grund.

Ihr Großvater war anmaßend und herrschsüchtig wie eh und je. Nach ihrem heutigen Gespräch war sie sicher, daß es nicht Liebe, sondern Stolz und Eitelkeit war, was ihn bewogen hatte, sie auf seine Ranch zurückzuholen. Er war ein Herrscher ohne Erben, abgesehen von ihr. Sie war die Letzte der Winthrops, die Letzte seines Blutes. Als Egomane konnte er die Vorstellung nicht ertragen, nach seinem Tod nicht durch sie und die High Sierra weiterzuleben. Dennoch fand es Araminta verlockend, die Ranch und all das viele Geld zu erben, vor allem nach der Armut, die sie in New York erlebt und selber erlitten hatte. Für jede andere junge Frau wäre dies sicherlich Grund genug, dem Großvater seinen Willen zu lassen und die Zukunft zu akzeptieren, die er für ihr Leben vorherbestimmt hatte; eine Zukunft, die genau dem entsprach, was sich die meisten Frauen wünschten. Was stimmte nicht mit ihr, fragte sich Araminta, daß sie mehr als das erwartete?

Doch sie wußte die Antwort darauf bereits; sie mußte nur an den Glanz der Liebe denken, der wie Sonnenschein von ihren Eltern ausgestrahlt worden war. Doch ihr Großvater, dessen war sie sich bewußt, würde ihre wehmütige Sehnsucht niemals begreifen und sie wohl als romantischen Unsinn abtun; und ganz sicher würde er ihr sagen, sie solle sich diese närrischen Flausen aus dem Kopf schlagen.

Mit einem tiefen Seufzer beugte sie sich vor und blies die Lampe neben ihrem Bett aus, schlüpfte in das wunderschöne Bett, das die Mitte des Zimmers einnahm, und zog sich die Bettdecke über. Durch die offenen Flügeltüren, die zum Balkon führten, wehte der Nachtwind herein, kühl und willkommen nach diesem heißen Tag, und blähte sanft die Vorhänge. In ihrem vertrauten Zimmer und dem vertrauten Bett fühlte sich Araminta wieder wie damals als Kind; und als sie an ihre Eltern und die tragischen Wendungen dachte, die ihr Leben genommen hatte, wurde sie von einer großen Woge der Trauer und Einsamkeit verschlungen.

In der Ferne rief eine Eule, ein Habicht krächzte, ein einsamer Wolf oder Hund jaulte den Mond an; es war ein eindringliches, verzweifeltes Jaulen wie ein Echo ihrer eigenen Einsamkeit und ihres Kummers. Die Tränen traten ihr in die Augen; sie vergrub das Gesicht im Kissen, um ihr Schluchzen zu dämpfen, und weinte sich in den Schlaf.

4. Kapitel

Schon bald waren Aramintas Tage so ausgefüllt, daß ihr kaum Zeit zum Grübeln blieb. Sie hatte sich den hübschen Rotschimmel Wüstenrose ausgesucht, dessen Mähne und Schweif cremefarben waren; und auch wenn sie nun nicht mehr früh aufstehen mußte, war sie dennoch beim ersten Morgengrauen auf den Beinen und erkundete auf ihren morgendlichen Ausritten das Umland der Ranch. Und je mehr sie von der Gegend sah, desto mehr fühlte sie sich zu ihr hingezogen und empfand eine tiefe Verbundenheit mit dem Land, als sei sie damit geboren worden, als läge es ihr im Blut; und dies gab ihr Kraft und einen tröstenden inneren Frieden, wie sie ihn bislang noch nicht erlebt hatte. Nun begann sie zu verstehen, was ihrem

Großvater damals so sehr an diesem Land gefallen hatte, daß er alle Unbill und Not in Kauf genommen und überstanden hatte. Das Land war auf eine rauhe, ungezähmte Weise schön, die etwas Tiefes und Atavistisches in ihr ansprach – ein Land, das es zu erobern und zu bezwingen galt, ohne daß es sich jemals wirklich unterwerfen ließ, wo die Sonne grell und heiß vom türkisblauen Firmament herabbrannte; wo sich der Regen urplötzlich aus dunklen, drohenden Wolken ergoß, die sich aus dem Nichts am Himmel auftürmten und aus denen Blitze und sonderbare blaue Feuer hervorbrachen, die zwischen den Hörnern der Rinder flirrten; wo von Norden her grimmige Winde peitschten und kleine Wirbelstürme tanzen ließen. Araminta fühlte sich davon herausgefordert und in Hochstimmung versetzt. Sie war sicher, daß es nichts auf der Welt gab, was sich mit einem wilden und ungestümen Ritt über die schier endlose Prärie vergleichen ließ, den Wind im Gesicht und Haar. Es war, als würde sie fliegen und doch mit der Erde verbunden sein.

Dennoch vergaß sie niemals die Gefahren, die dieses Land barg, und so hatte sie stets Pistole und Gewehr bei sich, wenn sie ausritt; beides hatte ihr Großvater ihr gegeben und ferner darauf beharrt, daß sie lernte, mit den Waffen umzugehen. Sie verfügte über ein gutes Sehvermögen und eine ruhige Hand, und mit einiger Übung verstand sie sich schon recht bald vortrefflich aufs Schießen.

Lieber jedoch waren ihr ihre Malutensilien – Skizzenblock, Leinwand, Kreide, Wasser- und Ölfarben –, die sie stets in den Satteltaschen mit sich führte. Manchmal legte sie eine Rast ein, stieg vom Pferd und ruhte sich auf einem Fleckchen Gras oder einem Felsvorsprung aus, holte die hölzerne Schachtel mit ihren Malutensilien hervor und begann zu zeichnen und zu malen; oft genug vergaß sie dabei die Zeit. Mit gekonnten Strichen entstanden Berge, Anhöhen, Plateaus und Ebenen auf Papier oder Leinwand. Nach und nach fügte sie Bilder der grasenden Rinderherden hinzu, mit den Arbeitern in den Korrals oder draußen auf dem Weideland; und schließlich schrieb sie Sätze hinzu, und dabei entstand die Geschichte der High Sierra und des Westens. Doch dies blieb Aramintas Geheimnis; und sie bewahrte es in ihrem Holzkasten verschlossen auf, wie sie in ihrem Herzen den Traum aufbewahrte, eines Tages Journalistin zu werden.

Nach ihrem Ausritt kehrte sie zur Hacienda zurück, wo sie gemeinsam mit ihrem Großvater frühstückte, der mit Wohlgefallen zur Kenntnis nahm, daß sie keine faule Langschläferin war und ihr die täglichen Ausflüge guttaten; ihre Wangen hatten längst wieder eine rosige Farbe angenommen, und sie war nicht mehr so dürr und blaß wie bei ihrer Ankunft, so daß er nicht mehr befürchten mußte, daß sie seinem Patenkind Judd Hobart nicht gefallen würde.

Nach dem Frühstück setzte sich Araminta mit Mr. Gideon zusammen, und er riet ihr, wie sie mit der Renovierung des Hauses am besten vorgehen sollten und welche Garderobe sie sich für die festlichen Anlässe besorgen sollte, zu denen sie in den kommenden Wochen selber einladen oder eingeladen werden würde. Nachdem sie etliche lange Listen aufgestellt hatten, fuhr Mr. Gideon mit ihr nach El Paso und begleitete sie in die vornehmsten Geschäfte am Ort. Was nicht in der Stadt besorgt werden konnte, wurde bestellt – aus St. Louis, Chicago oder New York City, wenn nötig, sogar aus Europa. Araminta suchte sich kostbare Gewänder und Ballkleider von keiner geringeren Adresse als Worth in Paris aus. Während all dieser gemeinsamen Besprechungen und Einkaufsgänge wunderte sie sich immer wieder, wie gut sich Mr. Gideon mit Möbeln, Kleidern und Schmuck auskannte. Sicher war er wegen seiner Kenntnisse für ihren Großvater unentbehrlich geworden.

Doch schließlich war der Tag gekommen, an dem das letzte

Bild aufgehängt, das letzte neue Kleid eingetroffen war und ihr Großvater sowohl die Hacienda wie auch Araminta bereit für die feine Gesellschaft von West-Texas befand. Und so wurden Einladungen verschickt, Vorkehrungen mit Lebensmittellieferanten und Floristen getroffen, für Musik gesorgt und der Ballsaal prächtig für ihren Debüt-Ball oder Fandango, wie es im Südwesten gemeinhin genannt wurde, geschmückt. Da sie wußte, wie blaß Weiß sie machte, hatte sich Araminta für ein leuchtendrosa Seidenkleid entschieden, dessen Farbton an einen texanischen Sonnenaufgang erinnerte und ihren hellen, inzwischen von der Sonne leicht gebräunten Teint wie Rosen und Gold leuchten ließ. Das Kleid hatte kurze, schulterfreie Ärmel und ein herzförmiges Dekolleté, das ihre vollen, reifen Brüste zur Geltung brachte. Von der Schärpe um ihre Taille herab ergoß sich das Kleid in Glockenform und endete in einem mit Rüschen besetzten Saum. Carmen, ihre Zofe, hatte ihr das lange blonde Haar zu einer Kaskade von Ringellocken aufgetürmt und rosa Seidenschleifen und kleine rosa Seidenrosen hineingeflochten. Ein rosa Fransenschal und dazu passende Handschuhe und Sandalen vervollständigten ihr Ensemble. Ihre Ohren, Hals und Handgelenke hatte sie mit Diamanten geschmückt, die ihr ihr Großvater geschenkt hatte. Als sie sich nun im Standspiegel ihres Schlafzimmers musterte, wußte sie, daß sie wunderschön war. Wäre sie sich nicht so sicher gewesen, daß ihr Großvater diesen Fandango nur deshalb ausrichtete, um sie sämtlichen Junggesellen der Gegend vorzustellen, hätte sie sich gewiß auf den bevorstehenden Abend gefreut. So aber konnte sie nur hoffen, daß ihr Großvater ein Mindestmaß an Zurückhaltung und Diskretion bewies und nicht alle davon in Kenntnis setzte, daß sie noch unverheiratet war, wozu er durchaus imstande war.

Als Araminta sich dann unten in der Eingangshalle zu ihm gesellte, strahlte Noble anerkennend bei ihrem Anblick – was unglücklicherweise wie ein diebisches Grinsen wirkte, so daß er aussah wie jemand, der etwas im Schilde führt.

»Mädel, du siehst ja bildhübsch aus. Wie die Preismähre, die du dir aus meinem Stall ausgesucht hast. Ganz zu schweigen davon, daß du die Hacienda in einen wahren Palast verwandelt hast. Hätte nie für möglich gehalten, daß dieses Haus mal so verdammt viel hermachen würde, das kannst du mir glauben.« Noble nickte zufrieden, während er sich in der geschmackvoll geschmückten Eingangshalle umsah, die Araminta, wie den Rest des Hauses auch, mit ihrem Gespür für Farben und Muster neu eingerichtet hatte; in den satten Farben der Wüste, sandigem Gold, dem Grün der Kakteen, Türkisblau und Rosé, akzentuiert von solchen Farbtönen wie Okker, Umbra und Siena. »Du hast Geschmack, Araminta, Geschmack und Stil. Da kann dir niemand im ganzen Land das Wasser reichen. Also, wenn die jungen Burschen heute abend keine Stielaugen kriegen, wenn sie dich sehen, und sich nicht in die Haare geraten, ehe der Abend vorüber ist, bin ich sehr enttäuscht.« Er rieb sich die Hände vor Vorfreude und kicherte derart gutgelaunt, daß es Araminta nicht überrascht hätte, wenn er seinen Stock fallen gelassen und ein Freudentänzchen aufgeführt hätte.

»Danke, Großvater«, sagte sie, von seinem Lob geschmeichelt, wenn sie auch entsetzt daran dachte, daß es ihretwegen vielleicht wirklich eine Schlägerei geben könnte. Zudem kannte sie ihren Großvater inzwischen gut genug, um seine Bewunderung für sie als eine Art Eigenlob zu erkennen, da sie ihm, den Winthrops und der High Sierra alle Ehre machte und es letztlich als sein Verdienst ansah, wie sehr sich die Hacienda und Aramintas Erscheinung verbessert hatten, als trüge sie keinerlei Anteil daran.

Doch dann wurde Araminta aus ihrer Grübelei gerissen, als draußen vor dem Eingang Automobile und Kutschen vorfuhren, und sie wurde sich schlagartig bewußt, daß die ersten Gäste eintrafen.

Wie aus dem Nichts war Sanchez, der Butler, urplötzlich im Foyer erschienen, zur Tür geeilt und hatte sie geöffnet, während aus dem rückwärtigen Teil des Hauses das Stimmengewirr der übrigen Bediensteten erklang, die die Vorbereitungen abschlossen. Die Kapelle im Saal stimmte sich ein und spielte dann die erste beschwingte Melodie.

Die weißgetünchten Wände der Hacienda leuchteten wie Perlmutt im silbrigen Mondlicht und unter dem rötlichen Licht der flackernden Fackeln vor dem Haus. Durch die Fenster im Erdgeschoß strömte das Licht vieler Öllampen und Kerzen in kristallenen Haltern. Als die ersten Gäste nun das Foyer betraten, in den Salon gingen, wo Kartentische aus grünem Bast aufgestellt worden waren, und den Ballsaal bevölkerten, erklangen im ganzen Haus fröhliche Stimmen, Lachen und Musik. Durch die offenen Flügeltüren des Ballsaals, die zum säulengesäumten Portikus führten, wogte der Klang der Festlichkeit hinaus in die Dunkelheit, um sich dort mit den klagenden Rufen der Geschöpfe der Nacht zu verbinden – dem entfernten Jaulen der Wölfe und Kojoten und dem Ruf der Nachtvögel. Drinnen ertönte das leise Klirren von Punschkellen und Flaschen, als die Gläser der Gäste mit Limonade und anderen, hochprozentigen Getränken erneut gefüllt wurden, begleitet vom Stimmengewirr der mexikanischen Bediensteten, die darauf achteten, daß es den Gästen an nichts fehlte.

Im Ballsaal bogen sich lange, mit weißen Leinentischtüchern gedeckte Tische unter ihrer schweren Last: verzierte Silbertabletts mit Fleisch, Schinken und Huhn, alles frisch vom Grill; Fisch, Enchiladas, Tamales, Frijoles und andere mexikanische Gerichte, die auf Kerosinstövchen warm gehalten wurden; eine große Silberterrine mit brodelndem Chili con Carne; eine Kristallschüssel mit allerlei Sorten Gemüse und

Salaten; Salsa, Maissoße und andere Beilagen; eine Pfanne mit gebackenem heißen Brot, auf dem die Butter zerlief, und eine Platte mit dampfendheißen Tortillas. Dazu gab es vielerlei Desserts. Verlockende Schokoladenkuchen thronten auf kristallenen Ständern neben flachen Schälchen mit überbackenen Pfirsichen, ferner Apfelkuchen mit Zimtstreuseln und eine tiefgefrorene Schüssel Vanilleeiskrem, umrahmt von Sopaipas, Waffeln und Keksen.

Türen schwangen gutgeölt auf und zu, als die endlose Prozession der Kellner aus der Küche in den Saal und wieder zurück eilte, schwer beladen mit Tabletts, manche mit Nachschub an Hors d'œuvres und anderen Köstlichkeiten, andere mit dem ersten schmutzigen Geschirr. Doch bei all der Hektik wurde kein einziger Tropfen vergossen, kein Gast auf der Tanzfläche angerempelt, denn Noble Winthrops hohe und unnachgiebige Maßstäbe waren legendär, und wer von den Angestellten und Arbeitern diesen nicht gerecht wurde, blieb nicht lange auf der High Sierra.

Mit einem Silbertablett voller Whiskey und Mescal bahnte sich einer der Kellner den Weg durch die blauen Tabakwolken, die aus den offenen Türen des Salons drangen. Dort hatten sich mehrere Gentlemen um die Kartentische versammelt, zu alt und zu verlebt, um zu tanzen oder sich mit der holden Weiblichkeit zu befassen; die ersten Pokerpartien waren im Gange, begleitet vom Geräusch der hingeworfenen Chips und Karten. Andere standen auf dem Portikus beisammen, rauchten ebenfalls feine Havannazigarren und sprachen, ein Glas in der Hand, über Themen, die nicht für die Ohren der Damen gedacht waren. In einer Ecke des Saales saß eine Gruppe Matronen, beharrlich den Rauch fortwedelnd, der aus dem Salon und vom Portikus zu ihnen zog, und eifrig den neuesten Tratsch und Klatsch austauschend. Die beliebtesten Gesprächsthemen der Frauen waren Rezepte und Mode, Geburten und Todesfälle,

Skandale und wer gerade wem den Hof machte. Die Männer hingegen sprachen hauptsächlich über Krieg. Die Vereinigten Staaten hatten Truppen nach Honduras, Kuba und Nicaragua entsendet, um die dortigen Interessen zu verteidigen; und die mexikanische Revolution wurde in vielen Fällen nahe der Grenze von Texas ausgefochten. Als Noble und Araminta die letzten eintreffenden Gäste begrüßt hatten und sich durch die Menge bewegten, bekam sie faszinierende Gesprächsfetzen mit; es ging um Vieh- und Pferdediebstahl nicht nur auf der High Sierra, sondern auch auf den benachbarten Ranches entlang des Rio Grande. Jemand meinte, es ließe sich mit dem brutalen Bürgerkrieg südlich der Grenze ein Vermögen machen; sie sprachen von Waffenhandel und anderen Möglichkeiten, die Araminta sowohl skrupellos als auch kriminell erschienen. Mehr als einmal fiel der Name Rigo del Castillo im Zusammenhang mit Diebstahl oder Waffenschieberei, und sie fragte sich neugierig, ob dies etwa der Grund für die Fehde zwischen ihrem Großvater und dem General war. Ihr war sehr wohl klar, daß ihr Großvater es nicht tatenlos hinnehmen würde, wenn ihm jemand Pferde oder Rinder stahl. Doch ehe sie noch mehr mitbekam, schob Noble sie in den Ballsaal, wo sie sofort von einer Schar aufgeregter junger Männer umringt wurde, die begierig waren, der Gastgeberin ihre Aufwartung zu machen.

Doch ebenso plötzlich wurde sie aus ihrer Bedrängnis befreit, als der Mutigste und Hübscheste aus der Gruppe – der Patensohn ihres Großvaters, Judd Hobart – die anderen arrogant mit dem Ellbogen beiseite schob und Araminta ohne Aufforderung auf die Tanzfläche entführte.

»Ich kann mich nicht entsinnen, Ihre Einladung zum Tanz vernommen zu haben, Mr. Hobart«, entrüstete sich Araminta, und ihre Augen funkelten böse. Sie fand ihn ebenso impertinent wie Rigo del Castillo, und sein dreistes Verhalten ärgerte sie. Judd grinste nur.

»Ich habe dich auch gar nicht aufgefordert, Araminta, wie du sehr wohl weißt. Wenn ich ein hübsches Kälbchen von der Herde trenne, um ihm mein Brandzeichen aufzudrücken, dann benutze ich Sporen und Lasso dazu. Ich stehe nicht nur dumm rum, gaffe und warte darauf, daß die Arbeiter zupacken. Wenn ich eines im Leben gelernt habe, dann daß es sich nicht auszahlt, lange zu fackeln. Wer hier im Westen überleben und es zu etwas bringen will, der muß auf Zack sein, o ja. In dieser Welt muß ein Mann sich nehmen, was er will, ehe ihm ein anderer zuvorkommt.« Womit er nichts anderes sagte, als daß er sie wollte. Araminta schnappte erschrocken nach Luft bei dieser Unverschämtheit und dem anmaßenden Tenor seiner Worte. Wie konnte er es wagen? Zumal sie sich so gut wie gar nicht kannten.

»Ich habe Ihnen auch nicht gestattet, mich mit Vornamen anzureden, Mr. Hobart.« Sie klang zornig ob seiner Unverfrorenheit. Doch Judd lachte nur über sie, was sie noch wütender machte.

»Ach komm, Araminta, was soll dieses höfliche Getue, wo wir uns doch schon von kleinauf kennen. Auch wenn ich damals, vor etwas mehr als zehn Jahren, noch kein Auge auf dich geworfen habe, was ich sehr bedaure, wie du mir glauben kannst.« Er musterte sie von Kopf bis Fuß, worauf sie errötete und den Blick senkte.

Weil sie nicht wußte, was sie tun sollte, biß sie sich auf die Unterlippe. Es stimmte, daß sie Judd seit ihrer Kindheit kannte. Aber nicht sonderlich gut, denn damals war er bereits ein erwachsener Mann gewesen, fünfzehn Jahre älter als sie, und sie hatten nichts gemeinsam gehabt und nie etwas zusammen unternommen, zumal sie damals gerade aus dem Kindergarten gekommen war. Und doch hatte sie ihn bei der Begrüßung sofort wiedererkannt.

Er war jemand, den man schwerlich vergaß; und obendrein

war er in einen sich hartnäckig haltenden, ominösen Skandal verwickelt gewesen, an den sie sich noch vage erinnerte; es hatte mit einer Affäre mit einer Frau zu tun, die die Hobarts dank ihres Einflusses rasch erstickt hatten, so daß die Wahrheit niemals ans Tageslicht gekommen war.

Allein schon Judds körperliche Größe war ungewöhnlich. Er überragte die meisten anderen Männer und wog mehr als hundert Kilo – sein schwerer Körperbau wies nur Muskeln auf, kein Fett. Seine Schultern, sein Nacken und seine Brustpartie waren so kräftig und massig wie die eines Zuchtbullen. Das dichte, tabakbraune Haar, das an die Mähne eines Löwen erinnerte, hatte er aus dem gebräunten, wettergegerbten Gesicht gekämmt, das unübersehbare Zeichen seines ausschweifenden Lebenswandels aufwies. Unter den von der Sonne gebleichten Brauen funkelten seine Augen türkisblau wie der Himmel über dem Südwesten; selbst seine Wimpern glitzerten golden an den Spitzen. Und diese Augen funkelten nun hart wie Juwelen, als er, die Lider halb gesenkt, Araminta weiter anstarrte, als stünde sie zum Verkauf und als sei er ein interessierter Käufer. Sein Blick war sogar noch unverschämter als der von Rigo del Castillo, und Araminta hätte ihm am liebsten eine Ohrfeige für sein übermütiges, selbstgefälliges Schmunzeln verpaßt.

Als könne er ihre Gedanken lesen, blähten sich die Nasenlöcher seiner wie aus Stein gemeißelten, markanten Nase, und sein kampflustiger, breiter Kiefer stand noch mehr hervor. Fest den Arm um sie legend, zog er sie eng an sich, als wolle er sie absichtlich noch weiter reizen, während er gekonnt mit ihr durch den Saal tanzte. Wäre es ihr möglich gewesen, hätte sie sich von ihm losgemacht und ihn einfach auf der Tanzfläche stehenlassen. Doch sein Griff war wie eine Fessel, und sie spürte intuitiv, daß jeglicher Versuch, sich zu befreien, nicht nur vergeblich wäre, sondern ihn obendrein nur erheitern würde. So ertrug sie seine unerwünschte Zuwendung mit frostigem Schweigen, über das er sich jedoch dreist grienend hinwegsetzte. Araminta betete innerlich, der Walzer möge doch endlich zu Ende sein.

Als die Kapelle dann tatsächlich verstummte, war ihre Erleichterung jedoch nur von kurzer Dauer; denn anstatt sie loszulassen, hakte Judd sie fest bei sich unter und schritt mit ihr Richtung Portikus. Araminta wußte beim besten Willen nicht, wie sie ihm entkommen sollte, ohne eine Szene zu machen. Es war ihr nicht in den Sinn gekommen, daß ihr auch auf der High Sierra ein Briefbeschwerer in der Handtasche von Vorteil gewesen wäre, wie sie ihn auf den Straßen von New York City benutzt hatte, um aufdringliche Kerle abzuwehren. Belustigt stellte sie sich vor, wie es wäre, Judd einen Schlag damit zu verpassen, so daß er ohnmächtig zu Boden sinken würde. Die Vorstellung, wie er in die Knie sank wie ein umgehauener Stier, ließ sie innerlich schmunzeln. Sie hätte darauf gewettet, daß er dann nicht mehr so dreist und unverschämt gewesen wäre.

Sie konnte einen Stoßseufzer nicht unterdrücken, als sie erkannte, daß sich die Männer in Texas nicht von den Strolchen in den Hinterzimmern des Zeitungsverlagsviertels von New York City unterschieden; nur daß sie weniger verschlagen, dafür aber dreister in ihrem ordinären Verhalten waren. Wenn sie daran dachte, daß ihr Großvater tatsächlich beabsichtigte, sie mit einem dieser ungehobelten Kerle zu verheiraten, verließ sie aller Mut. Sie hatte kaum etwas mit den Männern, von denen sie an diesem Abend umgeben war, gemeinsam, mit Judd am allerwenigsten. Er war alles, was sie an einem Mann verabscheute – rüpelhaft und beherrschend, von sich selbst eingenommen und von ihr erwartend, daß er ihr gefiel und daß sie von seiner Zuwendung geschmeichelt war; er war – wie ihr Großvater – der Überzeugung, daß eine Frau die starke Hand eines Mannes brauchte. Die Vorstellung, zu einer Ehe mit Judd gezwungen zu sein und sich ihm unterwerfen zu müssen, ließ Araminta erschaudern. Denn sowohl ihre Erinnerungen aus der Kindheit wie auch ihr jetziger Eindruck von ihm ließ sie überzeugt sein, daß er keine Skrupel hatte, sich über alles und jeden hinwegzusetzen, inklusive seiner Frau. Instinktiv zog sie ihren Schal fester um sich, so als könne er ihr Schutz vor Judd bieten.

»Kalt?« fragte er und hob eine Braue.

»Ein wenig. Wenn es Ihnen nichts ausmacht, würde ich gern wieder hineingehen.«

»Und ob es mir was ausmacht, Araminta. Ein übervoller Ballsaal ist wohl kaum der geeignete Ort, um einander besser kennenzulernen, findest du nicht auch?« Die Frage war rein rhetorisch, denn er fuhr fort, ohne ihre Antwort abzuwarten. »Außerdem wirst du, wenn wir reingehen, sofort wieder von den Kerlen umringt sein, die wie ein Rudel Wölfe auf ein Lamm auf dich losgehen werden, und dann könnte ich mich gezwungen sehen, dich vor ihnen zu beschützen und einige Kinnhaken auszuteilen. Nicht, daß es mir etwas ausmachen würde, wirklich nicht. Ich denke, es würde mir ein Vergnügen sein. Aber es würde ganz sicher einen Aufruhr geben, der vielleicht den ganzen Abend verdirbt, und irgendwie habe ich meine Zweifel, daß dir das gefallen würde, Araminta.«

Er lächelte, als er dies sagte, aber seine Worte waren alles andere als freundlich; und Araminta erkannte die versteckte Drohung darin. Sie traute ihm zu, daß er sich tatsächlich so verhalten würde, und da sie annahm, daß einige der jungen Burschen bereits genügend getrunken hatten, konnte eine jener Massenschlägereien entstehen, für die Texas berüchtigt war. Daher schüttelte sie nur den Kopf und stimmte ihm widerwillig zu.

»Sie haben recht«, antwortete sie. »Das möchte ich nicht.

Und Großvater ganz sicher auch nicht.« Damit bedeutete sie Judd, es nicht drauf ankommen zu lassen, sich mit ihr anzulegen, sonst würde er sie schon bald kennenlernen.

»Na, da wäre ich mir an deiner Stelle aber nicht so sicher«, entgegnete er, nicht im mindesten von ihrer Andeutung, daß er sich den Zorn ihres Großvaters zuzöge, wenn er eine Schlägerei anzettelte, beeindruckt. »Noble weiß einen guten Kampf zu schätzen, wie es jeder richtige Mann tut. Und da ich natürlich nur die Ehre seiner Enkeltochter verteidigen würde, glaube ich kaum, daß er etwas dagegen einzuwenden hätte. Zudem habe ich bei Noble einen Stein im Brett, immerhin bin ich sein Patensohn, und daher ist die High Sierra wie mein zweites Zuhause. Ich kann kommen und gehen, wie es mir beliebt, und weißt du was? Irgendwie habe ich das Gefühl, daß ich jetzt noch öfter hier sein werde, wenn du verstehst, was ich meine.« Sein Blick hielt ihren gefangen.

»Mir scheint, daß Sie sich eine Menge einbilden, Mr. Hobart«, entgegnete Araminta steif und versuchte erfolglos, ihre Hand aus seinem Griff zu befreien.

»Judd. All meine Freunde sagen Judd. Und ich wußte vom ersten Moment an, als ich dich in der Eingangshalle stehen sah, daß wir beide noch die besten Freunde werden, Araminta. Ich habe lange darauf gewartet, daß du erwachsen heimkommst. Und da du nun endlich hier bist, na ja, zum Teufel! Du kannst es mir nicht zum Vorwurf machen, daß ich ein wenig ungeduldig bin, oder?«

Araminta nahm an, daß dies als Kompliment gedacht war, aber irgendwie klangen seine Worte nicht echt. Judd hatte sich nie für sie interessiert, als sie noch ein Kind gewesen war. Er hatte sie in all den Jahren in New York nicht ein einziges Mal besucht oder ihr geschrieben. Daher hatte sein plötzliches Interesse an ihr eher etwas mit der High Sierra zu tun als mit ihr. Sie wäre eine dumme Romantikerin, wenn sie hoffte, daß sich ein Mann nur um ihrer selbst zu ihr hingezogen fühlte und nicht wegen des Vermögens und Einflusses ihres Großvaters.

Judd zeigte sich von Aramintas eisigen, abweisenden Entgegnungen auf seine Bemerkungen und Komplimente ungerührt, als er mit ihr durch den prächtig angelegten Garten ging, der hier und dort diskrete Nischen und holzvergitterte Lauben mit Bänken aufwies. Die Bäume rauschten sanft in der kühlen Brise der Nacht, und die Luft war von einem betörenden, würzigen Aroma erfüllt. Der Garten war vor vielen Jahren von Nobles Frau Victoria angelegt worden, und seine Schwiegertochter Katherine hatte ihn gepflegt. Araminta war froh, daß ihr Großvater den Garten hatte in Ordnung halten lassen, denn seit ihrer Rückkehr auf die Ranch hatte sie so manche Stunde hier verbracht, sich um Bäume und Blumen gekümmert und, geschützt vor der heißen Nachmittagssonne, im Schatten gesessen und gemalt und gezeichnet.

Der Lärm und die Musik aus dem Ballsaal wurden zunehmend leiser, als sie mit Judd durch den dunklen Garten schlenderte, der nur vom Mondlicht und Fackelschein erhellt wurde; und nun konnte sie das Lied der Nacht vernehmen, den Ruf der wilden Tiere der Prärie, das Zirpen der Grillen, das Seufzen des Windes, der sich stets anders anhörte, wenn die Sonne untergegangen war. Glühwürmchen leuchteten in den Büschen entlang der Mauer auf, die den Innenhof umgab, und am schwarzen, schmiedeeisernen spanischen Tor stand eine Frau und schaute zum Horizont, wo der Himmel rot, rosa und golden leuchtete, als Donnergrollen ertönte. Irgendwie kam Araminta diese Frau bekannt vor, die Art, wie sie ihren Kopf hielt, das brünette Haar ...

Und dann fiel ihr ein, wo sie ihr schon einmal begegnet war – sie war jene Frau, die Rigo del Castillo im Hotel in El Paso in den Armen gehalten hatte.

»Velvet«, rief Judd schroff. Beides – sein Ton und der Name –

ließ Araminta erschreckt zusammenfahren, denn nun wußte sie, noch ehe sich die Frau umwandte und ihr liebliches Antlitz vom Mondlich beschienen wurde, daß es sich um Judds jüngere Schwester handelte, die dort am Tor stand. »Was machst du hier draußen?«

»Drinnen ist es so stickig, da wollte ich ein wenig frische Luft schnappen. Aber ich wäre gleich reingekommen und hätte dich geholt. Ich habe Schüsse gehört, Judd, und schau, da brennt es. Oh, Judd, es brennt auf dem Chaparral.« Mit erschrockener Miene und weit aufgerissenen Augen, so blau wie die ihres Bruders und von dichten Wimpern umrahmt, schaute Velvet sie an.

Da begriff Araminta, daß das Flackern am Horizont und das Grollen kein Unwetter gewesen waren. Der Chaparral brannte, und es war Gewehrfeuer gewesen, was sie gehört hatten, das der Nachtwind wie ein unheilverkündendes Echo davontrug.

5. Kapitel

»Velvet, sag Pa Bescheid, daß es brennt.« Judd schaute mit ernster und grimmiger Miene zum Chaparral hinüber. »Und sag ihm, daß ich dorthin unterwegs bin, um mir ein Bild zu verschaffen. Der Himmel sieht zwar aus wie das Feuerwerk am vierten Juli, aber ich glaube nicht, daß das Feuer wirklich so schlimm ist. Wenn es das wäre, dann hätte Ty Danner uns sicher längst benachrichtigt. Da er das nicht gemacht hat, brennt wahrscheinlich nur eines der Nebengebäude und nicht das Haus oder – Gott bewahre – das Land. So trocken, wie es den Sommer über gewesen ist, wäre ein Präriebrand das Schlimmste, was passieren könnte.«

So jung sie auch gewesen war, als ihre Eltern mit ihr aus Texas fortgegangen waren, wußte Araminta doch, wie recht

Judd damit hatte. Sollte das von der Sonne ausgedörrte Gras Feuer fangen, würde es bald wie Zunder brennen und sich in Windeseile zum Flächenbrand ausweiten und hektarweise Land verschlingen, ehe das Feuer unter Kontrolle gebracht werden konnte. Sie hoffte nur, daß Judds Vermutung zutraf und es nur ein kleines Feuer war. Aber selbst wenn nur eines der kleinen Nebengebäude in Brand geraten war, würden die gegen das Feuer ankämpfenden Männer ganz sicher Verletzungen, Brand- und Schnittwunden davontragen, die versorgt werden mußten, und sie würden hungrig und durstig sein. Vielleicht konnte sie helfen.

»Ich begleite dich«, bot sie Judd an, als er so eilig Richtung Haus schritt, daß sie Mühe hatte mitzuhalten. »Im Internat mußten wir abwechselnd auf der Krankenstation aushelfen, deshalb kann ich Erste Hilfe leisten.«

»Danke. Gut möglich, daß wir das brauchen.« Nichts an seinem jetzigen Verhalten ihr gegenüber erinnerte an seine vorherige überhebliche Art. Er war kühl, überlegt und entschlossen; ein Mann, auf den im Moment einer Krise Verlaß war, wie sie überrascht feststellte. Sie war drauf und dran gewesen, Judd als Angeber und arroganten Schnösel abzutun. Doch nun sah sie, daß ihr erster Eindruck trügerisch gewesen war. Hatte ihr Großvater nur ihr Bestes im Sinn, indem er – wie sie vermutete – Judd als ihren künftigen Mann ausersehen hatte? Vielleicht ging sie zu streng mit beiden Männern ins Gericht.

Als Noble im Ballsaal von dem Feuer erfuhr, unterstützte er Araminta in ihrem Entschluß, Judd zu begleiten. Auch wenn das Fest ihr zu Ehren stattfand, ging der Notfall selbstverständlich vor. Sollte die Lage am Chaparral schlimmer als angenommen sein, sollte Judd es unverzüglich seinen Vater und Noble wissen lassen. Die drei kamen überein, daß es in der Zwischenzeit keinen Grund gab, das Fest, das im vollen Gange war, zu unterbrechen und die ausgelassene Stimmung der Gäste zu verderben. Es war nicht der erste Vorfall dieser Art, und es wurden mexikanische Bandoleros dahinter vermutet, an ihrer Spitze der verrufene General Rigo del Castillo.

Judds schnittiges, leuchtendrotes Automobil wurde mit offenem Verdeck am Eingang vorgefahren; und nachdem er sich vergewissert hatte, daß Araminta sicher Platz genommen hatte, stieg er ebenfalls ein und gab Gas. Die Räder ließen Staub und Steine aufspritzen, als der Wagen zur Straße hin und dann mit Höchstgeschwindigkeit Richtung Chaparral brauste. Araminta fand es so berauschend wie ein Galoppritt über die Prärie. Der Fahrtwind zerzauste ihr das Haar und zauberte eine hübsche Röte auf ihre Wangen; und Judd, sich ihrer Schönheit in diesem Moment mehr als bewußt, sagte sich, daß sie so auch nach einer Liebesnacht mit ihm aussehen würde. Seit er sie in der Eingangshalle erblickt hatte, hatte er den Entschluß gefaßt, daß Araminta nur ihm allein gehören sollte. Sie war nicht nur eine begehrenswerte Frau, sondern überdies bald die alleinige Erbin der High Sierra. Andernfalls hätte Noble Winthrop sie gewiß nicht nach Hause beordert.

Seit Jahren schon spekulierte Judd darauf, nicht nur den elterlichen Chaparral zu erben, sondern als Nobles Patensohn auch die High Sierra, und er hatte sich bereits ausgemalt, wie er die beiden Ranches zum größten Besitz des ganzen Landes vereinigen würde. Er sah sich bereits nicht nur als Landbaron und Rinderkönig, sondern auch als allumfassender Herrscher. Er würde nicht zulassen, daß ihm dieser Traum durch die Finger glitt, nur weil Noble im Alter mit einemmal weich zu werden schien und eine unerwartete, sentimentale Zuneigung für Araminta verspürte. Selbst wenn sie häßlich und fett gewesen wären, hätte Judd sie zur Frau genommen, um die High Sierra zu kriegen. Aramintas klassische Schönheit war nur von Vorteil. Sowohl verheißend wie reserviert wartete sie darauf, von einem starken Mann erweckt zu werden, und er war fest entschlossen, dieser Mann zu sein.

Nur die drohende Gefahr, daß die Ranch seiner Eltern bis auf die Grundmauern niederbrannte, hielt ihn davon ab, mit ihr an einen entlegenen Ort zu fahren und sie dort zu nehmen, entweder durch Verführung, notfalls aber auch mit Gewalt. Nicht, daß sie sich lange wehren würde, schmunzelte Judd selbstgefällig im stillen. Danach wäre ihr keine andere Wahl geblieben, als ihn zu heiraten. Die Möglichkeit, daß sie ihn angezeigt und bloßgestellt hätte, kam ihm gar nicht in den Sinn. Die Schmach hätte sie zum Verstummen gebracht und gefügig gemacht wie bereits andere vor ihr. Sie waren ihm nach Belieben gehorsame Geliebte gewesen, so wie sie ihm eine gehorsame Frau sein würde.

Zu ihrem Glück ahnte Araminta nicht, was in diesem Moment in Judds Kopf vorging; schweigend und reglos saß sie neben ihm und genoß die rasante Autofahrt, in Gedanken bereits beim Chaparral und den Arbeitern, die eventuell ihre notärztliche Hilfe brauchten. Sie hoffte nur, daß es keine allzu schwer Verletzten gab, weil sie nicht die dafür notwendigen ärztlichen Kenntnisse hatte. Doch dann stellte sie bei der Ankunft auf der Ranch erleichtert fest, daß es tatsächlich so war, wie Judd vermutet hatte: Nur eines der Nebengebäude war in Flammen aufgegangen. Offensichtlich war der Brand zur Ablenkung gelegt worden, damit sich die Desperados unbehelligt mit mehreren Pferden aus dem Korral aus dem Staub machen konnten. Araminta hatte die Schüsse gehört, die die Rancharbeiter den Dieben nachgefeuert hatten. Doch inzwischen war die mexikanische Bande längst auf und davon. Wild schreiend und um sich schießend, waren sie in die Dunkelheit galoppiert, und mit ihnen einige der Zuchthengste des Chaparrals.

Es nötigte Araminta Bewunderung ab, mit welcher Ruhe und Beherrschung Judd der Situation begegnete; nachdem er sich kurz mit Ty Danner, dem Vorarbeiter, beraten hatte, gab er Befehle nach allen Seiten und brachte sogleich Ordnung in das Chaos der Löscharbeiten, während Araminta mit den Frauen der Hacienda die Verletzten versorgte.

Inmitten von Rauchschwaden und Funkengestöber versuchten drei Arbeiter einen Mann zu befreien, der unter einem herabgestürzten Balken begraben lag. Als Judd sah, wie sie sich dabei anstellten und abplagten, fluchte er. Verdammte Dummköpfe. Vergeudeten wertvolle Zeit mit diesem Balken, anstatt den Desperados nachzusetzen und ihnen die gestohlenen Pferde wieder abzunehmen. Jedes einzelne Pferd war mehr wert und wichtiger als ein Tagelöhner. Wütend und ungeduldig stieß er die drei Männer mit dem Ellenbogen beiseite. Ohne fremde Hilfe und vor Anstrengung stöhnend, hob er den Balken an, hievte ihn zur Seite und befreite den eingeklemmten Mann. Araminta staunte über Judds Kraft und daß er sein Leben aufs Spiel setzte, um einen hilflosen Arbeiter zu retten. Sie hätte ihm derlei Selbstlosigkeit gar nicht zugetraut. Er verdiente es nicht, daß sie eine so schlechte Meinung von ihm gehabt hatte. Aus einem Impuls heraus lief sie zu ihm.

»Oh, Judd, hast du dich verletzt?« fragte sie besorgt, während er sich heftig die Arme abklopfte und rieb. Die Ärmel seines Jacketts waren dort angesengt, wo der Balken kurz aufgelegen hatte. Wahrscheinlich hatte er sich verbrannt. »Zieh die Jacke aus und laß mal sehen.«

»Ach was, es ist nichts, nur ein bißchen rot und wund, nichts Ernstes. Ich will verdammt sein, wenn ich mich von so einem kleinen Feuer von dem abhalten lasse, was getan werden muß.« Er wischte sich die letzten Funken vom Jackett. »Ich muß den Brand löschen und die Pferde zurückholen. Außerdem gibt es hier bestimmt einige, die es weit schlimmer erwischt hat als mich, Araminta. Kümmere dich bitte um sie. Ich habe nicht die Zeit, auch noch Krankenschwester zu spielen.«

»In Ordnung, wenn du sicher bist...«

»Bin ich.« Er lächelte ihr aufmunternd zu. »Aber ich weiß deine Besorgnis zu schätzen.«

»Natürlich bin ich besorgt. Du hättest schließlich dabei umkommen können«, rief sie. »Du hast dich sehr tapfer und nobel verhalten.«

»Ach, nicht der Rede wert«, wiegelte Judd ab und hoffte, daß er bescheiden genug klang. »Das war doch selbstverständlich. Sam ist ein guter Arbeiter, und den hätte ich nur ungern verloren.« Insgeheim jedoch hielt Judd Sam für einen Dummkopf, der sich wie ein Anfänger von dem Balken hatte begraben lassen. »Ich hoffe nur, er ist nicht verletzt.«

Gerührt über Judds Anteilnahme wandte Araminta ihre Aufmerksamkeit dem geretteten Arbeiter zu. Sams Schienbein war geprellt und mit blauen Flecken übersät, aber sie war sicher, daß das Bein nicht gebrochen war. Mit Arznei aus der Hacienda versorgte sie zusammen mit einigen anderen Frauen seine Verletzungen, dann kümmerte sie sich um die Brandwunden und Schrammen der übrigen Helfer, während der Rest des weiblichen Personals Speisen und Getränke für die Löschmannschaft bereitstellte.

Das Feuer war bald unter Kontrolle; ein eiligst ausgehobener Graben und Eimerketten verhinderten, daß es auf die übrigen Gebäude übergriff. Während Trümmer noch rauchten und glühten, versuchte Judd den Schaden zu überblicken. Das Gebäude konnte wieder neu errichtet werden. Aber die gestohlenen Zuchtpferde waren nicht so einfach zu ersetzen. Seine besten Männer versammelnd, Ty Danner an ihrer Spitze, wies Judd sie an, sich zu bewaffnen und die Verfolgung der Pferdediebe aufzunehmen. Selbst wenn es vielleicht schon zu spät dazu war und wenig Aussicht bestand, die Desperados noch einzuholen, durfte es dennoch nicht unversucht bleiben.

»Verdammte mexikanische Banditen.« Judds Gesicht war

zornesrot im Mondlicht. »Schon ein halbes dutzendmal haben sie uns im vergangenen Jahr überfallen. Es ist direkt unheimlich, daß die Mistkerle immer genau zu wissen scheinen, wann sie zuschlagen müssen. Ich glaube allmählich, daß del Castillo einen Spitzel unter meinen Leuten hat, auch wenn ich bisher keinen Anlaß sah, einem von ihnen zu mißtrauen.«

»Der General ist tatsächlich für all diese Überfälle auf die Ranches entlang der Grenze verantwortlich? Wieso zieht ihr ihn denn nicht zur Rechenschaft, wenn das bekannt ist? Warum sitzt er nicht schon längst hinter Gittern?« fragte Araminta, während sie bedächtig eine Rolle Verbandsstoff aufwikkelte.

»Weil wir bislang keine Beweise haben, sondern nur Vermutungen. Der Bastard ist gerissen, das muß man ihm lassen. Aber früher oder später wird er einen Fehler machen, und dann kriegen wir ihn.« Diese Aussicht begeisterte Judd sichtlich. »Wie ich mich auf diesen Tag freue. Aber selbst der Galgen wäre noch zu gut für ihn. Schließlich ist er ein Dieb und Mörder, auch wenn er sich in letzter Zeit als Edelmann und respektabler spanischer Grande aufführt. Allein sein Vermögen, das er zusammengerafft hat – alles auf unehrliche Weise, wie ich annehme –, ermöglicht ihm den Zugang zu den angesehensten Adressen nicht nur in Mexiko, sondern auch hier in Texas.«

»Hältst du ihn denn wirklich für einen Mörder? Soldaten töten nun mal, oder nicht? Demnach könntest du sie alle so bezeichnen.«

Judds Mund wurde zu einer schmalen Linie aus Ärger über ihre Bemerkung, so als hätte sie ihm widersprochen. »Da hast du recht«, sagte er. »Aber es ist eine Sache, im Krieg den Feind zu erschießen, etwas ganz anderes jedoch, die eigene Frau kaltblütig zu ermorden. Und genau das soll del Castillo einem Gerücht zufolge getan haben. Ein Vorwurf, wie ich anfügen sollte, gegen den er sich niemals zur Wehr gesetzt hat. Also muß ich wohl davon ausgehen, daß etwas dran ist.«

Araminta erschauderte. Rigo del Castillo haftete sein übler Ruf zu Recht an. Es entsetzte sie, daß er auf freiem Fuß war und ehrsamen, fleißigen Ranchern wie ihrem Großvater und den Hobarts Schaden zufügte; und falls der General tatsächlich seine Frau ermordet hatte, konnte sich eine Frau in seiner Gegenwart unmöglich sicher fühlen. Gewiß hatte sie sich damals getäuscht, als sie glaubte, es sei Velvet gewesen, die sie im Hotel in Rigo del Castillos Armen gesehen hatte. Daher erwähnte sie auch nichts davon gegenüber Judd. Immerhin war Velvet seine Schwester. Er würde eine derart schwerwiegende Beschuldigung nicht leichtnehmen, und überdies hatte Araminta kein Verlangen, Streit zu entfachen wegen etwas, was sie im Grunde nichts anging.

»Wir zwei sind ein gutes Team gewesen heute abend«, wechselte Judd mühelos das Thema, als er mit Araminta zum Auto zurückging. »Ich mag es, wenn eine Frau in einer Notsituation einen kühlen Kopf bewahren kann.«

»Ich bin froh, daß ich dir helfen konnte«, entgegnete Araminta. Was sie gesehen hatte, hatte ihr Bild von ihm nachhaltig geändert.

Zurück auf der High Sierra, eilte sie sofort nach oben, um ihr verschmutztes Kleid zu wechseln. Mit Hilfe ihrer Zofe Carmen hatte sie sich rasch zurechtgemacht und kam gerade rechtzeitig zum Essen, das spät serviert wurde, nach unten. Judd wartete bereits am Fuße der Treppe auf sie, um sie in den Speisesaal zu begleiten. Auch wenn sie reuevoll den Kopf schüttelte, konnte sie sich dennoch ein Lächeln nicht verkneifen.

»Finden Sie nicht, daß Sie mich heute abend schon mehr als genug in Beschlag genommen haben, Mr. Hobart?« neckte sie ihn heiter.

»Oh, sind wir jetzt wieder beim ›Sie‹?« Er ließ die Lippen schnalzen als Zeichen des Bedauerns. »Und da habe ich doch gedacht, wir wären auf dem besten Wege, gute Freunde zu werden. Heiliger Strohsack, Araminta, wenn es einen anderen Mann gibt, von dem du dich lieber zu Tisch begleiten lassen würdest, dann sag es nur, und ich verziehe mich. Ansonsten aber geleite ich dich mit großer Freude.«

Wie sollte sie sich ihm da widersetzen? Außerdem fühlte sie sich – sosehr sie sich auch dagegen sträubte – tatsächlich geschmeichelt. Noch nie hatte ihr jemand den Hof gemacht. Sie hakte sich bei Judd ein und ließ sich von ihm in den Speisesaal führen. Vielleicht, so sagte sie sich, gab es doch einen Texaner, den sie durchaus sympatisch finden könnte.

6. Kapitel

Hätte noch ein anderer Mann Interesse an ihr gehabt und sie sich ebenfalls für ihn interessiert, so wäre er chancenlos gegen Judd gewesen, der hartnäckig und entschlossen um sie warb. Nach dem Abend ihres Fandangos verging kaum eine Woche, ohne daß er sie mehrmals besuchte, und sei es nur für einen kurzen gemeinsamen Ausritt. Während ihr Großvater Judds Besuche mit offensichtlichem Wohlgefallen zur Kenntnis nahm, begegnete Araminta ihm weiterhin mit gemischten Gefühlen. Sie war nicht ohne den üblichen Anteil weiblicher Eitelkeit, zudem hegte sie eine verborgene, innige Sehnsucht, geliebt und akzeptiert zu werden; und aus diesen Gründen waren ihr Judds Zuwendungen zunehmend willkommen. Er flirtete mit ihr, machte ihr übertriebene Komplimente und brachte sie zum Lachen, auch wenn sie so manches Mal über seine derben Scherze errötete. Aber mochte Judd auch unbestreitbar ein Angeber sein – ein Dummkopf war er nicht. Seine hochtrabende Art gründete sich auf eine Autorität und Beschlagenheit in geschäftlichen Dingen, mit der er selbst einem Noble Winthrop das Wasser reichen konnte. Doch Araminta wurde das ungute Gefühl nicht los, daß Judd, ebenso wie ihr Großvater, im Kern seines Wesens hart, skrupellos und rachsüchtig war, was ihn zu einem tödlichen und unversöhnlichen Widersacher machte. Es war ihr nicht entgangen, daß der Respekt, den Judd in West-Texas genoß, von Furcht vor ihm geprägt war, was die Gerüchte um sein hitziges Temperament und seine Rauflustigkeit glaubwürdig erscheinen ließ. Sie hörte oft, wie er »einer von der alten Sorte« genannt wurde, und schon bald begriff sie, daß damit nicht Judds Vater, Frank Hobart, gemeint war, sondern ihr Großvater, Judds Patenonkel. Sosehr sich Nobles Sohn Preston geweigert hatte, in die Fußstapfen seines Vaters zu treten, so willig hatte Judd Prestons Platz eingenommen. Und Araminta begriff auch sehr rasch, daß eine Vereinigung der High Sierra und des Chaparral die größte und reichste Ranch des ganzen Landes hervorbringen würde, eine Aussicht, die ein Mann wie Judd wohl kaum ignorieren konnte. Mehr als einmal fragte sie sich, ob er ihr auch dann so hartnäckig den Hof machen würde, wenn sie nicht Nobles einzige Erbin wäre; und es verletzte sie tief, wenn sie bedachte, daß die Antwort darauf wahrscheinlich ein Nein war.

Und so schlug sie seine Einladungen zwar nicht aus, hielt ihn aber auf Distanz, womit sie ihn, ohne es zu wollen, noch mehr anstachelte und weiteres Öl auf die Flammen seines Verlangens goß. Judd hatte mit gelegentlichen wohlverteilten Bemerkungen den anderen Männern klargemacht, daß er Araminta als seine Errungenschaft betrachtete und es nicht zulassen würde, daß jemand anderes sein Glück bei ihr versuchte. Noble macht mit wenigen, wohlüberlegten Worten mehr als deutlich, daß er niemand anderen als Ehemann für seine Enkeltochter akzeptierte. Damit hätte Judd freie Bahn gehabt, wenn da nicht Araminta gewesen wäre, die es ihm so schwermachte, ans Ziel seiner Träume zu gelangen. Frustriert wie er war, hätte er keine Skrupel gehabt, sie zu verführen oder mit Gewalt zu nehmen, wenn Noble nicht unmißverständlich klargemacht hätte, daß er von Judd erwartete, daß er um Araminta warb, wie es sich gehörte.

»Ich will keinen Skandal haben, der den Namen der Winthrops oder den meiner Enkeltochter beschmutzt, Judd«, hatte Noble ihn eines Abends auf der High Sierra gewarnt, während er zwei Schwenker mit Brandy füllte.

Die beiden Männer hatten sich nach einem späten Abendessen, bei dem Judd als einziger Gast gewesen war, auf einen Drink und eine Zigarre in Nobles Arbeitszimmer zurückgezogen. Bei dieser Warnung senkte Judd, der die meisten Männer in Grund und Boden starren konnte, unbehaglich den Blick und tat so, als würde er sich ganz darauf konzentrieren, seine Zigarre anzuzünden. Er wedelte das Streichholz aus, nahm einen tiefen Zug und stieß eine bläuliche Rauchwolke aus.

»Ich weiß gar nicht, wovon du redest, Noble.« Sein Ton war sorgsam gelassen, aber er konnte seinem Patenonkel nichts vormachen.

»Hör bloß auf«, schnaubte Noble und reichte ihm eins der Gläser. »Versuch nicht, mich für dumm zu verkaufen. Nicht nur Frank mußte all die Jahre in die Tasche greifen und deine Weibergeschichten aus der Welt schaffen, wodurch er dich vor dem Kittchen bewahrte, ganz zu schweigen davon, daß du sonst wohl schon längst am Galgen gebaumelt hättest. Vergiß das niemals, Junge, hörst du?«

»Ja, Sir.«

»Das will ich auch für dich hoffen.« Noble nahm einen Schluck von seinem Brandy, ehe er fortfuhr. »Meine Güte, Judd, ich hab ja gar nichts dagegen, daß du dir die Hörner abstößt; schließlich hat jeder richtige Mann so seine Bedürfnisse. Das versteh ich. Aber ... um Himmels willen, wenn du unbedingt deinen Spaß haben willst, dann treib es gefälligst mit Weibsstücken vom Personal oder mit Huren. Die verdienen schließlich ihr Geld damit; sie erwarten es so – Teufel, der Hälfte von denen gefällt es sogar –, und es kümmert sich niemand einen Scheißdreck drum, was aus ihnen wird. Aber ich hab dir schon tausendmal gesagt: Finger weg von den Ladies! Sonst könnte es passieren, daß eines Tages ein Kerl kommt, dem es gar nicht paßt, daß ein Fuchs in seinem Hühnerstall gewildert hat, und dann schießt er dich über den Haufen und schneidet dir den Schwanz ab als Trophäe.«

Als Judd sich nun an diese Worte erinnerte, mußte er tief seufzen. Er gab dem Ober ein Zeichen, ihm noch einen Whiskey zu bringen. Wer hätte gedacht, daß Noble so spät noch das Gewissen schlagen würde, zumindest was seine Enkeltochter betraf. Aber warum hatte er sie dann überhaupt zurückgeholt? Kein Zweifel, Noble wurde weich auf seine alten Tage. Seit Jahren schon hatte sich Judd darauf verlassen, eines Tages die High Sierra zu erben. Doch mit Aramintas Erscheinen schienen sich seine Chancen verschlechtert zu haben, wenn er sie nicht schleunigst vor den Altar und ins Bett bekam. Je länger sie alleinstehend blieb, desto größer war die Wahrscheinlichkeit, daß ihr ein anderer Mann den Kopf verdrehte und ihm, Judd, die High Sierra durch die Lappen ging. Das durfte er nicht zulassen. Er hatte nicht all die Jahre Nobles cholerische Anfälle und Launen ertragen, um sich dann von einer Frau, so schön und begehrenswert sie auch sein mochte, von der Ranch vertreiben zu lassen. Daß Araminta ihn starrköpfig weiterhin zappeln ließ, verletzte seine Ehre und seine Eitelkeit. Nur mit allergrößter Mühe hielt er seine Wut im Zaum, als er sie nun über den Tisch des Cafés hinweg musterte, in das er sie während ihrer Besorgungsfahrt nach El Paso zum Essen eingeladen hatte.

Wegen der Hitze hatte es Araminta vorgezogen, draußen im Schatten des Portikus zu sitzen, und Judd mußte trotz seiner grimmigen Gedanken zugeben, daß sie eine wahre Augenweide war. Hätte er eine romantische Ader besessen, hätte er sie vielleicht mit einer blühenden Rose verglichen, denn während der vergangenen Wochen hatte ihr Teint von der Sonne einen rosigen und goldenen Glanz bekommen; nun überzog Schweiß ihr Gesicht. Doch kam sie ihm trotz der Hitze so abweisend und kühl vor, als bestünde sie aus Eis, und er sehnte sich mehr denn je danach, herauszufinden, ob unter ihrer frostigen Oberfläche ein Feuer schlummerte. In Gedanken riß er ihr den blumengeschmückten Hut vom Kopf und das mintgrüne Kleid vom Leib; er stellte sie sich nackt vor, sich windend und bebend unter ihm, das lange, blonde Haar zerzaust, den Kopf zurückgeworfen, ihre vollen, reifen Brüste bei jedem Keuchen hin und her schwingend. Es hätte nicht viel gefehlt, und er hätte sie quer über die Straße ins nächstbeste Hotel gezerrt und sie dort genommen. Er hatte nichts dagegen, sie zu heiraten, denn auf diese Weise bekam er auch die High Sierra in die Hände. Was ihm aber etwas ausmachte, war ihr Hinhalten und ihre Ziererei, die ihn wie einen dummen Schuljungen aussehen ließen, und er verübelte Araminta das Spiel, das sie seiner Meinung nach mit ihm spielte.

Sie selbst wäre überrascht und schockiert gewesen, hätte sie gewußt, was Judd in diesem Moment durch den Kopf ging, weil es ihr nicht im mindesten gerecht wurde. In Wahrheit wollte Araminta, auch wenn es der ausdrückliche Wunsch ihres Großvaters war, daß sie Judd heiratete, einfach nur sicher sein, daß er der Richtige war, ehe sie mit ihm den Bund fürs Leben einging. Und sie wußte nicht, wie sie das herausfinden sollte, wenn sie außer ihm keinen Verehrer hatte. Daß Judd und ihr Großvater unter einer Decke steckten und verhinderten, daß ein anderer Mann um sie warb, wußte Araminta, und das ärgerte sie maßlos. Sie haßte es, daß ihr keine andere Wahl blieb und die Entscheidung ohne Rücksicht auf ihre Meinung gefällt worden war. Sie würde sich auf keinen Fall gegen ihren Willen vor den Altar zerren lassen.

Wenn ihr Großvater auch oft nachdrücklich behauptete, er könne jeden Moment sterben, glaubte sie, daß es noch lange nicht soweit war, und sah daher keinen Grund, Judds Drängen nachzugeben. Sein Verhalten erinnerte sie an die erpresserischen Strolche aus dem Zeitungsverlagviertel in New York City, und manchmal glaubte sie ihn zu hassen. Doch dann bekam sie ein schlechtes Gewissen und schalt sich, daß sie ihm gegenüber unfair war und daß er nicht schlimmer war als jeder andere Mann in Texas, ihr Großvater eingeschlossen. Ihr innerer Zwiespalt ließ sie unentschlossen erscheinen, und da sie mit Männern bislang wenig Erfahrung hatte, war ihr nicht klar, wie sehr sie Judd mit ihrem Verhalten gleichermaßen verärgerte wie entflammte. Sie spürte nur, wie sehr es in ihm brodelte und daß in ihrem Herz ein Wirrwarr der Gefühle herrschte. Gerade erst zwölf Jahre alt, als ihre Eltern starben, klammerte sie sich mit aller Kraft an die Erinnerung ihrer märchenhaften Liebe, einer Liebe, die heller gestrahlt hatte als die Sonne selbst. Sie sehnte sich nach mehr als das, was Judd ihr an Zuneigung entgegenbrachte. Er liebte sie nicht, und daran änderten weder seine leidenschaftlichen Worte, die er ihr im Mondschein beim Spaziergang durch den Garten ins Ohr flüsterte, noch seine fiebrigen Küsse etwas, die er ihr gab, bevor sie sich, zitternd vor Verlangen und Verwirrung, befreite. Er begehrte sie, mehr nicht, er wollte sie haben, so wie er die High Sierra haben wollte. Das wußte Araminta instinktiv, und deshalb weigerte sie sich, seine Frau zu werden.

Sie unterdrückte einen Seufzer, vertrieb ihre trüben Gedanken und erhob sich. Vor dem Essen hatte sie Judd gesagt, sie wolle danach noch einen kleinen Einkaufsbummel machen –

eine vortreffliche Lüge, da sie wußte, wie ungern er durch die Geschäfte schlenderte. Bei dem, was sie in Wahrheit vorhatte und was der eigentliche Grund für die Fahrt nach El Paso gewesen war, wollte sie unbedingt allein sein, weil sie ganz sicher war, daß weder Judd noch ihr Großvater damit einverstanden gewesen wären. Und genau wie sie gehofft und erwartet hatte, gab Judd vor, noch einige geschäftliche Angelegenheiten erledigen zu müssen. Sie beschlossen, sich in einer Stunde wieder hier im Café zu treffen, dann machte sich Araminta gelassen auf den Weg, als mache sie tatsächlich einen Schaufensterbummel; sie blieb absichtlich lange vor einer Auslage stehen und schaute angelegentlich eines der Kleider im Fenster an.

Als sie dann außer Sichtweite war, ließ sie alles Getue sein und eilte in Richtung Postgebäude, ihrem wahren Ziel. Sie war so sehr in Eile und schaute sich immer wieder über die Schulter nach Judd um, der ihr vielleicht doch nachspionierte, daß sie den Mann, der in diesem Moment ebenfalls dem Posteingang zustrebte, nicht sah und mit ihm zusammenstieß.

Erschrocken taumelte sie zurück, ließ die schwarze lederne Mappe und ihre weißen Handschuhe fallen und verlor das Gleichgewicht. Nur der blitzschnell vorschießende und sie ergreifende kräftige Arm des Mannes verhinderte, daß sie stürzte. Für einen Moment stand sie eng an seine breite Brust gepreßt da, und sie hatte das Gefühl, als träfe sie ein elektrischer Schlag, der ihr Nackenhaar hochstehen und ihr Herz wild klopfen ließ. Der Körper des Mannes war warm und geschmeidig, seine Muskeln stählern, sein feines weißes Rüschenhemd frisch gestärkt, dessen Geruch sich wohltuend mit dem Duft verband, der auf subtile Weise von seiner dunklen, weichen Haut ausging – Sandelholz, Zigarillorauch und sein ureigener, männlicher Duft. Seine Hände hielten sie fest im Griff, seine Finger waren lang und schmal, aber kräftig. Als der Mann sie langsam von sich schob, so daß sie sein Gesicht erkennen konnte, weiteten sich ihre Augen vor Schreck und Verwirrung, als sich ihre Blicke trafen, und ihr stockte der Atem.

»Señorita Winthrop, so sieht man sich wieder«, erklang Rigo del Castillos tiefe, kehlige Stimme mit dem spanischen Akzent. Er hielt sie noch immer fest, was es ihr unmöglich machte, sich zu befreien. »Welch eine freudige Überraschung. Aber ... wo habe ich nur meine Manieren? Wir haben einander noch gar nicht bekannt gemacht, wie es sich gehört. Rigo del Castillo, zu Ihren Diensten.« Wie bei der ersten Begegnung schlug er die Haken auf militärische Art zusammen und deutete eine Verneigung an, während seine Finger über ihren Arm wanderten, ihre rechte Hand ergriffen und sie sanft an seine Lippen führten, was ihr erneut einen prickelnden Schlag versetzte. Als sein Mund ihre Haut berührte, wollte sie instinktiv die Hand wegziehen, aber sogleich verstärkte er seinen Griff. »Ich hoffe doch, Sie haben sich bei unserem unerwarteten Zusammenstoß nicht weh getan?«

»N-n-nein«, stammelte sie hastig und errötete, als sie sich bewußt wurde, daß sie wie ein schüchternes Schulmädchen klang. Verdammt sollte er sein. Warum mußte er auch so gut aussehen? Es war ungerecht, daß ein Mann mit einem derart schlechten Ruf so attraktiv war. »Alles ... alles bestens, danke.«

»Freut mich zu hören.« Mit diesen Worten ließ er sie schließlich los und hob ihre Sachen auf. »Sie scheinen Ihre Handschuhe öfter zu verlieren«, sagte er und reichte sie ihr zusammen mit der Mappe, die Araminta fest unter den Arm klemmte. »Wo ist denn Ihr respektgebietender Wachhund Mr. Gideon? Hat er Sie heute nicht in die Stadt begleitet?«

»Nein, hat er nicht. Und er ist nicht mein Wachhund.« Sie mußte bei dieser Bemerkung schmunzeln. »Ich kann sehr gut selber auf mich aufpassen, seien Sie dessen versichert.«

»Tatsächlich?« Seine Braue hob sich dämonisch. »Dann sind Sie also allein nach El Paso gekommen?«

»Nein«, antwortete sie knapp.

»In diesem Fall will ich Sie nicht weiter belästigen.« Er wandte den Blick ab, so daß sie nicht sehen konnte, was er in diesem Moment dachte. Dennoch hatte sie den Eindruck, als habe ihre Antwort ihn verstimmt. Ihr die Tür zur Post aufhaltend, sagte er: »Nach Ihnen, Señorita.«

Araminta war heilfroh, das Gebäude zu betreten. Es hatte ihr gar nicht behagt, noch länger auf der Straße zu stehen und mit dem General zu reden, wo Judd sie jeden Moment hätte sehen können, und in Anbetracht seines hitzigen Temperaments und seiner bitteren Animosität gegenüber del Castillo hätte es ganz sicher Ärger gegeben. Außerdem hatte sie, eingedenk der Warnung von Mr. Gideon, verhindern wollen, von Passanten gesehen und erkannt zu werden, weil nicht auszuschließen war, daß sie ihrem Großvater bei Gelegenheit erzählen würden, daß sie seine Enkeltochter zusammen mit dem General gesehen hatten.

»Einen schönen Nachmittag noch, General.« Sie nickte ihm höflich zu, reichte ihm aber nicht die Hand. Ein absichtliches Versehen, das seiner Aufmerksamkeit nicht entging. Für einen kurzen Moment wurde sein Blick hart, und seine Nasenflügel blähten sich, sein Mund wurde zu einer schmalen Linie, und Araminta erzitterte angesichts der Bedrohung, die von ihm ausging.

»Señorita.« Seine Stimme klang spöttisch.

Araminta zwang sich, ihm den Rücken zuzukehren, und ging zum Postschalter, wo sie die erst wenige Tage zuvor gekaufte Mappe öffnete und ein Päckchen hervorzog, das sie am Abend zuvor in der Abgeschiedenheit ihres Zimmers eingewickelt und adressiert hatte. Es enthielt einen Artikel, den sie über das Leben auf der High Sierra geschrieben hatte, ferner drei Kohlezeichnungen. Sie hatte die Ranch nicht mit Namen erwähnt, sondern die Geschichte eher allgemein gehalten, weil sie nicht wollte, daß ihr Großvater von ihrem journalistischen Versuch erfuhr und ihr Steine in den Weg legte, ehe sie überhaupt angefangen hatte. Daher hatte sie ihren Artikel auch unter dem Pseudonym A. K. Munroe verfaßt, den Initialen ihrer beiden Vornamen – Araminta Katherine – und dem Mädchennamen ihrer Mutter. Adressiert war die Sendung an Liam O'Grady beim *Record* in New York City; und sie enthielt überdies ein kurzes Begleitschreiben, das jedoch keinerlei Hinweis darauf gab, daß sie und A. K. Munroe ein und diesselbe Person waren, auch wenn Araminta das Gefühl hatte, daß Liam von sich aus drauf kommen würde.

Aus dem Täschchen, das an ihrem linken Handgelenk baumelte, zog Araminta das nötige Geld für die Briefmarken hervor und ließ, sich Rigo del Castillos Anwesenheit sehr wohl bewußt, den Postbeamten hinter dem Schalter mit gesenkter Stimme wissen, daß sie auch ein Postfach für A. K. Munroe eröffnen wollte. Da der Postbeamte – wie jedermann in West-Texas – wußte, daß sie Noble Winthrops Enkeltochter war, war Araminta so nervös, als wäre sie eines Verbrechens schuldig und stünde kurz davor, ertappt zu werden. Der neugierige und beinahe vorwurfsvolle Blick des Mannes hinter dem Schalter verstärkte ihre Nervosität noch. Araminta hatte das Gefühl, als wüßte er genau, daß das Postfach für sie war.

»A. K. Munroe? Kenne niemanden in der Gegend, der so heißt. Ist das ein Freund von Ihnen, Miss Winthrop?« fragte der Postbeamte, ein spindeldürres Kerlchen mit einer ebensolchen Stimme, etwas zu forsch.

»Ich glaube nicht, daß dich das etwas angeht, Pimby, oder?« Rigo del Castillo stellte diese Frage ganz ruhig, aber dennoch mit einer unmißverständlichen Schärfe im Ton und stellte sich neben Araminta. Ohne sich für sein Einmischen in ihre

Angelegenheiten zu entschuldigen, lehnte er sich auf den Schaltertresen, den Blick fest auf Pimby gerichtet. Der erbleichte und schluckte hart, zerrte an seinem Hemdkragen, als wäre er ihm zu eng am Hals. »Diese Kundin hier möchte ein Postfach für A. K. Munroe. Also gib ihr eins, *pronto*, und keine Frage, kein Sterbenswörtchen darüber, *comprende*?«

»Ja, General. Sofort, General.«

Ohne weitere Mätzchen teilte der Postbeamte Araminta ein Postfach unter dem fiktiven Namenzug, den sie angegeben hatte. Sie war erleichtert, daß es keine allzu großen Scherereien gegeben hatte und sie sicher sein konnte, daß Pimby zu niemandem ein Wort darüber verlor. Aber gleichzeitig ärgerte es sie, daß sie nun in Rigo del Castillos Schuld stand, denn es war klar, daß sie ohne sein Eingreifen das Postfach nicht so prompt bekommen hätte, wenn überhaupt – und dies, nachdem sie ihn vor dem Gebäude so beleidigt hatte, als sie ihm den Handschlag verweigert hatte. Warum hatte er ihr geholfen, fragte sie sich, obwohl sie ihn doch so unfreundlich behandelt hatte? Wahrscheinlich nahm er an, daß sie etwas gegen den Willen ihres Großvaters tat, und wollte sie deshalb darin unterstützen, nur um ihn zu ärgern. Doch auch wenn der Beistand des Generals vermutlich aus einem weniger noblen Beweggrund heraus erfolgt war, hatte Araminta das unbehagliche Gefühl, ihm zu Dank verpflichtet zu sein.

»Ich ... ich möchte Ihnen danken«, sagte sie zu ihm, nachdem er seine eigenen Angelegenheiten erledigt hatte und sich vom Schalter abkehrte.

»*Por nada*.« Er zuckte beiläufig mit den Achseln. »Es gehört sich doch für einen Mann, einer Dame in Not beizustehen, hab ich nicht recht? Allerdings muß ich gestehen, daß ich schon gern wüßte, warum Sie ein Postfach unter einem falschen Namen eröffnet haben, Señorita Winthrop.«

»Ach du liebe Güte, war das so offensichtlich?« Sie klang

reuevoll. »Genau das hatte ich befürchtet. Ich ... ich versichere Ihnen, daß es nichts Verwerfliches ist. Ich habe nur einen von mir verfaßten Artikel an eine Zeitung geschickt, und ich möchte nicht, daß mein Großvater davon erfährt«, erklärte Araminta und hätte sich im selben Moment am liebsten die Zunge abgebissen aus Ärger über ihre Offenheit. Doch war es höchst unwahrscheinlich, daß der General diese Information an ihren Großvater weitergab.

»Ah ... verstehe. *Si*, sicherlich gefiele es Noble Winthrop nicht zu sehen, daß seine Enkeltochter mehr ist als nur eine Lilie auf dem Felde.«

»Die immer nur schön anzusehen ist und brav?«

»Ihre Schlagfertigkeit steht Ihrer Schönheit in nichts nach, Señorita. Es ist höchst erfrischend, einer Frau mit Ihren Vorzügen zu begegnen. Es gibt nur sehr wenige davon, das können Sie mir glauben.« Seine Stimme klang warm und weich. Sein Blick schien sie zu hypnotisieren, seine dunkelbraunen Augen verführerisch und unendlich tief; Araminta fühlte sich, als würde sie darin versinken.

Wie konnte er nur so gutaussehend, so charmant und doch so gefährlich sein? wunderte sie sich. Hatte er wirklich seine Frau umgebracht? Sicher nicht. Die Geschichten über ihn waren vermutlich nichts als Lügen. Aber warum sonst hatte Pimby so vor ihm gekuscht? Nackte Furcht hatte aus dem Gesicht des Postbeamten gestanden, als stünde vor ihm kein Mann, sondern ein bedrohliches, wildes Raubtier aus den Bergen. Denselben Ausdruck der Angst hatte sie auf den Gesichtern derer gesehen, die einen Wutanfall ihres Großvaters über sich ergehen lassen mußten. Doch anders als ihr Großvater war Rigo del Castillo nicht laut geworden und hatte auf jegliche Drohgebärde verzichtet. Anscheinend reichte allein schon sein schlechter Ruf als Einschüchterung aus. Doch das würde bedeuten, daß an den Gerüchten über ihn etwas Wahres dran war.

Unweigerlich erschauderte Araminta bei diesem Gedanken. Sie wagte es nicht, ihre sonderbare Faszination für diesen Mann zuzulassen. Den Erzählungen zufolge war er ein gewissenloser Verbrecher, ein Mann, der kaltblütig seine Frau umgebracht und jede Ranch nördlich des Rio Grande überfallen hatte, der gestohlen, gebrandschatzt und gemordet hatte. Das durfte sie niemals vergessen, ungeachtet, wie sehr sie sich von ihm geschmeichelt und angezogen fühlte.

»Ich ... ich muß jetzt gehen«, sagte sie atemlos, als wäre sie ein gutes Stück gelaufen. »Nochmals vielen Dank.« Dann eilte sie, ohne auf seine Antwort zu warten, aus dem Postgebäude, spürend, daß er noch immer dastand und ihr nachsah, bis sie aus seinem Blickfeld verschwunden war.

In dieser Nacht träumte Araminta von einem Teufel, der auf einem Hengst aus einem Sandsturm hervorgestoben kam, sie packte und mit sich in sein Reich in der Hölle nahm. Und als sie aufschaute und ihm ins Gesicht sah, blickte sie in das Antlitz von Rigo del Castillo.

7. Kapitel

Der lange Sommer neigte sich schließlich dem Ende zu; und mit dem Herbst kamen die ersten kühlen Tage, an denen sich die gleißende Hitze zu einer willkommenen goldenen Wärme wandelte. Der Wind von den Bergen jenseits der Prärie brachte nun die Frische der höheren Regionen mit sich und nicht mehr den heißen Atem der Ebenen und Wüsten; und die Luft war erfüllt vom feuchten und kräftigen Aroma des Rio Grande. Die wilden Herbstblumen blühten, und das Laub an den Bäumen verwandelte sich in die Farbe der entfernten Hänge und Felsvorsprünge. Nur der Himmel war wie immer so türkis wie jene Steine, die die Indianer »Teile des Himmels« nannten. Auch wenn Araminta es besser wußte, gefiel ihr die romantische Legende von den Steinen, die vom Himmel zur Erde gefallen waren, und wenn sie malte, gab sie sich die größte Mühe, diese Himmelsstücke so farbgetreu wie nur möglich zu treffen.

An diesem Morgen hatte sie sich für Ölfarben statt für Tusche entschieden, und so konnte sie sich Zeit lassen beim Malen und Fehler ausbessern. Für gewöhnlich zog sie Tusche vor, weil die Farben leichter und zarter waren, fast ätherisch, doch das Bild, das ihr vorschwebte, schien die Dichte und Kraft der Ölfarben zu erfordern.

Da Judd soviel von ihrer Zeit in Beschlag nahm, hatte Araminta daran festgehalten, bereits frühmorgens auszureiten, um ein wenig Zeit für sich allein zu haben. Zwar hatte ihr Großvater zunächst darauf beharrt, sie solle sich von einem der Arbeiter begleiten lassen, aber auf die eine oder andere Weise war es ihr bisher stets gelungen, sich heimlich und allein davonzustehlen, und schließlich hatte Noble aufgegeben, wenn auch murrend. Um ihn zu beruhigen, hinterließ Araminta stets eine Nachricht, in welche Richtung sie ausritt, damit ihr Großvater, falls sie einmal nicht zum erwarteten Zeitpunkt zurück sein sollte, wußte, wohin er seine Suchtruppe aussenden mußte. Dennoch sorgte er sich weiterhin so sehr um ihre Sicherheit, daß sie es schon übertrieben fand. Allerdings wußte sie nicht, ob seine Besorgnis daher rührte, weil er ihre Selbständigkeit nicht mochte oder sich tatsächlich etwas aus ihr machte. Sie zog es vor, letzteres anzunehmen. Und doch minderte dies nicht ihr zeitweiliges Gefühl, keine Luft mehr zu bekommen und zu ersticken, wenn sie nicht einige Stunden ganz allein für sich hatte, um malen, nachdenken und träumen zu können.

Sie war es gewohnt, allein zu sein, und brauchte es wie die Blumen den Regen. Auf der Ranch war sie so gut wie nie ungestört. Selbst wenn ihr Großvater und Judd nicht da waren, war sie ständig von Bediensteten, allesamt Mexikaner, umgeben, die darauf bedacht waren, ihr jeden Wunsch zu erfüllen. Mit den wenigen Brocken Spanisch, die sie sprach, konnte sie ihnen nicht klarmachen, daß es nicht nötig war, sie wie eine Königin zu behandeln. In ihren Augen war sie jedoch eine Königin, und vielen von ihnen, wie etwa Teresa, war sie noch aus Kindertagen ans Herz gewachsen, als sie mit ihren Eltern auf der High Sierra gelebt hatte. Von ihnen zu verlangen, sie mögen sie in Ruhe lassen, hätte sie nur verletzt und verwirrt, das war Araminta klar. Und so nahm sie es hin, im Wissen, daß die Beflissenheit der Bediensteten aus Liebe herrührte, aus reiner Freundlichkeit und dem Wunsch, es ihr recht zu machen; und weil sie wußte, wie ungehobelt und undankbar sie erscheinen würde, wenn sie sie zurückwies.

An diesem Morgen genoß sie ihre Einsamkeit, vergaß die Zeit und sogar die Welt um sich herum, bis auf das, was sie malte. Kritisch betrachtete sie ihr Bild auf der Staffelei aus jedem Blickwinkel. Es war ein gelungenes Gemälde, vielleicht das beste, das sie je gemalt hatte. Es zeigte den Sonnenaufgang am östlichen Horizont, die rosa und goldenen Streifen im Blau des Himmels hinter den Büschen und Mesquitebäumen, die das Bachufer säumten, an dem sie stand. Die Sonnenstrahlen drangen durch das Geäst der Bäume und glitzerten auf dem Wasser, als wäre die Oberfläche mit vielen kostbaren Edelsteinen übersät. Dahinter erstreckte sich die Ebene, das hohe, verdörrte Gras wurde von der Sonne berührt, als stünde es in Flammen. Als erstes hatte sie den Sonnenaufgang gemalt, um ihn so getreu wie nur möglich einzufangen; der Rest des Bildes war noch unvollendet. Doch da sie das Wesentliche des Anblicks bereits auf die Leinwand gebannt hatte, konnte sie sich nun Zeit lassen. Und so beschloß sie, eine Pause einzulegen und sich das Frühstück zu gönnen, das sie in einen Korb gepackt hatte, bevor sie von der Hacienda aufgebrochen war. Leise vor sich hin summend, legte sie Palette und Pinsel beiseite und beugte sich über den Bach, um sich Gesicht und Hände zu waschen. Das Wasser fühlte sich kühl und gut an auf ihrer Haut, als sie sich die Farbe vom linken Unterarm wusch. Als sie sich wieder aufrichtete, erblickte sie am unteren Bachufer Rigo del Castillo auf einem schwarzen Hengst – ein Anblick, als würde ihr der Leibhaftige gegenüberstehen. Erschrocken fuhr sie zusammen, denn sie hatte ihn nicht kommen hören. Sie fragte sich, ob er ihr etwas antun würde. Schließlich war er der verhaßte Feind ihres Großvaters und Judds. Ihr erster Impuls war zu fliehen, aber sie wußte, daß er sie spielend leicht einholen würde. Flüchten war zwecklos – zumindest für den Augenblick. Dennoch wich Araminta ängstlich vor ihm zurück und versuchte, zu ihrem Pferd zu gelangen.

»Was tun Sie hier?« fragte sie. »Wo kommen Sie her?«

Er lachte. »Werte Señorita Winthrop, Sie sehen mich ja an, als hätte ich Hörner und einen Klumpfuß. Ich bin mir ja bewußt, daß mich so mancher für den Teufel persönlich hält, aber glauben Sie denn wirklich, ich könnte aus dem Nichts auftauchen?«

»Nein, das glaube ich natürlich nicht«, entgegnete sie wütend, weil er sich über sie lustig machte, als hätte er ihre Gedanken gelesen. »Sie haben mich nur erschreckt, das ist alles. Ich habe Sie nicht bemerkt.«

»Bestimmt nur, weil Sie sich gerade gewaschen haben.« Er trieb sein Pferd durch den Bach. Als er dann zwischen ihr und ihrem Pferd stand – und ihr damit wirkunsvoll die einzige Fluchtmöglichkeit vereitelte –, stieg er lässig ab, und ein Lächeln spielte um seine Mundwinkel. »Ich bitte vielmals um Vergebung, daß ich Sie erschreckt habe, Sẽnorita. Es lag ganz gewiß nicht in meiner Absicht. So wie Sie auch, liebe ich einen Ausritt zu morgendlicher Stunde. Ich habe Sie zufällig hier gesehen und nahm mir die Freiheit, mich zu Ihnen zu gesellen.«

»Ungebeten und zudem auf dem Gebiet der High Sierra? Sie sind unerlaubt hier eingedrungen, das wissen Sie. Sind Sie immer so unverschämt, General?«

»Genaugenommen war ich nicht auf dem Gebiet der High Sierra, bis ich den Bach überquert habe, der die Grenze zwischen dem Land Ihres Großvaters und ... meinem bildet. Meine Ranch, die Casa Blanca, ist natürlich nicht so groß wie die High Sierra, doch wenn ich in Texas weile, nenne ich sie mein Zuhause. Aber um Ihre Frage zu beantworten: Ja, wenn es mir beliebt, bin ich einer Unverschämtheit keineswegs abgeneigt, wie Ihnen gewiß schon zu Ohren gekommen sein dürfte.«

Mit einer derartigen Unverblümtheit hatte Araminta nicht gerechnet. Von jemandem wie Rigo del Castillo, einem Mann mit äußerst zweifelhaftem Ruf, hätte sie erwartet, daß er, wenn er auch nicht log, so doch zumindest heuchelte oder sich verstellte. Seine Aufrichtigkeit überraschte sie ebenso wie die Tatsache, daß das Land ihres Großvaters direkt an das des Generals anschloß, was ihr bis jetzt niemand gesagt hatte. Aber trotz der Offenheit und scheinbaren Freundlichkeit des Generals blieb sie weiterhin auf der Hut.

»Und woher wissen Sie, daß ich morgens hier ausreite?« fragte sie unwirsch.

»Ich habe es mir zur Gepflogenheit gemacht, alles über meine Feinde zu wissen.«

Bei dieser Antwort erschrak sie. Zum erstenmal verfluchte sie, daß sie nicht in Begleitung ausgeritten war. Nun sah sie ihre Torheit ein. Sie war hier draußen ganz allein mit Rigo del Castillo. Sollte der General handgreiflich werden, wäre sie ihm vollkommen ausgeliefert. Ihr Gewehr steckte im Sattelhalfter und ihre Pistole im Gurt, den sie vorhin abgelegt und über den

Sattelknauf gehängt hatte. Da del Castillo ihr weiterhin den Weg zu ihrem Pferd versperrte, war es ihr unmöglich, dieses zu erreichen. Und so blieb ihr zur Selbstverteidigung nur das kleine, stumpfe Spachtelmesser, das sie benutzte, wenn sie mit Ölfarben malte – wohl kaum eine tödliche Waffe. Bis zu seiner Bemerkung über seine »Feinde« hatte sie nicht wirklich angenommen, daß er ihr etwas antun wollte. Trotz allem, was sie über ihn gehört hatte, konnte sie einfach nicht glauben, daß er sie tatsächlich angreifen oder gar töten würde. Doch nun verspürte sie einen Anflug von Furcht.

»Demnach zählen Sie mich zu Ihren Feinden?« fragte sie zaghaft.

»Nein, noch nicht. Aber kommen Sie, Sẽnorita, Sie haben doch gewiß die letzten Monate nicht auf der High Sierra gelebt, ohne mitbekommen zu haben, wie übel mir Ihr Großvater und besonders Judd Hobart gesinnt sind. Die beiden würden mich nur zu gern am Galgen baumeln sehen.«

»Was haben Sie denn anderes erwartet?« Bereits als ihr diese Entgegnung herausrutschte, verdammte sich Araminta im stillen für ihre tödliche Unverforenheit. Es war alles andere als ratsam, einen Mann wie ihn auch noch zu reizen, besonders da sie ihm vollkommen schutzlos ausgeliefert war. »Sie stehlen ihre Pferde und Rinder, plündern und brennen ihre Stallungen nieder ...«

»Und das sind Ihrer Meinung nach schändliche Verbrechen, nicht wahr?« fiel ihr der General barsch ins Wort, ohne ihre Anschuldigungen zu bestätigen oder abzustreiten. »Aber was ist mit Ihrem Großvater und seinesgleichen, Männern wie Frank und Judd Hobart, die fett und reich werden, indem sie Mexiko das Blut aussaugen? Oder verschließen Sie vor diesem Verbrechen lieber die Augen, Señorita, weil es Ihnen die hübschen Kleider und das gute Essen beschert? Vielleicht haben Sie die Güte, mir darauf zu antworten, sofern sie dies können.«

»Ich weiß nicht, wovon Sie reden«, stammelte Araminta und wich vor ihm zurück.

»Ach nein?« Seine Stimme bebte vor Zorn. Doch im nächsten Moment wurde sie wieder sanft. Seine plötzliche Wut schien versiegt, auch wenn ihm anzusehen war, wie sehr es in seinem Innern brodelte. »Nein. Nein... vielleicht wissen Sie es tatsächlich nicht.« Er deutete auf das Gemälde auf der Staffelei. »Ein sehr schönes Bild, Señorita. Hätten Sie mehr Einblick und Verständnis, wäre es vielleicht sogar ein Meisterwerk wie die Bilder von Corot. Sind Sie vielleicht zufällig mit seinen Werken vertraut?« Sein Kunstwissen überraschte sie. »Sie werden vor allem wegen der Aufrichtigkeit und der klaren Farben hoch geschätzt, so wie Sie sie auch in Ihrem Bild verwendet haben. Doch ansonsten, Señorita, ist Ihr Blick so eingeengt wie der eines Pferdes mit Scheuklappen. Sie sehen nur die Schönheit des Landes, nicht aber die häßlichen Dinge.« Er ging in die Hocke und nahm eine Handvoll Lehm vom Bachufer. Dann, ehe Araminta begriff, was er vorhatte, packte er sie und drückte ihr die feuchte Erde in die Hände, was sie vor Angst und einer merkwürdigen Erregung ob seiner Kraft erzittern ließ. »Das liegt unter der Oberfläche des Landes verborgen, Señorita Winthrop. Machen Sie die Augen auf und schauen Sie genau hin, damit Sie es sehen können. Dreck. Der Dreck von Armut, Hunger und Krankheit und Hunderten anderer Unbill, mit denen die mittellosen, gewöhnlichen Menschen Mexikos fertig werden müssen. Aber weiß eine wohlhabende, verwöhnte Gringa wie Sie etwas von diesen Dingen?« Er grinste, als er sie losließ. Heftig schluckend, kniete sie sich hin und wusch sich die Hände, als könnte sie das sonderbare Gefühl seiner Berührung abwaschen. »So wenig, wie Sie über die Kraft eines brillanten Gemäldes wissen; so wenig, wie Sie vorgeben, über die unerhörten Aktivitäten Ihres Großvaters, der Hobarts und ihresgleichen zu wissen.«

»Und was sollen das für Aktivitäten sein?« Araminta warf stolz den Kopf herum, verletzt und wütend, daß er es gewagt hatte, sie in ihrer Abgeschiedenheit zu stören und sie obendrein auch noch zu beleidigen, wo sie doch nichts getan hatte, womit sie seine Verachtung verdient hätte.

Entschlossen, ihm nicht die Genugtuung zu gönnen, daß er ihr ansah, wie tief er sie mit seinen Worten getroffen hatte, erhob sie sich und kehrte ihm den Rücken zu, auch wenn es sie allen Mut kostete. Vielleicht würde er sie in Ruhe lassen und sich davonmachen, wenn sie ihn gar nicht weiter beachtete – denn wenn es in seiner Absicht läge, ihr etwas anzutun, dann hätte er es gewiß längst getan. Sich äußerlich zur Ruhe zwingend, machte sie sich daran, ihr Frühstück auszupacken. Als erstes nahm sie das rotkarierte Tischtuch aus dem Korb und breitete es im Gras aus. Doch ihre Hände zitterten, und ihre Bewegungen waren hastig und ungelenk, als sie Speisen und Getränke aus dem Korb packte. Zu ihrer Bestürzung verstand del Castillo ihren Wink nicht und blieb, wo er war.

»Ihr Großvater, die Hobarts und einige andere handeln – unter anderem – mit Waffen und versorgen die Föderalisten und die Landesregierung mit Nachschub, mit denen die Armee und die Polizei die Menschen Mexikos ermorden, Señorita; Menschen, die kaum mehr haben als die Hoffnung, standzuhalten, und ihre verzweifelte Gegenwehr. Aber wie ich schon sagte – was wissen Sie schon, was es heißt, arm zu sein und Hunger zu leiden?«

»Offensichtlich mehr, als Sie über mich wissen. Ich habe nämlich beides am eigenen Leibe erfahren.« In ihrer Stimme schwang ruhiger Stolz. »Ihre Informanten scheinen mir nicht die besten zu sein, General. Ansonsten würden Sie das nämlich wissen. Warum also sollte ich glauben, was Sie über meinen Großvater behaupten? Und selbst wenn es wahr wäre –, »mit Unbehagen erinnerte sie sich an Gesprächsfetzen, die sie beim

Fandango aufgeschnappt hatte, »die Föderalisten und die Landesregierung vertreten rechtmäßig die Anliegen Mexikos, und daher kann man es wohl schwerlich ein Verbrechen nennen, sie mit Waffen zu versorgen. Es sind doch wohl Ihre Revolutionäre – die Maderistas, Zapatistas, Orozquistas, Vazquistas und all die anderen –, die den Bürgerkrieg angezettelt haben und daher allein die Verantwortung für den Tod Ihrer Landsleute tragen.«

»Ich bitte Sie, Señorita«, schalt del Castillo sie und ließ sich anmutig neben ihr auf dem karierten Tuch nieder. »Gerade Sie als angehende Journalistin sollten es doch besser wissen und nicht alles glauben, was die Zeitungen schreiben. Das sind doch nur Lügen und Halbwahrheiten, allesamt gefärbt im Sinne der Herausgeber, der Redakteure und großen Anzeigenkunden, *es verdad?*« Mit hochgezogener Augenbraue erwartete er ihren Widerspruch, der jedoch ausblieb, weil Araminta sehr wohl wußte, wie recht er damit hatte.

Einer der Hauptgründe für ihren Wunsch, Journalistin zu werden, war, daß sie die Wahrheit schreiben wollte und nicht die Märchen und ausgedachten Geschichten wie derzeitig üblich.

»Profirio Díaz war ein Diktator, der sich einen Dreck um das Volk geschert hat«, fuhr der General fort. »Und nun, da Francisco Madero ihn abgesetzt und seine Nachfolge angetreten hat, macht er es nicht anders. Es gibt ein Sprichwort in Mexico City, Señorita: ›*Fuera de México, todo es Cuautitlán!*‹ Außerhalb von Mexico City ist alles Cuautitlán. Was heißt: In Mexiko zählt nur die Hauptstadt, und wer vom Land kommt, der zählt nichts.« Del Castillo hielt für einen Moment inne und schaute auf die Speisen, die Araminta auf dem Tuch ausgebreitet hatte. Dann fuhr er mit einer abfälligen Handbewegung fort. »All dieses Essen und diese Getränke nur für Sie allein, Señorita. Wissen Sie eigentlich, daß von all dem hier eine

Bauersfamilie in Mexiko fünf Tage leben könnte, vielleicht sogar eine ganze Woche?«

Mit einemmal schaute Araminta entsetzt auf ihr Frühstück. Bis jetzt war ihr noch gar nicht bewußt gewesen, wieviel sie tatsächlich eingepackt und mitgenommen hatte. In ihrer Eile heute morgen – und daran denkend, daß sie nicht vor dem Mittagessen zurück sein würde –, hatte sie einfach alles eingepackt, was ihr in die Hände fiel, und im Korb verstaut. Nun kam es ihr so vor, als würde das, was sie auf dem Tuch ausgebreitet hatte, für eine ganze Armee reichen: Tortillas, große Stücke Fleisch und Käse, Obst und Frijoles, einige Sopaipas, ein Stück Butter und die unvermeidliche Salsa, dazu ein Krug frische Milch. Ihre Augen heute morgen waren größer als ihr Magen gewesen, sagte sie sich entsetzt im stillen. War es da ein Wunder, daß der General sie derart verächtlich ansah? Er mußte sie ja für einen Vielfraß und eine Prasserin halten.

»Sie haben recht«, gab sie errötend zu. »Das ist in der Tat mehr, als ich allein essen kann.« Sie bereute, daß sie den Korb in seiner Anwesenheit ausgepackt hatte. Da sie nicht wußte, was sie nun tun sollte, fragte sie zögerlich: »Darf ich Sie ... einladen, mein Gast zu sein, General?«

»Rigo. All meine Freunde sagen Rigo.«

»Aber ich dachte ... ich dachte, daß Sie mich wegen meines Großvaters zu Ihren Feinden zählen.«

»Möchten Sie das denn, Señorita?«

»Nein. Ich nehme an, daß Sie ein höchst bedrohlicher Gegner sind, General.«

»*Sí*, das bin ich auch. Aber machen Sie sich keine Sorgen, denn sollte ich jemals Ihr Feind werden, werde ich es Sie persönlich wissen lassen, das schwöre ich Ihnen.« Er sagte dies so nachdrücklich, daß Araminta keinen Zweifel an der Aufrichtigkeit seiner Worte hatte, und sie erschauerte bei dem

Gedanken, daß er sich eines Tages zu ihrem Feind erklären könnte.

Es war der sonderbarste, furchteinflößendste und doch aufregendste Morgen, den Araminta in ihrem ganzen Leben verbracht hatte, auch wenn sie ständig das Gefühl hatte, als würde sie die ganze Zeit mit der Gefahr flirten. Wieder und wieder sagte sie sich, daß sie besser nicht allein mit diesem Mann hier wäre, besonders an einem so abgeschiedenen Ort wie diesem. Sie wußte, daß Rigo ein Revoluzzer war und ganz sicher auch ein Bandolero, ein Desperado. Gut möglich, daß er sogar seine Frau kaltblütig umgebracht hatte – doch sie wagte es nicht, ihn darauf anzusprechen. Dennoch fand sie es in seiner Gegenwart schwer, all diese Geschichten über ihn zu glauben. Während sie sich unterhielten, stellte sie fest, wie belesen, intelligent und scharfsinnig er war. Zum erstenmal seit ihrer Zeit im Internat war sie jemandem begegnet, der ihrer Intelligenz entsprach, ihrer Cleverneß und Erziehung, und trotz ihres ständigen schlechten Gewissens, daß ihren Großvater gewiß der Schlag träfe, wenn er auf irgendeine Weise von diesem Morgen erfahren sollte, schaffte sie es nicht, sich von Rigo zu trennen. Er erinnerte sie an einen sich in der Sonne aalenden Panther, groß und geschmeidig, gefährlich und wunderschön, sehnig und unberechenbar, in einem Moment schnurrend, im nächsten knurrend. Er war gewandt, weltmännisch und kultiviert. Und gleichzeitig war er hart, arrogant, verrucht und zynisch – und ganz gewiß kein Gentleman, auch wenn er im Moment vorgab, ein solcher zu sein.

»Sie … bringen mich ganz durcheinander, General«, sagte sie, noch immer verlegen wegen der Vertraulichkeit, ihn beim Vornahmen anzureden.

»Inwiefern?«

»Nun, eigentlich mit allem. Wie Sie reden, wie Sie sich geben, kleiden, Ihre Gelehrsamkeit …« Sie schüttelte den

Kopf. »Irgendwie hat es, trotz Ihres Mitgefühls für die einfachen Menschen, gar nicht den Anschein, als würden Sie von ihnen abstammen.«

»Oh, aber so ist es, das kann ich Ihnen versichern, Señorita. Ich bin der uneheliche Sohn eines reichen *hacendado*, der noch andere, legitime Söhne hatte und daher nichts von mir wissen wollte – genausowenig wie von *mi madre*, nachdem er sich wiederholt gewaltsam von ihr geholt hatte, was er wollte, bis er ihrer überdrüssig wurde.« Araminta keuchte leise bei dieser Offenbarung, die Rigo so selbstverständlich aussprach, und ein kleines, spöttisches Lächeln spielte um seine Lippen.

»Jetzt sind Sie fürchterlich erschrocken, nicht wahr? Solche Dinge geschehen nicht in Ihrer Welt, was? Leider sind sie in meiner nur allzu normal. Ich nannte mich wie die Hacienda meines Vaters – *del castillo*, vom Schloß, weil dieses prächtige Anwesen uns allen, die wir auf den Feldern von *mi padre* schufteten, wie ein Schloß vorkam. Nein, sparen Sie sich Ihr Mitleid – man kann Ihnen die Gedanken leicht am Gesichtsausdruck ablesen, wissen Sie das? –, ich will Ihr Mitgefühl nicht.«

»Was denn sonst?« fragte Araminta, noch immer verdutzt, doch mittlerweile ahnend, wie er als Kind gewesen sein mochte.

»Heute morgen will ich nicht mehr, als mir bereits zuteil wurde«, antwortete er rätselhaft. »Ich kann mich nicht entsinnen, wann ich das letzte Mal ein Frühstück so sehr genossen habe. *Muchas gracias*.« Mit diesen Worten erhob er sich – sehr zu ihrer Überraschung und eigenartigen Enttäuschung. Er ging zu seinem Pferd, das in der Nähe graste, ergriff die Zügel und schwang sich in den Sattel. Der rassige Hengst hob den Kopf und tänzelte einige Schritte, ehe der General ihn unter Kontrolle hatte. Vom Rücken des Tieres aus blickte Rigo einen Moment lang eindringlich auf Araminta herab; seine Augen verengten sich, so daß sie nicht erkennen konnte, was er in diesem Augenblick dachte. »Ehe ich gehe, noch ein freundschaftlicher Rat, Señorita: Ganz gleich, wie Ihr Großvater oder die Hobarts es auch sehen mögen – Judd Hobart ist nicht der richtige Mann für Sie. Sie täten gut daran, ihn nicht noch zu ermuntern, daß er Ihnen den Hof macht.«

Dann – noch ehe sie etwas darauf erwidern konnte – stieß er seinem Pferd die silbernen Sporen in die Flanken und preschte davon.

8. Kapitel

Araminta war perplex und verärgert über Rigos rätselhafte Bemerkung zum Abschied. Sie verstand nicht, weshalb es ihn kümmern sollte, wer um sie warb – selbst wenn es der ihm so verhaßte Judd war. Es ging den General nichts an, mit wem sie ihre Zeit verbrachte, dachte sie wütend im stillen, und er hatte ganz sicher kein Recht, sich in ihr Leben einzumischen. Daß er ihr glücklicherweise am Postschalter behilflich gewesen war, berechtigte ihn nicht auch dazu. Außerdem, so sagte sie sich, hatte er es doch nur getan, um ihrem Großvater eins auszuwischen – was wohl kaum für Rigos Charakter sprach, der, wie sie immer noch meinte, in jeder Hinsicht verwerflich war. Dieser Mann war ein Revoluzzer, ein Dieb, vielleicht sogar ein Mörder; auch wenn Araminta letzteres nicht glauben wollte. Daß seine schwere Kindheit sein heutiges Wesen geprägt hatte, war nur selbstverständlich, gleichwohl war es keine Entschuldigung für sein Verhalten. Auch wenn er ihr Mitgefühl zurückgewiesen hatte, tat ihr der General dennoch leid, obwohl sie sich nicht sicher war, ihn auch zu mögen. Sein gutes Aussehen und seine Anziehungskraft waren ebenso furchteinflößend wie erregend.

Er war wie ein Tier auf Beutezug, letztlich unberechenbar, auch wenn er sie nicht im mindesten bedroht hatte. Vielmehr hatte sie sich gefragt – sie errötete bei diesem kühnen Gedanken –, wie es wohl wäre, von ihm umarmt und geküßt zu werden. Doch Araminta vergaß nicht einen Moment lang seinen schlechten Ruf und die Tatsache, daß er der Feind ihres Großvaters war – und möglicherweise eines Tages auch der ihre. Trotzdem faszinierte Rigo sie, ob sie es wollte oder nicht, und dieses morgendliche Zusammentreffen war nur das erste von einer Reihe folgender. Sie fühlte sich mehr und mehr zu ihm hingezogen; es war ein Gefühl, wie sie es noch nie zuvor für einen Menschen empfunden hatte. Unerwarteterweise hatten sie beide so vieles gemeinsam, teilten ihre Vorliebe für Literatur, Musik und Kunst; liebten beide das Reisen und interessierten sich für fremde Länder und Kulturen und waren der gleichen Ansicht über die Dinge in der Welt, die aktuellen Geschehnisse und die Politik, und auf allen Gebieten erwies er sich als mindestens ebenso gut unterrichtet wie sie selbst. Araminta bekam ihn nicht mehr aus dem Kopf. Wenn sie ehrlich mit sich selbst war, mußte sie sich eingestehen, daß sie seine ganze Art aufregend fand, die Gespräche mit ihm bereichernd, weil er mit ihr wie mit seinesgleichen sprach und ihre Meinung achtete, was eine wohltuende Abwechslung war zu der Art, wie ihr Großvater und Judd sie behandelten, die ihr zu verstehen gaben, daß sie sich mit nichts anderem befassen solle als mit der Planung des Essens oder der Auswahl ihrer Kleider. Ihr Großvater wußte von ihrem Wunsch, Journalistin zu werden, hatte ihr aber verboten, die lokalen Zeitungen zu lesen, stur darauf beharrend, daß der Inhalt nichts für eine Dame sei. Daher blieb Araminta nichts anderes übrig, als heimlich einen Blick in die Zeitung zu werfen, wenn ihr Großvater außer Haus war.

Wie plötzliche, wütende Unwetter, so las sie, breiteten sich die gewalttätigen Unruhen südlich der Grenze aus. Araminta hatte in der Zwischenzeit – durch ihre Zusammenkünfte mit Rigo – viel über die mexikanische Revolution erfahren, so auch, daß es nicht ungesetzlich war, die Föderalisten und die Landesregierung mit Waffen zu beliefern, die schließlich gesetzmäßig die Interessen Mexikos vertraten und verteidigten, mochte der General auch noch so verbittert über diesen, wie er es nannte, »unerhörten« Handel sein. Allerdings hatte ein einstimmig gefaßter Beschluß des mexikanischen Kongresses Präsident Taft dazu ermächtigt, jeglichen anderweitigen Waffenhandel nach Mexiko zu untersagen, solange die Aufstände fortdauerten. Dieser Beschluß stellte einen herben Schlag gegen die Revolutionäre dar, die nun infolgedessen begannen, den Haß auf die Amerikaner zu schüren. Hätten sie wie die Regierungstruppen ebenfalls über amerikanische Waffen verfügen können, wären sie ein ebenbürtiger Gegner für die Regierung gewesen. So aber war dies nur eine von vielen Benachteiligungen und Hindernissen, die sie – wie auch immer – überwinden mußten. Und je mehr Araminta vom Gesamtbild erfaßte, desto mehr schwand ihre Überzeugung, daß die Raubzüge über die Grenze so einfach zu verurteilen waren. Vielleicht hätte sie selber auch zu solch verzweifelten Mitteln gegriffen, wenn sie unterdrückt und gezwungen worden wäre, ums nackte Überleben zu kämpfen.

Dennoch war es nicht richtig, daß ihr Großvater, die Hobarts und andere texanische Rancher wegen ihres Reichtums und eines Kriegs, der nicht ihrer war, zu leiden hatten. Gleichwohl verstand Araminta, daß die Aufständischen die Rancher nördlich der Grenze als legitime Ziele für ihre Überfälle und Anschläge betrachteten, wenn diese tatsächlich die Regierungstruppen mit Waffen und Nachschub versorgten. Es war eine heikle Situation, auf die es keine einschlägige Antwort gab. Wenn Araminta ihren Großvater darauf ansprach, beharrte er auf dem Standpunkt, Geschäft sei Geschäft, es ließe sich nun mal Geld an den Unruhen in Mexiko verdienen, und er tue nichts Unrechtes. Der moralische Aspekt der Angelegenheit belastete sein Gewissen nicht im mindesten – die Waffenlieferungen an nur eine Partei; das elitäre Unterdrückungsregime in Mexiko; die Ungerechtigkeiten, unter denen das einfache und arme Volk zu leiden hatte. Bislang hatte sich Araminta kaum oder nur wenig mit diesem Bürgerkrieg befaßt. Doch je öfter sie sich mit Rigo traf, desto weniger vermochte sie die Gewalt südlich der Grenze oder den Beitrag der texanischen Rancher daran zu ignorieren.

Innerlich zerrissen, sagte sie sich, daß ihre Treffen mit dem General gefährlich und falsch waren und sie damit besser aufhören sollte. Letzten Endes würde es ihr nichts als Scherereien einbringen. Ungeachtet der Tatsache, daß er sich ihr gegenüber stets wie ein Gentleman benahm – wenn er wirklich ein Bandolero war oder gar ein Mörder, dann begab sie sich jedesmal in große Gefahr, wenn sie sich mit ihm traf. Gewiß hatte er einen ihr bislang unbekannten Grund, ihre Nähe zu suchen; ein Motiv, das mit seiner Feindschaft zwischen ihm, ihrem Großvater und Judd Hobart zu tun hatte. Doch so sehr sie sich auch vornahm, sich nicht mehr mit Rigo zu treffen, war die Versuchung mitunter einfach zu groß; hin und wieder ritt sie frühmorgens zum Bach, wo Rigo sie meist schon erwartete. Wenn sie von ihm in seinen teuflischen Bann gezogen war, dann schien er nicht minder von ihr verhext.

»Sie sind so ganz anders, als ich mir die Enkeltochter von Noble Winthrop vorgestellt habe«, sagte er einmal zu ihr, und ein Muskel zuckte um sein Kinn, als verüble er ihr das. Seine nächsten Worte bestätigten ihre Vermutung. »Es gefällt mir gar nicht, daß Sie so sind, wie Sie sind.«

»Ach? Und wieso nicht?« fragte Araminta, auch wenn sie die Antwort darauf bereits zu wissen glaubte. Zweifellos wäre es ihm lieber, wenn sie häßlich, eitel und albern wäre. Dann hätten die beiden nichts gemeinsam gehabt, dann gäbe es nicht diese sonderbare, aber nicht zu leugnende gegenseitige Faszination, die den ansonsten kristallklaren Kurs ihrer beider Leben durcheinanderbrachte.

»Weil es leichter wäre, wenn Sie so wären wie jede andere Gringa aus Ihrer Schicht.«

»Leichter? Inwiefern? Und wieso bin ich anders als die anderen?«

»Sie ... verwirren mich, Señorita. Sie sind starrköpfig, haben einen eigenen Willen, geben keine Ruhe. Und wenn Sie sich etwas widmen, dann tun Sie es mit ganzem Herzen, denke ich. Eine Mischung, von der ich fürchte, daß sie sich eines Tages gegen Sie wenden wird. Texas, Mexiko ... das sind Länder, die es nicht gerade gut mit Menschen meinen, die hier leben, und wer es hier aushält, der ist stark und hart. Hier lernt man, alles zum Überleben Notwendige zu tun.«

»Und Sie glauben, das könnte ich nicht?« fragte sie beunruhigt, daß er sie so gut durchschaute, als könnte er in ihr Herz blicken und ihre Gedanken lesen.

Für einen Moment verharrte Rigo so schweigsam, daß sie schon glaubte, er werde ihr darauf nicht antworten. Doch dann sagte er langsam und bedächtig: »Doch, ich denke, das können Sie. Aber ich fürchte, es könnte ein schmerzhafter Lernprozeß für Sie werden – und eigenartigerweise macht mir der Gedanke daran ... Sorgen.«

In seinen Augen lag ein eigentümlicher, abwesender Blick, als er dies sagte, so als könne er in die Zukunft schauen und als wisse er, daß es keine glückliche Zukunft war. Es war ein unbehaglicher Moment, und Araminta spürte, wie ihr ein kalter Schauer über den Rücken lief. Doch sosehr sie auch versuchte, nachzuhaken, er führte seine beunruhigende, rätselhafte Bemerkung nicht weiter aus, sondern erhob sich plötzlich und ritt davon, was sie derart verwirrte und verletzte, daß sie wieder einmal glaubte, daß sie ihn im Grunde verachtete.

Sie stieg auf ihr Pferd und ritt heim, wütend auf Rigo und noch wütender auf sich selbst, weil sie sich dennoch so stark von ihm angezogen fühlte. Sie nahm sich fest vor, ihn nie mehr wiederzusehen. Mit ihren Treffen fiel sie ihrem Großvater in den Rücken und Judd ebenso, und überdies war es ein Verrat an ihrer Herkunft. Eine Dame schlich sich nicht heimlich aus dem Haus, um sich mit einem verrufenen Mann zu treffen, und ganz gewiß war sie aus besserem Haus als er. Sie verstand nicht, was in sie gefahren war, daß sie sich derart schamlos und unverantwortlich benahm und so gar nicht auf ihren Ruf und ihre körperliche Unversehrtheit bedacht war. Sie mußte sich Rigo ein für allemal aus dem Kopf schlagen, ehe es zu spät war.

Wenn ihr Großvater und Judd jemals von ihren Zusammenkünften mit dem General erfahren sollten – Araminta erschauerte bei dieser Vorstellung –, wäre ihr Zorn sicher grenzenlos. Judd besaß ein hitziges Temperament und war ihr gegenüber so besitzergreifend geworden, daß er Rigo glatt umbringen würde. Mehr und mehr bedrängte er sie, ihn endlich zu heiraten, doch auch wenn sie einsehen mußte, daß es der perfekte Plan zu sein schien, weil durch die Heirat die High Sierra und der Chaparral vereint würden, zögerte Araminta.

Ihr gesunder Menschenverstand sagte ihr, daß sie, wenn ihr Erbe nicht von einer Heirat abhinge und ihr Großvater ihr die Ranch auch so vermachen würde, niemals in der Lage wäre, die High Sierra ganz allein zu leiten, nicht ohne einen Ehemann oder zumindest die Hilfe eines starken, fähigen Vorarbeiters; jemand, der sie respektierte und an sie glaubte. Nicht, daß es ihr an Intelligenz oder Begabung dazu gemangelt hätte – wenn nötig, würde sie ganz sicher lernen, diese Aufgabe zu bewältigen. Doch sie wußte, daß kein Mann sie ernst nehmen würde als Herrin über die High Sierra. Es würde schwierig sein, wenn nicht gar unmöglich, nicht nur die erfahrenen Arbeiter zu halten, sondern auch ihren Willen durchzusetzen, zumal sie über keinerlei praktische Erfahrung verfügte, wie eine Ranch dieser Größe zu leiten war. Es gab nichts, und sei es eine noch so geringe Arbeit gewesen, wobei ihr Großvater in der Vergangenheit nicht selber mit angepackt hatte. Leider konnte sie dies nicht von sich behaupten. Wäre sie gezwungen, schon morgen die Leitung der Ranch zu übernehmen, wäre sie so unbeholfen wie eine blutige Anfängerin und somit leichte Beute für jeden skrupellosen Mann mit der Absicht, daraus Kapital zu schlagen. Zumindest dies hätte ihr Großvater verhindern können, wenn er sie entsprechend auf die Leitung der Ranch vorbereitet hätte, doch bei den wenigen Gelegenheiten, bei denen sie es wagte, ihn darauf anzusprechen, hatte er nur verächtlich abgewunken.

»Wenn Gott gewollt hätte, daß sich die Frauen ins Geschäft einmischen, mein Mädel, dann hätte er ihnen Grips gegeben anstatt einen Körper, der einen Mann glücklich machen und ihm Kinder gebären soll. Warum willst du unbedingt in Hosen und Hemd rumlaufen? Such dir lieber ein schickes Brautkleid aus. Judd wird schon mächtig ungeduldig, so wie du ihn zappeln läßt, und ich kann ihm da weiß Gott keinen Vorwurf machen. Was ist nur in dich gefahren, Araminta? Führst dich auf wie ein kleines Schulmädchen. Einen besseren Mann als Judd wirst du nicht finden. Er wird für dich und die High Sierra sorgen, wenn ich mal unter der Erde liege.«

»Aber ich . . . ich liebe ihn nicht, Großvater, und er liebt mich auch nicht.«

»Liebe, pah«, höhnte Noble verächtlich. »Das ist doch was für Träumer und Dummköpfe. Und den Eindruck machst du mir gar nicht, Mädel. Eines laß dir gesagt sein, Araminta: Wenn das Feuer, das in dir brennt, erst gelöscht ist, dann ist es mit der Liebe recht bald vorbei, und was dir dann bleibt – wenn du

Glück hast –, ist gegenseitige Sympathie, Partnerschaft, Zufriedenheit, eine gemeinsame Vergangenheit und gemeinsame Ziele. Du haßt doch Judd nicht etwa, oder?« fragte er barsch.

»Nun ... nein, das nicht. Aber ...«

»Und du wärst doch zufrieden mit ihm hier auf der Ranch, oder?«

»Ich ... ich denke, schon«, gab sie widerwillig zu.

»Ja, herrje, wo ist denn dann das Problem, Mädel?« Mißtrauisch kniff er die Augen zusammen. »Du hast dich doch wohl nicht in einen anderen verguckt?«

»Nein.« Araminta schüttelte den Kopf, errötete leicht und wich dem bohrenden Blick ihres Großvaters aus, als Rigos Bild unerwünscht vor ihrem geistigen Auge auftauchte. Natürlich bedeutete er ihr nichts, sagte sie sich. Und er machte sich nichts aus ihr. Sie wußte nicht, warum sie jetzt und so oft an ihn dachte. Entschlossen hob sie den Kopf. »Nein, Großvater, es gibt keinen anderen Mann«, antwortete sie mit fester Stimme und schaute ihm unverwandt in die Augen. »Ich verstehe nur nicht, warum du und Judd mich so sehr drängt, ihn zu heiraten. Ich weiß ja, daß du große Stücke auf ihn hältst, aber ich ... ich brauche mehr Zeit, Großvater. Ich kenne ihn doch erst seit kurzem als Mann, und ich ... ich bin mir einfach noch nicht sicher –« Ihre Stimme erstarb, und sie biß sich auf die Unterlippe, wohl wissend, wie kindisch und bockig sie klang.

»Papperlapapp. Ist gar nicht nötig, daß du dir sicher bist. Ich habe sowieso noch nie erlebt, daß eine Frau weiß, was gut und was richtig für sie ist. *Ich* bin mir sicher, daß Judd der Richtige für dich ist. Wenn dem nicht so wäre, meinst du denn, ich würde ihn dir so sehr ans Herz legen? Und was das Drängeln angeht, Araminta – ich bin nicht mehr der Jüngste. Allzu viele Jahre bleiben mir nicht mehr. Ich habe bis jetzt nichts gesagt, weil ich dich nicht beunruhigen wollte, aber ich habe mich in letzter Zeit nicht wohl gefühlt, und ehrlich gesagt wäre es eine große Hilfe, wenn Judd die Leitung der täglichen Arbeiten auf der Ranch übernehmen würde. Ich möchte mich gern zur Ruhe setzen und die Früchte meiner Arbeit genießen, solange mir dies noch möglich ist, und lange genug leben, um meine Urenkel auf den Knien zu –« Mitten im Satz brach Noble ab, geschüttelt von einem heftigen Hustenanfall. Er ließ den Gehstock fallen, griff sich an die Brust und sackte zusammen.

»Großvater ...« Erschrocken eilte Araminta zu ihm und half ihm, sich in den Drehstuhl hinter seinem Schreibtisch zu setzen, dann lockerte sie den Kragen seines Hemdes. »Halte durch. Ich hole dir ein Glas Wasser.«

»Nein ... lieber einen ... Whiskey«, brachte er hustend heraus.

Araminta glaubte zwar nicht, daß in seinem Zustand Alkohol das Richtige war, aber weil sie ihn nicht noch weiter aufregen und seine Verfassung nicht noch weiter verschlimmern wollte, lief sie gehorsam zur Bar neben seinem Schreibtisch, öffnete eine der Kristallkaraffen und schenkte ihm ein Glas ein. Dann eilte sie wieder zu ihm und half ihm, das Glas beim Trinken zu halten. In seinen Drehstuhl gelehnt, die Augen geschlossen, hielt er Araminta wortlos das leere Glas hin, ihr bedeutend, sie möge ihm nachschenken.

»Großvater, geht es wieder? Hast du schon einmal einen solchen Anfall gehabt? Vielleicht sollte ich doch besser den Arzt kommen lassen ...«

»Nein, nein. Das war nicht das erstemal. Es ist gleich wieder vorbei. Ich kenne das schon. Ich werde eben älter, Mädel, und dagegen kann kein Arzt der Welt etwas machen.«

Doch Araminta war nicht überzeugt, daß der plötzliche Anfall ihres Großvaters allein Folge seines hohen Alters war; und mit vor Sorge gerunzelter Stirn ging sie erneut zur Bar, um ihm ein weiteres Glas einzuschenken. Bis zum heutigen Tag hatte sie nicht einmal geahnt, daß es mit der Gesundheit ihres Großvaters nicht zum besten stand. Der Gedanke alarmierte sie. Trotz aller Reserviertheit ihm gegenüber fühlte sie dennoch eine gewisse Zuneigung zu ihm, so störrisch und widerborstig er auch manchmal sein mochte. Immerhin war er ihr letzter noch lebender Verwandter, und er hatte sie auf seine ihm eigene Art herzlich behandelt. Was sollte nur aus der Ranch werden, wenn er starb und sie noch unverheiratet war? Selbst Judd schien es nicht zu wissen, was sicher auch der Grund war, weshalb er sie so sehr drängte. Und was, wenn sie die Ranch nicht erbte, weil sie noch ledig war? Was sollte dann aus ihr werden? Sie konnte nicht einmal sicher sein, Geld zu erben, und sie verfügte über keinerlei Ersparnisse und nur begrenzte Möglichkeiten, Geld zu verdienen. Bislang hatte sie auf ihren Brief an Liam O'Grady keine Antwort erhalten, daher wußte sie nicht, ob ihr Artikel angenommen worden war und im *Record* erscheinen würde und ob es Anlaß zu der Hoffnung gab, jemals wieder für eine Zeitung in New York zu arbeiten. Sollte ihr Großvater morgen sterben, stünde sie ebenso mittellos da wie zu dem Zeitpunkt ihrer Rückkehr nach Texas. Diese Vorstellung machte ihr angst, und in diesem Licht besehen erschien die Vorstellung, Judd zu heiraten, weit weniger schlimm.

Zumindest wurde er gefürchtet und respektiert, und er verstand es, eine große Ranch zu leiten. Niemand würde es wagen, seine Autorität auf der High Sierra anzuzweifeln; niemand würde sich trauen, ihn zu betrügen oder auszunutzen. Als seine Frau wäre ihre Zukunft gesichert, und jedes Kind, das sie zur Welt brächte, wäre rundum versorgt. Frank und Elizabeth Hobart würden sie mit offenen Armen in ihre Familie aufnehmen, und selbst Velvet – die sich unerklärlicherweise ihr gegenüber eigenartig distanziert verhalten hatte – würde letzten Endes, wenn auch nicht wie eine Schwester, so aber doch zumindest die Freundin sein, nach der sich Araminta schon so lange sehnte.

All das, da war Noble sicher, ging Araminta in diesem Augenblick durch den Kopf. Vorsichtig schaute er, unter halb geschlossenen Lidern zu ihr und lachte leise in sich hinein, zufrieden mit seiner plötzlichen Idee, einen Anfall vorzutäuschen, damit sie glaubte, seine Tage seien gezählt. Nun würde sie sich ganz sicher ihre romantischen Hirngespinste ein für allemal aus dem Kopf schlagen, mit ihrer Ziererei aufhören und endlich Judd heiraten. Hätte Araminta in diesem Moment den Ausdruck auf seinem Gesicht gesehen, wäre sie sofort mißtrauisch geworden. Doch sie stand unglücklicherweise mit dem Rücken zu ihm an der Bar, und als sie sich umdrehte, um ihm das zweite Glas Whiskey zu reichen, war Nobles Miene erneut vor Schmerz verzerrt, und ihm entfuhr ein leises Stöhnen. Araminta bemerkte nicht, daß seine Gesichtsfarbe gar nicht die eines Schwerkranken war und seine Lippen nicht im mindesten blau angelaufen waren.

»Großvater, soll ich nicht doch lieber den Arzt rufen lassen?«

»Nein, nicht nötig. Wird gleich wieder vorbei sein, also mach dir mal keine Sorgen, hörst du?« Doch seine Stimme bebte, und seine Hände zitterten, als er das Glas hob. Und so zerstreute sich Aramintas Besorgnis nicht, sondern pflanzte sich wie ein giftiges Samenkorn in ihr Herz und begann zu sprießen.

9. Kapitel

Weihnachten in Texas war ganz anders als Weihnachten in New York City, wie Araminta feststellte, als der Winter einkehrte und die Festtage näher rückten. Es gab keinen großen Weihnachtsbaum, prächtig geschmückt mit kostbaren Kugeln, Sternen und Süßigkeiten, wie er im Haus ihrer Eltern und auch später im Internat aufgestellt worden war. Statt dessen stand in der Eingangshalle der High Sierra eine, wie Araminta fand, spindeldürre, eher armselig wirkende Kiefer, die Noble jedoch als den besten Baum bezeichnete, der in der ganzen Umgegend zu finden gewesen sei. Was eingedenk der Vegetation des Landes durchaus sein konnte, wie Araminta sich schließlich sagte. Neben anderem, ihr nicht vertrauten Schmuck war der Baum mit getrockneten Chilischoten behängt, die einen derart penetranten Geruch ausströmten, daß ihr jedesmal die Augen tränten, wenn die Kerzen abends angezündet wurden und die Schoten langsam erhitzten. Zwei Bräuche jedoch, die im Südwesten üblich waren und an die sich Araminta noch freudig aus ihren Kindertagen auf der High Sierra erinnerte, waren zum einen die kunterbunte *piñata* – in diesem Jahr ein farbenfroher Esel –, die von einem Holzbalken der Decke baumelte, und die *luminarias,* die die Zufahrt zur Hacienda säumten, kleine durchsichtige Papiertüten, die mit Sand beschwert waren und in denen sich eine Kerze befand, die die Tüte nachts, wenn die Kerze angezündet war, wie Engelsfeuer leuchten ließ. Ein- oder zweimal, als niemand in der Nähe war, konnte Araminta nicht widerstehen und verpaßte dem Eselchen mit dem langen Stab, mit dem die *piñata* am Heiligabend aufgeschlagen wurde, einige leichte Schläge. Doch ließ sie sofort wieder davon ab, als Teresa sie schmunzelnd und kopfschüttelnd dabei ertappte.

»Aieee, genau das haben Sie auch als *muchacha* gemacht, Señorita. Und *el patrón,* er wurde einmal so böse, als Sie die *piñata* vor Weihnachten aufgehauen haben und als das Spielzeug und die Süßigkeiten in alle Richtungen flogen. Ihre Mama und ich, wir waren gerade in der Küche und haben nichts gehört, und so hatten Sie Zeit genug, alles auszupacken, und haben eine große Unordnung im Zimmer gemacht und so viel süßes Zeug in sich hineingestopft, daß Sie ganz krank geworden sind.«

Araminta mußte bei Teresas Worten lachen, auch wenn es ihr so peinlich war, daß sie errötete; sie hatte das Ereignis schon ganz vergessen. Doch nun erinnerte sie sich lebhaft daran, wie ihr Großvater sie damals angeschrien und sie damit so schrecklich eingeschüchtert hatte, daß ihr von den vielen Süßigkeiten ganz schlecht wurde und sie sich auf den Teppich übergeben mußte, was ihn sprachlos vor Wut dastehen ließ. Ein Wunder nur, dachte sie amüsiert, daß ihn nicht an Ort und Stelle der Schlag getroffen hatte. Doch im selben Moment verging ihr jeder Humor, und sie runzelte besorgt die Stirn, als sie an seinen derzeitigen angegriffenen Gesundheitszustand denken mußte. Seit jenem Vorfall in seinem Arbeitszimmer hatte er noch weitere Anfälle dieser Art erlitten. Und dennoch hatte er starrköpfig behauptet, ihm fehle nichts, es sei nur das Alter, und hatte sich hartnäckig geweigert, ihr zu erlauben, den Arzt kommen zu lassen. Sie fürchtete, wenn sie sich darüber hinwegsetzte und den Arzt dennoch rief, würde ihr Großvater so aufgebracht sein, daß er einen Herzanfall erlitt und starb. Es war erschreckend, wie die blaue Ader an seiner Stirn anschwoll und pulsierte, wenn er sich aufregte, so als würde sie jeden Moment platzen. Nicht weniger besorgniserregend jedoch war die Art und Weise, wie er hustete und keuchte und sich an den Hals faßte, wenn ihn einer seiner plötzlichen Hustenanfälle überkam.

Araminta wünschte sich sehnlichst, jemanden zu haben, den sie um Rat fragen konnte. Aber es gab niemanden. Judd würde sie nur noch mehr bedrängen, ihn endlich zu heiraten, und auch wenn ihr Widerstand gegen sein Werben allmählich schwand, fühlte sie sich noch nicht bereit, seine Frau zu werden. Seine Schwester Velvet, hätte sie sich als liebenswürdiger und zugänglicher erwiesen, wäre eine natürliche Vertraute gewesen, wenn man bedachte, daß sie und Araminta etwa im gleichen Alter waren. Doch trotz Aramintas Versuchen hatte

Velvet bislang wenig Interesse an einer Freundschaft mit ihr gezeigt. Und was Judds Eltern, Frank und Elizabeth Hobart, betraf, so hatte Araminta trotz all ihrer Herzlichkeit nicht das Gefühl, sich den beiden wirklich anvertrauen zu können, ebensowenig wie Mr. Gideon, wenn es um ihren Großvater ging. Denn wenn er es gewollt hätte, hätte er ihnen bestimmt von sich aus von seinen Anfällen erzählt; und sie würden ihn auch bestimmt darauf ansprechen, wenn Araminta sie zu Rate zog. Die Bediensteten kamen schon gar nicht in Frage. So zuvorkommend sie auch waren, sie würden sich nur Sorgen machen und untereinander darüber reden, was ihr Großvater sicher mitkriegen würde; und sie wußte genau, wie sehr es ihm mißfallen würde, wenn seine Angestellten, die in seinen Augen nicht mehr als Untergebene waren, über seine persönlichen Angelegenheiten sprachen. Das Beste, was sie tun konnte, war, sich, ohne ins Detail zu gehen, unter vier Augen mit dem Arzt zu unterhalten; vielleicht verstand er den Wink und würde sich von sich aus an ihren Großvater wenden. Gleich heute würde sie den Arzt aufsuchen, beschloß sie. Judd hatte versprochen, mit ihr nach El Paso zu fahren, um die Weihnachtsgeschenke einzukaufen.

Es war eine angenehme Fahrt in die Stadt; Judd plauderte über die neuesten Ereignisse und seinen Vormittag auf dem Chaparral. Und plötzlich hatte Araminta das Gefühl, als wären sie und Judd bereits ein Ehepaar, so gut kannte sie ihn inzwischen, so nahe waren sie sich gekommen. Erschrocken wurde sie sich gewahr, daß sie tatsächlich von ihm abhängig geworden war und es längst als normal betrachtete, daß er da war, wenn sie ihn brauchte, so wie an diesem Nachmittag. Und erstmals dachte sie darüber nach, wie ihr Leben wohl aussähe, wenn sie nicht nur ihren Großvater nicht mehr hätte, sondern auch Judd verlieren würde. Der Gedanke war wenig ermutigend. Sie würde völlig auf sich allein gestellt sein in einer Welt, in der es eine Frau wahrlich nicht leicht hatte – vor allem, wenn sie keinen Mann hatte, der sie beschützte. Als sie an ihr Leben in New York dachte, erschauderte sie. Trotz der Unabhängigkeit, die sie genossen hatte, mußte sie, wenn sie ehrlich war, zugeben, daß sie in New York nicht glücklich gewesen war. Ihre Tage waren lang und mühevoll und strapaziös gewesen. Sie hatte keine Freunde und Bekannten gehabt und schon gar keine Verehrer, keine Hoffnung zu heiraten oder Kinder zu haben. Nun schien sie keine Chance zu haben, die angestrebte Karriere als Journalistin zu verwirklichen. Was war schlimmer? fragte sie sich. Einsam oder von jemandem abhängig zu sein? Das Problem war, daß sie beides nicht wollte; es war sicherlich schamlos und gierig von ihr, alles zu wollen und zu hoffen, Judd würde, im Gegensatz zu ihrem Großvater, ihren Wunsch, Journalistin zu werden, verstehen und unterstützen.

Warum erwog sie es überhaupt, Judd zu heiraten? Nun... warum eigentlich nicht? Vieles sprach für ihn. Vielleicht hatte ihr Großvater ja recht und ihre romantischen Vorstellungen waren töricht. Vielleicht würde sie mit Judd tatsächlich glücklich werden können, wenn sie ihrer Beziehung wenigstens eine Chance gab.

Auf unerwartete Weise wurde dieses Gefühl noch verstärkt, als sie nach El Paso kamen und Judd sein schnittiges Automobil an der Hauptstraße parkte. Auf dem Gehsteig war eine Gruppe von Kindern gerade dabei, einen viel kleineren Mexikanerjungen zu hänseln, und als Judd ganz in der Nähe hielt, konnte Araminta sehen, daß der kleine Junge blaue Flecken hatte und weinte. In dem Moment, als sie hinschaute, beschimpfte ihn einer der größeren Rabauken und verpaßte ihm einen solchen Stoß, daß er hinfiel.

»Oh, Judd, sieh nur. Wie grausam«, rief sie. »Warum müssen sich diese Flegel an jemandem vergreifen, der viel kleiner ist als sie? Warum greift denn keiner ein? Warum sorgt niemand dafür, daß sie aufhören, den armen Jungen zu quälen?«

Noch während sie das sagte, versuchte sie die Beifahrertür aufzustoßen und auszusteigen, um dem kleinen Mexikaner zu Hilfe zu eilen. Aber Judd kam ihr zuvor. Er machte sich gar nicht erst die Mühe, seine Tür zu öffnen, sondern sprang mit einem Satz aus dem Wagen und war schon im nächsten Moment bei den prügelnden Kindern und zog das Opfer hervor. Natürlich hätte Araminta wissen müssen, daß sie sich darauf verlassen konnte, daß Judd einschreiten würde. Denn hatte er nicht bei dem Brand auf dem Chaparral unter Einsatz seines Lebens den Arbeiter gerettet, der unter einem herabgestürzten Balken begraben lag? Auf Judd war stets Verlaß, wenn es ein Problem gab, sagte sie sich.

»He, was soll denn das? Schämt ihr euch nicht, jemanden zu verhauen, der nur halb so groß ist wie ihr? Wollt ihr euch mit mir anlegen?« fuhr er die Burschen laut und in schroffem Ton an, worauf sie ängstlich vor ihm zurückwichen. »Wieso seid ihr eigentlich nicht in der Schule, wo ihr hingehört? Seht bloß zu, daß ihr abhaut, und zwar ihr alle, ehe ich die Polizei rufe, damit sie euch hinter Schloß und Riegel bringt.« Seine Worte zeigten die gewünschte Wirkung; schon im nächsten Moment waren die Rabauken auf und davon. Judd hielt weiterhin den kleinen Mexikanerjungen fest. »Und du ...«, er schüttelte ihn leicht, »hör gefälligst auf zu flennen. Oder willst du, daß die Leute dich für eine Memme halten?«

Der Junge schüttelte den Kopf und hörte augenblicklich zu weinen auf. Daraufhin langte Judd in seine Tasche und holte einen glänzenden Nickel hervor. »Hier, für dich.« Er gab dem Jungen das Geldstück. »Kauf dir einen Lutscher. Ich wette, dann fühlst du dich gleich besser, *es verdad?*«

»Sí, señor. Gracias.« Den Nickel fest in der kleinen Faust umschlossen, rannte der Kleine davon.

»Tapfer, der Kleine«, meinte Judd, als er sich umwandte und Araminta beim Aussteigen behilflich war.

»Ja, das war er«, pflichtete sie ihm bei. »Danke, daß du eingegriffen hast, Judd.«

»War mir ein Vergnügen. Im Ernst, ich mag Kinder. Ich hoffe, ich habe selber mal eine ganze Rasselbande, und dann würde ich es niemals zulassen, daß sie von solchen Strolchen verprügelt werden. Kindern wie diesen eben mangelt es an einer guten Erziehung; sie haben keine Manieren, kein richtiges Elternhaus, keine Schulbildung und all die notwendigen Dinge, die man mit Geld kaufen kann. Eine Frau sollte den Mann, den sie heiratet, schon genau unter die Lupe nehmen, um sicherzugehen, ob er auch für sie und die Kinder sorgen und ihnen das Beste ermöglichen kann, was das Leben zu bieten hat, wenn du verstehst, was ich meine.«

»Ja, ich verstehe, was du damit sagen willst.«

Aramintas Miene war nachdenklich, und Judd sagte nichts weiter, weil er wußte, daß sie ihn genau verstanden hatte. In Wirklichkeit jedoch konnte er mit Kindern nichts anfangen, auch wenn er sich natürlich Söhne wünschte, als Beweis für seine Männlichkeit und damit sie seinen Namen weiterführten. Wäre er an diesem Nachmittag allein nach El Paso gekommen, hätte er der Prügelei auf dem Gehweg keine Beachtung geschenkt. Und ganz sicher hätte er nicht eingegriffen, um dem kleinen Mexikaner zu helfen. Aber Judd war gerissen, und als er gesehen hatte, wie aufgebracht Araminta war, hatte er geistesgewandt und ohne zu zögern die Gelegenheit genutzt, um sich in einem günstigen Licht darzustellen, was ihm auch gelungen war. Kein Zweifel, Araminta hatte ein Herz für Kinder. Sie würde für ihre eigenen keinen unfähigen, achtlosen Vater haben wollen. Judd hatte ihr Grund zum Nachdenken gegeben, wie er hoffte, und vielleicht würde sie nun doch endlich einwilligen, ihn zu heiraten.

Und Araminta dachte tatsächlich über das nach, was sie gesehen und gehört hatte. Bislang hatte sie sich Judd noch gar nicht als Vater vorgestellt, nun war es unmöglich, es nicht zu tun. Jetzt wußte sie, daß er ebenso dachte wie sie und alles Notwendige tun würde, um für das Wohlergehen der Kinder zu sorgen, die sie zur Welt brächte. Judd wäre in der Lage, ihr und den Kindern all die Vorzüge zu bieten, von denen er gesprochen hatte. Immer mehr, so schien es ihr, sprach für ihn; und sie gelangte zu der Einsicht, daß ihr Großvater in der Tat eine weise Wahl für sie getroffen hatte, und daß Judd, auf seine ihm eigene Weise, sich wirklich etwas aus ihr machte, wie er immer behauptete. Gut möglich, daß es einem Mann wie ihm nur schwerfiel, zärtliche Gefühle auszudrücken.

Diese Gedanken beschäftigten sie, als sie sich aufmachte, die Weihnachtsgeschenke zu kaufen; für ihren Großvater einen kunstvoll verzierten Gehstock; für Mr. Gideon drei weiße Taschentücher aus feinstem Leinen; für Teresa eine wunderschöne *rebozo* und mehrere kleinere Präsente für das übrige Personal. Auch für die Hobarts kaufte sie etwas, darunter einen Samtschal für Velvet, weil sie hoffte, sich dadurch ein wenig mehr mit Judds Schwester anfreunden zu können. Allein das Geschenk für Judd bescherte ihr Kopfzerbrechen, weil es etwas ganz Besonderes sein sollte; nach längerem Suchen entschied sie sich dann für ein kunstvoll gearbeitetes kupfernes Tintenfaß und dazugehörigen Federhalter.

Auf ihrem Weg schaute sie noch in der Praxis des Arztes vorbei, mußte aber zu ihrer großen Enttäuschung feststellen, daß er nicht da war. Und so ging sie weiter, ohne ihren Namen zu hinterlassen. Ein Blick auf ihre Taschenuhr sagte ihr, daß sie noch Zeit genug hatte, um schnell bei der Post vorbeizugehen, ehe sie sich, wie verabredet, wieder mit Judd treffen würde, der Geschäfte in El Paso zu erledigen hatte.

Schwerbepackt mit Päckchen und Tüten, eilte Araminta die

Straße hinunter. Als sie aufgeregt durch den kleinen Spalt ihres Postfachs spähte, machte ihr Herz einen Freudensprung. Es war ein Brief im Postfach. Sie wagte es kaum zu glauben, daß es tatsächlich Antwort von Liam O'Grady sein sollte, legte die Geschenke ab, öffnete mit zittrigen Fingern das Türchen zu ihrem Postfach und zog den Umschlag hervor.

Sie öffnete ihn, faltete den Brief auseinander und zuckte zusammen, als zwei druckfrische Eindollarnoten und ein Zeitungsausschnitt herausfielen und zu Boden segelten. Als sie in die Hocke ging, um Geld und Ausschnitt aufzuheben, hätte sie am liebsten laut vor Freude gelacht. Der *Record* hatte ihren Artikel und ihre Zeichnungen gekauft. Liam hatte ihre Geschichte gefallen; die Leser hatten sie ebenfalls gemocht. Araminta war derart aufgekratzt, daß sie sich ein weiteres Mal das kurze Schreiben durchlas, das sie in ihrer zittrigen Hand hielt. Es stimmte; der *Record* hatte ihren Artikel abgedruckt – und nicht etwa auf der Frauenseite. Tränen traten ihr in die Augen, als sie den beigefügten Zeitungsausschnitt überflog, eineinhalb Spalten, von ihr verfaßt, erschienen unter einem Pseudonym, und gleich daneben ihre, wie sie meinte, besten Kohlezeichnungen. Sie vermutete, daß Liam ihre wahre Identität erraten hatte, wenngleich er es mit keinem Wort erwähnt hatte. Doch selbst wenn er allein wußte, wer A. K. Munroe in Wirklichkeit war, auch wenn sie nur zwei Dollar für ihren Artikel und die Zeichnungen bekommen hatte, was wohl kaum zum Leben reichte – sie hatte ihr erstes Werk als ernsthafte Journalistin verkauft!

Sie war so aufgeregt, daß sie beim Verlassen der Post fast all ihre Einkäufe und Geschenke liegengelassen hätte. Erst an der Tür fiel es ihr ein; sie machte kehrt und nahm ihre Päckchen und Tüten auf, noch immer Liams Brief in der Hand. Wie benommen trat sie schließlich auf die Straße. Sie hatte das Gefühl, als müßte sie platzen, wenn sie die großartige Neuigkeit nicht bald mit jemandem teilte. Doch sie wagte es nicht, Judd davon zu erzählen; zumindest nicht, solange sie nicht verheiratet waren und sie nicht sicher sein konnte, daß er sie gegen ihren Großvater in dieser Sache verteidigte. Ja, natürlich, wenn sie Judds Frau war, würde er für sie Partei ergreifen, sie in Schutz nehmen und hinter ihr stehen müssen; er würde ihrem Großvater klarmachen, wie wichtig ihre Arbeit für sie war; und dann würde sie ihr ganz offen nachgehen können und müßte sich keine Sorgen mehr machen, daß ihr Großvater dahinterkommen und es unterbinden könnte. Sie faltete Liams Brief zusammen und steckte ihn zusammen mit den Dollarnoten und dem Zeitungsausschnitt zurück in den Umschlag. Dann ließ sie diesen in ihrer Handtasche verschwinden.

Auf der Rückfahrt zu High Sierra sagte Araminta, ihr Herz jubelnd vor Freude, Judd, daß sie ihn heiraten werde. Als Judd das hörte, stieg er abrupt auf die Bremse, wandte sich zu Araminta um und schaute ihr forschend in die Augen.

»Ist das dein Ernst, Araminta?«

»J-j-ja. Ja, es ist mein Ernst.«

»O Himmel«, jubelte Judd. »Endlich.«

Er schloß sie in die Arme und küßte sie; seine Zunge drängte sich dreist zwischen ihre Lippen und schändete ihren Mund, bis sie ganz außer Atem war und vor Gefühlsaufruhr zitterte. Als er schließlich von ihr abließ, lag ein träger und triumphierender Blick in seinen Augen, während er sie lüstern musterte. Araminta verspürte einen unerwarteten Schauer der Besorgnis. Sie hatte doch die richtige Entscheidung getroffen, oder? Natürlich hatte sie das. Sie durfte es nicht zulassen, daß ihre lebhafte Phantasie mit ihr durchging, mußte sich ihre romantischen Vorstellungen endlich aus dem Kopf schlagen. Wie jede Frau, die sich gerade verlobt hatte, war sie einfach nur aufgeregt und nervös, mehr nicht. Dennoch konnte sie ein weiteres Schaudern nicht verhindern, als Judd ihr eine Decke über den

Schoß legte und seine Hände sie liebkosten. Dann trat er wieder aufs Gaspedal, und das Automobil schoß über die frostbedeckte Straße, auf die grauen Winterwolken zu, die am fernen Horizont aufgezogen waren.

10. Kapitel

Araminta war gekommen, um ihm Lebewohl zu sagen. Rigos Herz sagte es ihm so sicher, wie er wußte, daß sie beabsichtigte, die Frau seines erbittertsten Feindes, Judd Hobart, zu werden. Sie und Judd hatten Weihnachten offiziell ihre Verlobung bekanntgegeben, und schon wenige Stunden später hatte er, Rigo, durch eine seiner unzähligen Quellen davon erfahren. Seit Aramintas Ankunft in Texas und seit er um ihre verwandtschaftliche Verbindung zu Noble Winthrop und ihr Verhältnis zu Judd Hobart wußte, hatte er alles über sie in Erfahrung gebracht – was sie tat, wohin sie ging, mit wem sie sich traf. Anfangs hatte er seine Spione auf sie angesetzt, weil er über die Jahre gelernt hatte, daß Wissen Macht bedeutete, und so setzte er alles daran, alles über seine Widersacher und Feinde zu wissen. Doch dann war es mehr und mehr Araminta selbst gewesen, der sein Interesse galt.

Er hätte sich niemals mit ihr einlassen dürfen, schalt er sich wütend im stillen, als er sah, wie sie auf ihn zugaloppiert kam, ihr goldenes Haar mit silbernen Strähnen schimmernd im blassen Licht des winterlichen Sonnenaufgangs. Er hatte doch gewußt, daß es kein gutes Ende nehmen würde, aber dennoch, so sehr er sich auch gegen die seltsame Faszination für sie gewehrt hatte, hatte er ihre Nähe gesucht. Wenn sie sich doch nur als ebenso hochmütig, oberflächlich und eitel wie Velvet entpuppt und sich ihm an den Hals geworfen hätte, wohl wissend, wie unrecht dies war, und daher auf perverse Weise erregt durch seinen üblen Ruf und sein heißes spanisches Blut. Dann wäre es einfach gewesen, sie mit eiskaltem Herz zu behandeln, auszunutzen und zu verachten. Aber sie war nicht wie Velvet oder die anderen Frauen der feinen Gesellschaft von Texas – jene selbstsüchtigen, selbstgerechten Weiber, die auf ihn herabsahen und in seiner Gegenwart die Röcke enger zogen, damit er sie ja nicht zufällig berührte und beschmutzte – und genau das machte alles so schwierig. Araminta war anders; sie war eine Herausforderung für ihn, sie ließ ihm keine Ruhe, und er konnte sich nicht davon abbringen, sie wieder und wieder an dem Bach zu treffen, wo er ihr an jenem Morgen zum erstenmal zufällig begegnet war.

Und nun war sie gekommen, um ihm Lebewohl zu sagen.

Sie wird Judd Hobart heiraten, dachte Rigo erneut, und seine Fäuste ballten sich so fest, daß sich seine Fingernägel in die Handflächen gruben. Ein Muskel zuckte an seinem markanten Kinn. Warum mußte Judds Braut ausgerechnet Araminta sein? Warum nicht irgendeine andere? Warum mußte Araminta so sein, wie sie war? Rigo hatte so viele Jahre ausgeharrt, um Rache zu nehmen an seinem Feind. Und nun bekam er zum erstenmal Zweifel, ob er auch tatsächlich in der Lage sein würde, seinen Plan in die Tat umzusetzen. Aber er mußte es tun. Mehr als ein Jahrzehnt lang war sein Vorhaben ebensosehr ein Teil von ihm gewesen wie sein Herz, sein Verstand, seine Seele. Es hatte ihn verschlungen; er hatte es mit jedem Atemzug gelebt. Es nun unerfüllt aufzugeben, wäre, als würde er sich einen Arm oder ein Bein abtrennen; ein Betrug an allem, wofür er so hart und so lange schon gearbeitet hatte, ein unaussprechlicher Verrat an der Erinnerung, die ihn auf immer verfolgte, die ihn antrieb bei allem, was er tat. Der Gedanke an diese Erinnerung hielt ihn jetzt aufrecht. Seine Miene wurde zu einer undurchdringlichen Maske, sein Blick eiskalt, während er sah, wie Araminta vom Pferd stieg und langsam auf ihn zukam.

»General«, begrüßte sie ihn. Trotz all der Zeit, die seit ihrem ersten Treffen hier am Bach vergangen war, brachte sie es nicht über sich, ihn beim Vornamen anzusprechen. »Ich – ich habe gehofft, ich würde Sie hier antreffen. Ich wollte Sie unbedingt sehen, weil ich ... weil ich Neuigkeiten habe, die Ihnen, wie ich fürchte, nicht gefallen werden.« Araminta war nervös und errötete, als sie diese Worte hervorbrachte, unfähig, ihm dabei in die Augen zu schauen.

Rigo sieht heute morgen ungewöhnlich unfreundlich aus, dachte sie bei sich. Ganz so, als wäre er bereits über etwas verärgert. Und sie wußte, daß das, was sie ihm zu eröffnen hatte, zusätzlich Öl ins Feuer sei und seine Laune noch weiter verschlechtern würde. Trotz des sonderbaren, unerklärlichen Verhältnisses, das sich zwischen ihnen entwickelt hatte, war sie dennoch nie das unbehagliche Gefühl losgeworden, das er in ihr weckte, und das schlechte Gewissen wegen und während ihrer Treffen. Er war ein gefährlicher Mann, und das hatte sie niemals vergessen; er war fähig, Gewalt anzuwenden, und hinter seinem Interesse an ihr steckte ohne Zweifel eine bestimmte Absicht, die mit seiner Feindschaft zu ihrem Großvater und Judd zu tun hatte. Seit ihrer ersten morgendlichen Begegnung hier am Bach hatte Rigo seine Warnung vor einer Heirat mit Judd nie mehr wiederholt, doch Araminta hatte sie nicht vergessen, und so fürchtete sie sich vor seiner Reaktion auf diese Neuigkeit. Dennoch hatte sie das Gefühl gehabt, ihn noch ein letztes Mal sehen zu müssen. Merkwürdig, aber sie meinte, ihm dies schuldig zu sein, auch wenn er weder ihr Freund noch ihr Liebhaber war, sondern eher eine geheimnisvolle, dunkle Gestalt in einem Zwischenspiel der Zeit, ein schattenhafter, gesichtloser Mann aus einem undeutlichen, verwirrenden Traum, unbekannt, bedrohlich. Vielleicht war sie wegen der Heimlichkeit ihrer Treffen nicht sie selbst gewesen, wenn sie mit Rigo del Castillo zusammen war – nicht

Noble Winthrops Enkeltochter, nicht die Frau, der Judd Hobart den Hof machte; nicht einmal die Araminta Winthrop, wie der Rest der Welt sie kannte, sondern die Frau, die sie in ihrem Herzen und in ihrem wahren Wesen war. Das, vielleicht mehr als alles andere, war der Grund gewesen, der sie bewogen hatte, mehr als einmal zu diesem Bach zu reiten, der, wie der Rio Grande Texas und Mexiko trennte, die Grenze zwischen der High Sierra und der Casa Blanca war. Doch nun mußten diese Treffen ein Ende haben. Schlimm genug, daß sie überhaupt hergekommen war, als sie noch niemand versprochen war, nun aber, als Judds Braut, durfte sie Rigo nie mehr wiedersehen.

»Sie werden also Judd Hobart heiraten.« Seine tiefe, rauhe Stimme klang aufgewühlt vor Emotionen, der Blick seiner dunkelbraunen Augen war hart und eindringlich.

Seine Worte waren eine Feststellung, keine Frage. Araminta wußte nun, daß er bereits von ihrer Verlobung erfahren hatte, und ihr Herz schlug furchtsam. Zu ihrer Überraschung verspürte sie einen sonderbaren, unerklärlichen Schmerz, als hätte sie einen tödlichen Schlag erhalten. Sie hätte nicht gedacht, daß der Abschied von ihm so sehr schmerzen würde. Doch sah Rigo in diesem Moment, als Silhouette vor dem grauen Horizont, mit einemmal so stolz, einsam und verletzlich aus – trotz seiner grimmigen Miene –, als hätte sie ihm weh getan.

»Ja«, antwortete sie flüsternd, »ich werde Judd heiraten.«

Einen Moment lang schwieg Rigo, als hätte er erwartet, gehofft, sie würde die Wahrheit seiner Worte verneinen. Als sie nichts weiter sagte, sprach er erneut mit einer Stimme, so sanft und seidig, daß der drohende Unterton noch bedrohlicher wirkte und Araminta erzittern ließ. Und sie fragte sich, wie sie – selbst für einen kurzen Moment – hatte annehmen können, sie wäre in der Lage, ihm weh zu tun. Sie bedeutete ihm nichts, und sie machte sich ebenfalls nichts aus ihm.

»Ich habe Ihnen doch einmal gesagt, daß Judd Hobart nicht der richtige Mann für Sie ist, Señorita. Doch jetzt schlagen Sie meinen... Rat einfach in den Wind. Ich habe Sie für klüger gehalten.«

»Vielleicht habe ich Ihre Warnung nicht ernst genommen. Schließlich haben Sie doch die ganze Zeit gewußt, daß er um mich wirbt, immerhin geht das Gerücht, daß Sie Ihre Spione überall haben und es in ganz Texas und Mexiko nichts gibt, was Sie nicht wissen. Dennoch haben Sie seinen Namen nie wieder erwähnt, General. Sie haben mir nie einen Grund genannt, weshalb ich Ihren Rat befolgen sollte.«

»Habe ich das nicht?« Rigo umkreiste sie langsam wie ein Panther sein Opfer, sein schwarzer Poncho wehte im Wind, seine sehnigen Muskeln waren angespannt, sein Blick hypnotisierend, als er direkt vor ihr stehenblieb. Er berührte sie nicht, doch allein seine Nähe reichte aus, um sie zu beunruhigen, denn so nahe war er ihr noch nie gekommen. »Und wenn ich Ihnen einen Grund nennen würde, könnte Sie das dazu bewegen, Ihren Entschluß zu ändern?«

»Ich – ich schätze, das käme auf den Grund an.«

»*Sí*, gewiß doch. Aber ich glaube nicht, daß Sie ihn wirklich hören wollen.«

»Nein, w-w-wahrscheinlich nicht.«

Zitternd wandte Araminta den Blick ab, weil sie seinen bohrenden Blick nicht länger ertrug. Plötzlich bereute sie, daß sie hergekommen war. Der Ausdruck nackter Begierde, den sie in seinem bronzenen Antlitz sah, verschlug ihr den Atem. Daß er sie auf diese Weise begehren könnte, hatte sie niemals in Erwägung gezogen. Niemals hatte Rigo ihr auch nur den geringsten Anlaß für eine derartige Vermutung gegeben, und nun wußte sie nicht, was die denken sollte. Als sie seinen warmen Atem auf ihrer Haut spürte, begann ihr Herz zu rasen, und das Gefühl einer nahenden Ohnmacht, ein Gefühl, wie sie es noch nie gekannt hatte, erwachte im Kern ihres Ichs und breitete sich wie ein fiebriges Frösteln in ihrem ganzen Körper aus, ließ sie erzittern vor Furcht und Erregung. Das Herz klopfte ihr bis zum Hals, ihr Mund war ausgedörrt. Sie fuhr sich mit der Zungenspitze über die trockenen Lippen; eine ungewollt aufreizende Geste, die Rigo scharf einatmen ließ.

Plötzlich kam es Araminta vor, als wäre die Welt stehengeblieben, als gäbe es nur noch diesen einen Ort hier am Bachufer, wo sie beide standen. Der Wind war verstummt, und es herrschte diese sonderbare Stille wie vor einem Sturm; weder das Gras der Prärie noch die Blätter in den Bäumen und Büschen entlang des Baches rührten sich; all ihre Sinne waren allein auf Rigo ausgerichtet. Araminta glaubte, wenn er sie berührte, würde sie wie feinstes Kristall zerbersten; so zerbrechlich und verletzlich kam sie sich mit einemmal vor; ihm so ausgeliefert wie noch nie – völlig hilflos. Selbst an jenem Morgen, als sie einander zum erstenmal hier begegnet waren, hatte sie nicht so empfunden.

Hart schluckend wich sie vorsichtig einen Schritt vor ihm zurück. Ihre Hände klammerten sich um die Zügel, so als böten sie ihr Schutz; denn im Vergleich zu seiner Kraft und Stärke kam sie sich unweigerlich klein und machtlos vor. Es war dumm von ihr gewesen, hierherzukommen, schalt sie sich. Sie hatte doch gewußt, was für ein Mann er ist. Sie hatte doch die Geschichten über ihn gehört, und auch wenn er niemals zugegeben hatte, daß sie stimmten, hatte er sich auch nie die Mühe gemacht, ihnen zu widersprechen – nicht einmal, als sie es bei einem ihrer Treffen gewagt hatte, ihn nach seiner verstorbenen Frau zu fragen.

»Es heißt, daß Sie... daß Sie Ihre Frau umgebracht haben, General«, hatte Araminta gesagt, unfähig, das Wort »ermordet« über die Lippen zu bringen, weil es irgendwie so viel häßlicher klang.

»*Sí*, das erzählt man sich, Señorita«, hatte er nur entgegnet, ohne es abzustreiten oder zuzugeben.

Doch Araminta war nicht entgangen, wie finster seine Augen aufgeblitzt und wie sich seine Nasenflügel gebläht hatten und wie sein Mund zu einer schmalen Linie wurde, daher hatte sie es nicht gewagt, nachzuhaken. Sie konnte beim besten Willen nicht glauben, daß er tatsächlich ein kaltblütiger Mörder war, ganz gleich, was sie auch über ihn gehört hatte. Sie hatte es nicht glauben wollen. Doch nun ließ diese Anschuldigung sie nicht mehr los, ebenso wie die übrigen Taten, die ihm angelastet und zugeschrieben wurden. Auch wenn er sich ihr gegenüber stets wie ein Gentleman benommen hatte, war ihr klar, daß er es nur deshalb getan hatte, weil es ihm so gefiel. In diesem Moment jedoch erblickte sie die Bösartigkeit, die stets in ihm gebrodelt hatte. Sie erschauderte bei dem Gedanken an seinen Zorn auf sie, weil sie nicht wußte, was er ihr dann antun würde, zumal sie völlig allein waren. Vielleicht würde er sie zu Boden stoßen und vergewaltigen, und mit einemmal konnte sie nicht mehr verstehen, wie sie sich hatte ausmalen können, wie es wohl wäre, in seinen Armen zu liegen und von ihm geküßt zu werden. Und doch konnte sie, selbst in diesem Augenblick, nicht verleugnen, daß sie sich auf perverse Weise von ihm angezogen fühlte und von der bedrohlichen Kraft, die er ausstrahlte, erregt war. Ein Dilemma, das sie allein sich selbst zuzuschreiben hatte. Furcht und eine unwillentliche Herausforderung blitzte in ihren grünen Augen auf, als Rigo auf sie zutrat.

»Araminta«, murmelte er zärtlich. Es war das erstemal, daß er ihren Namen ausgesprochen hatte, und sosehr sie sich auch ängstigte, lief ihr ein seltsamer Schauer über den Rücken, so warm und süß wie Honig klang es ihr in den Ohren. Er hatte ihren Namen mit spanischem Akzent ausgesprochen, mit einem sanft rollenden r, was viel schöner und romantischer klang als sonst. »Araminta«, sagte er erneut, und eine sonderbare Leidenschaft schwang in seiner Stimme mit. »Ich schwöre, daß ich es nur zu deinem Besten meine. Höre auf meinen Rat: Tu es nicht. Heirate Judd Hobart nicht. Er ist nicht der Richtige für dich.«

»Das haben Sie schon einmal gesagt. Aber ... aber Sie haben mir keinen triftigen Grund genannt, warum ich ... warum ich ihn nicht heiraten soll, General«, entgegnete Araminta atemlos, wie gebannt von seinen dunklen Augen, dem Muskel, der in seiner Wange zuckte, als würde er nur mit größter Mühe seine Wut im Zaume halten und sich mit aller Macht zwingen, ihr nur ja nichts anzutun.

Sie hatte das Gefühl, als wäre sie sehr weit und sehr lange gelaufen und bekäme nun keine Luft mehr. Sie wünschte nur, Rigo würde nicht so dicht bei ihr stehen, so dicht, daß sie die Hitze, die sein Körper ausströmte, spüren konnte, als wäre da ein schwelendes Feuer, und den unterschwelligen Duft von Zigarillorauch, Seife und Sandelholz auf seiner dunklen Haut einatmete. Mehr als alles fürchtete sie seine potente Männlichkeit, auch wenn sie sich gleichzeitig davon angezogen fühlte. Vielleicht würde sie ihm entkommen können, wenn sie nur immer weiter redete und versuchte, Zeit zu gewinnen. Doch als er antwortete, wußte sie, daß alles Hoffen vergebens war, weil sie ihn dazu schon viel zu sehr gereizt hatte.

»Sie sind dickköpfiger, als Ihnen guttut, Señorita. Sie wollen einfach nicht zur Einsicht kommen. Nun, meinetwegen. Sie sollen Ihren Grund bekommen, ob Sie ihn mögen oder nicht.«

Er kam so schnell und überraschend auf sie zu, daß Araminta, auch wenn sie auf der Hut war, nur noch instinktiv die rechte Hand, in der sie nun die Reitpeitsche hielt, hochreißen konnte, um sich zu wehren. Und sie hätte ihm die Peitsche quer über sein schönes Gesicht gezogen, aus Furcht und einer anderen, dunkleren, primitiven Regung heraus, die sie selber nicht verstand und daher nicht erklären konnte; doch blitzschnell wie eine Schlange schoß Rigos Arm vor, und seine stählerne Hand packte Araminta so hart am Handgelenk, daß sie wußte, daß sie einen blauen Fleck davontragen würde. Verzweifelt versuchte sie, ihre Hand freizubekommen, doch vergeblich; mühelos verstärkte er seinen Griff. Sein sinnlicher Mund verzog sich zu einem leichten Lächeln, als sein unerbittlicher Blick sie müßig musterte.

»Lassen Sie mich los«, schrie Araminta, mit der freien Hand wild nach ihm schlagend, doch das hatte nur zur Folge, daß er sie auch am anderen Handgelenk packte und festhielt. Dann bog er ihr – trotz ihrer erbitterten Gegenwehr – die Arme auf den Rücken und preßte sie so eng an sich, daß sich ihre bebenden Brüste bei jedem Atemzug an seinen Brustkorb schmiegten. Sie schüttelte wild den Kopf, fühlte seine stählernen Schenkel; sie zitterte und bebte am ganzen Leib, weil noch nie ein Mann sie derart intim festgehalten hatte. Sie spürte seine harten Muskeln, glaubte, sein wütend pochendes Herz zu fühlen. Mit einem kehligen Knurren riß er ihr die Reitpeitsche aus der Hand, daß es schmerzte. Dann fuhr er mit der weichen Spitze der Ledergerte müßig über ihre Wangen, so daß Araminta keuchte, erschauderte und den Blick abwandte, ehe er ihr den Knauf unter das Kinn hielt und sie zwang, ihn wieder anzusehen. »Lassen Sie mich los, Sie ... Sie brutaler Kerl«, fuhr sie ihn keuchend an und versuchte weiterhin, sich zu befreien.

»Brutaler Kerl? Erzähl mir bloß nicht, daß du trotz meines schlechten Rufs etwas anderes erwartet hast«, neckte er sie und hob eine dämonische Braue. »Welch ein Jammer, Gringulta, daß ich dich enttäuschen muß.«

Sein Blick verfinsterte sich vor Begierde; skrupellos zog er sie in seine Arme und preßte seinen Mund auf ihren. Seine Zähne gruben sich in das weiche Fleisch ihrer Unterlippe; und Araminta schmeckte den kupfernen und bittersüßen Geschmack des Blutes auf ihrer Zunge. Doch sie fühlte kaum den Schmerz, denn bei seinem Kuß durchfuhr sie ein wildes, beängstigendes Gefühl, wie sie es noch nie erlebt hatte, als würde sich plötzlich die Erde unter ihr auftun und eine endlose schwarze Tiefe sie verschlingen. Es war nicht ihr erster Kuß, doch war sie noch nie so geküßt worden. Nicht einmal in ihren kühnsten Träumen hätte sie geglaubt, daß Rigos Kuß sie derart erschüttern würde und Empfindungen in ihr weckte, von denen sie nicht gewußt hatte, daß sie überhaupt existierten; Empfindungen, die sie nicht nur erschreckten und ihr angst machten, sondern sie auch auf unerklärliche Weise so sehr erregten, daß sie kaum noch bei klarem Verstand war. Sie war so benommen, als wäre sie, urplötzlich und mit voller Wucht, all ihrer Sinne beraubt und nur noch von einem einzigen Instinkt erfüllt – einem Instinkt, der aus eigener Kraft auf Rigos Männlichkeit hin erwacht war; der auf das Gefühl seines heißen, hungrigen Mundes auf ihrem reagierte, auf seine verführerische Zunge, die neckend über ihre Lippen strich, ehe sie sich ihrer mit aller Gewalt bemächtigte, sich in ihren Mund drängte und ihre geheimsten Stellen erforschte und eroberte. Araminta hatte das Gefühl, als würde sie abwechselnd fiebern und frösteln. Ihre Knie waren so weich, daß sie zu Boden gesunken wäre, hätte Rigo sie nicht so fest gehalten. Wie flüssiges Wachs kam sie sich in seiner Umarmung vor, als wäre alle Kraft aus ihr gewichen; und er schmiegte ihren Körper so eng an sich, als hätte sie keine Knochen im Leib.

Verwirrt und erschrocken über ihre Reaktion auf ihn und seinen spürbar harten Beweis seines Verlangens nach ihr, den sie, an seine Schenkel gepreßt, durch ihre Kleidung hindurch fühlen konnte, versuchte sie erneut, sich loszumachen, ihn abzuwehren – doch vergeblich. Rigo war viel stärker als sie; jede Gegenwehr war zwecklos. Es gab keine Hoffnung, ihn abzuschütteln, sein Griff war zu fest und unerbittlich. Er warf ihre Reitpeitsche beiseite, legte ihr eine Hand um die Kehle und drückte zu, bis sie alle Gegenwehr aufgab und ganz ruhig dastand. Sie vermochte nicht einmal den Kopf zu bewegen, um seinen verlangenden Lippen auszuweichen, denn nun wanderte seine freie Hand zu ihrem Haar und löste die Spangen, bis es ihr in langen goldenen Wogen über die Schultern bis zur Hüfte floß. Und die ganze Zeit über küßte er sie ungestüm und gierig, bis sie ganz außer Atem und wie benommen war. Ein tiefes Stöhnen entrang sich seiner Kehle, und wie von selbst wanderten ihre Hände, die er plötzlich losgelassen hatte, hoch zu seinen Schultern und verschränkten sich in seinem Nakken, zogen ihn enger an sich, bis Araminta zu ihrem Schrecken und ihrer Schande gewahr wurde, daß sie Rigos Kuß erwiderte, ihn ebenso genoß wie seine Liebkosungen, seinen barbarischen Angriff auf sie. Rigos Lippen lösten sich von ihren, wanderten hungrig über ihre Wange zu ihrer Schläfe und von dort zu ihrem Haar, ehe sie über ihren Hals hinabtauchten bis zu ihren Brüsten. Ihr Cape war längst offen, und unter dem Stoff ihres Reitkleides fühlte sie ihre Knospen pochen, die sich unter seinem Kuß zu zwei harten kleinen Gipfeln verwandelt hatten; ihr war heiß, und sie spürte nichts mehr von der Kälte dieses winterlichen Tages, so als stünde sie in Flammen, erstmals in ihr entfacht.

Und doch fürchtete sie sich in einem dunklen Winkel ihres Selbst, daß Rigo sie jeden Moment zu Boden stoßen und sich an ihr vergehen könnte, so wie er jetzt ihren Körper zwang, auf ihn zu reagieren, obwohl sie sich doch wehren wollte. Sie wäre am liebsten tausend Tode gestorben, denn trotz all ihrer Furcht und Erniedrigung, daß er es wagte, sie derart zu berühren, wie es sich für keinen Gentleman gebührte, pulsierte etwas Heißes und Elektrisierendes durch ihre Adern, etwas bisher Unbekanntes tief in ihrem Innern, das nun unter seinen Händen und Lippen geweckt worden war. Und ein dunklerer, verwegenerer

Teil in ihr sehnte sich danach, es möge vollends zum Leben erwachen. Doch statt dessen stieß Rigo einen Fluch aus und ließ so unvermittelt von Araminta ab, daß sie taumelte und beinahe hingefallen wäre. Im nächsten Moment fand sie die Balance wieder und damit auch ihr Bewußtsein, sie starrte Rigo an, als hätte er sie geschlagen, ihr Gesicht aschfahl, die Augen weit aufgerissen, ihr Atem heftig und flach. Rigo bedachte sie mit einem Blick voll Leidenschaft und Wut, während er sichtbar Mühe hatte, sich und seine Gefühle zu beherrschen. Er war nicht darauf gefaßt gewesen, welche Wirkung die Küsse und Liebkosungen haben würden, die er auf so brutale Weise Araminta aufgezwungen hatte, und wie sehr er sie begehrte. Während sein brennender Blick über sie wanderte, jede Einzelheit ihrer Verwirrung und Aufgelöstheit wahrnahm – das offene lange Haar, der zitternd geöffnete Mund, geschwollen und geschunden von seinen gierigen Lippen –, war sein Verlangen nach ihr so groß, daß er sich kaum davon abhalten konnte, zu Ende zu führen, was er begonnen hatte.

Dennoch wandte er sich heftig um und ging zu seinem Pferd, ergriff die Zügel und schwang sich in den Sattel, worauf der Hengt den Kopf zurückwarf, schnaubte und zur Seite tänzelte, so daß Rigo für einen Moment Mühe hatte, ihn unter Kontrolle zu kriegen.

»Ich habe Ihnen mein Wort gegeben, Señorita, und nun werde ich es einhalten«, rief Rigo und schaute auf Araminta herunter; sein Blick schien sich bis in ihre Seele zu bohren. »Ich warne Sie: An dem Tag, an dem Sie die Frau von Judd Hobart werden, werden Sie zu meinem Feind.«

Dann stieß er dem Hengst die Sporen in die Seiten und galoppierte davon. Araminta verharrte am Bachufer und sah ihm nach, bis er verschwunden war, dann sank sie plötzlich schluchzend auf die Knie unter dem Wirrwarr ihrer Gefühle und dem Widerstreit ihrer Empfindungen. Sie schlug die

Hände vor das Gesicht, völlig durcheinander und aufgelöst durch sein Verhalten, und sie wußte nicht, was sie denken oder tun sollte. Warum hatte er sie geküßt? Warum hatte er sie nicht vergewaltigt? Sie hätte ihn doch niemals davon abhalten können. Das alles ergab keinen Sinn für sie. Wollte er sie nun oder nicht? Wenn nicht, warum hatte er sich dann so verhalten? Wieso hatte er sie davor gewarnt, Judd zu heiraten und ihr angedroht, daß sie an ihrem Hochzeitstag zu seinem Feind werden würde? Nicht ein einziges Wort der Liebe, der Sorge oder auch nur des Verlangens war ihm über die Lippen gekommen. Er hatte sie nicht gebeten, ihn zu heiraten. Was also sollte sie aus all dem schließen? Sie wußte es nicht. Sie wußte nur, daß sie bei Rigos Kuß etwas empfunden hatte, was sie niemals in Judds Armen verspürt hatte, und zu ihrer tiefen Beschämung und trotz der Furcht davor, von Rigo zu Boden gestoßen und mit Gewalt genommen zu werden, hatte ein kleiner, verräterischer Teil von ihr gehofft, er möge es tatsächlich tun.

Sie schämte sich unsagbar dafür. Sie mußte den Verstand verloren haben, sagte sie sich im stillen, und ganz sicher bot sie ein entsprechendes Bild. Sie konnte so unmöglich zurück zur Ranch reiten. Sie beugte sich über den Bach und wusch sich das Gesicht im eiskalten Wasser, dann studierte sie eingehend ihr Spiegelbild in der kristallklaren Oberfläche. Irgendwie hatte sie erwartet, sich nach Rigos rüdem Kuß sichtbar verändert zu haben. Aber das hatte sie nicht. Bis auf ihr zerzaustes Haar und ihren wunden, roten Mund entdeckte sie keinerlei Veränderung an sich. Wie war das möglich? wunderte sie sich. Denn sie hatte sich verändert, und irgendwie spürte sie, daß sie nie mehr die sein würde, die sie gewesen war, bevor Rigo sie geküßt hatte. Selbst jetzt noch brannte ein sonderbarer Schmerz in ihr, eine unbeschreibliche Sehnsucht, wie sie sie noch nie empfunden hatte.

Tastend folgte Araminta mit dem Zeigefinger der Linie ihres

Mundes, so wie Rigo es mit der Zunge getan hatte. Dann berührte sie die Stelle auf der Unterlippe, die er blutig gebissen hatte; ihre Wangen brannten, ihr Körper bebte, als sie sich an das Gefühl seines harten, räuberischen Mundes auf ihrem erinnerte. Sich auf die zitternde Unterlippe beißend, fuhr sie sich mit beiden Händen durch das zerzauste Haar und versuchte es zu richten. Dann suchte sie den Boden nach ihren Haarnadeln und Spangen ab, obwohl sie wußte, daß sie unmöglich alle würde finden könne, doch auch einige wenige würden schon ausreichen. Schließlich raffte sie ihr langes Haar zusammen, wickelte es um eine Hand und knotete es mit der anderen zu einem Chiffon, den sie mit den Spangen so gut es ging feststeckte. Dann stieg sie in den Sattel und trieb ihr Pferd mit der Reitgerte an.

Unwillkürlich warf sie einen Blick zurück zum Bachufer, wo sie so viel Zeit mit Rigo verbracht hatte; und sie verspürte einen scharfen und unerwarteten Schmerz, als ihr klarwurde, daß ihr Weg sie niemals mehr hierherführen würde, schon gar nicht nach dem heutigen Morgen. Sie hatte sich Sorgen gemacht, wie ihr Großvater und Judd wohl reagieren würden, wenn sie von ihren Treffen mit Rigo erführen; doch noch weniger wollte sie darüber nachdenken, welche Konsequenzen es hätte, wenn sie wüßten, daß Rigo sie heute hier geküßt hatte. Sie würden ihn glatt umbringen. Nur gut, daß sie es gottlob niemals erfahren würden – niemand würde das je. Weil es für sie, Araminta, kein Wiedersehen mit Rigo del Castillo geben würde.

Zweiter Teil

Seidene Fesseln

11. Kapitel

Der Rio Grande, Mexiko 1913

An dem Tag, an dem du Judd Hobarts Frau wirst, wirst du zu meinem Feind! Rigos Worte dröhnten Araminta mit jedem Hufschlag der galoppierenden Pferde in den Ohren. An dem Tag, an dem du Judd Hobarts Frau wirst, wirst du zu meinem Feind!

Sie hatte ihm nicht geglaubt, hatte es nicht glauben wollen; hatte es nicht für möglich gehalten, daß er sich tatsächlich gegen sie stellen würde und ihr übelwollte. Nach jenem letzten Morgen am Bachufer war sie zu der Überzeugung gelangt, daß er zumindest ein wenig Mitgefühl mit ihr hatte, auch wenn er dies nicht ausgesprochen hatte; aber ihrer Ansicht nach steckte dies hinter seinem Wunsch, sie solle Judd nicht heiraten. Nur sagte ihr der gesunde Menschenverstand, daß dies nicht der alleinige Grund sein konnte. Aber selbst wenn sie Rigos Warnung ernst genommen hätte, hätte sie, da war sich Araminta sicher, Judd dennoch geheiratet. Denn es war ihre einzige Möglichkeit, ihrem Großvater dafür zu danken, daß er ihr ein Zuhause gegeben hatte, als sie so dringend eines bedurft hatte; es war die einzige Möglichkeit, ihm die schwere Last der Leitung der High Sierra von den Schultern zu nehmen; die einzige Möglichkeit, die eigene Zukunft zu sichern.

Doch je näher der Hochzeitstermin rückte, desto größer wurde ihre Furcht; zum einen wegen Rigos Warnung, zum anderen weil Judd, kaum daß sie seinen Verlobungsring am

Finger trug, immer zudringlicher wurde und sie zu überreden suchte, mit der Hochzeitsnacht nicht bis zum angesetzten Termin im Sommer zu warten. Beim letztenmal hatte er sie in einem leeren Stall der High Sierra beinahe vergewaltigt. Mit kehliger Stimme hatte er ihr abstoßende, vulgäre Worte ins Ohr gekeucht, was er alles mit ihr tun werde, wenn sie erst verheiratet wären; und ihre Gegenwehr, als er sie küßte und grob betatschte, hatte ihm offensichtlich Vergnügen bereitet; ein Vergnügen, das Araminta widernatürlich fand und vor dem sie sich fortan fürchtete. Wäre nicht zufällig einer der Arbeiter in den Stall gekommen, hätte Judd sie vergewaltigt, da war Araminta sicher. Sie war zutiefst erschrocken und angewidert von den obszönen Dingen, die er ihr zugeraunt hatte; angeekelt vom Gefühl seines Mundes und seiner Hände auf ihr und von der bloßen Vorstellung, als seine Frau mit ihm ins Bett zu gehen, nun, da sie wußte, wie grob und gefühllos er sein würde anstatt einfühlsam und zärtlich. Sie hatte an Rigos Kuß und Liebkosungen an jenem Morgen am Bachufer denken müssen. Die Erinnerung hatte ihr die Schamesröte ins Gesicht getrieben; er hatte sie dazu gebracht, seine Berührungen zu erwidern, und ein Teil von ihr hatte ihn tatsächlich begehrt; und sie hatte ihre Empfindungen in jener Situation mit der Furcht und Abscheu, die Judds Avancen in ihr hervorriefen, verglichen. Sie hatte sich gesagt, daß mit ihr eindeutig etwas nicht stimmen konnte, wenn sie so empfand, schließlich war Rigo doch nichts weiter als ein gewöhnlicher Ganove, möglicherweise sogar ein kaltblütiger Mörder, wohingegen Judd aus gutem Hause stammte und der Sproß einer der reichsten Ranches des Landes war.

Verwirrt über ihre unerfindlichen Empfindungen, getrieben von der Sorge, ihr Großvater könne einen neuerlichen Anfall erleiden, obwohl sich in letzter Zeit, genauer gesagt seit der Verkündung ihrer Verlobung, seine körperliche Verfassung und Laune sehr gebessert hatten, erwähnte sie ihm gegenüber nichts von ihrem wachsenden Unbehagen an einer Heirat mit Judd. Was immer auch Rigo del Castillo in ihr geweckt hatte, es war so niedrig und unanständig wie er selbst. Sie sollte sich zu Tode schämen, überhaupt nur daran zu denken! Was sich zwischen ihnen zugetragen hatte, hätte niemals geschehen dürfen! Und es wäre gewiß auch niemals dazu gekommen, wenn sie ihn nicht derart schamlos ermuntert hätte, sich weiterhin mit ihr zu treffen, wo sie doch gewußt hatte, wie falsch das war. Was sie nun für ihren Verlobten empfand, war nur die verständliche Furcht einer Braut, sagte sich Araminta. Je rascher sie die Hochzeit hinter sich brachte, desto besser. Als ihr Ehemann würde Judd schon den Schmerz stillen, den Rigo in ihr erweckt hatte. Und so hatte sie nicht auf ihr Herz gehört, sondern Judd geheiratet.

Doch sie würde die Hochzeitsnacht nicht in seinen Armen verbringen, schoß es ihr nun durch den Kopf, und ihr Mut sank, je weiter Rigos dämonischer schwarzer Hengst sie von der High Sierra forttrug. Doch sosehr ihre Angst auch mit jeder Meile wuchs – sie flehte Rigo nicht an, sie freizulassen. Es wäre auch zwecklos gewesen. Er hatte sie ganz gewiß nicht gewaltsam von der High Sierra entführt, nur um sie dann hernach wieder laufenzulassen. Und ebensowenig erwartete sie das oder bat ihn um Gnade, denn auch das wäre vergebliche Mühe. Ihre erbaulichen Gespräche, die Leidenschaft ihrer letzten Begegnung, all das war nun ausgelöscht. Nun waren sie Feinde, waren es am Tag ihrer Heirat mit Judd geworden. Hatte Rigo sie nicht genau davor gewarnt? Aber sie hatte ja nicht auf ihn gehört. Wie dumm von ihr! Sie hatte doch gewußt, mit wem sie es zu tun hatte – nie hatte er auch nur den geringsten Versuch unternommen, ihr in dieser Hinsicht etwas vorzumachen –, und doch hatte sie wider besseres Wissen geglaubt, er sei anständiger als sein Ruf. Sie hatte es glauben wollen. Nun – zu spät – wußte sie, welch ein Fehler ihr Vertrauen in ihn gewesen war.

Was hatte er mit ihr vor? fragte sich Araminta besorgt und kämpfte tapfer gegen die überwältigende Verzweiflung an, zitternd ob der Antwort, die sie tief im Innern bereits kannte. Es gab keinen bestimmten Grund, warum er sie ausgerechnet am Abend ihrer Hochzeit entführt hatte, und sie wagte es nicht, darüber nachzudenken.

»Ist dir kalt?« Es waren die ersten Worte, die er an sie richtete, seit sie die High Sierra verlassen hatten. Sein warmer und unerträglich verführerischer Atem an ihrem Ohr sandte ihr einen fröstelnden Schauer über den Rücken. Leichter Spott schwang in seiner Stimme mit, als hätte er ihre Gedanken gelesen und als machte er sich nun über sie lustig. Araminta nahm allen ihr noch verbliebenen Mut zusammen und richtete sich auf. Eher würde sie sterben, als sich ihre Angst anmerken zu lassen. Dennoch konnte sie ein neuerliches Schaudern nicht unterdrücken, als sich Rigos muskulöser Arm um sie schloß, und als er dann leise höhnisch auflachte bei ihrer Reaktion auf seine stählerne Umarmung, wußte sie, daß sie ihn nicht hatte täuschen können. »Dir wird bald warm genug sein, Gringuita. Dafür werde ich schon sorgen. Verlaß dich drauf.« Seine kehlig hervorgebrachten Worte klangen wie ein Versprechen und wie eine Drohung.

Damit war Aramintas schlimmste Befürchtung bestätigt. Ihr hämmerte das Herz in der Brust. Bis zu diesem Moment hatte sie törichterweise angenommen, Rigo wolle sie nur aus einem ihr unerfindlichen Grund von ihrem Großvater und Judd weghaben. Doch nun wurde ihr klar, wie dumm diese Hoffnung gewesen war. Was Rigo von ihr begehrte, war wertvoller als Gold, ein zu hoher Preis, den nur sie allein zahlen konnte, ohne Gewähr, hinterher freigelassen zu werden. Denn selbst wenn er schwören sollte, sie wieder laufenzulassen, wenn er hatte, was er wollte, konnte sie ihm nicht vertrauen – nicht jetzt. Araminta erzitterte, als sie sich ausmalte, wie er sie mit Gewalt nahm, wie sie unter ihm lag, sein Mund, und seine Hände mit ihr machten, was sie wollten. Denn nun mußte sie, sosehr sie sich auch dagegen sperrte, mit einemmal daran denken, wie er sie dazu gebracht hatte, seine Küsse und Liebkosungen zu erwidern; und sie fürchtete sich vor der sonderbaren Macht, die er über sie zu haben schien, und ihr wurde bang, wenn sie daran dachte, wie ihr junger und unerfahrener Körper sie bei seinen Berührungen verraten hatte. Und doch war ihr klar, daß sie, realistisch gesehen, keine Chance haben würde, ihn von dem, was er unzweifelhaft vorhatte, abzuhalten. Er war viel größer und stärker als sie. Ganz gleich, wie heftig sie sich auch gegen ihn wehren würde, sie hätte nicht den Hauch einer Chance gegen ihn. Am Ende würde er sich doch von ihr nehmen, was er wollte – es sei denn, sie würde vorher befreit werden oder ihr gelänge die Flucht.

Doch nach einigen Stunden harten Ritts verblaßte auch diese Hoffnung mehr und mehr und erstarb schließlich ganz. Inzwischen hätten sie eigentlich längst Rigos Ranch, die Casa Blanca, erreicht haben müssen. Da dem nicht so war, erkannte Araminta, benommen vor Schreck und Verzweiflung, daß er gar nicht vorhatte, sie auf seine Ranch nach Texas zu bringen, wie sie fälschlicherweise angenommen hatte, sondern mit ihr über die Grenze nach Mexiko ritt. Diese Erkenntnis traf sie wie ein Schlag; denn auch wenn sie sicher war, daß ihr Großvater und Judd längst mit einem Suchtrupp unterwegs waren, hatten Rigo und seine Bandoleros nicht nur einen beträchtlichen Vorsprung, sondern würden auch, wenn sie den Rio Grande überquert hatten, eindeutig im Vorteil sein, was die Ortskenntnis und mögliche Verstecke betraf. Wenn es nicht einmal die Föderalisten zuwege brachten, die Verstecke der Desperados und Revolutionäre ausfindig zu machen, wie sollten ihr Großvater und Judd es dann schaffen? Wie konnte sie, eine auf sich allein gestellte Frau, hoffen zu entkommen und hernach in unbekanntem Gebiet zu überleben und den gefährlichen und beschwerlichen Weg in die Freiheit und Sicherheit zu überstehen? Sie wußte so gut wie gar nichts über die Überlebensmöglichkeiten hier draußen in der Wildnis, und Hunger, Durst und Müdigkeit würden bei weitem nicht das Schlimmste sein, was ihr bevorstünde.

Brutale Soldaten, blutrünstige Aufständische und Ganoven, die gefährlichen Yaqui-Indianer und wilde Tiere hielten sich hier in den kargen Bergen und Wüsten von Mexiko auf. Kein Landstrich war sicher, vor allem die nördliche Provinz von Chihuahua nicht, wohin Rigo sie brachte.

Denn im Morgengrauen des 9. Februar hatten sich Félix Díaz und Manuel Mondragón, zwei ehemalige Generäle des entmachteten Präsidenten Porfirio Díaz, mit Waffengewalt in der militärischen Zone von La Ciudadela gegen die Regierung des neuen Präsidenten von Mexiko, Francisco Madero, erhoben. Worauf Madero unverzüglich einen seiner Generäle, Victoriano Huerta, losschickte, der der Rebellion ein Ende bereiten sollte. Doch Huerta gab nur vor, dies zu tun; in Wahrheit steckte er mit den Rebellen unter einer Decke, ebenso wie der Vizepräsident Piño Suárez. Huerta ließ Madero schließlich im Regierungspalast verhaften und befahl seine Hinrichtung. Doch kaum war Huerta an die Macht gelangt, wurde seine Regierung von den Konstitutionalisten bekämpft, angeführt von Venustiano Carranza, der zu einem allgemeinen Aufstand gegen die Militärdiktatur aufgerufen hatte. Und einen Monat nach Maderos Ermordung waren die Rebellen, die ihn einst zum Präsidenten von Mexiko gemacht hatten, erneut bei den Waffen. Einer von ihnen, Francisco »Pancho« Villa, war am 6. März zusammen mit acht weiteren Männer, die später den Kern der erneuerten División del Norte bilden sollten, in die

Sierra Chihuahua vorgedrungen, wo Villa auch jetzt noch Partisanen um sich scharte und die Garnisonen der Föderalisten überfiel. Mittlerweile waren die Kämpfe in Mexiko weit verbreitet und gewalttätiger denn je.

All das, sagte sich Araminta in diesem Moment, war Rigo sicher bekannt, und er baute sogar darauf, um zu verhindern, daß ihr Großvater und Judd sie befreiten oder Araminta fliehen konnte. Sie war so verzweifelt und verängstigt wie noch nie. Gerissen, gelassen und so gefährlich und unberechenbar wie ein Raubtier, würde sich Rigo nicht so einfach fangen oder Araminta entkommen lassen. Nein, sie war ganz und gar in seiner Gewalt, und sie hatte nichts, außer ihrem Verstand, um sich gegen ihn zu wehren. Diese Erkenntnis raubte ihr den letzten Mut, und es gelang ihr nur mit allergrößter Mühe, die aufsteigende Hysterie zu unterdrücken. So wie damals am Bachufer konnte sie keinem anderen als sich selbst die Schuld an ihrem Dilemma geben, sagte sie sich, tief beschämt und bedrückt bei diesem Gedanken. Sie hatte sich so schamlos benommen wie eine Dirne, sich mit ihm heimlich zu treffen, wie es sich für eine Dame nicht geziemte, ihn gar zu küssen...

Konnte es da verwundern, daß er meinte, sie gehöre ihm und habe sich schamlos genug aufgeführt, um entführt zu werden? Doch wenn er sie so sehr begehrte, wieso hatte er dann bis zu ihrer Hochzeit gewartet? Das ergab keinen Sinn – nicht wenn Rigo sich tatsächlich etwas aus ihr machte, wenn auch nur ein wenig. Also mußte er ihr absichtlich weh tun wollen. Aber warum...

Araminta konnte sich keinen Reim darauf machen, und schließlich zwang sie sich, mit der Grübelei aufzuhören, sie wollte nicht mehr nachdenken und ließ nun den Schrecken und die Erschöpfung zu, die ihr langsam bis in die Knochen krochen und ihren Verstand und Körper zu lähmen schienen, so daß sie sich nicht mehr gegen ihren Entführer zur Wehr setzen konnte. Tränen rannen ihr über die Wangen, und schließlich lehnte sie sich an Rigo, den Kopf an seine Schulter geschmiegt. In diesem Moment lachte er erneut tief auf und murmelte ihr etwas auf spanisch zu. Sie beherrschte die Sprache kaum, glaubte aber »Schon viel besser« verstanden zu haben und hätte sich fast schon allein aus Stolz wieder aufgerichtet. Doch alle Kraft schien sie verlassen zu haben, und sosehr sie sich auch anstrengte, sie brachte weder die Willenskraft noch die Energie auf, sich aufrecht zu halten. Und wennschon! sagte sie sich müde und matt. Ihr Schicksal lag so oder so in seinen skrupellosen Händen.

Sosehr die Angst vor einer Vergewaltigung sie auch erzittern ließ – sie genoß die Wärme seines schlanken, harten Körpers, war auf perverse Weise froh über den Halt, den seine starken Arme ihr boten, weil sie sonst gewiß aus dem Sattel gefallen wäre. Noch nie war sie derart lange in so wildem Tempo geritten. Zwar war sie es gewohnt, im Sattel zu sitzen, dennoch begannen ihre Muskeln unerträglich zu schmerzen, als sie über das normale Maß hinaus strapaziert wurden. Ihr Gesäß fühlte sich wund und blau an; wahrscheinlich würde sie eine Woche lang nicht richtig sitzen können, dachte sie besorgt im stillen. Wenigstens war ihr nun, gewärmt von Rigo, nicht mehr so kalt. Hätte die Angst sie nicht wachgehalten, wäre sie wohl in seinen Armen eingenickt, eingelullt vom rhythmischen Schaukeln des Sattels. Doch dann fielen ihr tatsächlich die Augen zu, und sie sank in einen unbehaglichen Schlaf, um jedoch hochzuschrecken, als sie kaltes Wasser an den Beinen spürte. Während sie gedöst hatte, waren die Bandoleros am Rio Grande angelangt und machten sich nun daran, diesen zu durchqueren. Nicht mehr lange, und Araminta würde über die Grenze nach Mexiko gebracht und gewiß dort gefangengehalten werden, solange es Rigo beliebte.

Für einen kurzen Moment spielte sie mit dem Gedanken,

sich aus seinen Armen zu winden und in das dunkle, kalte Wasser zu springen, das ihr Kleid bereits durchtränkte. Im Schutze der Dunkelheit und fortgetragen von der Strömung, würde sie vielleicht entfliehen können! Und selbst wenn sie dabei ertrank, wäre es immer noch besser als das, was Rigo mit ihr vorhatte. Doch als hätte er ihre Gedanken gelesen, verstärkte er seinen Griff und drückte Araminta fest an seinen Brustkorb. Dann hatte sein Hengst wieder Boden unter den Hufen, als sie das andere Ufer erreichten, stieg die Böschung empor, schüttelte sich schnaubend, und Aramintas winzige Chance, ihrem teuflischen Entführer zu entkommen, war vertan.

»Ertrinken ist eine höchst unangenehme Art zu sterben, Gringuita«, flüsterte Rigo ihr zu, und er klang, als ärgerte er sich über sie. »Wärst du wirklich lieber ertrunken, als bei mir zu sein?«

»J-ja«, murmelte sie.

»Na, welch ein Glück für uns beide, daß ich eine solche Dummheit nicht zugelassen habe.« Seine Miene war, während er dies sagte, für einen Moment derart mörderisch, daß Araminta schon befürchtete, er werde sie schlagen; und sie wich instinktiv vor ihm zurück.

Bis jetzt hatte sie nicht dran gedacht, daß es möglicherweise nicht nur eine Vergewaltigung war, was sie zu fürchten hatte, sondern daß er sie auch schlagen, foltern, ja sogar umbringen könnte. Immerhin hatte er die eigene Frau umgebracht, oder? Wenn ja, weshalb sollte er dann davor zurückschrecken, die Gringa-Braut seines verhaßtesten Feindes zu töten? Mit einemmal wurde Araminta klar, daß nicht nur ihre Unschuld, sondern auch ihr Leben auf dem Spiel stand. Schlagartig kehrte die Hysterie zurück, die sie nur mit Mühe unterdrückt hatte, diesmal mit voller Wucht. Schreiend und schluchzend schlug sie blindlings auf ihn ein, wand sich wie ein verwundetes Tier in seiner Umklammerung, ruderte wild mit den Armen, die Finger zu Klauen gekrümmt, mit denen sie nach ihm hieb. Und sie verspürte ein heißes Gefühl des Triumphs, als sie ihm das Gesicht zerkratzte und blutige Schrammen zufügte.

»*Dios mio!*« fluchte Rigo, während er versuchte, sie zu bändigen. »Du kleine Wildkatze! Oh, was für ein Spaß es sein wird, dich zu zähmen!«

Der Hengst begann nervös zu tänzeln, schnaubte und warf den Kopf zurück. Aramintas langes, durchnäßtes Kleid war hinderlich; sie konnte Rigo nicht richtig treten, und so trafen ihre Hacken nur die Schultern des Pferdes, was den Hengst aufspringen und seitwärts trippeln ließ; und Rigo mußte seine ganze Aufmerksamkeit darauf richten, sein Pferd wieder unter Kontrolle zu bekommen. Mit einem harten Ruck an den Zügeln gelang es ihm schließlich, dann ließ er sich aus dem Sattel gleiten und zog Araminta mit sich. Zu ihrer großen Befriedigung gelang es ihr dabei, ihm einige Fausthiebe an Kopf und Brust zu verpassen. Doch es reichte nicht, um sich auch aus seinem Griff zu befreien, und als sie aus dem Sattel rutschte, verlor sie den Halt und stolperte. Rigo sah, wie hysterisch sie war, und so schlug er ihr leicht mit der Rückseite der Hand über das Gesicht; im selben Moment ließ er Araminta los, so daß sie zurücktaumelte und der Länge nach hinfiel. Erschrokken, daß er sie tatsächlich geschlagen hatte, benommen vom Sturz, lag sie reglos da, zitternd und weinend. Sie gab alle Gegenwehr auf, selbst als sich Rigo über sie beugte, in seine Arme hob und sanft wiegte, während er ihr etwas auf spanisch zumurmelte.

Im nächsten Moment stieß er einen barschen Befehl auf pelado aus, einem Gemisch aus spanischem Dialekt und einer Indianersprache, woraufhin einer der Bandoleros, die sich auf ihren Pferden zu einem schützenden Halbkreis um das auf dem Boden hockende Paar versammelt hatten, abstieg und zu ihnen kam, in der Hand eine Flasche, die er aus seiner Satteltasche hervorgezogen hatte. Rigo nahm die Flasche mit der klaren Flüssigkeit, entkorkte sie mit den Zähnen und preßte sie Araminta an die Lippen. Als sie den stechenden Geruch wahrnahm, wußte sie, daß die Flasche kein Wasser enthielt. Sie wandte den Kopf ab, wollte nichts von dem Alkohol trinken, aber Rigo blieb hartnäckig. Er packte grob ihr Haar, bog ihr den Kopf zurück und zwang sie, einen Schluck zu trinken. Araminta hustete und würgte, als der scharfe Schnaps ihr im Hals und Magen brannte. Mescal. Er hatte ihr Mescal eingeflößt, da war sie ganz sicher. Einen Moment lang fürchtete sie, sich übergeben zu müssen. Sie schloß die Augen und kämpfte gegen die aufsteigende Übelkeit an, doch dann spürte sie die Wärme, die sich plötzlich in ihr ausbreitete, und überrascht stellte sie fest, daß es ihr tatsächlich besserging. Langsam, mit flatternden Lidern, schlug sie die Augen auf.

Rigo hockte neben ihr, hielt sie mit einem Arm; auf seinem dunklen, hübschen Gesicht, das vom silbernen Mondlicht erhellt wurde, eine Mischung aus Zorn, Besorgnis und etwas, was Araminta nicht deuten konnte, was ihr Herz aber unerklärlich klopfen ließ, und ihr Atem ging viel zu schnell und flach. Sie wollte sich von ihm abwenden, doch seine abgrundtiefen, dunklen Augen hypnotisierten sie. Es war unmöglich, sich diesem Blick zu entziehen. Als Rigo sie so sah, aschfahl und zu Tode verängstigt, hatte er fast Mitleid mit ihr. Ihr langes blondes Haar umgab ihr Gesicht wie goldene Bänder, so golden wie die Wüsten Mexikos. Ihre tränenerfüllten Augen leuchteten so grün wie ein Saguaro-Kaktus und spiegelten eine Mischung aus Furcht und Haß wider, die zu sehen ihn sonderbar schmerzte. Doch dann bemerkte er ein schwaches Funkeln an ihrer schlanken linken Hand, und als er genauer hinsah und den goldenen, kostbar mit Diamanten verarbeiteten Ehering erblickte, wurde seine Miene hart, und sein Körper spannte sich an. Sie war die Frau seines Todfeindes Judd Hobart. Rigo hatte allen Grund, das niemals zu vergessen – niemals. Langsam hob er die Hand an sein Gesicht und berührte die tiefen Schrammen, die sie ihm zugefügt hatte.

»Kein Mann hat je so etwas getan, ohne dafür mit dem Leben zu bezahlen.« Er sagte das ganz ruhig, doch Araminta ließ sich nicht täuschen. Er würde seinen Preis für diese Schrammen fordern, das wußte sie, und seine folgenden Worte bestätigten dies. »Doch an dir, Gringuita, werde ich mich anders rächen.«

Sie wich zurück, als er die Hand ausstreckte, um ihr das Haar aus dem Gesicht zu streichen und ihre Wange zu berühren, die noch immer leicht gerötet war, wo er sie geschlagen hatte. Es tat ihm leid, daß er sie hatte schlagen müssen, aber er hatte nicht gewußt, wie er sie anders wieder zur Besinnung bringen sollte. Nun war sie wieder gefaßt genug, sagte er sich, und hatte aufgehört, sich gegen ihn zu wehren. Er war froh darüber, denn er wollte ihr nicht mehr weh tun als nötig, auch wenn es letztlich unabänderlich war, daß er ihr würde Schmerz zufügen müssen. Wenn es nur irgendeine andere Möglichkeit gegeben hätte ... Doch ihm war keine Wahl geblieben. Grimmig verzog er den Mund, als er erneut den Ring im Mondlicht aufblitzen sah. Am liebsten hätte er ihn ihr vom Finger gezogen, tat es jedoch nicht. Der Ring war eine ständige, bittere Erinnerung daran, weshalb er Araminta entführt hatte. Er mußte sich daran erinnern, durfte nicht zulassen, daß er Mitleid mit ihr bekam und in seinem Entschluß wankte. So erschrocken, verängstigt und still Araminta im Moment auch sein mochte, bald schon würde sie sich wieder gefangen haben. Mit ihrer Intelligenz, ihrem Einfallsreichtum und tapferen Herzen würde sie gewiß versuchen, ihm zu entfliehen, sich gegen ihn zur Wehr zu setzen oder möglicherweise sogar versuchen, ihn umzubringen. Er durfte nicht zulassen, daß ihr auch nur eines davon gelang.

Erneut erteilte er einen barschen Befehl auf pelado, und einer der Desperados schnitt mit einem scharfen Messer ein Stück Seil von dem Lasso um seinen Sattelknauf ab und reichte es Rigo. Ehe Araminta begriff, was er vorhatte, packte er ihre Handgelenke und fesselte sie, während sie wie ein verletztes Tier zu ihm hochschaute, Angst und Abscheu im Blick. Dennoch protestierte sie nicht; nicht einmal, als er sie emporzog und zu seinem Pferd führte. Entmutigt erkannte Araminta, daß die kurze Rast beendet war, als die anderen Desperados ebenfalls wieder aufsaßen; und sie wußte, daß dies noch nicht das Camp für die heutige Nacht sein würde. Sie fest um die Taille fassend, hob Rigo sie in den Sattel, schwang sich dann hinter sie, schlang einen Arm um Araminta und zog sie eng an sich. Im nächsten Moment waren sie wieder unterwegs.

Der Ritt schien kein Ende zu nehmen, auch wenn es nun in gemäßigterem Tempo voranging als zuvor. Doch für Araminta bedeutete dies kein Ende ihrer Qualen. Sie spürte jeden einzelnen Knochen im Leib. Sie war derart benommen und erschöpft, daß sie, selbst wenn sich ihr eine Gelegenheit zur Flucht böte, diese nicht würde nutzen können. Rigo hätte sie schon nach wenigen Schritten eingeholt. Noch schlimmer aber war das Wissen, daß sie sich nicht mehr gegen ihn wehren würde, wenn sie endlich das Lager für die Nacht aufschlugen, weil ihr längst schon alles einerlei war. Wenn er die Absicht gehabt hatte, sie mürbe zu machen und ihren Widerstand zu brechen, dann war ihm dies nur zu gut gelungen. Wenn er tatsächlich vorhatte, sie zu vergewaltigen, dann hoffte sie nun, er möge es rasch tun, damit es ein Ende hatte. Und sollte er sie hinterher umbringen, dann wäre sie wenigstens von ihrer Pein erlöst und müßte nicht mit dieser Schande leben. Sie war triefnaß vom Ritt durch den Fluß, sie fror bitterlich, trotz des Ponchos, den Rigo aus der Satteltasche genommen und ihr gegeben hatte; sie zitterte so sehr, daß ihr die Zähne klapperten. Nur die Wärme seines Körpers hielt sie ein wenig warm in der kühlen Nachtluft, die zunehmend dünner und eisiger wurde, je höher sie hinaufritten, einen felsigen Cañon hinan, an zerklüfteten Felsvorsprüngen vorbei, einem schmalen Pfad folgend, den, wie Araminta fand, höchstens Bergziegen benutzen konnten.

Auch wenn sie anfangs die Dunkelheit verflucht hatte, weil sie ihr jegliche Orientierung unmöglich gemacht hatte und sie sich keine auffälligen Dinge merken konnte, die ihr – falls ihr auf irgendeine Weise doch die Flucht gelingen sollte – auf dem Rückweg als Anhalt würden dienen können, so war sie nun froh darüber, daß es dunkel war und sie nicht sehen konnte, wie hoch droben sie waren und wie steil der Abhang war, an dem sie höher und höher hinaufritten. Hin und wieder polterte ein Stein, losgetreten vom Huf eines Pferdes, in die Tiefe, und Araminta blieb fast das Herz stehen, als sie hörte, wie lange es dauerte, bis er tief unten in den Bach platschte, der sich irgendwo dort unten durch die Schlucht schlängelte. Doch weder Rigo noch den anderen Bandoleros schien der gefährliche Pfad etwas auszumachen; unermüdlich trieben sie ihre Pferde an und machten nur halt, um die Wasserflaschen aufzufüllen, etwas Dörrfleisch zu essen oder die Pferde zu tränken und sie ein wenig verschnaufen zu lasssen. Sie konnte nicht sagen, wie weit sie geritten waren oder wo sie waren; wußte nicht, ob ihr Großvater oder Judd ihnen bereits auf den Fersen waren, worauf das scharfe Tempo, das Rigo anschlug, hinzudeuten schien. Aber vielleicht fühlte er sich ganz einfach so lange nicht wirklich sicher, bis sie weit genug in Mexiko waren, und trieb deshalb seine Männer derart an.

Doch schließlich machten sie an einer Stelle halt, wo sich der Pfad zu einer Art Halbkreis weitete, umgeben von einer Felswand, die aus einem kreisförmigen Vorsprung der umliegenden hohen Berge bestand und ihnen wie ein steinerner

Vorhang Schutz bot. Der schmale Zugang ermöglichte es nur jeweils einem Reiter, hindurchzureiten, was einen Überfall so gut wie unmöglich machte. An einer der Felswände plätscherte eine kleine Quelle mit klarem frischem Wasser. Selbst Araminta erkannte im hellen Mondlicht, welch idealer Ort zum Übernachten dieses Versteck war. Doch auch wenn sie inständig gehofft hatte, der anstrengende Ritt möge endlich ein Ende nehmen, konnte sie ein Schaudern nicht unterdrücken, als sie daran dachte, was ihr nun bevorstand. Rigo stieg ab und half ihr aus dem Sattel. Hätte sie die Kraft gehabt, hätte sie wahrscheinlich versucht zu fliehen. Doch sie war so steif, so wundgeritten und geschwächt, daß ihre Knie nachgaben und sie hingefallen wäre, wenn Rigo sie nicht gehalten hätte. Einen Fluch auf spanisch ausstoßend, hob er sie auf seine Arme und trug sie, so mühelos, als wäre sie eine Puppe, unter den Felsvorsprung, wo er sie absetzte, so daß sie sich gegen die Felswand lehnen konnte. Dann wandte er sich ohne ein Wort ab und versorgte sein Pferd.

Araminta sah, wie auch die übrigen Desperados ihre Pferde absattelten, sie tränkten, ihnen Fußfesseln anlegten, Futterbeutel vor die Mäuler banden und sie dann mit den Decken kräftig trockenrieben. Erst als sie ihre Pferde gründlichst versorgt hatten, schlugen die Bandoleros für sich das Nachtlager auf, rollten Decken auf der harten, von der Sonne verbrannten Erde aus, öffneten ihre Feldflaschen, tranken den Mescal und anderen, noch stärkeren Schnaps, und aßen dazu kalte Frijoles, Tortillas und die unvermeidlichen Streifen Dörrfleisch.

Zitternd in ihrem nassen Kleid und wegen des kalten Windes, der durch den Cañon strich, sehnte sich Araminta nach einem Lagerfeuer, auch wenn sie vermutete, daß die Bandoleros kein Feuer machen würden, weil Rigo, so wachsam und vorsichtig wie ein Raubtier, nicht einmal in dieser Felsbucht sicher war, ob die Flammen nicht doch aus der Ferne vor dem rabenschwarzen Himmel auszumachen waren. Araminta spürte, wie sehr er selbst jetzt auf der Hut war, obwohl doch auch er müde sein mußte. Aber er spitzte die Ohren und lauschte jedem Geräusch, das der Nachtwind mit sich trug; dem entfernten Brüllen eines Berglöwen, dem klagenden Ruf eines einsamen Vogels, dem flüsternden Rascheln und Huschen eines kleinen Tieres in einem der Büsche. Seine dunklen Augen suchten unentwegt die Umgebung ab, und nichts entging ihnen.

Er ist tatsächlich wie ein wildes Tier, dachte Araminta im stillen. Seit jenem letzten Morgen am Ufer des Baches, der die Grenze zwischen der High Sierra und der Casa Blanca bildete, hatte sie Rigo nicht mehr gesehen, und nun kam es ihr so vor, als habe er nichts mehr von dem vornehmen, aristokratischen *haciendado*, mit dem sie so viele angenehme Stunden verbracht hatte. Nun war es nur allzu leicht, den vielen Gerüchten über seine Missetaten, die ihr zu Ohren gekommen waren, Glauben zu schenken und zu der Überzeugung zu gelangen, daß er seinem üblen Ruf auch wahrlich gerecht wurde. Sein falkenhaft spanisches Gesicht wirkte im hellen Mondlicht wie aus Stein gemeißelt – hart, gelassen, skrupellos. Sein muskulöser Körper war der eines Mannes, der ein hartes und gefährliches Leben führte und sich auf seinen Verstand und seine Instinkte verließ, um zu überleben. Was hatte ihn so werden lassen? fragte sich Araminta. Er war der uneheliche Sohn eines reichen Ranchers, der ihm nichts gegeben hatte, nicht einmal einen Namen, wie sie wußte. War das der Grund, weshalb er so mühelos von der Rolle des Herrn über die Hacienda zu der des brutalen Banditen wechseln konnte, nun die dunkle Seite seines Wesens enthüllend, den tödlichen Teil, den sie bisher nur gefühlt hatte und vor dem sie ausgewichen war? Nun konnte Araminta nicht länger so tun, als gäbe es diesen Teil nicht; da sie wußte, was es für sie bedeutete.

Sie begann zu zittern, als Rigo auf sie zukam – doch nicht vor Kälte. Er setzte sich neben sie, über seine Schulter hing eine Feldflasche, in den Händen hielt er eine Flasche und zwei Blechteller mit Frijoles, Tortillas und Dörrfleisch. Er stellte die Flasche und die Teller ab und zog das scharfe Messer, das er am Gürtel trug, heraus. Mit einer einzigen kurzen Bewegung durchtrennte er die Fesseln an Aramintas Handgelenken. Sie keuchte, als das Blut zu zirkulieren begann. Um dies noch zu beschleunigen, massierte ihr Rigo die Handgelenke, stirnrunzelnd die Abdrücke, die das Seil hinterlassen hatte, anschauend. Dann reichte er ihr einen Teller und bedeutete ihr, etwas zu essen. So hungrig Araminta auch war, ihr sträubte sich der Magen, als sie die unappetitlichen Speisen sah – kalte matschige Bohnen, kalte Tortilla und ein Streifen getrocknetes Fleisch. Kopfschüttelnd und stumm verweigerte sie das Essen.

»Was ist, Señorita?« Rigo lachte, und seine schneeweißen Zähne blitzten auf. »Ist das Essen nicht gut genug für dich? Bist du so etwas nicht gewohnt? Sieh, meine Männer verschlingen es heißhungrig, weil sie wissen, wie glücklich sie sich schätzen können, etwas zu essen zu haben. Vielen armen Menschen in Mexiko ist nicht einmal so eine kleine Portion beschert.« Urplötzlich erstarb sein Lächeln, und sein Ton wurde kälter. »Also iß es gefälligst auf, *comprende*? Sonst, das schwöre ich dir, werde ich es in dich hineinstopfen! Ich warne dich: Ich werde nicht zulassen, daß du dich zu Tode hungerst! O nein, Gringuita! So leicht wirst du mir nicht entkommen, nicht so, das kann ich dir versichern!«

Araminta mußte hart schlucken. Sie wußte, daß Rigo auch meinte, was er sagte, und so nahm sie den Teller, den er ihr erneut hinhielt. Sie wollte nicht, daß er sie zum Essen zwang, wußte aber, daß er es glatt tun würde. Sie probierte eine Gabel voll von den matschigen Bohnen und schaffte es auch irgendwie, sie herunterzuschlucken. Dann brach sie die Tortilla in zwei Hälften und aß auch davon etwas; sie biß sogar von dem Streifen Dörrfleisch ab und stellte überrascht fest, daß sie sich nach ihrem spärlichen Mahl tatsächlich wohler fühlte. Rigo reichte ihr die Feldflasche, während er selber einen Schluck Mescal nahm. Doch als er sah, daß Araminta selbst in ihrem Poncho fror und zitterte, bestand er darauf, daß sie mehrmals am Mescal nippte, der sie, wie er sagte, aufwärmen werde. Als sie sich daran erinnerte, wie er ihr beim letzten Mal den Schnaps brutal eingeflößt hatte, wagte sie nicht, sich zu widersetzen – auch wenn ihre Gefügigkeit ihm kein falsches Gefühl von Sicherheit vorgaukelte, wie sie insgeheim gehofft hatte. Nachdem sie ihr Abendessen beendet hatten, fesselte Rigo ihr erneut die Handgelenke, achtete aber darauf, das Seil diesmal nicht ganz so fest zu binden, wofür ihm Araminta dankbar war. Dann zog er sie hoch und schob ihren müden, zerschundenen Körper zu den Decken, die er auf der Erde ausgebreitet hatte.

»Nein«, wimmerte sie, plötzlich trotz ihrer Müdigkeit und Erschöpfung entschlossen, sich zu wehren. »Nein, bitte nicht. Oh, bitte nicht.«

Doch er ließ sich durch ihr Flehen nicht beirren. Sich noch immer windend, schaute sich Araminta um, so als hoffte sie, einer der Desperados käme ihr zu Hilfe. Doch bis auf den einzelnen Wachposten, den Rigo am Zugang dieses Felsplateaus aufgestellt hatte, von wo aus man die gesamte Länge der Schlucht überblicken konnte, hatten sich die übrigen Bandoleros bereits hingelegt und schliefen. Der Posten, sich seiner Pflicht sehr wohl bewußt, stand mit dem Rücken zu ihnen da und ignorierte Arimintas leises Klagen.

»Schrei nur. Niemand wird dir helfen.« Rigos Stimme klang tief und heimtückisch. »Mein Wort ist Gesetz für meine Männer, so wie das deines Großvaters auf der High Sierra. Niemand wagt es, sich meiner Autorität zu widersetzen – wie du mit der Zeit noch lernen wirst.«

Wie du mit der Zeit noch lernen wirst. Wie ein rätselhaftes Echo klangen diese Worte in ihr nach, andeutend, daß sie lange Zeit seine Gefangene bleiben sollte. Bisher war sie davon ausgegangen, nur wenige Tage in seiner Gewalt zubringen zu müssen. Aber vielleicht hatte Rigo vor, sie Wochen oder Monate festzuhalten; vielleicht ließ er sie nie wieder gehen oder erst, wenn er von ihr hatte, was er wollte, und wenn er ihrer überdrüssig war, würde er sie möglicherweise seinen Männern überlassen oder als Hure an ein Bordell in Mexiko verkaufen.

Hatte sie nicht einmal mit angehört, wie Judd und einige seiner Freunde darüber geredet hatten, daß südlich der Grenze die Sklaverei weit verbreitet war, vor allem unter den Banditen und Indianern; daß die Comancheros, die mit den Mexikanern ebenso Handel trieben wie mit den Komantschen, Apatschen und den anderen Indianerstämmen, bis zu fünfzig Pesos für jede weiße Frau bekamen, die sie nach Mexiko verschleppten und dort verkauften? In den Grenzsiedlungen konnte man eine mexikanische Prostituierte für gerade mal zwei amerikanische Dollar oder sogar noch weniger kaufen. Judd und seine Freunde hatten Ciudad Juárez häufig absichtlich falsch »Ciudad Hurennest« ausgesprochen.

Noch nie hatte Rigo so groß, so geschmeidig, so muskulös, so bedrohlich ausgesehen – als wäre er zu allem fähig. Plötzlich schossen Araminta die Geschichten über seine Greueltaten durch den Kopf und riefen Ängste in ihr hervor, die tief im Innern jeder Frau sitzen. Nun hoben sie wie bösartige Schlangen den häßlichen Kopf, giftig und bereit zum tödlichen Biß, um ihr Furcht einzuflößen.

Von dieser Furcht angetrieben, wehrte sie sich noch heftiger. Aber sie war gefesselt, müde und ausgelaugt, und zudem leicht betrunken vom Mescal, und selbst wenn sie all das nicht gewesen wäre, hätte sie keine Chance gegen Rigo gehabt. Mühelos stieß er sie auf die Decke, und im nächsten Moment spürte sie erschrocken sein Gewicht auf ihr. Mit einem Bein preßte er sie zu Boden, während er ihr die gefesselten Handgelenke über den Kopf bog und eine Hand auf ihren Mund preßte, um ihr angsterfülltes Schluchzen zu ersticken.

»*Silencio*!« Seine Stimme klang tief und barsch an ihrem Ohr. »Sei still, *bruja*! Hexe! Sonst könnte ich versucht sein, dir die Zunge rauszuschneiden.«

Das würde er ihr nicht antun, oder? dachte Araminta mit bangem Herzen. Nein, das würde er nicht tun. Aber sicher war sie sich nicht, und daher zwang sie sich, trotz ihres inneren Aufruhrs, still und stumm unter ihm dazuliegen, sich elend bewußt, wie sinnlos es war, sich gegen ihn wehren zu wollen. Er konnte mir ihr machen, was er wollte, und sie würde ihn nicht daran hindern können. Tränen traten ihr in die Augen, als sie versuchte, sich gegen das zu wappnen, was ihr nun bevorstand.

»Gut für dich, daß du schnell lernst, Gringuita«, murmelte Rigo, und seine Augen funkelten im Mondlicht, sein warmer Atem strich ihr über das Gesicht. »Mir fehlt nämlich die Geduld für albernes Getue, und ich weiß Besseres mit deiner Zunge anzufangen.«

Im selben Moment wanderte seine Hand von ihrem Mund hinab zu ihrem Hals. Doch ehe sie auch nur einen Ton herausbringen konnte, preßten sich seine Lippen ungestüm auf ihre; und als sie versuchte, sich zu wehren, und die Lippen zusammenkniff und das Gesicht abwenden wollte, drückte seine Hand an ihrer Kehle leicht zu, eine stille Warnung wie schon an jenem Morgen am Bachufer. Sie würde sich lieber erwürgen lassen, als sich ihm zu ergeben, diesem Unhold! Doch am Ende blieb ihr keine andere Wahl, als, benommen und atemlos wegen des nicht nachlassenden Drucks seines Mundes auf ihrem und seiner Hand an ihrer Kehle, seiner wortlosen Forderung Folge zu leisten; und so öffnete sie die Lippen, öffnete sie seiner heißen, suchenden Zunge. Wieder und wieder plünderte er ihren Mund, seine Zunge erforschte jeden geheimen Winkel, bis sich ihr Mund schließlich wie von selbst darbot, als er die Süße schmeckte, den Wein und Nektar leckte.

Araminta schoß das Blut zu Kopf und pochte in ihren Schläfen; wie betäubt und fiebrig fühlte sie sich; und wehrlos mußte sie geschehen lassen, daß er sie weiterhin gierig küßte, während er mit einer Hand ihre gefesselten Handgelenke hielt, mit der anderen ihr offenes Haar zerzauste, dann ungestüm den Poncho beiseite schob, über ihren bebenden Körper strich und ihre Brüste unter dem Brokatstoff ihres Brautkleides umfaßte; mit dem Daumen ihre harten, aufgerichteten Brustwarzen koste und rieb, die sich gegen den Stoff drückten. Tränen strömten ihr über das Gesicht, als er mit der Handfläche in langsamen, kreisenden Bewegungen ihre kleinen steifen Gipfel rieb, bis sie an seinem Mund aufkeuchte, als heiße Blitze sie wie Stromstöße durchdrangen, sich erst in ihren Brüsten ausbreiteten und dann in ihrem ganzen Körper. Dies war schlimmer als alles, was sie befürchtet hatte.

Sie hatte angenommen, er würde sie noch grausamer und gemeiner benutzen, als Judd es getan hatte. Doch Rigo schien instinktiv zu wissen, wie er sie dazu bringen konnte, auf ihn zu reagieren, ganz gleich, wie unwillig sie auch war; und sie zitterte, als er sie küßte und liebkoste, als seine Zunge zwischen ihre Lippen drang, seine Finger mit ihren Brüsten spielten. Dann wanderte seine Hand noch tiefer, über ihren Bauch und ihre Schenkel; er legte seinen Mund auf ihre Brustwarzen, und seine Zunge rieb an dem darüberliegenden Stoff des Kleides, neckte ihre Knospen, bis sie wie glimmende Glut zu Flammen emporloderten. Sosehr sie sich auch auf die Unterlippe biß – es gelang ihr nicht, das tiefe, animalische Stöhnen zu unterdrükken, das in ihr aufstieg und das Rigo mit seinem Mund verschluckte, während er sie noch enger an sich preßte. Gleich würde er ihr das Kleid hochschieben und sich an ihr vergehen, dachte sie von Angst und einer schrecklichen schamlosen Erwartung erfüllt, bei der ihr übel wurde, beschämt, daß an ihrem geheimsten Ort ein Schmerz entbrannte, der sich danach sehnte, von ihm erlöst zu werden, ihrem Entführer, ihrem Peiniger.

Doch zu ihrer großen Verwunderung tat er nicht, was sie erwartet hatte, sondern schmiegte sie an seine Brust und murmelte: »Schlaf jetzt, Araminta. Morgen bei Tagesanbruch reiten wir weiter.« Und er strich ihr mit überraschender Sanftheit über das Haar und küßte ihr die Tränen von den Wangen, bis die Hitze seines Körpers sie umschlang; und als sie der köstlichen Wärme nachgab, die langsam in ihr hochkroch, und die Erschöpfung zuließ, die sie unweigerlich überkam, schlief sie wie ein Kind in seinen Armen ein.

12. Kapitel

Araminta meinte, kaum ein Auge zugetan zu haben, als Rigo sie unsanft wachrüttelte. Benommmen, nicht wissend, wo sie war und wer sich da über sie beugte, wehrte sie sich heftig und schrie erschrocken auf. Doch wie schon in der Nacht zuvor bändigte Rigo sie mühelos und preßte ihr eine Hand auf den Mund, um ihren Schrei zu ersticken. Als sie gewahr wurde, wer sie festhielt, entspannte sie sich unwillkürlich; denn auch wenn Rigo sie entführt hatte und als seine Gefangene hielt, so war er ihr doch zumindest vertraut. Und trotz allem war sie heilfroh darüber, denn sie wußte, daß es schlimmer hätte kommen können. Sie hätte auch der Gnade eines völlig Fremden oder gar einer ganzen Bande ihr unbekannter Bandoleros oder Revoluzzer ausgeliefert sein können.

Bislang hatte Rigo sie, auch wenn er sich ihr mit Gewalt

genähert hatte, nicht zugelassen, daß einer der anderen Desperados sie anfaßte, und sie waren ihr ausnahmslos mit Respekt begegnet, hatten sie so gut wie nie angestarrt oder direkt angesprochen, und wenn sie es taten, hatten sie sie mit »Señora« angeredet. Doch wenn sie Mitleid mit ihr hatten, wenn auch nur einer von ihnen ihr bei der Flucht helfen würde, so ließen sie es sich nicht anmerken. Daher wagte sie es auch nicht, sie um Beistand zu bitten, weil ihr klar war, daß Rigo, wenn sie die falsche Wahl traf, sofort von ihrem Versuch, seine Männer zu beeinflussen, erfahren würde.

»Steh auf!« befahl er und nahm die Hand von ihrem Mund. Als Araminta sich jedoch nicht rührte, noch immer benommen vom Schlaf und den Strapazen des erst wenige Stunden zurückliegenden anstrengenden Ritts und der Nacht auf der harten Erde, stieß er einen groben Fluch auf spanisch aus, packte sie am Seil zwischen ihren Handgelenken und zog sie unsanft in die Höhe. Sie konnte kaum stehen, so steif und schmerzend war ihr Körper, daß sie sich mit beiden Händen an der Felswand abstützen mußte. »Wenn ich einen Befehl gebe, dann erwarte ich, daß er auch befolgt wird – und zwar sofort! *Comprende?*«

Araminta nickte stumm. Das kann alles nicht wahr sein, sagte sie sich wieder und wieder. Das war doch nur ein entsetzlicher Alptraum. Gestern um diese Zeit hatte sie in ihrem Schlafzimmer auf der High Sierra gestanden und das Brautkleid anprobiert, damit noch letzte Änderungen vorgenommen werden konnten, und hatte sich innerlich darauf vorbereitet – wenn auch ohne jede Begeisterung –, in Kürze Judds Frau zu werden. Nun kam ihr die Hochzeitszeremonie wie ein lang zurückliegender Traum vor. Und wie sehr Judd außer sich gewesen sein mußte, als er um seine Hochzeitsnacht gebracht worden war, sich bewußt, daß seine Frau möglicherweise in den Armen seines Todfeindes lag.

Auch wenn Rigo ihr nicht die Unschuld geraubt hatte, so machte sie sich dennoch keinerlei Illusionen bezüglich seiner eigentlichen Absichten. Es war nur eine Frage der Zeit, bis er sie auch in die Tat umsetzen würde, dachte Araminta bestürzt. Selbst wenn er es nicht tat, würde niemand angesichts seines guten Aussehens, seines heißen spanischen Bluts, seiner nicht zu leugnenden Männlichkeit und seines berüchtigten Charakters glauben, daß er es nicht getan hatte. Ohne Zweifel würde es viele geben, die jede Anklage der Vergewaltigung als ein Abstreiten der freiwilligen Hingabe ansehen würden. Ganz gleich, was ihr auch widerfahren mochte, ihr Ruf war unwiderruflich ruiniert. Jeder, der etwas galt in Texas, war bei ihrer Hochzeit gewesen; ihre Entführung war inzwischen ganz sicher der Skandal schlechthin im ganzen Land. Selbst wenn es ihr irgendwie gelingen sollte, nach Hause zurückzukehren, würde sie niemals mehr in der Lage sein, mit hocherhobenem Kopf zu gehen. Anständige Leute würden sie unzweifelhaft meiden, und Judd... Judd würde sich wahrscheinlich von ihr scheiden lassen, und dann wäre alles umsonst gewesen – die Heirat, und alles, was sie infolgedessen erlitten und erduldet hatte.

Nur mit Mühe unterdrückte Araminta das Schluchzen, das in ihr aufstieg. Nein, sie würde nicht weinen! Ihre Augen schmerzten bereits so schrecklich, waren so geschwollen und rotgerändert vom mangelnden Schlaf, daß sie sich anfühlten, als wären sie mit Sand verklebt. Sie spürte jeden Muskel im Leib, die Glieder waren steif und schmerzten bei jeder Bewegung. Als Rigo sah, wie schwer ihr das Gehen und selbst das Stehen fiel, verspürte er plötzlich einen höchst unwillkommenen Anflug von Reue, daß er Araminta entführt und so skrupellos benutzt hatte. Sie war unschuldig; sie hatte mit dem abscheulichen Verbrechen, für das er sich auf ebenso erbarmungslose Weise rächen wollte, nichts zu tun, und trotzdem hatte er sie gekidnappt und war entschlossen sich zu nehmen, was rechtmäßig ihrem angetrauten Gatten zustand. Rigo war sich darüber im klaren, daß er ihr allen Anlaß gegeben hatte, ihn zu hassen. Und er würde ihr noch weiteren Grund geben, ihn zu verachten, ehe alles gesagt und getan war. Daher, auch wenn er fest entschlossen war, nicht von seinem furchtbaren Plan abzulassen, klang seine Stimmme nun sanfter, als er wieder das Wort ergriff.

»Die Schmerzen werden bald nachlassen, Gringuita, wenn du dich bewegst und dir warm wird. Hier.« Er löste ihre Fesseln und massierte ihr die Handgelenke, wie er es schon einmal getan hatte. Dann reichte er ihr ein sorgsam gefaltetes Kleiderbündel. »Zieh das an. Heute wird es so heiß, und dein... Hochzeitskleid«, er verzog säuerlich den Mund bei diesem Wort, »und dein Korsett werden nur hinderlich sein. Und damit du nicht ohnmächtig wirst im Sattel, legst du beides besser ab.«

»Ich... ich soll mich umziehen? H-hier? J-jetzt?«

»*Sí*, habe ich das nicht gerade gesagt?« Aus Furcht, in seinem Entschluß, seinen Plan in die Tat umzusetzen, zu wanken, zwang sich Rigo, seine Worte spöttisch klingen zu lassen; und um seine Mundwinkel spielte ein höhnisches Lächeln, während er absichtlich lüstern und langsam den Blick über ihren Körper wandern ließ.

Zumindest das fiel ihm leicht. Bei jeder anderen Frau hätte er nur mit Mühe Begierde vortäuschen können, doch nicht bei Araminta. Was er für sie empfand, durchdrang sein ganzes Wesen und ließ ihn ständig des Umstandes gewahr sein, daß sie ihm als seine Gefangene jederzeit ausgeliefert war. Sie war so bezaubernd schön. Ihr champagnerfarbenes Brautkleid zeigte nur den Ansatz ihrer reifen, vollen Brüste. Das enganliegende Oberteil, verziert mit einer Schärpe aus goldener Spitze, die von einer Schulter bis hinunter zu den Knien reichte, mündete in einer Taille, die so schmal war, daß er sie mit den Händen umfassen konnte. Das lange, glockenförmige Unterteil des Kleides bedeckte schmale, schlanke Hüften, ein festes, rundes Gesäß und lange, schlanke Beine, die sie größer wirken ließen, als sie tatsächlich war. Die Sonne hatte ihren cremigen Teint vergoldet, und die hohen Wangenknochen ihres zarten Gesichts leuchteten apricot-rosig wie der Sonnenaufgang. Unter lieblich geschwungenen goldenen Brauen schimmerten ihre großen Augen so grün wie Smaragde im frühen Sonnenlicht, behütet von rußfarbenen Wimpern, so dicht und schwer, daß sie die Augenlider an den leicht ovalen Rändern herabzuziehen schienen. Ihr leichtes Stupsnäschen lag über einem üppigen Rosenmund; Lippen, die unwillentlich zu harten, hungrigen Küssen eines Mannes einluden. Mit ihrem offenen langen, seidig-blonden Haar, das sich wie ein Wasserfall über sie ergoß, sah sie aus wie eine wilde und betörende Zigeunerin.

Für Rigo, der an die dunklen, schwarzhaarigen Frauen seiner Heimat Mexiko gewöhnt war, war Araminta der Inbegriff einer Kultur und Gesellschaft, die ihn nur allzu oft wegen seiner dunklen Hautfarbe und seinem spanischen Blut in den Adern abwies. Araminta verlockte ihn, bezauberte ihn; und ihre Intelligenz, die so verführerisch war wie ihr Gesicht und ihr Körper, machte sie unwiderstehlich für ihn. Nie zuvor war er einer Frau wie ihr begegnet, und sicher würde er das auch nie wieder. Wenn er ehrlich gegen sich selbst war, dann mußte er sich eingestehen, daß er sie nicht nur deshalb entführt hatte, um sich an Judd Hobart zu rächen. Er begehrte sie, hatte sie vom ersten Moment an begehrt, als er sie in El Paso in der Hotellobby hatte stehen sehen, so zerbrechlich und lieblich wie eine Rose inmitten von Dornengestrüpp.

Während er nun darauf wartete, daß sie ihr Kleid ablegte, wußte Rigo, daß er es nicht unanständig fand, ihr beim Ausziehen zuzusehen; im Gegenteil – die Vorstellung, sie nackt und verletzlich vor sich stehen zu sehen, ließ seine Lenden vor Leidenschaft entflammen. Er hatte sich schon oft ausgemalt, wie sie wohl nackt aussehen mochte; hatte sich vorgestellt, wie es sein mochte, wenn sie unter ihm lag, den Kopf zurückgeworfen, das goldene Haar offen, der üppige Mund seinen willkommen heißend. Dieses Bild erwachte selbst in diesem Moment vor seinem geistigen Auge, zusammen mit den Erinnerungen an die vergangene Nacht, als sie mit ihm unter seiner Decke gelegen hatte und er sie geküßt und liebkost hatte, so daß er sich nur mit aller Mühe davon hatte abhalten können, sie auf der Stelle zu nehmen. Seine Nasenflügel blähten sich, und ein plötzliches unerwartetes Zittern durchlief ihn, ließ ihn erbeben wie ein heißer Hengst.

Was war das nur für eine Macht, die sie über ihn hatte? Er hatte über die Jahre viele Frauen gehabt, so viele, daß es ihn schließlich anödete – doch nur für eine hatte er je so empfunden, wie er es nun tat. Daß auch Araminta diese Wirkung auf ihn haben sollte, verwirrte und besorgte ihn. Er sollte sie nehmen und fertig! Nichts und niemand würde ihn davon abhalten können – bis auf den Schwur, den er vor sich selbst geleistet hatte, behutsam mit ihr vorzugehen, weil er sie dazu bringen wollte, daß sie ihn am Ende ebensosehr begehrte wie er sie; damit der Schmerz, den er ihr würde zufügen müssen, nicht nur bitter, sondern auch süß wäre. Das konnte und würde er ihr geben, wenngleich er sich nicht die Frage stellte, warum ihm dies so wichtig war. Doch bis es soweit war, würde er sie Lektionen lehren, die ein Mann eine Frau lehrt – und sie würde eine gelehrige Schülerin sein.

Aramintas Augen weiteten sich vor Schrecken und Verwirrung, als sie sah, mit welchem Blick Rigo sie bedachte und welches Verlangen nach ihr in den endlosen Tiefen seiner dunkelbraunen Augen schwelte. Mit einem Schlag war sie hellwach. Angst, Wut und Verlegenheit trieben ihr die Röte auf die Wangen, als sie begriff, daß er nicht nur erwartete, daß sie sich vor ihm, sondern auch vor seinen Männern umzog. Doch dann schaute sie sich um und sah, daß sie und Rigo ganz allein unter dem schützenden Felsdach standen, wo sie auch übernachtet hatten. Die Bandoleros waren verschwunden; sie waren so leise davongeritten, daß sie es gar nicht mitbekommen hatte – und ihre Angst wuchs.

Sicherlich würde Rigo jetzt vollenden, was er letzte Nacht begonnen hatte! Vielleicht hatte ihn nur ein kleiner Rest Anstand davon abgehalten, sie vor seinen Männern zu nehmen; doch nun gab es für eine derartige Zurückhaltung keinen Grund mehr. Araminta war sich bewußt, daß es nichts gab, womit sie ihn davon abhalten konnte. Gegenwehr war zwecklos, wie sie bereits vergangene Nacht hatte erfahren müssen, und jeglicher Fluchtversuch war aussichtslos. Sie war so müde und wundgeritten, daß er sie schon nach wenigen Schritten eingeholt hätte; und sein Hengst, den sie, wenn sie es vermocht hätte, ohne mit der Wimper zu zucken, gestohlen hätte, war noch immer angebunden.

»Araminta . . .« Rigos Augen funkelten im blassen Licht des Morgengrauens, das rosige und goldene Streifen auf den mitternachtsblauen Horizont zeichnete, und ein sardonisches Lächeln, das in ihr den brennenden Wunsch weckte, ihm eine Ohrfeige zu verpassen, spielte um seine Mundwinkel, während er sie weiter musterte. Es bereitete ihm eindeutig diebischen Spaß, ihr beim Ausziehen zuzusehen. Aber diesen Spaß würde sie ihm gründlich verderben. Niemals würde er sie dazu bringen, sich vor ihm zu entkleiden. Niemals! »Ich dachte, ich hätte dir einen Befehl erteilt. Also, worauf wartest du? Oder willst du etwa, daß ich dir das Kleid vom Leib reiße? Nichts würde ich lieber tun, das kann ich dir versichern, denn ich muß gestehen, daß es mir ganz und gar nicht gefällt, dich in deinem Brautkleid zu sehen.«

Langsam kam er auf sie zu, so als wolle er ihr wirklich das Kleid herunterreißen; und Araminta wich panisch vor ihm zurück, drückte aber resolut das Kreuz durch und preßte das Kleiderbündel fest an sich, als sei es ein Schild gegen ihn, wie klein und schwach auch immer.

»Ich – ich kann mich ganz allein umziehen«, sagte sie kühl, verärgert durch sein spöttisches Lächeln als Antwort darauf.

»Dann tu es auch – sofort«, befahl er sanft, als sie noch immer zögerte.

Innerlich schäumend vor Wut wegen ihrer Hilflosigkeit, zitternd vor innerem Aufruhr und mit einem Kloß im Hals, kehrte ihm Araminta den Rücken zu, legte das Bündel ab und zog langsam den Fransenponcho über den Kopf, den Rigo ihr gestern abend gegeben hatte, und legte auch ihn auf den Boden. Dann langte sie mit zitternden Händen nach hinten und versuchte umständlich, die lange Reihe winziger Ösen an ihrem Brautkleid zu öffnen. Im nächsten Moment stand Rigo hinter ihr und ließ die Hände sanft über ihre bebenden Schultern gleiten, schob ihr langes blondes Haar beiseite und warf es ihr über die Schulter, damit er die Ösen sehen konnte.

»Da du keine Zofe hast, erlaube bitte ...«, murmelte er.

Seine Finger öffneten die Haken ohne Mühe, so als hätte er einige Übung darin. Natürlich hatte er das sicher auch, dachte Araminta mit einem sonderbaren Stich im Herzen, als sie an die unbekannte Frau denken mußte, die er im Hotel von El Paso geküßt und umarmt hatte. In seinen Adern floß das heiße spanische Blut seiner Vorfahren; seine Männlichkeit war so potent, das sie fast greifbar war. Zweifelsohne gab es unzählige Frauen in seiner Vergangenheit, Frauen, die er so selbstverständlich genommen und wieder weggeworfen hatte, wie er es auch mit ihr vorhatte. Und es würde ihm völlig egal sein, was hernach aus ihr werden würde, dachte Araminta verbittert, und ein Gefühl tiefen Hasses für ihn stieg in ihr auf. Doch ihr

Herz begann zu klopfen, als ihr die Ärmel des Kleides über die Schultern glitten; und sie preßte das Oberteil an die Brust, damit das Kleid nicht ganz herabglitt. Ein Schaudern überkam sie, als sie fühlte, wie Rigo die breiten Träger ihres Mieders herunterzog und ihre Schultern damit vollkommen entblößte. Sie spürte seinen warmen Atem auf ihrer Haut, als er sich langsam nach vorn beugte und die empfindliche Stelle zwischen Hals und Schulterbeuge küßte, während er sie fest an den Armen hielt. Seine Zunge neckte sie und durchbohrte sie mit einer elektrischen Hitze, die sich wie ein heftig kribbelndes Gefühl in ihrem ganzen Körper ausbreitete.

Ihr Atem wurde schneller, als sich Furcht mit einer sonderbaren, unerklärlichen Erregung mischte; und das machte ihr mehr angst als Rigo selbst. Was war nur in sie gefahren, daß ihr verräterischer Körper so bereitwillig auf die Berührung eines Mannes reagierte, der sie entführt hatte und nun als seine Gefangene hielt – zumal Judd niemals derartige Empfindungen in ihr wachgerufen hatte? Araminta wußte es nicht. Aber da war ihr spitzer, ungewollter Schrei, als Rigo, während er fortfuhr, ihren Nacken und ihre Schulter zu küssen, mit beiden Händen von hinten in ihr Kleid griff und durch den weichen Stoff ihres Mieders hindurch ihre vollen, reifen Brüste umfaßte, die über ihrem Rüschenkorsett hervorsprießten, und Araminta eng an seinen muskulösen Körper preßte, so daß sie durch das Kleid hindurch den harten Beweis seines Verlangens nach ihr spüren konnte. Er massierte ihre Brüste, hob sie besitzergreifend, und trotz ihrer Befürchtungen waren sie bald schwer und geschwollen vor Leidenschaft, während er sie liebkoste, ihre Knospen mit den Daumen in kleine, feste Gipfel verwandelte, die gegen den Stoff ihres Mieders rieben.

Wimmernd versuchte Araminta sich aus seinem Griff zu winden, aber Rigo ließ das nicht zu; statt dessen fuhr er fort, sie zu küssen und zu streicheln. Mit einer Hand strich er ihr nun über den Rücken, dann lösten seine Finger gekonnt die Bänder ihres Korsetts, bis er es ihr von der schmalen Taille ziehen konnte. Er ließ es zu Boden fallen und drehte Araminta sanft zu sich herum, sie weiterhin fest im Griff haltend. Doch sie wandte den Blick ab, errötete und preßte zitternd und bebend das Oberteil ihres Kleides noch fester vor die Brust, als würde es ihr Schutz vor ihm bieten. Mit einem leisen, verführerischen Lachen löste er ihre Finger, strich die Ärmel ihres Kleides noch weiter herab, bis ihr Brautkleid fiel und zu einem kleinen Haufen auf dem Boden wurde. Auch wenn sie versuchte, die Arme vor der Brust zu verschränken, gelang es ihm spielend leicht mit einer Hand, sie ihr auf den Rücken zu biegen und dort festzuhalten. Sie hörte, wie er scharf einatmete, als sie – nur im Unterkleid – vor ihm stand. Sie spürte seinen Blick auf ihren Brüsten, die unter ihrem tief ausgeschnittenen Mieder bebten und sich sehnten, befreit zu werden, die harten, rosigen Knospen sich deutlich unter dem fast durchsichtigen Stoff abzeichnend. Langsam begann Rigo die Knöpfe ihres Mieders einen nach dem anderen zu öffnen.

»Nein, bitte nicht...« flüsterte Araminta, ihre Stimme kaum mehr als ein Schluchzen, während ihr die Tränen in die Augen traten, als sie einen erneuten Versuch unternahm, sich zu befreien, verängstigt und beschämt, daß er solche Empfindungen in ihr weckte. Doch er hielt ihre Handgelenke fest auf dem Rücken, und sie konnte nichts tun. Sie schloß die Augen und verbarg das Gesicht an seiner Schulter und ließ den Tränen ihren Lauf. »Oh, bitte nicht, bitte...«

Aber er machte ungerührt weiter; seine Finger öffneten den letzten Knopf, dann schob er ihr das Mieder über die Arme bis zu den Handgelenken hinab, so daß sie nun nackt bis zur Hüfte vor ihm stand, die Brüste seinem gierigen Blick ausgesetzt. Sie zitterte heftig in seiner Umarmung und biß sich auf die Unterlippe, um nicht zu weinen, während ihre Brustwarzen pochten und härter wurden, als der kühle Abendwind und Rigo sie berührten, sie abwechselnd mit zwei Fingern kniff und knetete und langsam die Handfläche darüber kreisen ließ, bis warme, wohlige Schauer sie durchliefen. Wieder stöhnte sie auf, und seine Hand wanderte zu ihrer tränenüberströmten Wange, die sie von ihm abgewandt und an seiner Schulter versteckt hatte. Er zwang ihren Mund an seinen, küßte sie tief und fordernd; seine Zunge schmeckte ihre Tränen, als er ihre Lippen zwang, sich ihm zu öffnen, während er weiter ihre Brüste liebkoste, mit dem Daumen und Zeigefinger ihre Knospen rieb und reizte und ihr fiebriges, heißes Gefühl noch intensiver werden ließ.

Sein hungriger Mund löste sich von ihrem, um heiß über ihren Hals bis hinab zu ihren Brüsten zu wandern. Araminta keuchte auf, als er mit einer Hand einen ihrer sanften, geschwollenen Hügel umfaßte und an seine Lippen hob, die sich gierig um die Brustwarze schlossen und daran saugten, als wollten sie sie verschlingen. Wogen der Verzückung durchliefen ihren Körper, als Rigo sie sanft biß und knabberte, mit der Zunge leckte und neckte, ehe er dasselbe mit der anderen Brustwarze tat. Araminta spürte eine honigwarme Feuchtigkeit zwischen ihren Schenkeln, eine tiefe Hitze, die sich danach sehnte, zu einem gewaltigen Feuer aufzulodern, und sie wand und rieb sich an ihm, instinktiv nach Erlösung suchend. Doch wie schon in der Nacht zuvor gönnte er ihr diese Erlösung nicht. Statt dessen ließ er urplötzlich fluchend von ihr ab, seine Augen funkelten wie Feuer, seine Hände zerrten ihr das Mieder von den Handgelenken, daß es zerriß, in seinem Kinn zuckte ein Muskel.

Entsetzt und erschrocken begann Araminta erneut zu zittern und zu weinen, entnervt von seinem sinnlichen Verführungsspiel, das er mit ihr trieb. Warum vergewaltigte er sie nicht einfach brutal, so daß es ein Ende hatte? fragte sie sich völlig verwirrt. Sie glaubte, dies leichter ertragen zu können, als diese erotischen Angriffe auf ihre Sinne. Sie verschränkte die Arme vor der entblößten Brust und wandte sich um, tief beschämt wegen ihrer Blöße, ihrer schier unkontrollierbaren Reaktion auf ihn.

»Zieh dich an!« fuhr er sie mit heiserer Stimme an. »Und zwar *pronto*! Ehe ich es mir anders überlege und dich hier und jetzt nehme, hier darußen, auf der harten Erde!«

»Warum machen Sie es dann nicht?« schluchzte sie, erfüllt von Haß. Dennoch nahm sie seine Drohung ernst, kniete sich hin und schnürte mit zittrigen Fingern das Kleiderbündel auf.

»Weil... weil es zu einfach wäre.«

»Ich – ich verstehe nicht. Was meinen Sie damit?«

»Ein Körper ist billig zu haben, Araminta. Ein Mann kann ihn sich für den Preis einer minderwertigen Flasche Wein kaufen –«

»Oder mit Gewalt nehmen?« schniefte sie verächtlich, als sie zu ihrer Überraschung und Wut sah, daß die Kleider, die das Bündel enthielt, aus ihrer Garderobe stammten. Zweifellos hatten die beiden Desperados, die am Abend ihrer Entführung über den Balkon in ihr Schlafzimmer eingedrungen waren, sie mitgehen lassen.

»Oder mit Gewalt nehmen, *sí*«, pflichtete er ihr leise bei; sein Blick plötzlich abwesend, als sei er in eine Erinnerung versunken – und keine besonders angenehme, wie Araminta verwundert dachte, denn sein hübsches Gesicht war plötzlich von Schmerz gezeichnet, sein Mund eine verbitterte Linie. Doch als er fortfuhr, hatte sie das Gefühl, als habe das diffuse Licht der Dämmerung ihren Augen einen Streich gespielt oder sie habe es sich nur eingebildet. Rigo sagte nichts, was auf einen möglichen Grund für seinen plötzlich gepeinigten Blick hätte schließen lassen, sondern stieß statt dessen eine weitere Warnung aus. »Aber den Willen und das Herz einer Frau zu besitzen ... nun, das ist etwas ganz anderes. Und das ist es, was ich von dir will, Araminta.«

»Sie sind ja verrückt!« schrie sie, verängstigter und verwirrter denn je, denn er sprach von Dingen, die aus Liebe gegeben wurden – doch er sagte nicht, daß er sie liebte oder sie ihn; und er konnte sich nichts aus ihr machen, nicht einmal ein wenig, sonst hätte er wohl niemals zugelassen, daß sie Judd geheiratet hatte. »Wie können Sie je meinen Willen und mein Herz besitzen? Ich verachte und verabscheue Sie! Und ich werde nie etwas anderes als Haß für Sie empfinden, General! Niemals!«

»Dann wirst du sehr lange meine Gefangene bleiben«, entgegnete er. Seine Miene war entschlossen und sein Blick hart. »Ich garantiere dir, dich nicht eher gehenzulassen, bis dein Verrat an Judd Hobart vollkommen ist!«

»Mein ... mein Verrat?« wiederholte Araminta und hielt erschrocken inne, als sie ihre seidene, naturfarbene Rüschenbluse aus dem Bündel zog. »Sie sind wirklich nicht bei Trost! Kein liebender Ehemann würde es Verrat nennen, wenn seine Frau entführt und ... und vergewaltigt wird.«

»Vergewaltigt?« Eine teuflisch schwarze Braue hob sich in gespielter Überraschung, und in seiner Stimme schwang verächtliche Belustigung mit, die Araminta wütend machte. »Oh, sicher, das ist es, wovor du dich fürchtest, Gringuita, hab ich recht? Aber du brauchst keine Angst zu haben, denn eines kann ich dir schwören: Wenn ich dich nehme – und das werde ich am Ende –, wirst du willig in meinen Armen liegen. Auf diese Weise werde ich mich an deinem Gatten rächen – und das wird ihm nicht gefallen, das ist sicher.«

»Rache? Ist das der Grund, warum Sie mich entführt haben? Eine Frau, die keine Schuld daran trägt, daß ihr Mann Ihr Feind ist, und Ihnen hilflos ausgeliefert ist? Um mich als Schachfigur in irgendeinem widerwärtigen Rachefeldzug gegen Judd einzusetzen?« Aramintas Stimme bebte nun vor Wut. »Dann haben

Sie sich aber gewaltig getäuscht, General, denn Sie machen sich etwas vor, wenn Sie glauben, ich würde mich Ihnen jemals willig hergeben. Niemals wird das geschehen! Nein, nicht einmal wenn Sie mir ein Messer an die Kehle halten und mir damit drohen, mich umzubringen, wenn ich Ihnen nicht zu Willen bin. Denn eher würde ich sterben, als das zu tun. Sie sind nichts weiter als ein Schwein, ein mieses, dreckiges Schwein.«

Seine Augen blitzten auf, und seine Nasenflügel blähten sich, und sie wußte, wie sehr sie ihn mit ihren Worten getroffen hatte. Doch im selben Moment fürchtete Araminta, es übertrieben zu haben, als sie sah, wie er die Fäuste ballte; und sie sprang auf und wich hastig einige Schritte vor ihm zurück, die Bluse schützend vor die entblößte Brust haltend.

»Du hast ein reichlich loses Mundwerk für eine Frau, die völlig in meiner Gewalt ist! Du kannst von Glück sagen, daß ich dich für diese Beleidigungen nicht bestrafe. Aber das werde ich mir für später aufheben. Jetzt zieh dich endlich an, und zwar ein bißchen plötzlich. Wir haben schon viel zuviel Zeit vertrödelt.«

»Ich... ich brauche mein Mieder«, beharrte sie.

»Nein, ich ziehe es vor, wenn du es nicht trägst.« Er bedachte sie mit einem Grinsen, und seine Augen funkelten, als er den Blick über sie wandern ließ, der deutlich machte, was er meinte: Er wollte so wenig wie möglich zwischen sich und ihr haben.

»Du... du Bastard!« fauchte Araminta, der längst egal war, ob er sie für ihre Frechheit bestrafte.

Wutentbrannt kehrte sie ihm wieder den Rücken zu und mühte sich mit der Bluse ab, deren winzige Knöpfe sich kaum schließen ließen, innerlich aufgewühlt, stellte sie sich dabei umständlich an, denn er sah ihr die ganze Zeit dabei zu, und seine Ungeduld wuchs, so daß sie besorgt war, er könne ihr noch einmal »helfen«. Sie hatte die Bluse erst zur Hälfte zugeknöpft, als sie schließlich frustriert aufgab und die Enden einfach zusammenknotete. Noch nie hatte sie eine Bluse ohne Mieder und Korsett getragen, und nun spürte sie nur zu deutlich die Seide auf ihrer Haut; sinnlich schmiegte sich der weiche Stoff an ihre Brüste und liebkoste ihre Knospen bei jeder Bewegung, so daß sie hart wurden und sich gegen die kühle Seide rieben. Es war ein beunruhigend sündiges und elektrisierendes Gefühl.

Aber da sie nicht länger darüber nachdenken wollte, streifte Araminta hastig die Petticoats ab, ihre Wangen fiebrig rot, weil sie sich bewußt war, daß sie nun in ihrer Bluse, Strümpfen und Schuhen vor Rigo stand. Aber was macht das schon? fragte sie sich bitterlich. Er hatte sie ja bereits bis zu Hüfte entblößt, geküßt und liebkost, wie es noch kein Mann zuvor getan hatte. Unwillkürlich begann ihr Herz zu klopfen, als sie sich an seinen Mund und seine Hände auf ihren Brüsten entsann und wie ihre Brustwarzen unter seiner Zunge ersprießt waren. Er hatte kein Recht, sie auf diese Weise zu berühren, dachte sie verzweifelt und zitterte vor Angst und einer schrecklichen, perfiden Erregung, weil sie wußte, daß er es wieder tun würde, wann und wo es ihm auch behagte, und daß sie ihn nicht davon abhalten konnte.

Sie schlüpfte aus den Schuhen und zog den langen Hosenrock ihres braunen Reitkostüms an, dann das im spanischen Stil kurzgeschnittene Jackett. Schließlich stieg sie in die ledernen Stiefel, froh, daß die Bandoleros, die ihre Garderobe durchwühlt hatten, auch an den flachen Sombrero gedacht hatten, der sie vor der sengenden Sonne schützen würde. Sogar ihre versilberte Bürste und den Kamm hatte sie eingepackt, mit dem sie sich nun eilig die Knoten aus dem Haar kämmte, ehe sie es zu einem Dutt schlang und mit der Kordel zusammenband, die das Kleiderbündel zusammengehalten hatte. Sie setzte sich den Sombrero auf, dann drehte sie sich zu Rigo um, der sie mit einem anerkennenden Blick bedachte.

»In diesem Aufzug wird es sich schon wesentlich angenehmer reiten lassen, Gringuita, da bin ich mir sicher«, meinte er.

Rigo suchte die Petticoats und ihre Schuhe zusammen, rollte sie zusammen mit ihrem Mieder und Korsett fest im Brautkleid ein und verschnürte das Ganze zu einem Bündel, das er dann sicher hinter seinem Sattel verstaute, ebenso die Decke, und ließ somit Aramintas vage Hoffnung zerplatzen, er könne so achtlos sein und ihre Kleider zurücklassen, die ihr Großvater und Judd vielleicht fänden. Aber sie hätte wissen müssen, daß einem Mann, der ihre Entführung scheinbar bis ins kleinste Detail hinein geplant hatte, niemals eine derartige Nachlässigkeit unterlaufen würde. Auch vergaß Rigo nicht, sie wieder an den Handgelenken zu fesseln, ehe er sie vor sich in den Sattel hob.

Araminta erschauderte, als er den Arm um sie legte und sie fest an sich drückte, so daß die Bluse sich an ihren Brüsten rieb und der seidene Stoff ihre Brustwarzen streichelte und reizte. Sie versuchte sich aufzurichten. Doch er lachte nur und zog sie wieder an sich, seine Hand unter ihrem kurzen Jackett, dieses Mal dreist ihre Brust liebkosend – um sie für ihre kleine Rebellion zu bestrafen, das war ihr klar –, während er seinem Hengst die Sporen gab und gleichzeitig einen gellenden Pfiff ausstieß. Was, wie Araminta im nächsten Moment erkannte, ein geheimes Signal gewesen war, denn drei seiner Männer schlossen von hinten zu ihnen auf; sicher hatten sie Wache gehalten und den von Norden zulaufenden Pfad im Auge behalten. Vor ihnen erblickte sie nun die restlichen Desperados, die in einer Reihe nacheinander den Cañon durchquerten, sorgfältig auf den schmalen, gewundenen Pfad achtgebend. Und wieder setzte sich ihre beschwerliche Reise fort.

Sie ritten endlos lange, den ganzen Tag über und die halbe Nacht oder noch länger; und brachen am nächsten Tag, wie schon zuvor, im ersten Licht des Morgengrauens auf. Bis die Tage und Nächte verschwammen, zu einer Woche und einer weiteren Woche wurden und Araminta jegliches Gefühl für die Zeit verlor und meinte, schon immer Rigos Gefangene gewesen zu sein. Sie fand sich allmählich damit ab, daß ihr Großvater und Judd die Suche nach ihr sicher längst aufgegeben hatten und daß sie auf ewig Rigos Gefangene bleiben würde. Doch weil sie jung und voller Leben war und weil sie überleben wollte, begann sie nach und nach, sich an die Wildnis Mexikos zu gewöhnen und anzupassen, an die kargen trockenen Wüsten, die sich bis ans Ende der Welt zu erstrecken schienen, an die hohen, zerklüfteten Berge, die sich wie massige Felsrücken erhoben; an die langen, anstrengenden Stunden im Sattel, während die grelle Sonne erbarmungslos auf sie herabbrannte; an die kalten Nächte, in denen der rauhe, ungestüme Wind eisige Luft aus den Höhen brachte und unerbittlich durch die Cañons, Klippen und Felsvorsprünge und über die wogende Mesas und flachen Wüstenebenen peitschte.

Bald schon hatte sie vergessen, wie es war, im Warmen und Trockenen zu sein, anstatt klatschnaß von den Bächen und Strömen und entweder unter der Hitze des Tages oder Kälte der Nacht zu leiden. Sie erinnerte sich nicht mehr an die Zeit, als ihr nicht jeder Knochen und Muskel im Leib weh getan hatte; als sie nicht so müde und wundgeritten gewesen war, daß ihr sofort die Augen zufielen, wenn sie sich nachts auf die Decke legte, die auf dem harten, von der Sonne rissig gebrannten Boden ausgerollt war. Sie hatte nicht nur jegliches Gefühl für die Zeit verloren, sondern auch jegliche Orientierung, und wußte daher nicht, wo sie überhaupt war. Manchmal glaubte sie, daß sie im Kreis geritten waren; dann wieder war sie sicher, daß sie die ganze Zeit Richtung Südwesten unterwegs waren, zu einem geheimnisvollen Bestimmungsort, den nur Rigo allein kannte.

Hin und wieder setzten sich einige der Desperados zu zweit oder zu dritt ab und ritten in die völlig entgegengesetzte Richtung, so als wollten sie mögliche Verfolger täuschen und in die Irre leiten. Niedergeschlagen mußte Araminta einsehen, daß ihr Großvater und Judd, wenn sie überhaupt noch nach ihr suchten, keine Chance hatten, ihre Spur zu finden oder zu verfolgen. Dennoch fuhren Rigo und seine Desperados fort, falsche Fährten zu legen, ritten über felsigen Boden oder in Bächen, verwischten die Hufabdrücke und verzichteten nachts auf ein Feuer.

Je länger ihre Reise dauerte, desto widerlicher fand Araminta den Geschmack des zähen, rauchigen Dörrfleisches, aß es aber trotzdem, weil sie wußte, daß es erst am Abend, lange nach Sonnenuntergang, wieder etwas zu essen gab, wenn Rigo ihnen schließlich erlaubte, das Nachtlager zu errichten. Oft stand er vor dem Schlafengehen noch lange reglos in der Dunkelheit und ließ den Blick über die vom Mond erleuchteten Plateaus und Ebenen schweifen; die Ohren gespitzt und auf jedes noch so kleine Geräusch achtend; die Nasenflügel gebläht, als wolle er riechen, was der Wind mit sich trug. Die Bandoleros scherzten, er könne sogar die Spur eines Berglöwen auf eine Meile Entfernung ausmachen, aber Araminta erkannte, daß sie, sosehr sie sich auch darüber amüsierten, großen Respekt vor Rigos siebtem Sinn für Gefahren hatten, so als hätte sein untrüglicher Sinn ihnen bereits mehr als einmal das Leben gerettet.

Zweimal bat er sie ruhig, aber unmißverständlich, still zu sein, und sie vernahmen in der Ferne die Geräusche von Pferden und Reitern – Föderalisten oder auch Yaqui-Indiander und andere bedrohliche Gestalten. Auch wenn es vielleicht ihr Großvater und Judd waren, wagte Araminta es nicht loszuschreien; nicht nur weil sie nicht wußte, wen sie damit anlockte, sondern auch weil Rigo ihr eine Hand auf den Mund preßte und ihr tatsächlich ein Messer an die Kehle hielt, damit sie keinen Mucks machte. Eher würde er ihr die Kehle aufschlitzen, sagte sie sich verzweifelt, als zuzulassen, daß sie seine Männer in Gefahr brachte, die ihm absolut treu ergeben waren – sie hingegen nicht.

Zutiefst erschüttert über ihre schamlose, schändliche Reaktion auf ihn und seinen diabolischen Rachefeldzug gegen Judd, bekämpfte und widersetzte sie sich Rigo bei jeder sich bietenden Gelegenheit; weil sie fürchtete, sich andernfalls völlig an ihn zu verlieren, ganz so, wie es in seiner Absicht stand. Noch nie im Leben – nicht einmal in New York City – hatte sie sich derart hilflos gefühlt. Sie war in allem von ihm abhängig; ob es die Nahrung war, Kleidung, ihre Sicherheit und Unversehrtheit, ja sogar ihr Leben. Und so stellte sie, auch wenn sie sich noch oft sagte, daß sie ihn haßte, mit der Zeit fest, daß sie manchmal beinahe vergaß, daß er ihr Entführer war, und ihn statt dessen auf unerfindliche, aber unumstößliche Weise als ihren Beschützer betrachtete. Noch weniger als die unwiderstehliche Leidenschaft, die er in ihrem Körper entfachte, verstand sie die sonderbare mentale Reaktion auf ihn. Sie wußte ja nicht, daß sie an etwas litt, was Jahrzehnte später gemeinhin als Syndrom langer Geiselnahmen bekannt sein sollte und was zusätzlich von ihrer unergründlichen, aber nicht zu leugnenden Faszination für ihn aus der Zeit vor ihrer Entführung verstärkt wurde. Sie wußte nur, daß sie sich mehr und mehr daran gewöhnte, es akzeptierte und sich sogar – der Himmel möge ihr beistehen – danach sehnte, Rigos Hände zu spüren, wenn er sie losband oder fesselte, wenn er ihr kräftig die Handgelenke massierte, damit das Blut wieder zirkulierte; wenn er sie aus oder in den Sattel hob, sie auf ihrem endlosen Ritt hielt und liebkoste oder wenn sie nachts neben ihm auf der Decke lag und er seinen ruchlosen, betörenden Angriff auf ihren Körper und ihre Sinne fortsetzte.

Es war unanständig ... was er mit seinem Mund und seinen Händen tat, sagte sie sich wieder und wieder, als müsse sie sich selber davon überzeugen. Er küßte sie, als wollte er nie wieder damit aufhören, als wolle er ihr das Leben und die Seele aussaugen und wieder einhauchen; seine Zunge folgte der Linie ihres Mundes, ehe sie ihre Lippen teilte und dann tief hineintauchte, um die süßen Geheimnisse zu erforschen. Und während er all dies tat, streichtelte er sie, knöpfte ihr langsam die Bluse auf, löste die zusammengeknoteten Enden, schob die Bluse beiseite und entblößte ihre Brüste, küßte und knetete sie, saugte daran, als wäre er ihr Liebhaber, ihr Mann, als wäre es sein gutes Recht. Dann knöpfte er auch sein Hemd auf, zog sie an seine nackte Brust, so daß sie sein dunkles Brusthaar spüren konnte, weich wie Samt an ihren Handflächen und an ihren empfindlichen Knospen; und sie fühlte, wie sein Herz an ihrem schlug; ein so inniges Gefühl, daß es sie mit einer schmerzlichen Sehnsucht und innerem Aufruhr erfüllte. Manchmal zwang er sie, seine Brust zu küssen, seine salzige, verschwitzte Haut, die nach Sonne und Wüstenwind schmeckte, wie Sommerwein auf ihrer Zunge. Dann erschien er ihr wie die Elemente selbst, ungestüm, gnadenlos rissen sie ihre weibliche Gegenwehr so gewiß und grausam nieder wie die reißenden Ströme aus den Bergen, die sich von den schneebedeckten Gipfeln ergossen, um das Land zu formen und zu verändern.

Wann immer sich Araminta Jahre später an die bittersüße Zeit der endlosen Tage jenes Sommers in Mexiko erinnerte, hatte sie nie ein klares Bild vor Augen, sondern eines wie in einem beschlagenen dunklen Spiegel, diffus und undeutlich. Sie schien in diesen Tagen – und Nächten – in einem ständigen Zustand der Benommenheit gewesen zu sein, als wäre es ein Traum, aus dem sie nicht erwachen konnte und aus dem sie schließlich und endlich nicht mehr erwachen wollte. Wieder und wieder sagte sie sich und auch Rigo, wie sehr sie ihn haßte. Und tief in ihrem Herzen haßte sie ihn am meisten dafür, daß er ihr das Gefühl gab, sie würde ihn gar nicht hassen, sondern als würde in Wahrheit ein schrecklicher, verräterischer Teil von ihr in begehren, als hätte sie ihn schon immer begehrt und sei unausweichlich dazu bestimmt, sich ihm hinzugeben, wie er es wollte. Er hatte die Leidenschaft in ihrem jungen Körper entfacht, hatte ihr Verlangen geweckt und sich dann absichtlich und herzlos geweigert, ihr Begehren zu stillen, so daß sie manchmal glaubte, den Verstand zu verlieren bei dieser süßen, bösartigen Folter. Nachts zog er sie neben sich auf die Decke und reizte und verhöhnte sie erotisch, bis sie – entgegen ihrem Willen – innerlich betete, er möge sie endlich nehmen und ihr unerträgliches Verlangen stillen.

Und dann gab es diese pulsierenden, fiebrigen Nächte, in denen Rigo sie, lange nachdem sie eingeschlafen war, mit brutalen, drängenden Küssen weckte und erregte und seine Hände heiß und gierig über ihren Körper strichen, während er auf ihr lag und sein Gewicht sie auf den harten Boden preßte, und sie mit dem quälte, was er ihr absichtlich fortwährend verweigerte.

Wie Rigo es schaffte, sich zu beherrschen, wußte Araminta nicht; sie konnte sich nicht einmal annähernd ausmalen, was es ihn kostete, sich zurückzuhalten, wenn er sie mehr als alles begehrte und sich nach ihr verzehrte; wenn er sie nehmen und sich zu eigen machen wollte. Aber gemäß seinem Wort tat er es nicht. Und schlimmer – sie wußte, er würde es nicht tun, ehe sie ihn nicht darum bat, ehe sie ihn nicht anflehte, daß er sie nehmen und ihren Körper und ihre Seele bezwingen solle, womit sie Judd, ihren Ehemann, den sie nicht geliebt und nicht gewollt hatte, verriet. Doch sie war seine Frau; sie hatte neben ihm unter dem weißen Baldachin im Innenhof der High

Sierra gestanden und ihm ewige Liebe und Treue geschworen; und wenn sie ihm nicht mehr geben konnte als ihre Loyalität, so war sie ihm zumindest diese schuldig. Sie wußte nicht, womit sich Judd Rigo zum Feind gemacht hatte, eine Feindschaft, die so bitter und obsessiv war, daß sie ihn zu den Verbrechen getrieben hatte, die er an ihr beging. Rigo verweigerte ihr die Antwort darauf, ließ mit seinen Lippen und Händen ihre Fragen verstummen, während er darauf wartete, die erwünschten Worte von ihr zu hören, die Worte der Unterwerfung, die sie niemals aussprechen würde. Ihr Schweigen ließ sie beide gepeinigt und unerfüllt zurück – und führte dazu, daß Rigo sich noch weitere Freiheiten ihr gegenüber herausnahm und dabei sowohl Aramintas Begierde wie auch ihre Beschämung vergrößerte.

Träge vor Verlangen und mangelndem Schlaf, nahm Araminta immer weniger außer Rigo wahr. Es gab nicht einen Moment, in dem sie sich nicht schmerzlich und leidenschaftlich seiner gewahr gewesen wäre, nicht seinen begierigen, gejagten Blick in den dunklen Augen gesehen hätte, wenn er meinte, unbeobachtet zu sein; ein Ausdruck, der Araminta verwirrte, denn noch nie hatte ein Mann sie so angesehen. Doch wenn er bemerkte, wie sie ihn anschaute, verdeckten seine Lider seinen Blick, so daß sie seine Gedanken nicht lesen konnte, was sie mit tiefer Bestürzung erfüllte. Wenn sie doch nur wüßte, was dieser Ausdruck in seinen Augen zu bedeuten hatte, so sagte ihr ein sonderbares Gefühl, dann würde sich alles zwischen ihnen verändern. Aber dann bedachte Rigo sie wieder, so als würde er ihre Gedanken lesen können, mit einem derart anzüglichen Blick, daß ihr die Schamesröte in die Wangen stieg und ihr Herz zu rasen begann, wenn sie daran dachte, was nachher, wenn sie in seinen Armen lag, geschehen würde. Dann würde er ihr sardonisch zulächeln, so daß sie ihm am liebsten eine Ohrfeige verpassen würde, und dann haßte sie ihn wieder von ganzem Herzen – und sich selbst noch mehr, weil sie so naiv gewesen war, ihn für anständiger zu halten, als er in Wirklichkeit war.

13. Kapitel

Niemals zuvor hatte Velvet Hobart solche Angst gehabt. Was als aufregende, gefährliche Eskapade am Abend der Hochzeit ihres Bruders begonnen hatte, war schlagartig zu einer lebensgefährlichen Situation geworden, als die High Sierra überfallen wurde und der berüchtigte General Rigo de Castillo Araminta, Judds frisch angetraute Frau, entführte. Velvet zitterte am ganzen Leib, wenn sie nur daran dachte. Judd würde sie glatt umbringen, wenn er jemals dahinterkommen sollte, was sie getan hatte – daß sie sich heimlich von der elterlichen Ranch fortgestohlen hatte, um sich mit Rigo, ihrem Liebhaber, zu treffen; daß es ihr törichter, von Rigo verführerisch bezwungener Mund war, aus dem der General soviel über die Ranches erfahren hatte, auf die er und seine Männer es abgesehen hatten. Doch am schlimmsten von allem war, daß sie ihm unbedacht die vertraulichen Einzelheiten der bevorstehenden Hochzeit auf der High Sierra verraten hatte, so daß Rigo genau gewußt hatte, wann, wo und wie er zuschlagen mußte.

Von Rigos Plan jedoch, Araminta zu entführen, hatte Velvet nichts gewußt, und sosehr sie auch fürchtete, ihr Verhältnis mit ihm könne nun auf irgendeine Weise ans Tageslicht kommen, so war sie doch mehr als verärgert darüber, daß Rigo nicht sie, sondern Araminta gekidnappt hatte. Nicht daß sie sich je irgendwelchen Illusionen seinetwegen hingegeben hätte. Er kam für sie als Ehemann natürlich nicht in Frage, denn er war ein Bastard, ein Bandit und gesellschaftlich ihrer nicht würdig. Für sie war er nie mehr als eine aufregende Herausforderung gewesen, ein verbotener Reiz, jemand, mit dem sie sich amüsiert und sich die Zeit vertrieben hatte, um der Langeweile ihres Alltags zu entfliehen. Wie Judd liebte auch Velvet die wilde Seite des Lebens und beneidete ihren Bruder zutiefst um die Freiheiten, die er genoß, die ihr als Frau jedoch verwehrt waren. Wenn sie gewollt hätte, hätte sie die Ranch ebenso gut leiten können wie Judd – aber würde sie auch nur einen Anteil davon erben? Nein, es würde alles an Judd gehen! Wenn sie etwas erreichen wollte in ihrem Leben, dann würde sie dazu einen Ehemann brauchen. In der Zwischenzeit ärgerte sie sich über die Hindernisse, die ihr ihre Familie und die Gesellschaft in den Weg legten.

Rigo war nicht ihr erster Liebhaber gewesen; sie hatte ihre Unschuld schon vor einiger Zeit an Judds besten Freund verloren, ihren damaligen Verlobten, Cole Parker, einem selbstsüchtigen, aber ziemlich reichen Flegel, den sie schließlich zu heiraten beabsichtigte. Aber Rigo war ein außergewöhnlich guter Liebhaber gewesen, auch wenn er sie so herablassend und verächtlich behandelt hatte wie sie ihn; eine völlig neue Erfahrung für Velvet, die es doch gewohnt war, daß ihr die Männer zu Füßen lagen. In letzter Zeit jedoch hatte sich Rigo mehr und mehr rar gemacht, wie Velvet zugeben mußte. Immer seltener hatte er Zeit für sie gehabt, und wenn er sich dann blicken ließ, war er mehr an Judds und Aramintas Romanze interessiert als an ihr. Nun kannte sie den Grund dafür: Er hatte die ganze Zeit geplant, Judds Braut zu entführen!

Velvet erschauderte bei der Erinnerung an Judds Tobsuchtsanfall, als er begriff, was der wahre Grund für den Überall auf die High Sierra war. Er war wütend genug gewesen, um einen Mord zu begehen, und der Gedanke, er könne herausfinden, welche Rolle sie – wenn auch unwissentlich – bei all dem gespielt hatte, erschreckte sie bis ins Mark. Sie konnte sich noch gut an ein Erlebnis vor etwa eineinhalb Jahren erinnern, als sie versehentlich Judds Lieblingspferd lahmgeritten hatte, weil sie es über ein viel zu hohes Hindernis getrieben hatte. Als Judd sah, wie sie das lahmende Pferd zum Stall zurückführte, war er so wütend geworden, daß er sie gepackt, ihr die Hände um die Gurgel gelegt und so heftig zugedrückt und sie gegen die Scheunentür gestoßen hatte, daß es ein Wunder war, daß sie es überlebt hatte! Velvet war sicher, daß sie es nur dem Eingreifen mehrerer Arbeiter, die Judd von ihr wegzogen, zu verdanken hatte, daß er sie nicht erwürgt oder ihr den Schädel eingeschlagen hatte.

Erschrocken und erbost über Judds Angriff, hatte sie geglaubt, sie könne es ihm heimzahlen, indem sie sich mit seinem größten Feind, Rigo, auf ein Techtelmechtel einließ, obwohl sie bereits mit Judds bestem Freund, Cole Parker, verlobt war. Sie hatte sich eins ins Fäustchen gelacht, insgeheim schadenfroh, wie groß Judds Wut und Entsetzen wären, wenn er dahinterkäme, daß seine Schwester seinem besten Freund Hörner aufgesetzt hatte!

Doch in der Nacht des Brandes auf dem Chaparral war zum erstenmal die dunkle Ahnung in ihr aufgekeimt, daß Rigos Interesse mehr den Informationen, die er ihr entlocken konnte, galt als ihrem Charme und ihren Reizen. Sie war sich nicht einmal bewußt gewesen, wie sehr sie ihm bei seinen Überfällen auf die Ranches in Texas behilflich gewesen war. Doch nun wußte sie mit letzter Gewißheit, daß Rigo sie in der Tat nur benutzt hatte, und aus diesem Grund bereute sie es bitterlich, sich so mit ihm eingelassen zu haben.

Nicht einmal im Traum hätte sie gedacht, daß ihre Rache an ihrem Bruder auf die Entführung seiner Braut hinauslaufen könne; und obwohl sie tief im Innern der Ansicht war, daß es ihm nur recht geschah, hatte Velvet nun schreckliche Angst, er könne die Wahrheit herausfinden. Wenn Judd schon wegen seines Pferdes zu solcher Gewalttätigkeit ihr gegenüber fähig gewesen war, was mochte er ihr dann nun, wo es um seine Frau ging, antun?

Judd Hobart schirmte die Augen unter der Krempe seines Hutes gegen die grelle Sonne ab, um einen besseren Blick über das sich vor ihm, Noble Winthrop und den übrigen sie begleitenden Männern erstreckende Land zu haben. Es war hoffnungslos, sagte sich Judd, es hatte keinen Sinn, die Verfolgung fortzusetzen. Vor Tagen schon hatten sie die Spur verloren, und es bestand kaum Aussicht, sie jemals wiederzufinden. Gott sei Dank! wie er im stillen hinzufügt.

Je tiefer sie nach Mexiko hineinritten, desto gefährlicher wurde es, desto größer war die Wahrscheinlichkeit, von Bandoleros, Revoluzzern oder gar den Föderalisten umgebracht zu werden. Die abtrünnigen Föderalisten waren besonders bösartig; Colorados wurden sie genannt, weil sie stets eine rote Flagge mit sich führten und ihre Hände blutgetränkt waren. Unter General Pascual Orozco – der sich als Verräter der Revolution entpuppt hatte – machten sie den Norden Mexikos unsicher, brandschatzend, plündernd und selbst die Ärmsten der Armen ausraubend. In Chihuahua, so wurde erzählt, hatten sie einem Mann die Fußsohlen aufgeschlitzt und ihn dann eine Meile quer durch die Wüste getrieben, bis er tot zusammengebrochen war. Es hieß, daß eine Stadt mit viertausend Einwohnern am Ende noch fünf hatte, nachdem die Colorados ihr blutiges Werk beendet hatten. Wenn ein Colorado in die Hände von General Francisco »Pancho« Villa und seiner rasch anwachsenden Armee fiel, wurde er von ihnen eigenhändig umgebracht.

Überall in Mexiko wurden Bahnstrecken und Telegrafenleitungen lahmgelegt. Im Norden, in Sonora, Chihuahua, Coahuila und Durango wurden nicht nur die Anwesen der wohlhabenden mexikanischen *hacendados* nach und nach von den Revolutionären beschlagnahmt – viele taten dies ohne Weisung seitens der Division del Norte in Villas Namen –, sondern auch die Anwesen der gleichermaßen wohlhabenden Amerikaner, die sich über die Jahre in Mexiko niedergelassen hatten. Im Süden herrschten weiterhin die Zapatistas, die ihren Kampf um die Hauptstadt Mexico City erbittert fortsetzten und die zersplitterten Regierungstruppen zwangen, an zwei Fronten fortgesetzte Angriffe abzuwehren. Amerikaner, die ins Land wollten, wurden an der Grenze gewarnt, daß man sie an die Wand stellen und von einem Erschießungskommando hinrichten lassen würde, wenn sie es tatsächlich versuchen sollten. Flüchtlinge, die aus Mexiko in die Vereinigten Staaten flüchteten, wurden in Haft genommen und von Zöllnern gründlichst untersucht, um sicherzustellen, daß sie kein Schmuggelgut ins Land schafften, und viele zurückweichende mexikanische Truppen und Deserteure wurden von amerikanischen Soldaten unter dem Kommando von Colonel John Pershing eingekesselt und wie eine Herde Vieh in einen Korral getrieben und später in einem von Stacheldraht umzäunten Lager in Fort Bliss, Texas, gefangengehalten.

Seit der Ermordung von Präsident Madero war der Haß auf die Amerikaner in Mexiko sprunghaft angestiegen, woran Henry Lane Wilson, der amerikanische Botschafter in Mexiko, einen großen Anteil hatte, und im Pacto de la Embajada – dem Botschafts-Pakt –, einer Vereinbarung zwischen Huerta, Díaz und Wilson, wie man gemeinsam die Regierung stürzen und selber an die Macht kommen könne, spielte er ebenfalls eine maßgebliche Rolle. Wilson stritt später jegliche Beteiligung an dieser Verschwörung ab.

Allerorts wurden antiamerikanische Spottlieder gesungen, so wie die beiden, die Judd vor wenigen Tagen von einigen Feldarbeitern gehört hatte:

Die Gringos sind allesamt Dummköpfe,
Und sie waren nie in Sonora,
Und anstatt »Diez Reales« zu sagen,
Sagen sie ein Dollar und ein Quarter...

und:

Yo tengo una pistola
Con mango de marfil
Para matar todos los gringos
Que vienen por ferrocarril!

Ich habe eine Pistole
Mit einem Elfenbeinknauf
Damit erschieße ich alle Amerikaner
Die mit der Eisenbahn kommen!

Das war der Gipfel der Tollkühnheit, dachte Judd, wütend und besorgt, daß Nobel darauf bestanden hatte, den Rio Grande zu überqueren und die Suche in Mexiko fortzusetzen. Sie hätten kehrtmachen und zur High Sierra zurückkehren sollen, als sie erkannten, wohin Rigo del Castillo geflüchtet war. Daheim hätten sie in aller Ruhe auf die Lösegeldforderung warten und dann in El Paso eine Belohnung auf Aramintas unversehrte Rückkehr aussetzen und professionelle Söldner und Kopfgeldjäger anheuern können, um sie zurückzuholen – nicht daß Judd hoffte, daß derartige Bemühungen auch tatsächlich Früchte tragen würden.

Doch dann hatte Noble, nachdem er der Hälfte der Männer befohlen hatte, in eine nahe gelegene Grenzstadt zu reiten, um dort die notwendige Ausrüstung und Verpflegung für einen langen Ritt zu besorgen und später wieder zu ihnen zu stoßen, den Rest von ihnen starrköpfig über den Rio Grande geführt.

Zum Glück hatte der arrogante Bastard del Castillo die Grenze an einer Stelle überschritten, wo die Grenzposten auf beiden Seiten nur sehr selten patrouillierten – und wahrscheinlich ihren Pulque oder Sotol-Rausch ausschliefen, wie Judd mit grimmiger Verachtung im stillen dachte.

Sosehr ihn Aramintas Entführung am Abend ihrer Hochzeit auch erzürnt und entehrt hatte, so war er dennoch von Anfang an der Meinung gewesen, daß es nichts als Zeitverschwendung war, Rigo nachzustellen. Es war natürlich großes Pech für Araminta, hatte Judd in einem Anfall des Bedauerns, daß er darum betrogen worden war, ihr die Unschuld zu nehmen, gedacht. Und das würde er del Castillo früher oder später büßen lassen. Doch was Araminta selbst betraf ... nun, nach all den Erniedrigungen, die sie sicher durch del Castillo und die ihn begleitenden Desperados erfahren hatte, sah Judd nicht ein, wie von ihm erwartet werden konnte, daß er sie mit offenen Armen wieder aufnahm. Welcher Mann wollte schon eine Frau, mit der sich eine Bande dreckiger mexikanischer Banditen vergnügt hatte – und das, bevor er selbst die Gelegenheit dazu gehabt hatte? Nein, das konnte man keinem Mann zumuten – und schon gar keinem, der aus reichem und gutem Hause stammte wie er.

Doch als er versuchte, Noble das alles vorsichtig klarzumachen, geriet der alte Mann völlig außer sich und fuhr ihn mit Zornesflecken im Gesicht und augenscheinlich kurz vor einem Herzanfall stehend an; sein Blick war der eines Wahnsinnigen, als er Judd anschrie.

»Du hältst auf der Stelle dein gottverdammtes Maul, Judd! Ich will kein Wort mehr hören! Wir wissen beide ganz genau, warum dieser Hurensohn del Castillo meine Enkeltochter entführt hat – und daß es deine Schuld ist! Und deshalb wirst du sie, so wahr mir Gott helfe, zurückholen und zu ihr stehen, ganz egal, was der Bastard ihr auch angetan hat. Wenn nicht, dann sei gewarnt: Dann werde ich dafür sorgen, daß Araminta sich von dir scheiden läßt, und dann ziehe ich deinen Namen in den Schmutz und zerre dich vor das Gericht und schmeiße dich von der High Sierra. Auch wenn du mein Patensohn bist und dein Vater mein bester Freund ist – ich werde nicht ruhen, bis ihr beide und der Chaparral ruiniert seid, und wenn es das letzte ist, was ich tue, das schwöre ich dir. Habe ich mich klar und deutlich ausgedrückt, Junge?«

»Klar und deutlich ... Sir«, hatte Judd herausgebracht, innerlich vor Wut schäumend.

Was nahm sich Noble heraus, so mit ihm zu reden? Er hatte kein Recht dazu, aber auch gar keins. Und darauf bestehen, daß Judd so tat, als wäre nichts geschehen, als wäre seine Frau nicht von einer stinkigen Meute mexikanischer Banditen wie auch immer mißbraucht worden ... das war einfach zuviel! Und er würde es garantiert nicht hinnehmen. Nic im Lcbcn würdc er sich dem Gespött der Leute aussetzen oder zulassen, sich von seinesgleichen in Texas hinter seinem Rücken auslachen zu lassen. Eher würde er Araminta tot sehen.

Nun setzte er sich im Sattel auf und wandte sich zu Noble; mit einer gehörigen Portion bösartiger Zufriedenheit sah er, wie sehr der anstrengende Ritt dem alten Mann zugesetzt hatte. Noble war nicht mehr der Jüngste, und die endlosen Tage im Sattel hatten seine Gicht noch verschlimmert und ihm abends so zu schaffen gemacht, daß ihn zwei Männer aus dem Sattel heben und ihm helfen mußten, sich auf die Erde zu setzen. Das faltige, vom Wetter gegerbte Gesicht war aschfahl unter der Bräune und schmerzverzerrt. Judd glaubte nicht, daß Noble, trotz seiner Starrköpfigkeit, in der körperlichen Verfassung war, sich weiter mit ihm zu streiten, ob sie nun umkehrten oder nicht. Auch glaubte er nicht, daß die sie begleitenden Männer diesmal stillhalten würden; eher würden sie sich querstellen und dafür stimmen, nach Texas zurückzukehren. Die

Verfolgung war längst zu gefährlich geworden; sie waren viel zu weit auf mexikanischem Boden, um sich noch länger in Sicherheit zu wähnen.

»Wir haben die Spur verloren, Noble«, sagte Judd mit entschlossener Miene und grimmigem Ton. »Und es sieht nicht so aus, als würden wir sie jemals wiederfinden. Dazu haben del Castillo und seine Männer ihre Spuren zu gut verwischt. Und jetzt, wo sich die Bandoleros aufgeteilt haben, wissen wir nicht einmal sicher, welcher Spur wir folgen sollen, selbst wenn wir sie jemals wiederfinden sollten, was ich stark bezweifle.«

»Araminta reitet mit auf del Castillos Pferd, das zeigen die Hufspuren...«, widersprach Noble, aber nur matt, als hätte selbst er schließlich und endlich eingesehen, daß kaum noch Hoffnung bestand, seine Enkeltochter zu befreien.

Mit einem Stirnrunzeln schüttelte Judd den Kopf.

»Selbst da können wir nicht mehr sicher sein. Der Hurensohn ist gerissen, das muß man ihm lassen. Gut möglich, daß er die Pferde getauscht hat und jetzt zwei seiner Männer auf seinem Pferd reiten, nur um uns in die Irre zu führen, vielleicht auch nicht. Noble, du weißt genausogut wie ich, so finden wir Araminta niemals. Unsere Vorräte werden knapp. Jeden Moment können uns die Föderalisten oder Revoluzzer angreifen und umbringen. Wir müssen umkehren.«

Noble schaute in die schmollenden Gesichter der sie begleitenden Arbeiter, bedachte die Schmerzen, die ihm zu schaffen machten, die nicht zu leugnende Logik in Judds Worten, und so gab er am Ende, wenn auch widerwillig, nach und stimmte seinem Patensohn zu; auch wenn es ihn maßlos ärgerte, daß es ihnen nicht gelungen war, seine Enkeltochter zu retten, und zugeben zu müssen, von del Castillo geschlagen worden zu sein. Der Gedanke, was Araminta durchmachen mußte, erfüllte ihn mit Furcht und blankem Zorn, denn es war zwecklos zu hoffen, daß sich del Castillo wie ein Gentleman benahm und sie so unversehrt zurückgeben würde, wie sie es zum Zeitpunkt ihrer Entführung gewesen war.

Noble konnte fühlen, wie sein Traum von der Gründung einer Dynastie durch seine Enkeltochter und seinen Patensohn wie Sand in einer Sanduhr zerrann und ihm durch die Finger glitt. Judd wollte Araminta nicht zurück – nicht mehr, das wußte Noble. Judd war zu anmaßend, um eine besudelte Braut in sein Bett zu nehmen. Es scherte ihn längst nicht mehr, ob Araminta noch am Leben war oder nicht. Sollte ihm, Noble, etwas zustoßen, würde Judd keinen Finger krümmen, um sie zu befreien und zurückzuholen. Es lag allein an ihm, für die sichere Rückkehr seiner Enkeltochter zu sorgen. Er konnte seinem Patensohn nicht mehr vertrauen, konnte sich nicht mehr auf ihn verlassen; etwas, was ihm gar nicht paßte; und mit ungutem Gefühl wurde er gewahr, daß er von nun an vor ihm auf der Hut sein mußte. Judd war nicht nur skrupellos, sondern obendrein ein Heißsporn, der dazu neigte, sich von seinem Temperament zu unbedachten und unklugen Handlungen hinreißen zu lassen.

Zu Nobles Sorgen kam noch hinzu, daß er – zwischen dem Schock, den er wegen Aramintas Entführung erfahren hatte, und der strapaziösen Verfolgungsjagd – seit kurzem tatsächlich jene plötzlichen, schrecklichen Schmerzen in der Brust verspürt hatte, die er bislang nur vorgetäuscht hatte, um seine Enkeltochter dazu zu bringen, Judd zu heiraten. Noble fürchtete, daß die Strapazen der letzten Tage ihren Tribut forderten und sein Herz angriffen, auch wenn er sich alle Mühe gegeben hatte, dies vor den anderen zu verbergen.

»Also gut, Judd«, knurrte er schließlich. »Tun wir, was du vorgeschlagen hast. Laßt uns zurückreiten.«

Nur mit Mühe unterdrückte der jüngere Mann das triumphierende Lächeln, das seinem Mund zu umspielen drohte. Er hatte gewonnen. Doch sosehr er sich auch danach gesehnt hatte, es gab keinen Sinn, dies auszukosten und Noble weiter zu verstimmen, weil er sonst vielleicht noch sein Testament änderte, eher er ins Gras biß. Und genau das wollte Judd nicht. Denn im Laufe der letzten Tage war ihm klargeworden, daß Noble längst kein Vorteil mehr war, sondern eine Belastung. Wenn Noble tot war, würde Judd nicht nur die High Sierra erben, sondern sich obendrein ohne Probleme sein geschändetes Weib vom Halse schaffen können. Alles, was er dazu tun mußte, war abzuwarten und auf seine Chance zu lauern, seinen altersschwachen Patenonkel loszuwerden. Ihnen stand ein langer und beschwerlicher Ritt zurück nach Texas bevor – durch Feindesland. Da konnte allerhand passieren, alles nur Erdenkliche schiefgehen. Ja, es war sogar gut möglich, daß der arme Noble dabei ums Leben kam.

14. Kapitel

Je mehr Araminta von Mexiko sah, desto besser verstand sie, weshalb sich das einfache Volk gegen das diktatorische Regime an der Spitze des Landes erhoben hatte, jene reichen *hacendados*, die sich die besten Ländereien, so weit das Auge blicken konnte, angeeignet hatten und den Bauern nur den kümmerlichen und unfruchtbaren Rest ließen, der selbst nach monatelangem mühevollen Bestellen und Bewässern oftmals nicht genug abwarf, um den Hunger jener armen Familien zu stillen, die dort ihr tristes Leben fristeten. Sowohl die mexikanischen Siedlungen wie auch die der Indianer, in denen Rigo und seine Bandoleros hin und wieder haltmachten, um sich mit Nachschub zu versorgen, bestanden aus kaum mehr als einer Handvoll einfachster Lehmhütten entlang einer einsamen, staubigen Straße. Im Zentrum jeder dieser Siedlungen lag der Dorfplatz mit dem einzigen, wohlbehüteten Brunnen weit und breit – manchmal war nicht genug Wasser für alle da, und es reichte nie zur Bewässerung der unter der Hitze brütenden Felder, auf denen die Ernte zu verdorren drohte. Alles was hier wuchs, die gesamte Vegetation, war von den Elementen geprägt und gepeinigt; sogar die Bäume und Büsche waren karg und dürr, geschüttelt und gebrochen von den gnadenlosen Sandstürmen.

Nur in den wogenden Gebirgsausläufern, den kolossalen Felsvorsprüngen und den alleinstehenden Felsen, wo die Kiefern und Laubbäume dichter wurden, und in den dahinterliegenden Bergmassiven gab es Zuflucht vor der sengenden Sonne, dem trockenen Wind, dem endlosen Buschland, dem verdörrten Präriegras, den geschwungenen Sanddünen. Doch in den Felsen wuchs keine Vegetation, auch wenn Araminta hin und wieder eine Handvoll Schafe oder Ziegen erblickte. Diese waren so dürr wie die wenigen Rinder, Schweine und Hühner in den Dörfern, Tiere so hungrig wie ihre Besitzer und zäh und sehnig, wenn sie geschlachtet wurden; und dennoch waren sie ein Festmahl für jene, die es nicht anders kannten und nicht mehr als das hatten. Nie zuvor hatte Araminta solche Armut, solche Hoffnungslosikeit und, am schlimmsten von allem, solche Furcht erlebt.

Sie war überall – in den faltigen, verwitterten Gesichtern der alten Männer und Frauen, die sich noch an Benito Juárez und einen anderen Krieg erinnerten, den gegen Kaiser Maximilian; in den dunklen, ernsten Augen der Kinder, die stumm und starr waren, wenn die Desperados kamen. Junge Männer und Frauen gab es nur wenige. Die meisten jungen Männer waren tot oder hatten sich als Soldaten der einen oder anderen Seite angeschlossen. Die jungen Frauen versteckten sich voller Furcht, entdeckt, aus dem Versteck gezerrt und vergewaltigt zu werden von all denen, die ihnen – auf die eine oder andere Weise – ihre jungen Männer fortgenommen hatten. Sogar die ausgemergelten Hunde bellten die Fremden nicht an, sondern machten sich winselnd und mit eingezogenem Schwanz davon. Nur die Hühner gackerten laut den Ankömmlingen entgegen, flatterten wild mit den Flügeln, ehe sie hastig vor den Hufen der Pferde davonstoben.

In diese ruhigen, abgeschiedenen Dörfer kamen Rigo und seine Bandoleros; und niemand war sich mehr als Araminta bewußt, welch furchterregendes Bild sie boten, bis an die Zähne bewaffnet – Karabiner, Gewehre, Pistolen, Macheten und Messer – und mit vollgepackten Patronengürteln über der Brust. Sie selbst war auch ein Abbild des Terrors, vor Rigo im Sattel seines feurigen schwarzen Hengstes sitzend, das goldene Haar in der Sonne schimmernd. Ihre Fesseln um die Handgelenke verrieten, daß sie seine Gefangene war. Doch niemand wagte es, Rigo darauf anzusprechen, und noch weniger, ihr bei der Flucht zu helfen. Statt dessen blickten ihr durch die Ritzen und Löcher fest verschlossener hölzerner Fensterläden fremde Augenpaare entgegen, doch ohne allzu große Neugier. Das Land war so sehr in Aufruhr, daß selbst die Gefangennahme einer Gringa wenig Aufhebens machte. Ganz sicher, dachte Araminta bei sich, wurde angenommen, daß sie von einem der riesigen amerikanischen Anwesen kam, die von den Revolutionären überfallen und beschlagnahmt wurden, und daß sie mitgenommen worden war, weil sie irgend etwas verbrochen hatte oder einfach nur, weil es die Desperados nach ein wenig Spaß verlangt hatte. Und war es nicht letzten Endes so, daß die armen Mexikaner- und Indianerfrauen ein solches Schicksal Tag für Tag erlitten? Mußten sie sich nicht genau deshalb verstecken, selbst vor ihresgleichen und in ihrem Heimatdorf?

Anders als viele Männer, die in die Dörfer kamen, bezahlte Rigo zumindest für das, was er nahm; nicht in Gold – was nur Verdacht erweckt hätte, wenn man es bei den Dorfbewohnern fand –, sondern in mexikanischer Währung, Centavos und

Reales, was einfacher zu erklären war. Wohin er auch kam, kannte man ihn, wenn auch nicht sein Aussehen, so doch sein Ruf. Mehr als einmal erblickte Araminta Respekt und ein kurzes Aufflackern von Furcht in den Augen der Dorfbewohner, wenn sie von seinem Rang und Namen erfuhren – General del Castillo. Und sie hörte oft, wie er El Salvaje – der Grausame – genannt wurde, was wahrscheinlich schon Grund genug für die Dorfbewohner war, ihre Not zu ignorieren. Auch wenn es nur wenig Aussicht auf Flucht gab, war sie jedesmal froh, wenn Rigo und seine Bandoleros in ein Dorf kamen, weil es zumindest bedeutete, daß sie sich würde waschen können und vielleicht sogar frische Kleidung erhalten würde, falls es Rigo gelang, sich von einer Bauersfrau passende Sachen auszuleihen, während Araminta ihre Kleidung wusch und trocknete. Manchmal blieben sie einige Tage im Dorf, und sie konnte sich vom langen Ritt erholen.

Mehr als alles andere an dem harten Leben, das sie nur erduldete, haßte Araminta den feinen rotgoldenen Staub, der eine ständige Plage war, sich in Haar, Haut und in der Kleidung festsetzte. Manchmal hatte sie das Gefühl, als würde sie nie mehr richtig sauber werden, und sie freute sich darauf, endlich wieder in einer vollen Wanne zu liegen und ein ausgiebiges Bad zu nehmen. Der Umstand, daß Rigo sie nicht einen Moment aus den Augen ließ und sie ständig berührte, war ihr längst einerlei geworden. Sie wehrte sich kaum noch gegen ihn, so sehr hatte sie sich an den Blick seiner Augen, das Gefühl seines Mundes und seiner Hände auf ihr gewöhnt; daran, daß er sie reizte und gegen ihren Willen erregte – um sie dann aufgelöst und unbefriedigt zurückzulassen. Unterschwellig hatte sie sich damit abgefunden, ihm oder ihrem Schicksal nicht entgehen zu können und daß er früher oder später ihre Gegenwehr brechen und sie sich ihm ergeben würde. Nun war es nur ihr Herz, das sich nach einem liebevollen Wort sehnte, das vor

Protest aufschrie, wenn er sie abends in seine Arme schloß und sie Lektionen lehrte, von denen er wollte, daß sie sie lernte. Doch Araminta wußte, daß sie in gewisser Weise froh sein würde, wenn er sie schließlich nahm und dem qualvollen Spiel, daß er mit ihr trieb, ein Ende bereitete.

Wenigstens wäre es dann vorüber, und Rigo würde sie gehenlassen – wohin, das wußte sie nicht. Sie hatte auf ihrer unerwarteten Reise viel Zeit zum Nachdenken und war mehr und mehr zu der Überzeugung gelangt, das Judd sie nicht mehr haben wollte – wenn er das überhaupt jemals gewollt hatte. Er liebte sie nicht, und er war viel zu stolz, um eine Frau zurückzunehmen, die von einem anderen Mann besudelt war. Selbst wenn er sich die Mühe gemacht hatte, nach ihr zu suchen, hatte er die Verfolgung sicher längst aufgegeben und war heimgekehrt; und gewiß hatte er sie längst als vermißt abgeschrieben – oder als tot. Judd brauchte sie jetzt nicht mehr; es käme ihm zweifellos sehr zupaß, wenn sie nicht mehr am Leben wäre. Ihm bliebe die Blamage einer entehrten Frau erspart, und da er sie dem Wunsch ihres Großvaters gemäß geheiratet hatte, konnte er sicher davon ausgehen, die High Sierra zu erben. Nein, selbst wenn Rigo sie freiließe, konnte sie nicht zu ihrem Mann zurückkehren, hatte Araminta niedergeschlagen entschieden. Sie mußte irgendwo hingehen, wo niemand sie und die skandalöse Geschichte ihrer Entführung kannte. Wohin sie gehen und wie sie leben würde, daß wußte sie nicht; und so versuchte sie, nicht über ihre ungewisse Zukunft nachzudenken und nur zu überleben, bis es soweit war.

In jenen ersten Tagen nach ihrer Entführung hatte sie geglaubt, sie würde es nicht überleben; ein Teil von ihr hatte sich sogar gewünscht zu sterben. Jede anständige weiße Frau in ihrer Lage hätte eher versucht, sich das Leben zu nehmen, das wußte sie, als sich der Schmach auszusetzen. Doch ein anderer Teil in ihr war stärker als die Sehnsucht nach dem Tode, und er hatte sie angetrieben, weiterzuleben, ganz gleich, was auch kommen mochte – und sie bezog Mut aus dieser inneren Quelle der Kraft und Überzeugung. Es war, als gäbe es die Araminta, die sie vor ihrer Entführung gewesen war, nicht mehr und als habe eine andere Frau ihren Platz eingenommen.

Manchmal, wenn sie in einen zerbrochenen, staubigen Spiegel an der Wand einer Hütte schaute, brauchte sie einen Moment, um die Frau zu erkennen, die ihr entgegenblickte, und um zu begreifen, daß es ihr eigenes Spiegelbild war. Die strapaziöse Reise hatte ihren Tribut gefordert, ebenfalls das Essen unterwegs und das Übernachten unter freiem Himmel. Ihre großen, grünen Augen und hohen Wangenknochen stachen deutlich hervor durch den Gewichtsverlust, was ihrem Gesicht eine erdige, todgeweihte Erscheinung gab, als wäre sie eine wilde Zigeunerin. Die schamlose Frau mit dem offenen, zerzausten, langen sonnengoldenen Haar, den schwelenden dunklen Augen und üppig aufreizenden Lippen konnte unmöglich sie selbst sein, dachte sie dann wie in einem Traum. Doch dann erblickte sie Rigo hinter sich wie einen dunklen, bedrohlichen Schatten im Spiegel, mit diesem besonderen Leuchten in den Augen und einem müßigen, triumphierenden Lächeln um seinen sinnlichen Mund, während er sie von hinten umfaßte und ihre Brüste berührte, ihren Nacken und die Schultern küßte; und sie wußte bis in die Tiefen ihres Innern, daß diese Frau keine Einbildung war, sondern daß es tatsächlich sie selbst war, nicht nur gefangen, sondern auf unerfindliche, aber unbestreitbare Weise von dem Mann versklavt, der sie in den Armen hielt.

Auch wenn er sie entführt und behandelt hatte, wie es kein Gentleman getan hätte, sah Araminta manchmal Bilder jenes Mannes vor sich, mit dem sie sich am Bachufer getroffen hatte; und wenn sie die Augen schloß und sich dem Klang seiner weichen, verführerischen Stimme hingab, meinte sie fast, wieder daheim zu sein und sich heimlich davongestohlen zu haben, um sich mit ihm zu treffen. Merkwürdig, wie sehr es sie dann schmerzte, so daß sie glaubte, weinen zu müssen, und wie die besondere Nähe, die zwischen ihnen gewesen war, dann so unerträglich für sie wurde, daß sie wünschte, er wäre nicht so nett zu ihr, auf seine ihm eigene barsche Art, weil es ihr dann leichter gefallen wäre, ihn weiter zu hassen und ihm zu trotzen.

Ihre Entschlossenheit, sich gegen ihn zu wehren, brach eines Tages fast gänzlich zusammen, als er mit einem Zeichenblock, Notizbuch und Stiften zu ihr kam und sagte: »Du wirst zeichnen. Du wirst aufschreiben, was du siehst, Araminta. Und ich werde es unter deinem Pseudonym A. K. Munroe an Liam O'Grady beim *Record* in New York City schicken. Oh, ich sehe, du bist überrascht, daß ich von deiner Veröffentlichung in der Zeitung weiß. Aber ich habe dir doch gesagt, Gringuita, daß ich es mir zur Gepflogenheit gemacht habe, alles über dich zu wissen.«

Natürlich war ihr klar gewesen, daß Rigo und seine Männer ihr nachspioniert hatten; andernfalls hätte er niemals ihre Entführung so sorgfältig planen können. Aber sie hatte geglaubt, daß niemand von der Veröffentlichung ihres Artikels und den folgenden gewußt hatte und es ihr gutgehütetes Geheimnis geblieben war. Daß Rigo, wenn auch aus ureigenen Beweggründen, tatsächlich wollte, daß sie mit dem Schreiben und Zeichnen fortfuhr, führte unweigerlich dazu, daß sie seine Haltung mit der ihres Großvaters und Judds verglich, die beide ein gänzlich anderes Bild von der Rolle einer Frau hatten. Bald schon füllten erste Zeichnungen von Rigo, den Bandoleros, von Dörfern und ihren mexikanischen und indianischen Bewohnern ihren Zeichenblock und Worte ihr Notizbuch, als sie die Geschichte der Mexikanischen Revolution von einer Warte aus niederschrieb, die gleichermaßen unmittelbar wie persönlich war, wobei sie sich nicht so sehr auf den Krieg selbst konzentrierte, sondern auf jene, die ihn ausfochten. »Der geschlossene Kreis« beschrieb die bewegende Geschichte eines alten Mannes, der in seiner Jugend für die Freiheit und Benito Juárez gegen den fremden Kaiser Maximilian gekämpft hatte und der nun im Alter erleben mußte, wie seine Heimat erneut von einem Krieg im Namen der Freiheit verwüstet wurde. »Ein gespaltenes Haus« war die tragische Geschichte einer Mutter, deren Söhne auf verschiedenen Seiten kämpften, der eine bei den Förderalisten, der andere bei den Villistas, und beide wußten nicht, ob sie sich nicht eines Tages auf dem Schlachtfeld gegenüberstehen würden und gezwungen wären, den eigenen Bruder zu erschießen. »Der Preis der Freiheit« beschrieb das Leben eines kleinen Jungen, Miguelito, der zum Waisen wurde, als sein Vater von den Colorados umgebracht und seine Mutter verschleppt wurde, um als Hure zu dienen. »Schrei nach Aufruhr« war ein ausführlicher Artikel über Rigo und die Männer, die »Hunde des Krieges«, die ihm folgten.

Araminta fragte Rigo nicht, was er von ihren Artikeln und Kohlezeichnungen hielt, und er sprach sie von sich aus nicht darauf an. Er nahm sie stumm und mit unbewegter Miene entgegen, faltete sie und steckte sie in einen Umschlag, um sie zu verschicken – zum *Record*, wie sie vermutete. Doch niemals brachte seine stumme Musterung sie dazu, etwas anderes zu schreiben als das, was sie sah, die Worte abzumildern oder Bilder zu beschönigen, wenn sie ihn oder die Revolutionäre in einem harten, wenig schmeichelhaften Licht dastehen ließ. Und er verlangte nicht, daß sie ihre Artikel umschrieb oder ihre Bilder änderte, um ihn oder seine Verbündeten günstiger darzustellen.

Araminta wußte nicht, ob ihre Artikel und Zeichnungen Liam O'Grady überhaupt erreichten, und schon gar nicht, ob er sie auch veröffentlichte; dazu war der Aufruhr in Mexiko einfach zu groß. Doch sie fuhr mit fast fieberhaftem Eifer fort zu schreiben und zu zeichnen, so als würde eine unbekannte Macht sie antreiben, die Mexikanische Revolution und Rigo einzufangen. Es war, als würde sie das Geschehen auf diese Weise verstehen – und ihn. Denn es gab noch weitere Zeichnungen, die sie Rigo allerdings vorenthielt; Bilder, die entstanden, wenn sie sicher war, daß er nicht mitbekam, wie sie ihn beobachtete; Zeichnungen von ihm und Selbstporträts und Bilder, auf denen sie beide zu sehen waren; die ihr, wenn sie sie eingehend betrachtete, Aspekte ihres Verhältnisses zueinander zeigten, die sie nicht sehen wollte. Da waren Zeichnungen von ihnen beiden gemeinsam im Sattel, bei der abendlichen Schachpartie oder wie er ihr im Schein des Lagerfeuers zeigte, wie man auf der Gitarre spielte, die er einem Bauern abgekauft hatte. Ein besonders verwirrendes Porträt zeigte ihr Spiegelbild; Rigo stand dicht hinter ihr und umarmte sie. Wie ein Liebespaar in einem unbeobachteten Augenblick sahen sie aus, dachte Araminta, als sie sich die Zeichnung später besah, und sie schob sie mit klopfendem Herzen zu den anderen Zeichnungen. Dieses Bild war viel zu persönlich, viel zu offenbarend; sie sollte es besser zerreißen, sagte sie sich selbst. Doch aus einem unerfindlichen Grund brachte sie es nicht über sich, sich davon zu trennen.

Nach endlosen Wochen erreichten sie – wie Araminta instinktiv wußte – Rigos Ziel, das Versteck der Desperados. Der Anblick ließ ihren Mut sinken, als ihr plötzlich bewußt wurde, daß sie bis zu diesem Moment vage gehofft hatte, ihr könne doch noch die Flucht gelingen. Aber von diesem Ort war jeder Fluchtversuch illusorisch – selbst wenn sie gewußt hätte, wohin sie überhaupt fliehen sollte.

Im ersten Licht des Morgengrauens waren sie aufgebrochen, hatten karges Buschland durchquert, bis sie an ein Bergmassiv kamen, das sich ockerfarben und umbrabraun vor dem endlosen türkisblauen Himmel erhob. Nur ein bedenklich schmaler und holpriger Pfad führte hinaus, aber irgendwie schafften sie es, stiegen wenn nötig ab und führten die Pferde durch die emporragenden Felsschluchten, die sie von allen Seiten umgaben und vom Rest der Welt abschnitten. In der Mitte des Massivs jedoch wurde der schmale Pfad zu einem überraschend weiten Cañon, durch den ein von Bäumen und Buschwerk gesäumter breiter Bach gurgelte. An die Steilwände des Cañons waren Lehmhütten gebaut, zu denen schmale, steinige Pfade hinaufführten. An einem Ende befand sich ein Korral mit mehreren Pferden; dort führte auch ein weiterer geschlungener Weg vorbei Richtung Berge. Selbst Araminta erkannte, wie trefflich sich dieser Ort verteidigen ließ. Ein einzelner Mann an jedem Ende des Cañons würde etliche Angreifer aufhalten können.

Plötzlich kamen Männer, Frauen und Kinder herbeigelaufen, um die zurückkehrenden Bandoleros aufgeregt und lautstark zu begrüßen. Schultern wurden geklopft, Arme ausgestreckt, Ehe- und Liebespaare fielen einander in die Arme und küßten sich, Kinder kreischten vergnügt und lachten, als sie von ihren Vätern gedrückt, geherzt und auf die Schultern gehoben wurden, während die etwas älteren Kinder nebenhergingen, einige stolz die Pferde zu den Korrals führend, um sie dort – welch eine Ehre – zu versorgen. Als Araminta die glücklichen wiedervereinten Familien sah, verspürte sie einen plötzlichen Stich und ein Gefühl der Einsamkeit, weil sie nur Zuschauerin dieser freudigen und herzlichen Szene war und nicht daran teilhaben konnte. Dies war das erstemal, seit Rigo sie entführt hatte, daß sie mit eigenen Augen die Herzlichkeit und sorglose Ausgelassenheit der Menschen dieses Landes erlebte, und es beeindruckte sie tief.

Als Rigo sie aus dem Sattel gehoben hatte, führte er sie nicht zu den anderen, sondern zu einer der Hütten auf der ersten

Ebene des Cañons, ganz in der Nähe des Baches. Es war eine bescheidene Behausung, wie Araminta beim Eintreten erkannte; nur ein großer Raum, der als Küche, Eß- und Wohnzimmer diente und an den sich rückwärtig ein Schlafzimmer anschloß, in das sie durch den groben Vorhang hindurch sehen konnte, der die beiden Räume voneinander abtrennte. Die Einrichtung war einfach und spärlich, das Mobilar samt und sonders aus derbem Holz. In der Eßecke stand ein großer Holztisch mit einer Bank zu beiden Seiten, während im Wohnzimmer ein Sofa, zwei Sessel, ein Hocker und einige kleinere Tischchen standen. Nebenan im Schlafzimmer sah sie ein Bett und einen Nachttisch, eine Kommode mit einem Spiegel an der Wand darüber, und auf der Kommode eine Schüssel und einen Henkelkrug; in einer Ecke des Raumes stand ein Stuhl. In der Küche gab es einen Ofen zum Kochen und im Wohnbereich einen größeren zum Heizen. Der Boden der Hütte war mit mehreren Lagen mexikanischer und indianischer Teppiche ausgelegt. An den kleinen Fenstern hingen grobe Vorhänge; es gab keine Fensterscheiben, dafür aber hölzerne Läden, die zum Schutz vor dem Wetter geschlossen werden konnten – oder gegen die Kugeln von Angreifern. Auch wenn es General del Castillo war, der hier wohnte, war die Hütte nicht luxuriöser als die übrigen Gebäude, die Araminta gesehen hatte.

Dennoch würde es immer noch besser sein, als im Freien zu übernachten und auf der harten Erde zu schlafen, sagte sie sich. Aber dann begann sie zu zittern, als ihr dämmerte, daß sie diese Hütte ganz gewiß mit Rigo teilen würde; daß sie hier, zum erstenmal seit ihrer Entführung von der High Sierra, ganz allein mit ihm sein würde, ohne daß die übrigen Bandoleros nur wenige Meter entfernt neben ihr schliefen, was ihn bislang davon abgehalten hatte, sie ganz zu nehmen. Plötzlich sah sie das Bett nebenan bedrohlich groß und bedeutungsvoll vor sich. Wer würde sie jetzt hier hören, wenn Rigo in diesem Bett von ihr verlangen würde, was sie verzweifelt versucht hatte ihm vorzuenthalten? Wer würde ihre Schreie der Angst oder der Unterwerfung hören? Wie lange konnte sie sich selbst noch etwas vormachen und sich einreden, ihn nicht zu begehren, wo sie doch genau wußte, daß ein Teil von ihr es tat? Nur ihr Stolz und eine tiefe, aber unbewußte Sehnsucht nach mehr, als Rigo ihr bislang geboten hatte, hatten ihre Kapitulation verhindert.

Bei diesem Gedanken biß sie sich auf die bebende Unterlippe und hielt stumm ihre Handgelenke hin, als sie sah, wie Rigo sein Messer zückte, und begriff, daß er ihr die Fesseln aufschneiden wollte. Die scharfe Klinge durchtrennte das Seil mühelos. Während Rigo das Messer wieder einsteckte, massierte sich Araminta die Handgelenke.

»Du wirst sicher froh sein, daß es nun nicht mehr nötig ist, dich zu fesseln.« Seine tiefe Stimme klang warm und weich in ihren Ohren. Langsam musterte er sie von Kopf bis Fuß, dann trafen sich ihre Blicke, und er schaute ihr hypnotisierend tief in die Augen. »Von hier gibt es kein Entkommen für dich, Araminta.«

Seine sanft ausgesprochenen Worte schienen mit ihrer doppelten Bedeutung für einen Moment zwischen ihnen zu stehen, während die Spannung ins Unerträgliche wuchs. Aramintas grüne Augen weiteten sich. Ihr Gesicht wurde aschfahl, ehe ihr die Röte der Verlegenheit in die Wangen stieg. Sie brachte es nicht länger fertig, seinem eindringlichen Blick standzuhalten, und so schaute sie weg; ihre Wimpern flatterten wie die Flügel eines Schmetterlings, als sie versuchte, ihre Augen zu verdekken, damit er nicht darin lesen konnte, was sie dachte.

»Du wirst sicher ein Bad nehmen wollen, nehme ich an«, sagte er. »Ich werde das Nötige veranlassen.«

Rigo ging, kam aber schon nach kurzer Zeit wieder, gefolgt von zwei kräftigen Männern, die eine alte hölzerne Wanne trugen, wie es sie in den Dörfern gemeinhin gab. Rigo brachte ihr frische Kleidung, ein rauhes Handtuch und einen Waschlappen, ein einfaches Stück Seife und legte alles auf dem Tisch ab. Nachdem sie die Wanne in der Küche abgestellt hatten, machte einer der beiden Männer Feuer im Ofen, während der andere mehrere Eimer Wasser aus dem Bach holte und zwei schmiedeeiserne Töpfe füllte, die auf dem Herd erhitzt wurden. Als Rigo sah, daß Araminta alles hatte, was sie brauchte, ließen er und die beiden anderen sie allein. Er werde, sagte Rigo beim Hinausgehen, später wiederkommen. Als die Männer gegangen waren, sah sich Araminta ihre neue Umgebung genauer an. Rigo mußte seine Ankunft hier im Cañon angekündigt haben, denn die Küche war mit frischen Lebensmitteln aufgefüllt, und die Laken des Bettes, wenngleich abgenutzt und geflickt, waren frisch gewaschen und dufteten nach der heißen Sommersonne, in der sie getrocknet waren. In Rigos Satteltaschen fand sie ihre Bürste, die sie mit in die Küche nahm. Als sie sah, daß das Wasser für ihr Bad kochte, nahm sie einen Kesselhaken und hob die beiden Kessel vom Herd. Sie schüttete den Inhalt in die Wanne, dann goß sie kaltes Wasser aus den Eimern nach, bis ihr Bad eine angenehme Temperatur hatte. Sie schloß die Eingangstür, zog die Vorhänge vor die Fenster, entkleidete sich und ließ sich dann langsam in die Wanne sinken, wohlig seufzend, als das noch leicht dampfende Wasser sie umfing. Es war ein himmlisches Gefühl; die Wärme tat ihren wunden Muskeln gut, und sie seifte sich großzügig ein, schrubbte sich gründlich mit dem Lappen ab und wusch sich schließlich das Haar. Nur die länger werdenden Schatten, die das diffuse, durch die Vorhänge hereinfallende Sonnenlicht auf den Küchenfußboden zeichnete, bewegten sie dazu, widerwillig aus der Wanne zu steigen.

Sie schlüpfte in die frischen Kleider – eine weite Bluse mit rundem Ausschnitt und schulterfreien Ärmeln und ein weiter Rüschenrock –, die Rigo für sie besorgt hatte. Dann wusch sie ihr Reitkostüm aus und hängte es auf Kleiderbügel, die sie an der Wand beim Ofen entdeckte. Danach bürstete sie sich gründlich ihr Haar. Nicht einen Moment zu früh hatte sie ihre Toilette beendet, als sie mit bangem Herzen sah, wie die Tür aufschwang und Rigo auf der Schwelle erschien, eine große dunkle Silhouette vor der untergehenden Sonne.

Anscheinend hatte auch er gebadet, denn er stand mit freiem Oberkörper da, und auf seiner muskulösen bronzenen Brust mit dem feinen schwarzen Haar glänzten noch Wassertropfen. Sein Haar war während der ganzen Flucht nicht geschnitten worden, und nun fiel Araminta auf, wie lang es war; wie die Mähne eines Hengstes fiel es ihm in wilden, glänzend nerzschwarzen Wellen bis auf die Schultern. Er sieht wirklich wie ein Raubtier aus, dachte Araminta im stillen, wahrhaft wie El Salvaje, ungestüm, ungezähmt – und sehr attraktiv. Barfuß tapste er wie ein Tier auf Beutefang ins Schlafzimmer; und kurz darauf hörte Araminta, wie er sein Pistolenhalfer ablegte und den Sombrero und die übrigen Sachen, die er auf dem Arm hatte, dann folgte ein lautes Poltern, als er seine Stiefel in die Ecke warf.

Im nächsten Moment war er zurück, noch immer in seiner schwarzen Hose. Er warf sein goldenes Zigarrenetui auf den Tisch, ging ohne ein Wort zu den offenen Regalen in der Küche, nahm sich eine Flasche Wein und eine Tontasse. Dann setzte er sich zu Araminta an den Tisch auf die Bank ihr gegenüber, entkorkte den Wein und schenkte sich eine Tasse ein. Er ließ das Etui aufschnappen und zog ein Zigarillo hervor, zündete es an und nahm einen tiefen Zug, ehe er das Wort ergriff.

»Mach mir was zu essen, Niña«, knurrte er arrogant, und seine Augen funkelten; um seinen Mund spielte ein spöttisches Lächeln. »Ich habe Hunger.«

Araminta haßte es, wenn Rigo sie so ansah; sie haßte es, daß sie dann immer zitterte und ganz durcheinander war, daß ihre

Knie so weich waren, als würden sie ihr jeden Moment den Dienst verweigern. Und sie konnte es nicht leiden, wenn er sie »Niña« nannte, als wäre es der Kosename für eine Geliebte! Am liebsten hätte sie ihm diese Unverschämtheit mit einer Ohrfeige heimgezahlt, aber sie wußte nur zu gut, wie sinnlos ein solcher Versuch gewesen wäre, und er hätte sich ganz sicher nur darüber lustig gemacht oder sie gepackt – was sie am meisten fürchtete –, an sich gedrückt, festgehalten und geküßt. Und so stand sie statt dessen wortlos auf, um ihm etwas zu essen zuzubereiten; wohl wissend, daß dies von nun an – auch wenn sie es bislang nicht hatte tun müssen – zu ihren Pflichten zählte. So als wäre sie wirklich seine Geliebte oder sogar seine Frau, dachte sie bei sich und mußte mit einem Mal unwillkürlich daran denken, wie es wäre, wenn sie tatsächlich mit ihm verheiratet wäre, wenn er jeden Abend heimkäme zu ihr, und nur zu ihr.

Genau diese Überlegung hatte Rigo mit seiner Forderung, ihm etwas zu kochen, auch bei ihr bewirken wollen, obgleich Araminta dies natürlich nicht wissen konnte. Auch wenn er selbst sich nur unbewußt über sein Motiv im klaren war, wagte er nicht, weiter darüber nachzudenken. Er wußte nur, als er sie im feurigen Sonnenuntergang vor den Fenstern beobachtete, daß in ihm Gefühle aufloderten, die er schon lange für erstorben gehalten hatte. Genau so wollte er sie, wurde er sich gewahr – auch wenn er sich nicht einmal in diesem Moment den Grund dafür eingestand –, er wollte sie in seinem Haus haben, in seiner Küche, in seinem Bett. Er wollte sie genau so, wie er Marisol gewollt hatte, seine Frau, die nicht mehr am Leben war und nach deren Tod er keine andere Frau mehr gewollt hatte – bis jetzt. Daß es nichts gab, was ihn davon abhielt, Araminta auf die gewünschte Weise zu besitzen, das war ihm klar, so wie er die ganze Zeit gewußt hatte, daß er nicht viel mehr hatte tun müssen, als sie zu küssen, um seine

Rache zu haben; daß ihre Entführung allein schon ausreichte, weil niemand – Judd am allerwenigsten – glauben würde, sie sei danach noch immer Jungfrau. Doch das hatte ihm nicht gereicht, wie Rigo feststellen mußte; denn er wollte längst mehr als nur die Rache an seinem Todfeind.

Araminta ahnte nichts von seinen düsteren Gedanken, als er brütend am Tisch sitzend zu ihr hinsah, sein Zigarillo rauchte und seinen Wein trank. Sie wollte es auch gar nicht wissen, denn ihr Herz sagte ihr, daß sie es schon bald genug erfahren würde; und die Aussicht erfüllte sie gleichermaßen mit Furcht wie mit einer sonderbaren und beunruhigenden Erwartung, wovon ihr ganz schwindelig wurde.

Die Sonne war untergegangen, während Araminta ihr einfaches Mahl zubereitete, und nun, als sie den Tisch deckte und Rigo die Öllampen anzündete, fiel ihr mit einemmal auf, wie kalt und böig der Wind geworden war, der die Vorhänge in den Raum flattern ließ, als würde ein Sturm aufziehen. Eine Vermutung, die kurz darauf Bestätigung erfuhr, als ein greller Blitz über den sich verdunkelnden Himmel zuckte.

»Soll ich ... soll ich die Fensterläden schließen?« fragte sie.

»Nein.« Die Antwort klang tief und lapidar.

Doch Araminta, die inzwischen Rigos Launen kannte, sah den Muskel, der in seiner Wange zuckte, und bemerkte seine innere Anspannung, als der Sturm sich draußen zusammenbraute. Trotz des Weines, den er getrunken hatte, war er so angespannt wie ein Panther auf der Lauer, dachte sie mit bangem Gefühl, als sie sich ihm gegenüber an den Tisch setzte, die Nerven ebenfalls zum Zerreißen angespannt. Er goß sich Wein nach und schenkte auch einen Becher für sie ein. Sie nahm einen tiefen Schluck, weil sie annahm, daß es die innere Spannung lindern würde. Zum erstenmal seit der Entführung waren sie beide wirklich allein. Der Gedanke ließ sie nicht los. War sich Rigo dessen auch so bewußt? fragte sie sich. War er deshalb so unruhig wie ein eingesperrtes Tier? Seit jener Nacht, als er seinen Hengst die breite Treppe auf der High Sierra hinaufgetrieben hatte, um sie, Araminta, zu entführen, waren sie beide auf eine tumultuöse Bestimmung zugeritten. Sollte sich diese heute nacht offenbaren?

Schweigend nahmen sie im Schein der Öllampen und des Feuers ihr Mahl ein. Dann räumte Araminta den Tisch ab, während Rigo eine zweite Flasche Wein und ihre Becher hinüber in den Wohnbereich brachte, wo er im größeren der beiden Öfen Holz aufschichtete und es anzündete, um der Nacht die Kühle zu nehmen. Mit einem brennenden Ast zündete er sich ein weiteres Zigarillo an, nahm einen tiefen Zug davon und legte sich, auf den Ellenbogen gestützt, auf den Teppich vor dem Feuer.

»*Venga aqui*«, befahl er sanft. Komm her.

Nicht wissend, was sie tun sollte, gehorchte Araminta. Wenn sie versuchte, wegzurennen, würde er sie mühelos einholen – und wer würde sich darum scheren, wenn sie schrie? Alle anderen im Cañon waren sicher längst zu Bett, behütet vor dem heraufziehenden Sturm. Und selbst wenn jemand sie hören sollte – wer würde es wagen, in General del Castillos Haus einzudringen, in das Reich von El Salvaje, dem Grausamen? Er reichte ihr den Becher mit Wein, rührte sie jedoch nicht an. Statt dessen blieb er, sehr zu ihrer Überraschung, liegen, wo er lag, rauchte und trank schweigsam, während sie dem Wind lauschten, der durch den Cañon jaulte und heulte. Nach einer ganzen Weile schließlich ergriff Rigo das Wort.

»Ich möchte dir von Marisol erzählen«, sagte er ruhig, sein dunkles Gesicht mit einemmal von einer Qual gezeichnet, so daß Araminta – auch wenn sie nicht wußte, wer Marisol war – Mitleid mit ihm bekam und das sehnsüchtige Verlangen verspürte, die Hand auszustrecken und ihm das schwarze Haar aus dem Gesicht zu streichen. Doch das unterließ sie lieber, weil sie nicht wußte, wie er eine solche Geste auffassen würde. »Marisol«, hob er erneut an, die Stimme tief von Emotionen, »meine Frau.«

Darauf war Araminta nicht im mindesten gefaßt, und seine Worte erschreckten sie. Ihr Herz begann heftig zu klopfen. Nun würde sie endlich die Wahrheit über den Tod seiner Frau erfahren; ob Rigo sie tatsächlich ermordet hatte, wie behauptet wurde, oder ob er unschuldig an ihrem Tode war. Vielleicht würde er ihr auch sagen, warum er sie entführt hatte und was der Grund für seine Rache an Judd war.

»Es ist eine lange Geschichte«, fuhr er fort und starrte mit abwesendem Blick in die Flammen, so als wäre er in seinen Erinnerungen in eine andere Zeit, an einen anderen Ort versunken und als habe er ihre Gegenwart ganz vergessen. Doch als er erneut anhob, wußte sie, daß dem nicht so war. »Aber ich möchte, daß du alles verstehst, Araminta. Und wir haben Zeit...«

15. Kapitel

Er war südlich der Grenze zur Welt gekommen, in einem Dorf, so klein, daß es nicht einmal einen Namen trug, auch wenn es die Bewohner selber Yermavilla nannten – Wüstenstadt. Wie sein Geburtsort, so war auch er ohne richtigen Namen, wenngleich ihn seine Mutter Rigo rief und er sich, als er fünfzehn wurde und alt genug war, um als Mann zu gelten, selbst einen Namen gab, del Castillo – benannt nach der beeindruckenden Hacienda jenes Mannes, der sein Vater war.

Er war an jenem Tag gezeugt worden, als sein Vater – damals ein junger, verzogener Sproß eines wohlhabenden *hacendado* – mit einer Horde gleichfalls reicher und gelangweilter junger Männer aus reichem Haus lachend und grölend und sturzbetrunken in Yermavilla eingefallen war, um sich hier ein wenig zu vergnügen und die Hörner abzustoßen. Es kümmerte sie nicht, daß die Frauen, denen die »Ehre« jener jungen »Caballeros« zuteil wurde, dies gar nicht wollten oder einem anderen Mann gehörten. Wenn sie sich wehrten, wurden sie einfach aus ihren ärmlichen Hütten gezerrt, geschlagen und vergewaltigt von jenen, die in diesem Land das Sagen hatten, und niemand wagte es, auch nur den Versuch zu unternehmen, ihnen zu Hilfe zu kommen. So war das Leben in Mexiko. Dies war das Schicksal von Rigos junger, bildhübscher Mutter – mehrere Stunden lang wiederholt zum Vergnügen eines Mannes herhalten zu müssen, der nicht einmal ihren Namen kannte und den sie nur vom Sehen als den Sohn ihres Herrn und Gebieters kannte; sie hatte ihn über die Felder reiten sehen, wo Weizen, Bohnen und wilder Kopfsalat gediehen, die vornehmlichen Ernten in einer Gegend, in der sonst wenig wuchs. Von jenem jungen Mann waren ihr Heim und sie selbst geschändet worden. Hinterher vergaß er sie rasch.

Sie jedoch erinnerte sich an ihn bis ans Ende ihrer Tage.

Neun Monate später trug sein ungewollter Samen in ihr Frucht, einen Sohn, den sie mit ihrem Schmerz und ihrer Bitterkeit aufzog. Wie sie, so haßte auch er seinen Vater, der nichts von seiner Existenz wußte und der, als er davon erfuhr, keinerlei Gedanken daran verschwendete. Von früh an lernte Rigo, daß sein Vater andere, legitime Söhne hatte und sich deshalb nicht für ihn interessierte und keine Verwendung für ihn hatte; und er mußte erfahren, daß sein Platz im Leben nur einen Schritt von der Hölle entfernt war und daß er das niemals vergessen durfte. Und er vergaß es nicht. Doch weil er es auf bittere Weise lernte, konnte er sich niemals damit abfinden. In seinem Herzen verachtete er das jahrhundertealte feudale System, das in seinem Heimatland zwei Klassen hervorgebracht hatte, Arm und Reich, ohne eine Möglichkeit, von der unteren in die obere Schicht aufzusteigen, es sei denn als General oder Bandit – was sich sehr häufig als ein und dasselbe erwies. Mit jedem Jahr, das verging und mit dem Rigo heranwuchs, größer und stärker wurde, wurde ihm desto härter diese Lektion erteilt, die sich noch tiefer bei ihm einprägte. Er mußte erfahren, was es bedeutete, ausgepeitscht oder mit der flachen Klinge einer Machete geschlagen zu werden, wenn er den *hacendados* mißfallen hatte, und von ihren Gegenstücken terrorisiert zu werden, jenen wilden ruchlosen Söhnen der reichen Rinderbarone von Texas, die aus dem Norden einfielen, um in den Grenzstädten Angst und Schrecken zu verbreiten.

Und einer dieser Überfälle änderte Rigos Leben auf ewig.

Er hatte in jenem Sommer Marisol geheiratet, die, so die einhellige Meinung in Yermavilla, die schönste von allen Frauen war. Obendrein hatte er sich einer Bande von Abtrünnigen und Gesetzlosen angeschlossen, fest entschlossen, sich seinen Weg aus dem Schmutz zu erkämpfen, in dem er sonst sein Leben lang in seiner Heimat Mexiko gelebt hätte. Es geschah, als er unterwegs war, um jenseits der Grenze Vieh und Pferde zu stehlen, die er später in Mexiko zu verkaufen gedachte. Eine Horde junger, gelangweilter Texas-Gringos, die als anstehende Erben des väterlichen Vermögens keine Herausforderung im Leben hatten, fielen in Yermavilla ein, besoffen sich heillos und ballerten wild in der Gegend herum, triezten und terrorisierten die Einwohner und entführten und vergewaltigten schließlich Rigos Frau. Da sie südlich über die Grenze gekommen waren, um ihrerseits Pferde und Rinder in Mexiko zu stehlen und sie hernach in Texas zu veräußern, dauerte ihr Beutezug mehrere Tage an; während dieser Zeit vergingen sich die Gringos mehrfach an Rigos Frau, die sie als Gefangene hielten und mit ihr verfuhren, wie es ihnen gerade beliebte, und ihr alles nur erdenklich Schlimme antaten. Als sie genug von ihr hatten, steckten sie ihr ein paar Geldstücke zu und überließen sie ihrem Schicksal. Sie war gezwungen, zu Fuß in ihr Dorf zurückzukehren, was ihr auch mühsam gelang, geschwächt von ihren Wunden und halb von Sinnen, getrieben von dem Gedanken, daß sie Hilfe brauchte und daß sie nach Hause mußte.

Da es in einem kleinen Ort keine Geheimnisse gibt, wußte natürlich jeder von ihrer Schmach. Doch es war nicht das erste Mal, daß einer jungen Frau aus Yermavilla etwas derart Schreckliches zugestoßen war, und es würde auch nicht das letztemal gewesen sein. Dennoch konnte Marisol die Bürde ihrer Entehrung nicht tragen, vor allem nicht, als sie feststellen mußte, daß sie von einem ihrer Peiniger schwanger war. Sie war erschrocken und entsetzt bei der Vorstellung, daß Rigo, den sie von ganzem Herzen liebte, gezwungen sein würde, nicht nur das Stigma seiner geschändeten Frau, sondern ebenso das eines Kindes zu ertragen, das nicht seines war, eine ständige Erinnerung an ihre Schande. In einem verzweifelten Versuch, sich des Beweises ihrer Schmach zu entledigen, trank sie ein Kräutergebräu, um den ungewollten Fötus abzutreiben. Doch der giftige Trank und die darauffolgende Abtreibung erwiesen sich als zuviel für sie. Als Rigo von seinem Beutezug zurückkehrte, fand er seine Frau todkrank in jenem Bett vor, das sie als frisch Vermählte geteilt hatten.

Marisol lebte noch lange genug, um ihre tragische Geschichte und die Namen der Gringos, die sich an ihr vergangen hatten – angeführt von Judd Hobart, dem brutalsten von allen –, auszuhauchen, und starb dann in Rigos Armen. Erfüllt von Schmerz, Haß und Wut brachte er den Rest der Nacht damit zu, Marisols Leichnam zu waschen und sie in ihre hübschesten Kleider zu kleiden und sie für die Bestattung vorzubereiten. Im Morgengrauen trug er sie dann in die Kirche des Dorfes, wo er sie vorsichtig auf den Altar bettete und schwor, nicht eher zu ruhen, bis ihre grausame Entführung, ihre schreckliche Schändung und ihr qualvoller Tod gerächt waren. Rigo hatte schon immer ein hitziges Temperament gehabt, das inzwischen legendär war in Yermavilla, ebenso wie er sich darauf verstand, mit den Fäusten und mit Pistole und Messer umzugehen. Nicht wissend, daß Marisol durch eigene Hand ums Leben gekommen war (Rigo hütete dies als sein Geheimnis, damit sie in Ehren auf dem Friedhof der Kirche begraben wurde), kamen die Einwohner des Dorfes zu dem unguten Schluß, daß er sie in einem Wutanfall und aus lauter Beschämung über ihre Schmach umgebracht hatte.

Daß ihn seine Landsleute für einen Mörder hielten, erfuhr Rigo erst sehr viel später, denn er verließ sofort Yermavilla und kehrte zu der Bande Abtrünniger und Gesetzloser zurück, bei denen er auch die kommenden fünf Jahre blieb. Angetrieben von seinem brennenden Verlangen nach Vergeltung, erwies er sich schon bald als der Verwegenste, Tapferste und Gefährlichste von allen Banditen, und so dauerte es nicht lange, bis er zu ihrem Anführer wurde. Mit den Namen im Gedächtnis, die Marisol ihm zugehaucht hatte und die auf alle Ewigkeit in sein Gehirn gebrannt waren, begann er seine systematischenÜberfälle auf die Ranches jenseits der Grenze in Texas, stahl Pferde und Rinder und ließ jedesmal einen Brief zurück, in dem er die schändlichen Verbrechen von Judd Hobart und seiner Kohorte anklagte, für die Rigo Rache geschworen hatte.

Er setzte auch Noble Winthrop, Judds Patenonkel, auf die Liste seiner Feinde, als sich Noble als einflußreich genug erwies, um gemeinsam mit den Hobarts den Skandal um Judd Hobarts Verbrechen unter den Teppich zu kehren. In der Zwischenzeit nutzte er das auf ungesetzliche Weise erworbene Geld, das aus dem Verkauf ihrer Beute stammte, um ein Vermögen zu machen, das er – entschlossen, mehr zu sein als ein Leben lang nur ein Desperado – nutzte, um zu reisen und sich in der Welt umzusehen, bis er nach seiner Rückkehr schließlich eine Ranch in Mexiko und eine in Texas erwarb, womit er auf einer Stufe mit den *hacendados* und texanischen Rinderbaronen stand. Als die Revolution in Mexiko ausbrach, hatte er genug Geld, um die Rebellen jenseits der Grenze mit Waffen und Nachschub zu versorgen, und mehr als genug Intelligenz und Erfahrung als Banderolo, um seine Männer, die er nie entlassen hatte, in Guerilla-Kämpfen anzuführen, was ihm schließlich den Rang eines Generals einbrachte.

Und in all dieser Zeit hatte er den Plan für seine Rache geschmiedet und nur für den Tag gelebt, an dem Judd Hobart heiraten würde.

»Sie war erst sechzehn Jahre alt, meine süße, liebliche, sanfte Marisol«, sagte Rigo mit ruhiger Bitterkeit und einem Grimm, der Bände sprach. »Und Judd Hobart und seine *amigos* haben sie so sicher auf dem Gewissen, als hätten sie ihr höchstpersönlich Gift eingeflößt. Sie hat mir alles bedeutet, ihnen jedoch nichts. Sie war für sie nur ein mexikanisches Mädchen, mit dem sie sich vergnügen, es erst mißbrauchen und dann vergessen konnten.«

Araminta, die neben ihm auf dem Teppich saß, sagte nichts darauf. Sie brachte kein Wort heraus; Tränen strömten ihr über die Wangen, als sie stumm seinen Worten lauschte. Es erklärte so viel ... alles ... sein Leben, ihn selbst, die Narben auf seiner Haut und seinem Herzen, und es erklärte, weshalb er sie entführt hatte. Er tat ihr leid wegen des Schmerzes, den er erlitten hatte, wegen des tragischen Verlustes, den er erfahren hatte. Kein Wunder, daß er Judd haßte und ihm Rache geschworen hatte. Ihr Mann war in der Tat ein Monstrum, dachte sie bei sich und erschauderte, als sie sich daran erinnerte, wie Judd auch über sie hergefallen war und versucht hatte, sie im Stall auf der High Sierra zu vergewaltigen, während er ihr in allen Einzelheiten beschrieben hatte, welche vulgären Dinge er mit ihr tun werde, wenn sie nur erst seine Frau war. Er hatte sie schockiert und entsetzt; dennoch hatte sie keinen Ausweg aus ihrer Heirat gewußt und hatte versucht, sich einzureden, daß Judd nicht schlechter war als jeder andere Mann. Nun wußte Araminta, daß dem nicht so war. Nach ihrer Entführung hätten Rigo und seine Männer sie ebenso schändlich behandeln können, wie Judd und seine Kumpane dies mit Marisol getan hatten. Doch Rigo hatte die anderen von ihr ferngehalten, und trotz der Freiheiten, die er sich ihr gegenüber herausgenommen hatte – und ehrlicherweise mußte sie zugeben, daß diese liebhaberhaft waren in ihrer Art und keineswegs widernatürlich, sadistisch oder entwürdigend –, hatte er sich im Zaum gehalten, unfähig, ihr dasselbe gewalttätige Verbrechen anzutun, das sowohl seiner Mutter wie auch seiner jungen Braut angetan worden war.

Selbst wenn sie in der Lage gewesen wäre, etwas zu sagen, hätte Araminta nicht gewußt, was sie ihm hätte sagen sollen; sie fand keine Worte, die ihn hätten trösten können, es stand nicht in ihrer Macht, all die Jahre der Entbehrung und der Brutalität, all die Not und den Kummer, den er ertragen hatte, wiedergutzumachen. Wie hatte er ihr gegenüber so freundlich sein können? fragte sie sich, denn sie selber hätte an seiner Stelle wohl kaum derart nobel und gütig gehandelt, sondern hätte es Schlag für Schlag heimgezahlt, ohne darauf zu achten, wer dabei zu Schaden kam. Selbst jetzt war es Rigo, der sie tröstete, anstatt umgekehrt, als er sie in die Arme nahm und begann, ihr zärtlich die Tränen von den Wangen zu küssen.

»Nicht weinen ... *Callate, niña*«, flüsterte er, während er sie sanft an sich drückte und wiegte wie ein kleines Kind, dem man weg getan hatte. »Nicht weinen. Es ist doch alles schon so lange her, und ich wollte dich damit nicht zum Weinen bringen.«

Es rührte ihn, daß Araminta seinetwegen Tränen vergoß – damit hatte er nicht gerechnet –, und so hielt er sie eine Weile einfach nur im Arm, küßte und streichelte sie sanft, strich ihr das Haar aus dem Gesicht und streichelte ihr über die langen, seidigen Strähnen, während sie leise in seinen Armen schluchzte, zitternd unter der Wucht ihrer Empfindungen, und das Gesicht an seine breite, nackte Brust schmiegte. Wie stark und muskulös er war, dachte sie benommen, wie breit und kräftig seine Schultern, kräftig genug, um die schwere Last seines Schmerzes und zudem die Pein zu ertragen, die sie in ihrem Herzen verspürte. Doch nach und nach, je mehr Trost sie fand in seiner tiefen, singenden spanischen Stimme, seinem zärtlichen Mund und seinen sanften Händen, wurde sie sich seiner nicht nur als Quelle der Kraft und des Trostes bewußt, sondern auch als Mann.

Sie konnte seinen warmen Atem auf ihrer Haut spüren, der angenehm nach Wein und Tabak roch, und fühlte, wie sich seine Brust mit jedem Atemzug hob und senkte. Sie konnte seinen Herzschlag hören, und er beruhigte sie, wie der Herzschlag einer Mutter ein Kind im Bauch, gab ihr das Gefühl von Sicherheit und Geborgenheit, beschützt und behütet in seiner Umarmung, während draußen der Wind, der zuvor abgeflaut war, sich nun mit einem Tosen erneut erhob und durch die Fenster hereinpeitschte, die Vorhänge wehen ließ und über die Einrichtung der kleinen Hütte heulte, die Flammen der Öllampen und der Feuer in den beiden Öfen wild flackern ließ und seltsame, tanzende Schatten an die Wände warf. Mit dieser Warnung brach das Unwetter, das sich während der letzten Stunden am Himmel zusammengebraut hatte, mit voller Wucht über den Cañon herein. Ein gewaltiger Blitz schlug so dicht neben ihrer Hütte ein, begleitet von einem ohrenbetäubenden Donnerschlag, daß Araminta zusammenfuhr und sich fest an Rigo schmiegte. Dann ergoß sich eine wahre Sintflut aus den schwarzen Wolken. Die Vorhänge an den Fenstern flatterten wie Segel im Sturm, und mit jedem frostigen Windstoß wehte Regen herein und prasselte ebenso heftig auf den harten Lehmboden der Hütte wie auf das Dach.

In diesem Moment schienen Rigo und Araminta die einzigen hier im Cañon zu sein, ganz allein auf der Welt, vom Sturm an einen urzeitlichen Ort gewirbelt, in die endlose Dunkelheit, die endlose Nacht, und sie hatten nur einander, um sich festzuhalten. Und als der nächtliche Himmel über ihnen die Schleusen öffnete und eine gewaltige Sturzflut herabsandte, wurde Araminta von einer taumelnden Woge der Gefühle überspült, so reißend wie der vom Regen angeschwollene Bach dicht bei der Hütte. Ihr wurde abwechselnd heiß und kalt; das Gefühl breitete sich in ihrem ganzen Körper aus. Selbst ihre Fingerspitzen kribbelten, als hätte der Blitz, der den Himmel zerrissen hatte, auch sie getroffen und etwas in ihrem Innern erweckt, so wild und atavistisch wie der Sturm. Sie dachte nicht an die Zukunft, nicht einmal an das Morgen, nur an das Hier und Jetzt, als ihre Hände, die Finger ausgestreckt und weit gespreizt, zu Rigos dunklem Gesicht emporwanderten. Sie selbst hielt den Blick dabei gesenkt, den schwanenhaften Hals in einer uralten Geste der Unterwürfigkeit gebeugt; ihre Brüste hoben und senken sich heftig mit jedem flachen und keuchenden Atemzug. Ihre halb geschlossenen Augen funkelten im Schein der Lampe und der Feuer wie ungeschliffene Smaragde unter den schwarzvioletten Bögen ihrer Wimpern; ihre rosigen Lippen waren halb geöffnet wie eine Rose in ihrem goldenen Gesicht; und als sie verzückt zu ihm aufschaute, verklärte sich ihr Blick und flehte ihn stumm an, während gleichzeitig ein zartes, seufzendes Wimmern des flehentlichen Bittens, der Kapitulation in ihr aufstieg. Sie begehrte ihn, sie konnte sich nicht länger dagegen wehren. Er hatte sie dazu gebracht, ihn zu begehren – und sie dann zurückgewiesen. So grausam würde er nun sicher nicht sein. *»Por favor«*, flehte sie leise. Bitte.

Im selben Moment griff Rigo in ihr offenes Haar, hielt ihren

Kopf mit beiden Händen, nicht länger sanft, sondern so, als wolle er ihr zeigen, wie stark er war, welche Macht er besaß und wie leicht er ihr den Schädel würde zerquetschen können, während er sie mit feurigem, bohrendem Blick ansah; seine Augen flackerten im Schein der Öllampen und Feuer in den Öfen und ließen Araminta bis in ihr tiefstes Innere hinein entflammen. Wie ein bronzener heidnischer Gott – oder Teufel – kniete er über ihr, bereit, sie zu erobern und sie sich, Körper und Seele, zu eigen zu machen und sie mit sich zu nehmen in den dunklen Irrgarten seiner höllischen Unterwelt. Unter der Innenfläche ihrer Hand zuckte ein Muskel in seinem Kinn; sein Atem ging plötzlich rauh und schnell, war heiß an ihrem Gesicht. Zwischen ihnen entlud sich eine Energie, so geladen wie die Blitze, die draußen vor den Fenstern am Himmel zuckten. Und dann fiel er mit einem heiseren Stöhnen über sie her; bemächtigte sich gierig ihres Mundes; seine Zunge tauchte tief zwischen ihre Lippen; seine fiebrigen, fordernden Küsse schlugen sie in seinen Bann, raubten ihr den Atem und den Verstand.

Araminta kostete seinen Angriff mit jeder Faser ihres Wesens aus, als unter seinem leidenschaftlichen Kuß etwas Wildes und Barbarisches in ihr mit aller Macht erwachte, das bis dahin nur wie ein Samenkorn, wie eine Knospe in ihr gewartet hatte, sparsam ernährt, das nun jedoch so plötzlich und explosionsartig hervorbrach und sich wie eine dunkle, betörende Blüte in ihr öffnete. Stöhnend klammerte sie sich an ihn, um nicht den Halt zu verlieren in diesem wilden Sturm der Leidenschaft, der sie in all seinem Wahnsinn und seiner Furie ergriffen hatte. Ihr Puls raste schneller als der Wind, ihr Herz klopfte lauter als der Regen; das Blut rauschte ihr lauter in den Ohren als der reißende Bach vor dem Haus und sang ein Lied, so alt wie der Anbeginn der Zeit. Sie war blind und taub für alles um sie herum, alles bis auf diesen Mann, der so ungestüm über sie hergefallen war, als wolle er sie nicht nur beugen, sondern brechen, so als würde sie nie wieder einen anderen haben als ihn.

Wieder und wieder küßte er sie, dreist, drängend; seine Zunge eroberte ihren Mund, plünderte ihn, so als könne er nicht genug von ihr kriegen, als würde er niemals genug von ihr kriegen und als wolle er nicht mehr aufhören, sie zu küssen, während er sich auf sie legte und vor dem Ofen auf den harten Fußboden preßte. Araminta spürte erschrocken das Gewicht seines Körpers auf ihrem, fühlte durch den Stoff ihres Rockes hindurch den harten Beweis seines Verlangens; und zwischen ihren Schenkeln erwachte in Antwort darauf ein tiefliegender, siedendheißer Schmerz, so eindringlich, daß er fast unerträglich war. Heftig erwiderte sie seine Küsse, ihre Zungen in wildem Spiel vereint; und sie ergab sich ihm, ergab sich in ihr Schicksal, wissend, daß er viel stärker war als sie. Und wie der Wind, der den Regen rücksichtslos hin und her peitschte, so spürte sie ihre Hemmungen nutzlos in alle Himmelsrichtungen verstreut; sie war zu keinem klaren Gedanken mehr fähig, konnte nur noch fühlen. Ganz eng klammerte sie sich an ihn, als sie sich in ihrem wilden, überwältigenden Verlangen und Begehren auf dem Teppich wanden und wälzten; sie grub die Fingernägel in seinen breiten Rücken, seine Hände waren überall auf ihr, zerrten an ihrer Kleidung, rissen ihr brutal die Bluse und den Rock vom Leib, bis sie nackt vor ihm lag; die blasse, cremige Haut golden schimmernd im diffusen, tanzenden Licht.

Rigo schnappte heftig nach Atem, als er sie so sah, denn sie war sogar noch schöner, als er sie sich vorgestellt hatte; und das Wissen, daß sie in wenigen Augenblicken ihm gehören würde, ihm allein, auf alle Zeit, erfüllte ihn mit einem ehrfurchtgebietenden Staunen und Glücksgefühl. Sie war seine Gefangene. Aber ebenso sicher war er auch in ihrer Hand, dachte er und wunderte sich, daß es so war; denn nie hatte er es sich in all diesen langen Jahren der Einsamkeit träumen lassen, erneut zu finden, was ihm auf so grausame Weise genommen worden war, als er ein junger Mann gewesen war, der von ganzem Herzen geliebt hatte. Doch nun, als er es am wenigsten erwartet hatte, wurde es ihm zuteil, in Gestalt von Araminta, einer Frau, die er mittlerweile so sehr brauchte wie die Luft zum Atmen, die so elementar war wie der Sturm, der die Nacht mit knisternder Elektrizität erfüllte. Nie mehr würde er sich von dem Zauber befreien können, den sie unwillentlich auf ihn gelegt hatte, und er wollte es auch gar nicht; diese Fesseln waren süßer als Honig, süßer als der rote Wein des Sommers und ebenso berauschend. Ihm war, als wäre er sein ganzes hartes Leben lang auf der Suche nach ihr gewesen. Araminta. *Hado.* Schicksal. Bestimmung. Er konnte es nicht leugnen. Er konnte sich selbst nicht länger verleugnen. Oder sie.

Als Araminta Rigos Blick spürte, weiteten sich ihre Augen, verwirrt und fragend, verklärt vor Leidenschaft und einem Anflug von Furcht. Noch nie hatte ein Mann sie so angesehen wie Rigo in diesem Moment; in seinem Blick ein schwelendes Versprechen, daß er sie völlig besitzen würde und sie unwiderruflich bis ans Ende aller Zeit ihm gehörte. Dieser Gedanke verschlug ihr den Atem, denn auch wenn sie sich ihm hingegeben hatte, hatte sie nicht gewußt, was sie erwartete, nicht einmal jetzt wußte sie es. Sie hätte sich niemals träumen lassen, daß das, was zwischen ihnen geschah, von solchem Ungestüm und solchem Wahnsinn, der sie verschlang und vernichtete, sein könne; daß es all ihre Gegenwehr ausschaltete und sie so entblößt und verletzlich ihm gegenüber hinterließ, daß selbst ihr Herz, ihr Verstand und ihre Seele bereit waren, sich ihm zu ergeben. Und dies würde er sich auch von ihr nehmen, ebenso wie ihren Körper. Denn als sie zu ihm aufschaute, sah sie, daß er die Hände an seinem Gürtel hatte, diesen öffnete und danach seine Hose. Und Araminta wußte, daß die Zeit des Wartens nun endgültig vorüber war, daß sie heute nacht das volle Ausmaß ihrer selbst als Frau und seiner Männlichkeit erfahren würde. Diese Erkenntnis ließ sie erzittern; mit einemmal kam sie sich zerbrechlich und hilflos vor; und sie fragte sich, ob er ihr, wenn es soweit war, sehr weh tun würde – und ob es ihm überhaupt etwas ausmachte.

Ihre plötzliche Besorgnis spürend, beugte sich Rigo vor und küßte sie erneut tief und fordernd, raubte ihr den Atem und brachte jeden Protest zum Verstummen, den sie hätte hervorbringen können, als er seine Hose abstreifte, sich nackt auf Araminta rollte und sie die Hitze seines Körpers bis ins Mark hinein spürte wie die gleißende Wüstensonne, die sie schmelzen ließ und zu Quecksilber verwandelte in seinen Armen. Sie zerfloß, hatte keine Knochen mehr im Leib, war sein, auf daß er sie nach seinem Willen formte. Was er auch tat – seine Hände strichen begehrlich über ihren Körper, sein Mund wanderte hinab, um ihren Hals und ihre geschwollenen Brüste zu schmecken, deren Knospen hart und rosiggolden wie der flammende Sonnenuntergang waren, der den Himmel wild und wütend gezeichnet und den tosenden Sturm angekündigt hatte. Araminta stöhnte vor Verlangen und Sehnsucht, als seine Zähne und Zunge ihre Brustwarzen reizten, als sich Wogen der Leidenschaft, süß und gewunden wie Ranken wilder Blumen, in ihr ausbreiteten und sie umschlangen, sich um Hals und Brüste schmiegten. Rigo nahm ihr langes Haar und schlang es um sie beide, band sie damit zusammen, atmete tief den Duft des heißen Sonnenlichts der Wüste ein, das ihre goldenen Strähnen ausströmten. Ihr Haar, zerzaust und im Wind wehend, schimmerte wie flüssiges Gold im flackernden Licht, das sie in scharlachrotem Glanz badete.

Er berauschte sie. Kleine weiße Punkte, wie weit entfernte Sterne, tanzten vor ihrem inneren Auge; alles schwirrte in ihrem Kopf, und sie preßte Rigo inmitten der seidigweichen

Flut ihres Haars mit aller Kraft an sich. Die Erde drehte sich unter ihr, schien sich unter ihr aufzutun, und sie fiel ... fiel in einen schwarzen wirbelnden Strudel. Ihre Hände glitten über sein bronzenes Fleisch, wanderten über seinen Rücken; sie fühlte seine Muskeln zucken und beben, fühlte den Schweiß auf seiner Haut. Beide waren sie schweißgebadet und besprenkelt vom Regen, der durch die Fenster hereinwehte und ihre Körper glänzen ließ, einer dunkel, der andere blaß, beide schlüpfrig naß, als sich Rigo auf ihr bewegte und sein großes, pralles Geschlecht sie ebenso schockierte wie verlockte.

Sicher würde er sie damit entzweispalten. Doch selbst wenn er ihr nichts als Schmerz zufügen sollte, fühlte sie, daß es ausreichen würde, um sie beide zu befriedigen. Eine Art wilder Gerechtigkeit würde ihrem Ehemann geschehen, den sie nun mit jedem Teil ihres Selbst betrog und mit dem sie geschlafen hätte, wenn Rigo sie nicht entführt und ihr nicht erspart hätte, was Marisol hatte erleiden müssen.

Dafür allein schon war Araminta Rigo dankbar, und noch mehr ... atemlos in seiner Umarmung erforschte sie ihn so, wie er sie erforschte und küßte, und sie berührte ihn überall, ihre Lippen und Zunge schmeckten und leckten das Salz von seinem dunklen, weichen Fleisch; ihre Hände ertasteten alle Flächen und Winkel seines harten, muskulösen Körpers. Sie hatte das Gefühl, als wäre sie nun vom tosenden Sturm draußen vor der Hütte erfaßt, als würde er sie an einen primitiven Ort davontragen, der weder Himmel noch Hölle war, sondern irgendwo dazwischen; ein Ort der Peyote-Träume und Rauch und Dunkelheit, wo kaleidoskopartige Wirbel tanzten und schwankten wie Glocken im heulenden Wind; dazu das wilde Lied, das in ihr klang, so feurig wie ein Flamenco, die Kastagnetten das heftige Klopfen ihres Herzens an Rigos Herz, die Melodie das tobende Tosen des Sturms, das sie beide zur Raserei peitschte.

Wie eine durstige Wüstenrose sich dem Regen öffnet und instinktiv die lebenspendende Feuchtigkeit aufsaugt, so öffnete sich Araminta, als Rigo sie suchte; als seine Hände und Knie ihre weißen Schenkel spreizten und seine Finger sie dort berührten, wohin er sich während der Nächte ihrer langen Reise mit schnellen, leichten Stößen vorgewagt hatte, was ihre Qual nicht gelindert, sondern nur noch vergrößert hatte. Doch nun, als seine Hand den dunklen, geheimen Ursprung ihres Verlangens fand, gebettet in honiggoldene Löckchen, liebkoste Rigo ihre anschwellenden Schamlippen, die sich ihm bebend öffneten. Langsam, vorsichtig, quälend tauchte sie in das vor Nektar triefende Herz ihrer Zinnoberblüten, ehe er sie wieder herauszog, um ihr melodisches Elixir zu verteilen und dann erneut und immer wieder einzutauchen. Seine Zunge ahmte in ihrem Mund die süß schmerzenden Bewegungen seiner Hand nach, das Schnalzen seines Daumens an der pulsierenden Quelle ihrer Leidenschaft, und schärfte ihr Verlangen nach ihm zur Klinge eines scharfen Messers. Araminta stöhnte an seinen Lippen, rang keuchend nach Atem, rieb und wand sich heftig an seinem muskulösen Körper, nun, da sie wußte, daß nicht einmal das ausreichte, um diesen schrecklichen brennenden Schmerz zu stillen, den er in ihr erweckt hatte. Sie wollte ... wollte ...

»Me quieres¿« murmelte er ihr mit kehliger Stimme drängend ins Ohr, als sein Mund sich von ihrem löste und heiß über ihre Wange zu ihrer Schläfe und zu den goldenen Strähnen ihres Haars wanderte und sie seinen rauhen Atem spürte, ein tiefes Knurren an ihrer erhitzten Haut. *»Dime, niña. Me quieres¿«* Sag mir, Schatz, willst du mich?

»Si, te quiero«, flüsterte sie. *»Te quiero, Rigo.«*

Bei ihrer Zustimmung, als sie endlich seinen Namen aussprach, fand der harte, suchende Schaft seiner Männlichkeit sie und drang tief und ganz in sie ein, durchbohrte sie in einem erschütternden Moment, daß ihr das Herz stockte und sie einen stechendheißen Schmerz verspürte, der die endgültige Eroberung war. Bis jetzt war ihr nie wirklich klar gewesen, wie absolut sein Eindringen sein würde, wie vollkommen ihre Unterwerfung. Doch als sie den scharfen Schmerz verspürte, als ihre zerbrechliche, jungfräuliche Schranke zerriß, versteifte sie sich unwillkürlich, ihr Rücken und ihre Hüften bogen sich wild und unkontrollierbar gegen ihn, unterstützten sein Eindringen und intensivierten seinen Angriff, als er sie hochhob und noch enger an sich drückte. Sie keuchte, schrie laut auf, ein tiefes Klagen der endgültigen Aufgabe, das er mit seinem triumphierenden Mund erstickte. Vereint mit ihr, sie an das Gefühl gewöhnend, pochend in ihr zu sein, sie bis zum Überfließen zu füllen, preßte er sie langsam wieder zurück auf den Teppich. Er zog sich aus ihr zurück, doch nur, um erneut hart und tief zuzustoßen; sein Körper angespannt vor Begierde und sich fieberhaft an ihrem reibend, begann er, blind nun, sich in ihr zu bewegen. Wieder und wieder stieß er zu, den Kopf an ihre Schulter gepreßt; seine Hände unter ihren Hüften, hob er sie hoch, damit sie jeden seiner kräftigen, barbarischen Stöße empfing; dunkles Fleisch verschmolz mit weißem, während draußen der Sturm tobte und das Feuer drinnen sie in einen scharlachroten Glanz tauchte und vereinte, versiegelte, jetzt und auf ewig.

So duftend wie der rauchgeschwängerte Regen erhob sich das süße, betörende Aroma ihres Liebesaktes, als sich mit jedem harten Stoß seiner Männlichkeit der Schmerz, den Araminta zuerst empfunden hatte, nach und nach zu Lust wandelte und immer weiter wuchs, bis sie sich schließlich an ihn verlor, so wie er sich an sie verloren hatte, vollkommen und auf alle Ewigkeit. Mit aller Kraft klammerte sich Araminta an ihn und versuchte nach etwas zu greifen, nach etwas Unbekanntem, Schattenhaftem, das sie finden mußte – oder sterben. Kopfüber jagte sie mit ihm in schwindelerregender Höhe auf einem wilden Wind dahin, durch dunkle, labyrinthartige Schluchten und über wogende, aufsteigende Ebenen, wo eine mächtige atavistische Sonne hell und heiß im endlosen türkisen Himmel brannte, der plötzlich zerbarst, brutal und atemberaubend, zu einer endlosen Spirale sprühender Feuersbrunst und die Erde in ein verwirrendes, unwirkliches Licht tauchte, das wie eine Fata Morgana schimmerte und Araminta aufschreien ließ, als es sie verschlang, veredelte und dann langsam verbrannte, bis nichts mehr da war außer Reglosigkeit und Stille.

Rigo hielt Araminta noch immer fest in den Armen, so beschützend wie besitzergreifend, während sie beide im ausklingenden Taumel ihres Liebesaktes schwebten; sie hatte den Kopf an seine Schulter geschmiegt, und er spürte ihre kristallenen Tränen auf seiner Brust. Doch da er sie nun so gut kannte wie sich selbst, bis tief in ihr Innerstes, brauchte er keine Erklärung für diese Tränen. Sie war jung, erfüllt von Staunen und Furcht über das, was zwischen ihnen geschehen war. Sie hatte die gewaltige Schönheit gewünscht und erfahren, und nun fürchtete sie den Widerhall und die Auswirkungen auf sie; empfang Angst und Reue, noch nicht erkennend, daß sie mit ihren innigen Erwiderungen auf seine Liebe eine Begierde in ihm geweckt hatte, die an Besessenheit grenzte. Er war zahllosen Frauen begegnet, doch nie einer wie Araminta. Was sie nun für beendet zwischen ihnen hielt, war, wie er wußte, erst der Beginn; sein Verlangen nach ihr war erst geweckt, und er würde niemals genug von ihr kriegen, ganz gleich, wie oft er sie auch nahm. Bei ihr hatte er – wie bei keiner anderen Frau – alles von sich gegeben und von ihr bekommen, so wie sie von ihm bekommen und ihm gegeben hatte. Sie war alles, was er je in einer Frau gewollt und sich erträumt hatte; sie war die Hälfte, die ihn eins werden ließ, die Partnerin seines ruhelosen Körpers und seiner suchenden Seele.

»Nicht weinen«, murmelte er sanft, wie er sie auch schon zuvor getröstet hatte. »*Cállate, niña.* Du mußt nicht weinen.«

»Muß ich nicht, Rigo?« fragte sie zitternd, verängstigt und beschämt. Was hatte sie getan? Sie hatte sich willig einem Mann hingegeben, mit dem sie nicht verheiratet war, einem Mann, der sie benutzt hatte, um sich zu rächen, und der nun keine Verwendung mehr für sie hatte. »Ich habe getan, was du wolltest. Nun hast du deine Rache. Jetzt kannst du mich zurück nach Texas schicken, zurück zu meinem Mann.«

Rigo umfaßte zärtlich ihr Kinn und drehte ihr Gesicht zu sich; seine Augen suchten in ihren, als wollte er die innigsten Geheimnisse ihres Herzens und ihrer Seele lesen.

»Willst du das wirklich, Araminta? Willst du denn wirklich, daß ich dich zurückbringe zu ... Judd Hobart?«

»Aber – aber das hast du doch vor, oder etwa nicht?« erwiderte sie ausweichend, weil sie nicht wagte, das Gegenteil anzunehmen und das winzige Fünkchen Hoffnung zuzulassen, das nun in ihr glimmte und zu wachsen begann.

»Vor heute nacht, *sí*«, sagte er leise. »Doch nun nicht mehr, *querida.* Jetzt nicht mehr! Nein, nicht einmal wenn ich dich bis an dein Lebensende hier in Mexiko festhalten müßte, werde ich dich zurück zu deinem Gringo-Gatten bringen. Du gehörst jetzt mir, Araminta, mir!« verkündete er inbrünstig. »Niemals werde ich dich gehenlassen. *Bruja!* Du hast mich verhext, mit deinem Engelshaar, deinem Zigeunergesicht, deinem magischen Feuer. *Te quiero, mi corazón, mi vida mi alma ...*« Ich will dich! Ich liebe dich, mein Herz, mein Leben, meine Seele.

Bis zu diesem Augenblick hatte Araminta nicht gewußt, wie sehr sie sich danach gesehnt hatte, diese Worte zu hören, wie sehr sie seine Liebe erwiderte, wie sehr sie ihn all die Zeit schon geliebt hatte, seit ihrer allerersten Begegnung im Hotel von El Paso. Warum sonst hatte sie sich wieder und wieder am

Bachufer mit ihm getroffen? Warum sonst hatte sie so auf die Freiheiten reagiert, die er sich ihr gegenüber herausgenommen hatte, als sie seine Gefangene gewesen war? Warum sonst hatte sie sich ihm heute abend hingegeben, erfüllt von dem sehnsüchtigen Wunsch, seinen Schmerz zu lindern, in einem verzerrten Versuch der Wiedergutmachung sich selbst irgendwie für die Qual und Pein zu bestrafen, die Marisol durch Judd auf grausamste Weise erfahren hatte?

»Rigo, o Rigo, ich liebe dich auch!« rief Araminta schluchzend, und sie umfaßte ihn noch fester, als wollte sie sich vergewissern, daß es ihn auch gab, daß er ihr gehörte.

Ihre Tränen der Trauer wurden zu Freudentränen und schmeckten süß auf seinen Lippen, als er ihr ins Haar faßte und sie erneut küßte. Er rollte sie zur Seite, legte sich erneut auf sie; sein nackter Leib bewegte sich unaufhaltsam, drängend, bis er sie ganz bedeckte, während draußen der Sturm nach und nach erstarb und der gurgelnde Bach mit einem Seufzer zu einem schimmernden Quecksilberstrom im sanften Mondlicht wurde.

Dritter Teil

Die Villistas

16. Kapitel

Chihuahua, Mexiko 1913

Als Araminta erwachte, wußte sie im ersten Moment nicht, wo sie war, so sehr hatte sie sich inzwischen daran gewöhnt, nur auf einer Decke auf der harten Erde zu schlafen. Wie sonst auch lag Rigo neben ihr, ein Bein über ihres geschlungen, den Arm um ihren Körper gelegt, eine Hand auf ihrer Brust. Doch an diesem Morgen waren sie beide nackt. Bei dieser Erkenntnis kehrte die Erinnerung an die vergangene Nacht zurück, und Araminta wurde sich gewahr, daß sie im Bett lagen, in das Rigo sie gebracht hatte, nachdem sie sich ein weiteres Mal auf dem Teppich vor dem Herdfeuer geliebt hatten. Als sie sein dunkles, wunderschönes Gesicht betrachtete, so ungewohnt friedlich nun, fragte sich Araminta, wie sie ihn jemals hatte hassen, sich jemals gegen ihn hatte wehren können. Nun war ihr klar, daß es nur ihre unbewußte Angst davor gewesen war, sich in einen Mann zu verlieben, der sich nie etwas aus ihr machen würde und für den sie nie mehr als die Gringa-Braut seines Todfeindes sein würde, was sie dazu getrieben hatte, sich ihm zu widersetzen. Sie staunte, daß Rigo sie liebte, daß ihr Herz am liebsten überfließen wollte vor all ihren Empfindungen für ihn.

Als hätte er ihren Blick gespürt, regte sich Rigo, schlug verschlafen die Augen auf und zog Araminta eng in seine Arme, während er begann, sie liebevoll zu küssen und zu streicheln, voller Freude darüber, daß sie ihm so zugetan war wie seine erste Frau, daß ihm solches Glück widerfahren war, ihr begegnet zu sein. Sein bronzenes Gesicht im rosiggoldenen Licht der Morgendämmerung, das durch das offene Fenster des Schlafzimmers fiel, wirkte jünger, als er tatsächlich war, sanfter, weil er wußte, daß er hier zumindest nicht auf der Hut sein mußte. Bei Araminta mußte er kein anderer Mann sein als der, der er in seinem Herzen war, denn sie allein kannte seine menschlichen Ängste und Eigenheiten – und liebte ihn dennoch. Niemals hätte er ihre Heirat mit Judd Hobart zulassen dürfen, sagte sich Rigo eifersüchtig im stillen und verfluchte seine Rache – auch wenn sich diese als noch viel süßer erwiesen hatte, als er es sich je ausgemalt hatte. Doch im Grunde zählte für ihn die Tatsache, daß sie die Frau eines anderen war, nicht. Er, Rigo, war es, dem sie gehörte – wie sie nie einem anderen gehören würde –, seine Lippen, seine Zunge und seine Hände waren es, die sie erregten und zum Glühen brachten, so wie sie es bei ihm tat, wenn ihre Finger durch sein glänzendschwarzes Haar fuhren, um ihn noch näher zu ziehen, während er den Wein ihres Rosenknospenmundes trank und sich an ihren Brüsten weidete, weiß wie erblühende Lilien mit sprießenden rosigen Blüten. Er preßte das Gesicht in das Tal zwischen ihren bebenden Hügeln, wanderte auf einem Pfad erregender Küsse ihren festen Bauch hinab, bis er an ihren geheimsten Ort gelangte und den Nektar bittersüß auf seiner Zunge schmeckte. Was er zuvor in der heißen, blinden Raserei purer Begierde genossen hatte, erforschte er nun aufs neue, langsam, vorsichtig und eingehend, hatte seine wahre Freude an ihr und der schwelenden, flüssigen Hitze, die seinen Körper durchlief und seine Lenden entflammte, als er Araminta in die Arme schloß, sich auf sie legte, dunkle Haut auf weißer, heißer Atem an ruhelosen Lippen und Händen.

Araminta strich ihm mit den Daumen über die schwarzen Brauen, über die harten Züge seines falkenhaften spanischen

Gesichts, folgte der sinnlichen Linie seines Mundes, bis Rigo sie erneut küßte. So zart und zerbrechlich wie das Flattern von Schmetterlingsflügeln tupfte sie ihm ihre Küsse auf die Lider, auf seine verführerischen Lippen, sein glänzendschwarzes, langes Haar. Sie streichelte und küßte seine Schultern, wanderte tief hinab, küßte auch seine Brust, während sie seinen Rücken streichelte; ihre Zunge leckte die salzige Haut, und sie folgte dem schmalen Band harter Muskeln, das wie ein Quecksilberstrom zur Kurve seines festen, schmalen Gesäßes führte. Ihr blondes Haar sponn ihn ein wie ein köstlich kitzelndes, hauchdünnes Netz; und er zog ihre Strähnen über seine Lippen und seinen Hals und atmete tief den Duft der Sommersonne ein. Ihre seidenweiche Haut roch für ihn wie ein betörendes Parfüm. Seine dunklen Augen blitzten auf, eine Warnung, daß es gleich um seine Beherrschung geschehen war, als ihre Hand über den aufgerichteten und suchenden Schaft seiner Männlichkeit strich, ihn umfaßte und absichtlich reizte und streichelte, bis er sich auf sie wälzte.

Weich wie eine Taube lag sie unter ihm, die weißen Flügel gespreizt, sich weit öffnend unter dem sanften, aber drängenden Druck seiner Hände in stummer Forderung. In einem herrlich trägen Mittsommernachtstraum wurden sie eins; mit einem langsamen, harten Stoß drang sein Geschlecht in sie ein, spaltete sie und ließ heißen Nektar in ihr sprießen. Wieder und wieder stieß er zu, und das süße, verführerische Gift der Lust breitete sich in ihr aus, benebelte ihre Sinne; und sie hieß es willkommen, umarmte es, als es sie wie in einem reißenden kristallklaren Strom an einen Ort spülte, so waldig wie der Garten Eden, unter einem diamantenen Himmel, in dessen Herz eine glorreiche, zeitlose Flamme brannte und loderte, als er aufstöhnte, dann laut schrie und sich mit einem Schaudern, das seinen ganzen muskulösen Körper durchfuhr, in ihr ergoß.

Danach lag sie in seinen Armen und sonnte sich im nachklingenden Glanz ihres Liebesaktes, und Araminta hätte am liebsten vor Freude geweint, ob des bittersüßen Schmerzes, den ihr Herz vor Liebe zu ihm verspürte; denn letzte Nacht hatte Rigo ihr erzählt, daß die Menschen auf dem Lande vor der Revolution gezwungen gewesen waren, sich leise zu lieben, aus Furcht, sie könnten von ihren Herrn und Gebietern gehört werden, die ihnen selbst diese Nähe, dieses Vergnügen mißgönnten.

»Te amo!« wisperte sie, als könne sie allein mit diesen Worten seine Erinnerungen an die Zeit vor dem Krieg auslöschen, als er weniger wert gewesen war als ein Hund – und als könne sie die Gegenwart und die Zukunft in Schach halten, in denen er ein »Hund des Krieges« war. *»Te amo …«* Ich liebe dich.

Mit einem Kuß nahm er ihr diese Worte von den Lippen und gab sie ihr zurück. *»Te quiero.«* Ich will dich, ich liebe dich, sagte er, denn für ihn waren es dieselben Worte, wenn er sie aussprach. Araminta genügte es; sie bat nicht um mehr, nicht von einem Mann, der soviel über das Liebeschenken wußte und doch so wenig Liebe erfahren hatte. Da waren Narben, die schlimmer waren als die auf seinem Körper, Narben, die ein Leben lang brauchten, um ganz zu verheilen. Das verstand sie – wie er gewußt hatte, daß sie es tun würde. Ein Mann wie er öffnete sein Herz und seine Seele keiner Frau, die beides nicht zu schätzen wußte; so wie eine Frau wie sie es niemals gegenüber einem Mann tun würde, der sie nicht liebte. Und auch das hatte er gewußt.

Auch wenn sie weniger als einen Monat dort verbrachten, sollte Araminta die kleine Hütte im Cañon nie vergessen, wo Rigo sie zum erstenmal geliebt und wo die Zeit für eine Weile stillgestanden hatte; wo sie gelebt hatten wie Mann und Frau, so als wären sie tatsächlich miteinander verheiratet, frisch Vermählte, die einander kennenlernten und sich ohne Ende liebten. Doch unausweichlich begann sich das Rad der Zeit wieder zu drehen; und die Welt, Mexiko und die Revolution kehrten auch in ihr Leben zurück, und zwar in Form einer Botschaft von Francisco »Pancho« Villa, dem befehlshabenden General der División del Norte. Ein Mann, der in den Bergen verweilte und sich die Zeit mit einer Gringa vertrieb, während die übrigen Guerilleros den Krieg der Freiheit fochten, galt als Mann, den viele als Verräter betrachteten, der an die Wand gestellt gehörte. Villas Haltung war unmißverständlich: Verrat und Desertion würde er niemals dulden. Offiziere, die sich nicht an seine Befehle hielten, würden exekutiert werden, und Rigo war da keine Ausnahme.

Araminta war bestürzt, als sie von der Nachricht erfuhr, weil sie sicher war, daß Rigo sie nun allein hier im Cañon zurücklassen oder sie auf seine Ranch in Mexiko, die Casa Grande, bringen lassen würde, wo sie ganz allein wäre bis zu seiner Rückkehr. Doch dann sagte er ihr, daß sie ihn zu den Villistas begleiten dürfe, wie es viele mexikanische Frauen taten, die ihre Ehemänner und Geliebten in die Schlacht begleiteten. Aus dem Korral am anderen Ende des Cañons suchte sich Araminta ein Pferd aus, einen schneeweißen Araberhengst, auf dem sie dann an Rigos Seite ritt. Wie anders diese Reise doch war!

Mit jeder Woche, die verging, vergrößerte sich Rigos Desperado-Bande von einer Handvoll auf fünfhundert und mehr. Woher die Guerilleros wußten, wie und wo sie ihn finden konnten, war Araminta ein Rätsel, denn sie ritten in schnellem Tempo. Erst als die Reiterschar immer größer wurde, ging es langsamer voran und offener, begleitet von Kanonen, Planwagen mit Verpflegung und Pferden für die Rebellentruppen. Araminta konnte einige Brandzeichen von Ranches in Texas ausmachen, ja sogar das der High Sierra und des Chaparral, was keinen anderen Schluß zuließ, als daß diese Pferde aus Rigos Überfällen nördlich der Grenze stammten.

Zum erstenmal seit Tagen dachte Araminta wieder an ihren Großvater und Judd. Inzwischen mußten die beiden annehmen, daß sie nicht mehr am Leben war. Da sie weder eine Lösegeldforderung noch irgendein Lebenszeichen von ihr erhalten hatten, konnte es für sie nur einen Schluß geben: Sie war tot, und wenn es doch eine winzige Chance geben sollte, daß sie noch am Leben war, dann wäre sie es besser nicht. Daß sie sich in Rigo verliebt hatte und er sie liebte, würden ihr Großvater und Judd niemals für möglich halten, niemals glauben, selbst wenn ihnen jemand den Beweis dafür geliefert hätte. Doch diesen würde es nie geben, weil es ausgeschlossen war, daß sie nach Texas und zu Judd zurückkehrte – nun nicht mehr, da sie Rigos Frau war. Sollten sie nur ruhig annehmen, daß sie tot war. Es war am besten so. Judd war es sicher nur recht, keinen Beweis für das Gegenteil zu haben, und selbst wenn ihr Großvater darüber nicht froh war, sagte sich Araminta, wäre es ihm gewiß lieber, sie wäre tot, als sie ihn Rigos Armen zu wissen.

Bei ihrer ersten Reise war Araminta nur eine Gefangene gewesen; gefesselt hatte sie vor Rigo auf Rayo – Donnerschlag, so hieß sein Hengst – gesessen, und es hatte nichts für sie zu tun gegeben; wenn sie Rast machten oder das Lager für die Nacht aufschlugen, hatte sie nur stumm und untätig dagesessen, weil niemand ihr traute, da sie ja versuchen könnte zu fliehen. Nun jedoch zeigte Rigo ihr, wie die Pferde versorgt werden mußten, brachte ihr bei, ein Feuer aufzuschichten und zu entzünden, so daß sie anfangen konnte, eine Suppe für seine Männer zu kochen; und er zeigte ihr, wie man das Zelt aufbaute, das er vor kurzem angeschafft hatte, und dann die Dekken darin ausrollte, auf denen sie schlafen würden. Anfangs brauchte sie für all das fast zwei Stunden, auch wenn ihr für gewöhnlich der eine oder andere von Rigos Männern dabei zur Hand ging. Doch schon bald schaffte sie es in der Hälfte der

Zeit. Die harte Arbeit machte sie stark. Als sie dann den schweren Sattel ganz allein und mühelos auf den Rücken ihres Pferdes hieven konnte, mußte Araminta lachen, denn früher hatte sie ihn kaum über die Erde ziehen können. Doch je mehr Männer zu Rigos Armee stießen, desto mehr gab es, die ihre Pflichten übernahmen; und Rigos Aide-de-Camp, ein junger Mann namens Chico Morales, beauftragte mehrere Männer mit den anstrengenderen Arbeiten.

Von den Frauen, die der anwachsenden Armee folgten, lernte Araminta, welche Pflanzen und Knollen genießbar waren; und um den eher kargen Speiseplan aufzubessern, pflückte sie mit ihnen wilde Beeren, Kräuter und Gemüse, grub saftige Wurzeln aus der harten Erde, deren Köpfe Leckerbissen für die Pferde waren. So manches Mal trockneten und bewahrten die Frauen das, was sie gesammelt hatten, für den späteren Verzehr auf, denn oft war es ein gutes Stück des Wegs bis zum nächsten Dorf und somit auch bis zu frischer Verpflegung. Nichts vergeuden, nicht wählerisch sein – das war die Devise der aufständischen Bauern, die ihre Lektion nur zu gut gelernt hatten. Araminta lernte auch, welche Pflanzen und Kräuter als Medizin verwendet werden konnten, so wie jene, aus der sie sich eine Salbe machte, die ihre Haut vor der grellen Sonne und dem Wind schützte. Sie lernte, welche Pflanzen giftig waren; daß eine Klinge mit dem Saft einer bestimmten Pflanze beträufelt den sofortigen Tod bringen konnte; daß bestimmte Blätter und getrocknete Beeren, wenn man sie zerrieb, ein Pulver ergaben, das – aufs Essen oder in ein Getränk gegeben – ein langsames, qualvolles Ende bringen konnte. Es war Rigo, der ihr den Peyote-Kaktus zeigte, dessen Früchte und Saft Erbrechen und Halluzinationen erzeugten, wenn man davon aß oder trank; bei besonderen indianischen Ritualen öffnete man sich damit die Pforten zur Welt der Geister.

Besorgt, Araminta könnte trotz all seiner Vorsichtsmaßnahmen in die Hände der Föderalisten, Colorados oder Yaqui-Indianer fallen, brachte Rigo ihr zudem bei, sich mit einem Messer zu verteidigen; Angriffe und Finten, wie man herumwirbelte, sich zu Boden fallen ließ, abrollte und blitzschnell wieder auf den Beinen war; wie man einem Angreifer das Messer in den Hals oder ins Herz rammte und die Klinge drehte, um auch sicherzugehen, daß das grausige Werk vollendet war. Wie viele der anderen Frauen auch, die ihre Männer begleiteten, trug Araminta das Messer, das Rigo ihr gab, in einem Lederhalfter um den Oberschenkel unter ihrem Kleid versteckt. Sie konnte das Messer blitzschnell zücken, der Trick der Zigeunerinnen und Huren, aber einer, der ihr in diesem wilden und vom Krieg geschüttelten Land vielleicht eines Tages das Leben retten würde. Rigo testete Aramintas Wachsamkeit, überraschte sie in Momenten, in denen sie es am wenigsten erwartete; und so trainierte sie ihr Gehör und lernte, selbst auf das kleinste Geräusch in den Büschen zu achten. Sie lernte auch, auf dem Bauch, auf den Ellenbogen und ohne einen Laut durch unwirtliches Gebiet zu robben.

Wenn es Abend wurde, saßen Araminta und Rigo über dem Schachbrett, das er stets in einer seiner Satteltaschen mit sich führte; doch Araminta hatte keine Chance gegen ihn. Schach war ein Spiel, das Intelligenz und Strategie erforderte, ohne jedes Risiko – außer dem Können und Einfallsreichtum des Gegners –, und er war militärisch viel zu erfahren, als daß sie ihn hätte besiegen können. Ihre ersten Partien hatten sie gespielt, als sie noch seine Gefangene gewesen war, und damals hatte sie bereits seine Verschlagenheit und sein Können beim Schach erkannt; hatte sich daran gewöhnt, ihn leise *»Jaque«* murmeln zu hören und dann kurz darauf *»Jaque Mate«*. Schach. Schachmatt. Mehr als einmal hatte er – wie zu einem Kind, das dieses Spiel gerade erst erlernt – *»Jaque de la Reina«* gesagt – Schach der Königin –, und er hatte ihr dabei tief in die

Augen geschaut; und was er sagen wollte, war klar: Gib acht, Gringuita, denn am Ende wirst du mein sein wie deine Königin. Araminta hätte sich niemals träumen lassen, daß ihre Kapitulation so willentlich, so sehr aus Liebe erfolgen würde – oder daß Rigo so viel und tief für sie empfand und ihre Liebe vollkommen erwiderte.

Er spielte auch weiterhin mit ihr Gitarre. Damals, auf dem Weg zum Versteck im Cañon, hatte er in einem der Dörfer einem Bauern das Instrument abgekauft, und abends, wenn er sicher war, daß sie an einer Stelle campierten, wo der Wind die Musik nicht zu weit davontragen konnte, hatte er auf der Gitarre leise, wunderschöne spanische Lieder angestimmt – traurige Balladen und langsame Walzer, feurige Fandangos, einfache Jarabes und wilden Flamenco. Als er sah, wie sehr Araminta diese Lieder und Melodien gefielen, hatte er, vielleicht nur zum Spaß, damit begonnen, ihr einige Griffe auf der Gitarre zu zeigen. Und weil es besser war, als mit gefesselten Handgelenken dazusitzen, hatte sie diese Gelegenheit ergriffen. Inzwischen beherrschte sie die Gitarre gut genug, um mehrere einfache Lieder darauf spielen zu können, wenngleich lange nicht so gut wie Rigo. Wenn er nun abends am Feuer saß und spielte, gesellten sich noch andere mit ihren Instrumenten hinzu, und die Männer und Frauen seiner Armee sangen und tanzten mit einer Ausgelassenheit, die ansteckend und atemberaubend war. Der Klang der Gitarren, das Rasseln der Tamburine, das Klackern der Kastagnetten erfüllte die Nacht, und der harte Boden erbebte unter dem Stampfen der Stiefel, dem Klirren der Sporen. Und rund um das Feuer standen weitere Zuhörer, die rhythmisch klatschten und die Tänzer anfeuerten, woraufhin diese schneller und schneller herumwirbelten.

Eines Abends zogen einige der jungen Frauen, mit denen sich Araminta angefreundet hatte, sie in den Kreis der Tanzenden, um ihr die Schritte beizubringen. Mit einem schüchternen

Kopfschütteln wehrte sie sich dagegen. Doch als jemand *»La gringa! La gringa!«* rief und die anderen in diesen Ruf mit einstimmten, begann sie zögerlich zu tanzen und ahmte zuerst die übrigen Tänzerinnen in ihren Bewegungen nach. Nach einer Weile jedoch ließ sie sich, allmählich mutiger und angeheizt vom Wein, den sie zum Abendessen getrunken hatte, von der Musik mitreißen. Sie schloß die Augen, gab sich ganz dem pulsierenden Rhythmus hin, brauchte mit einemmal keine Anleitung mehr; plötzlich wußte sie wie von selbst, wie sie sich bewegen mußte, verführerisch verschmolz ihr Körper mit der Musik, ließ sie die Hüften kreisen. Anmutig hob sie einen Arm in die Höhe, schnippte mit den Fingern und stampfte mit ihren *guaraches* auf, während sie den Saum ihres Kleides neckisch lüftete, so daß ihr Schenkel zu sehen war. Die Zuschauer johlten vor Begeisterung über ihre kecke Geste und feuerten sie an, während die übrigen Tänzer und Tänzerinnen nach und nach verharrten, um der wunderschönen jungen Amerikanerin, *la gringa*, zuzuschauen, die – wenn da nicht ihr goldenes Haar und die smaragdgrünen Augen gewesen wären – auch eine ihrer wilden Zigeunerinnen hätte sein können. Araminta war sich nicht gewahr, daß nur sie allein noch tanzte. In ihren Schläfen pochte das Blut. Sie war ganz in die Musik verloren, tanzte für Rigo, ihren Liebhaber, tanzte nur für ihn allein, ließ die Arme wirbeln, warf den Kopf in den Nacken; ihr offenes Haar fiel über sie, die Augen halb geschlossen, der Mund zu einem einladenden kleinen Lächeln geöffnet. Ihr Körper glänzte vor Schweiß, glitzerte im Mondlicht und im Schein des Feuers, während sie sich schneller und schneller drehte, ihr Kleid um ihre Beine wirbelte, und ihr das begeisterte *»Olé!«* und *»La gringa!«* in den Ohren hallte, bis Rigo sie urplötzlich bei der Hüfte packte, hochhob, sie hart und hungrig unter dem Gejohle seiner Männer – *»Arriba! Arriba, general!«* – küßte, sie zu ihrem Zelt trug, wo er sie feurig, fiebrig ohne jedes Vorspiel nahm.

Wie anders als in Texas es hier in Mexiko doch war, dachte Araminta oft, wo sie als Rigos Frau bewundert und geachtet wurde und wo sich niemand darum scherte, daß sie nicht mit ihm verheiratet war; wo die Menschen nur mit einem Achselzucken auf Konventionen reagierten und verstanden und akzeptierten, daß so die Liebe und das Leben war. *La gringa* nannten sie sie, und *La mujer del general, la mujer del Salvaje.* Die Fremde, die Yankie-Frau, die Frau des Generals, die Frau des Grausamen – wobei sie annahm, daß die letzteren beiden Bezeichnungen dafür sorgten, daß sie die ersten beiden nicht abfällig meinten. Was Araminta nicht wußte, war, daß sie sich täglich auf vielfache Weise ihren Respekt erwarb und ihre Herzen eroberte.

Ihr Akzent betörte sie, wenn sie sich mit ihnen unterhielt, oft mehr mit Gesten als mit Worten, anfangs mit vielen Fehlern, aber immer ein bißchen besser. Zumindest bemühte sich *la gringa*, ihre Sprache zu sprechen und erwartete nicht, daß sie ihre sprachen. Nie schrie sie jemanden auf englisch an, als wären sie taub und als würde Schreien bewirken, daß sie ihre Sprache verstanden. Sie arbeitete so hart und ausdauernd wie ihre Frauen, verlangte niemals eine Sonderbehandlung als Frau des Generals, die Frau von El Salvaje. In den schlichten bäuerlichen Kleidern, die sie trug, sah man sie abends, nachdem das Nachtlager aufgeschlagen war, inmitten der Rebellen. Sie sprach schüchtern diesen oder jenen an, erinnerte sich an die Namen aller, selbst an die ihrer Frauen und Kinder. Ganz gleich, wie abgekämpft und müde sie auch war, sie hatte stets ein Lächeln für jeden parat; fand immer die Zeit, über einen Witz zu lachen, einer Schar Kinder eine Geschichte zu erzählen, eine Wunde oder Schramme zu säubern oder zu verbinden. Ganz gleich, wie sehr ihr Rücken auch schmerzte, stand sie den halben Abend über das Feuer gebeugt und bereitete heiße Menudo, Frijoles und Tortillas zu, half beim Austeilen des spärlichen Mahls, sorgte dafür, daß alle anderen zu essen hatten, ehe sie und Rigo sich einen Teller nahmen. Rigo bezeichnete es als die Pflicht eines Generals, erst dafür zu sorgen, daß alle anderen versorgt waren.

In den meisten Nächten brannten oft noch bis in die frühen Morgenstunden hinein Kerzen im Zelt des Generals, wo er sich noch mit seinen ranghöchsten Offizieren beriet und Araminta alles, was sich zugetragen hatte, in ihr Notizbuch schrieb und zuvor als Skizze angelegte Zeichnungen für ihre Artikel über die Mexikanische Revolution vollendete.

Sie wußte inzwischen von Rigo und seinem riesigen Netz an Informanten, daß Liam O'Grady ihre bisherigen Artikel nicht nur im *Record* veröffentlicht hatte, sondern sie sogar auf der Titelseite unter der Überschrift »Von vorderster Front« als Serie abdruckte, mit der Unterzeile »Von unserer Korrespondentin in Mexiko – A. K. Munroe«. Bis auf die Politiker hatte sich in Amerika kaum jemand dafür interessiert, was südlich der Grenze geschah, doch Aramintas erste Artikel hatten wegen ihrer vorhergehenden Berichte über das Leben in Texas erhebliche Resonanz erfahren. Vor allem Frauen reagierten betroffen auf »Der Preis der Freiheit«, ihren Artikel über den Waisenjungen Miguelito; und als »Schrei nach Aufruhr« erschien, hatte sie bereits eine große Leserschaft, die regen Anteil nahm am Krieg in Mexiko. Diese Leser waren bereit für Aramintas Geschichte über die Aufständischen – und bereit, Partei zu ergreifen. Wie Rigo zugetragen worden war, hatte besonders dieser provokative Artikel zu hitzigen Diskussionen in den rauchgeschwängerten Salons der Männerclubs von New York City geführt; und mit einemmal stand auch Präsident Wilsons fortgesetztes Waffenembargo gegenüber den Rebellen zur Debatte. Aus diesem Grund wünschte Rigo, daß Araminta ihre Artikel fortsetzte, und sie war glücklich, ihm diesen Gefallen zu tun. Vielleicht würde sie so auf ihre Weise etwas für dieses Land tun können, das ihr unerwarteterweise so viel gegeben hatte und immer wieder gab. Doch selbst wenn es nur Rigo allein gewesen wäre, hätte sie schon mehr bekommen, als sie sich damals hätte erträumen lassen, als er sie über den Rio Grande brachte.

17. Kapitel

Sehr zu Judds Verdruß hatte sich ihm auf dem Rückweg nach Texas keine günstige Gelegenheit geboten, dafür zu sorgen, daß Noble im Sarg heimkehrte. Sosehr er auch bemüht gewesen war vorzugeben, es sei nur die schändliche Folge seines Schocks und der Angst um Araminta in den Händen von Rigo del Castillo gewesen, was ihn dazu gebracht habe, Araminta abzuschreiben und anzudeuten, er wolle sie nicht mehr als seine Frau zurückhaben, und gar zu sagen, sie wäre wohl besser tot, hatte sich Noble von diesen Bekundungen nicht täuschen lassen. Während er so tat, als ließe er es mit Judds Erklärung bewenden, war er ständig vor seinem Patensohn auf der Hut gewesen. Und so hatte Judd keine Gelegenheit gehabt, Noble zu töten, denn ihm war klar, daß ein solcher Versuch erfolgreich sein mußte, weil er sonst Gefahr lief, die High Sierra als Erbe zu verspielen und obendrein seine Chance, sein geschändetes Weib loszuwerden – auch wenn er inzwischen kaum noch Zweifel hatte, daß Araminta längst tot war.

Del Castillo, der Hurensohn, hatte schließlich genug Zeit für eine Lösegeldforderung gehabt. Daß eine solche bislang nicht eingetroffen war, hatte seinen Grund ganz sicher nicht darin, daß der Bastard vielleicht nicht schreiben konnte. O nein, Bandit hin oder her, er verstand sich aufs Schreiben, wie seine Briefe bewiesen, die er bei seinen Raubüberfällen auf den Chaparral jedesmals zurückgelassen hatte. Auch wenn keiner dieser Briefe eine Unterschrift aufwies, hatte Judd dennoch genau gewußt, von wem sie verfaßt waren. Von jenem Strauchdieb von einem Ehemann nämlich, dessen billige kleine mexikanische *puta* er, Judd, und seine Freunde in jenem schicksalsträchtigen Sommer bei einem ihrer Ausflüge über die Grenze in einem gottverlassenen Nest namens Yermavilla gepackt und mitgenommen hatten, um sich mit ihr zu vergnügen. Marisol hatte geweint und geschrien und sich anfangs wie eine Wildkatze gewehrt. Doch Judd wußte, daß es ihr am Ende gefallen, daß sie es sogar gewollt hatte; es hatte ihr Spaß gemacht, und sie verlangte direkt danach – wie alle Frauen, wenn man ihnen nur die Mätzchen austrieb und ihnen zeigte, wie sie die Beine breit zu machen hatten. Sie spurten schon, wenn ein ganzer Kerl sie richtig hart rannahm. Und Judd vermutete trotz aller gegenteiligen Gerüchte – gewiß von del Castillo selber ausgestreut, um seinen spanischen Stolz und seine Ehre zu retten –, daß sein Todfeind ein echter Waschlappen im Bett war, sonst wäre er gewiß in der Lage gewesen, seinem Weib schon mal ein paar Tricks und Finessen beizubringen, und sie hätte sich nicht so verdammt zickig und begriffsstutzig angestellt, bis Judd und seine Kumpane ihr zeigten, wie es ging. Eigentlich hatten sie ihr damit einen echten Gefallen getan, ihr zu zeigen, was ein Mann für sein Geld von einer Frau erwartete – vor allem von einer heißblütigen mexikanischen Schlampe, die doch wahrscheinlich für ein paar Groschen mit jedem zwischen Rio Grande und Zacatecas ins Bett gestiegen wäre, um sich zu holen, was ihr schlappschwänziger Ehemann ihr nicht bieten konnte!

Ein Jammer nur, dachte Judd säuerlich, daß er keine Gelegenheit gehabt hatte, seiner eigenen Braut ein paar jener Lektionen zu erteilen, die er Marisol gelehrt hatte. Er hätte Aramintas Eis schon zum Schmelzen gebracht und das Feuer in ihr geschürt; dann hätte sie ihr Faß-mich-nicht-an-Getue schon sein lassen und bereitwillig die Beine breit gemacht, wann immer ihm danach gewesen wäre. Aber das eingebildete Weibsstück lag ohne Zweifel sicher längst unter der Erde, denn wenn sie bei ihm schon so gottverdammt starrköpfig gewesen war und nicht vor ihrer Hochzeitsnacht mit ihm ins Bett gehen wollte, dann hatte sie sich bestimmt eher das Leben genommen, als sich einem Pack schmieriger mexikanischer Bandoleros hinzugeben. Und wenn nicht, dann hatten sie sie sicher umgebracht, nachdem sie ihren Spaß mit ihr gehabt hatten. Eine andere Erklärung gab es nicht dafür, daß del Castillo weder ihm noch Noble eine Lösegeldforderung geschickt oder Araminta entjungfert und entehrt auf die High Sierra zurückgebracht hatte.

Und es gab auch keinen Grund, sich Gedanken wegen der Plakate zu machen, sagte sich Judd zum wiederholten Male, die Noble nach ihrer Rückkehr hatte drucken und überall in Texas und sogar im Norden von Mexiko verteilen lassen und auf denen er eine Belohnung von fünftausend Dollar für Armintas unversehrte Rückkehr ausgesetzt hatte oder für jede Information, die zu ihrem Auffinden und ihrer Rettung führte. Und auch die Bande professioneller Kopfgeldjäger, die Noble angeheuert hatte, waren kein Grund zur Sorge. Dieser Bandit, der sich selber Pancho Villa nannte, trieb in Chihuahua sein Unwesen, und der Haß auf die Amerikaner war inzwischen so angeheizt in Mexiko, daß wohl niemand dort auch nur eine Sekunde zögern würde, vier Gringo-Söldner umzulegen, die dumm genug waren, über die Grenze nach Süden zu reiten, auf der Suche nach einer Gringa, die aller Wahrscheinlichkeit nach gar nicht mehr am Leben war.

Fast den ganzen Weg über dem Lauf des Rio Conchos folgend, vereinten sich Rigos Truppen schließlich mit den dreitausend Rebellensoldaten, die das Gros der Villistas in Ciudad Jiménez bildeten. Dort sah Araminta auch zum erstenmal ihren Befehlshaber, Francisco »Pancho« Villa, den berüchtigten Banditen und sagenumwobenen Anführer der Revolution. Geboren als Doroteo Arango, war Villa von großer Statur wie viele Männer aus dem Norden Mexikos, auch wenn er nicht so elegant und geschmeidig war wie Rigo. Villa hatte lange Arme, einen hochaufgeschossenen, kräftigen Körper und die kurzen Beine der Indianer, mit denen sich viele der spanischen Ureinwohner und später die Mexikaner über die Jahre verheiratet hatten. Seine schmalen Augen trugen die orientalischen Züge seiner Ururahnen. Sein leicht schütteres schwarzes Haar war kurz geschnitten und entsprach der Farbe seines buschigen Schnauzbarts. Er sah genauso hart und furchterregend aus, wie Araminta dies über ihn berichtet worden war; denn sein Lächeln – und er lächelte oft – erreichte selten seine dunklen Augen, die stets auf der Hut waren und nicht verrieten, welch scharfe Instinkte und Gerissenheit sich dahinter verbargen, welche Verschmitztheit und rauhe Intelligenz.

Wie Rigo und so manch anderer, der eine gewichtige Rolle bei der Mexikanischen Revolution spielte, war Villa schon vor dem Krieg ein Gesetzloser gewesen. Kurz nach Ausbruch der Kämpfe war Villa, ebenfalls wie Rigo, in El Paso aufgetaucht, um den Revolutionären sein Wissen, seine Erfahrung und sein Geld anzudienen. Es hieß, daß Villa nach zwanzig Jahren als Bandolero ein Vermögen unter seiner Matratze versteckt hatte. Doch als Rigo dies hörte, lachte er nur und meinte zu Araminta, daß Villas »Vermögen« in Wirklichkeit gerade mal 363 Pesos betragen hatte, die meisten Münzen so abgescheuert über die Zeit, daß sie wie frisch poliertes Silber blinkten.

Doch für die Bauern Mexikos war er so etwas wie der Robin Hood ihrer Tage. Es hieß, daß er in Zeiten der Hungersnot ganze Landstriche mit Lebensmitteln versorgt und sich um die Bewohner ganzer Dörfer gekümmert hatte, die – unter Präsident Díaz' ungerechtem Landrecht – von den Föderalisten von Haus und Hof vertrieben waren. Im stillen dachte Araminta, daß Villa sehr wahrscheinlich deshalb kein Vermögen besaß, weil er es mit Saufen und Weibern aufgebraucht hatte. Sosehr es Araminta auch schockierte, war es unter den einfachen Mexikanern gemeinhin üblich, mehr als nur eine Frau zu haben. Villa hatte zwei, eine schlichte Bauersfrau, die in El Paso lebte und ihn während all seiner Jahre als Desperado begleitet hatte, und ein zierliches, junges Mädchen, das sein Haus in Chihuahua City besorgte. Villa war ein Genie der Kriegsführung, denn er war es, der die Guerillataktik entwickelte, die den Rebellen Mexikos so große Erfolge bescherte.

Vielleicht lag es daran, daß er aus ärmlichen Verhältnissen stammte und nie eine Schule besucht hatte und daher nichts von den anerkannten Strategien des Krieges wußte; vielleicht lag es aber auch daran, daß er zweiundzwanzig Jahre seines Lebens als Desperado zugebracht hatte, so daß seine Taktik des Kämpfens eher zu Banditen als zu Soldaten paßte. Er war noch ein junger Mann gewesen, gerade erst sechzehn Jahre alt, als er sein erstes Verbrechen begangen hatte. Er lieferte Milch auf den Straßen von Chihuahua City aus, als er – als Vergeltung für die Vergewaltigung seiner Schwester, wie er stets betonte – den offiziellen Vertreter der Regierung erschoß, der diese schändliche Tat begangen hatte. Das allein hätte ihn in Mexiko noch lange nicht zu einem Gesetzlosen gemacht, wo so etwas häufig geschah und auch akzeptiert wurde. Was letztlich dazu führte, daß ein Kopfgeld auf Villa ausgesetzt wurde, war der Umstand, daß er fortgesetzt reiche *hacendados*, die mächtigen Herrscher des Landes, überfiel und ihnen Vieh stahl.

Schon bald war sein Name für die unterdrückten Bauern seiner Heimat zum Symbol für die Rebellion gegen die Regierung geworden und seine Taten zu Legenden. Am Ende wurde ihm nahezu jeder Mord oder Überfall im Norden Mexikos zugeschrieben. Sein Ruhm breitete sich aus; Gedichte und Lieder wurden über ihn verfaßt und trugen zu seiner Berühmtheit bei. Auch wenn er ungebildet war, besaß er eine besondere Verschlagenheit, eine angeborene Intelligenz; und er lernte, am Leben zu bleiben, indem er niemandem traute, nicht einmal seinen treuesten Gefolgsleuten, die oft erleben mußten, wie er nachts, wenn das Lager aufgeschlagen war, einfach davonritt, so daß nicht einmal sie wußten, wo sie ihn finden konnten. Selbst jetzt noch sah man Villa häufig in einem umgeschlungenen Cape mit unbekanntem Ziel davonstieben, während seine Armee Rast machte; manchmal überzeugte er sich auch persönlich davon, daß die von ihm postierten Wachen auch wirklich ihren Dienst versahen, und kehrte erst am nächsten Morgen – aus einer völlig anderen Richtung – wieder zurück. Nicht einmal Villas engste Vertraute, die ranghöchsten Offiziere seiner Armee, wie etwa Rigo, waren in seine Pläne eingeweiht, solange er nicht bereit war, sie auch auszuführen. Auf diese Weise vermied er Niederlagen und seine Gefangennahme.

Ursprünglich ein Captain in Präsident Francisco Maderos Heer, hatte sich Villa General Victoriano Huerta angeschlossen, als sie den Befehl erhielten, nach Norden zu rücken und dort den abtrünnigen General Pascual Orozco niederzuschlagen. Villa war das Kommando über die Garnison in Hidalgo del Parral übertragen worden, und er hatte – zwar mit wenigen Männern, aber überlegener Taktik – Orozco hartnäckig aufgestöbert und sich unerschrocken in die Schlacht geworfen, während Huerta und seine Truppen unter dem Schutz der Artillerie geblieben waren. Später behauptete Huerta dann, er habe Villa in Hidalgo del Parral eine Order gekabelt – ein Telegramm, von dem Villa stets beteuerte, er habe es niemals erhalten –, und beorderte Villa nach Ciudad Jiménez, um ihn dort wegen Insubordination vor ein Kriegsgericht zu stellen. Ihm wurde der

Prozeß gemacht, der gerade mal fünfzehn Minuten dauerte, und das Urteil lautete: Exekution. Präsident Madero persönlich setzte dieses Urteil aus, und so landete Villa statt dessen im Kerker von Santiago Tlatelolco. Er hatte also allen Grund, Huerta zu hassen, und schloß sich daher nur allzu begeistert den Rebellen an, als Huerta Madero ermordet und seinerseits die Macht an sich gerissen hatte.

Während seiner Haft hatte Villa die Zeit genutzt und sich selber schreiben und lesen beigebracht; er war nicht nur seiner Muttersprache mächtig, sondern sprach auch fließend Pelado, das harte Spanisch des einfachen Volkes, jener Dialekt, in dem Araminta Rigo oft mit seinen Männern hatte reden hören. Auch wenn Villa nach außen hin so tat, als füge er sich in sein Schicksal, bereitete er im stillen und geheimen alles darauf vor, seine Freiheit wiederzuerlangen. Und schließlich gelang ihm auch die Flucht, mit Hilfe von Carlos Jaúregui, einem jungen Angestellten des Militärgerichts. Villa schlug sich nach El Paso durch, wo er seine Freundschaft mit Rigo erneuerte. Die beiden waren in der Vergangenheit gemeinsam als Bandoleros geritten, zueinander hingezogen durch ihre ähnliche Herkunft, Gerissenheit und ihren brennenden Wunsch, das Los der Bauern Mexikos zu erleichtern. Als Villa beschloß, nach Mexiko zurückzukehren und sich den Revolutionären anzuschließen, war Rigo unter den wenigen, die er in seine Pläne einweihte. Und auch wenn die beiden Männer stets an ihren Sieg glaubten, hätte sich keiner von ihnen erträumen lassen, daß er so sicher und bald kommen sollte.

Beide hatten in den Bergen nahe San Andres Kämpfer rekrutiert; Villas Ruhm war inzwischen so groß, daß sich ihm innerhalb eines Monats dreitausend Männer anschlossen, zu denen noch Rigos Truppen kamen, die als eine Art Guerilla-Sonderkommando fungierten und Waffen, Munition, Pferde, Vieh und anderen Nachschub über die Grenze schafften. Zwei Monate später hatte Villas Armee, die zum größten Teil aus Bauern und militärisch nicht ausgebildeten Revolutionären bestand, die Föderalisten aus der Provinz Chihuahua verjagt und nach Chihuahua City vertrieben.

In der Hauptsache lag das an der Unbeweglichkeit der Föderalisten, der Starrheit ihrer Truppenverbände, den militärischen Vorschriften und Schlachtordnungen. Villa legte keinen Wert auf militärisches Brimborium, es gab keine Kleider- oder Grußordnung unter seinen Truppen, die davon auch nichts verstanden, so wenig wie Villa sich auf Mathematik oder die Physik verstand, was es ihm unmöglich machte, die Flugbahnen von Kanonenkugeln oder die Reichweite von Gewehren und Flinten zu berechnen. Er wußte nicht, daß Kavallerie, Artillerie und Fußtruppen gesondert eingesetzt werden mußten, um sich nicht gegenseitig zu behindern, und so war er völlig unbefangen, was die anerkannten Schlachtstrategien anging.

Als General Hugh L. Scott, der Kommandeur von Fort Bliss, ihm einmal ein Buch mit den von der Den Haager Konferenz festgelegten Regeln des Krieges zugesandt hatte, war er höchst amüsiert gewesen und verbrachte Stunden damit, darin zu lesen, um hinterher zu erklären, Krieg sei kein Spiel – warum also Regeln aufstellen? Wenn er und ein anderer Mann, so hatte er gefragt, in einer *cantina* über irgend etwas in Streit gerieten, würden sie dann beide dieses Büchlein zücken und nachschlagen müssen, was in einer solchen Situation zu tun sei? Und dann hatte er schallend über diesen Scherz gelacht. Und trotzdem hatte er danach noch eine Zeitlang seinen Spaß daran gehabt, seine Offiziere auf den Inhalt dieses Buches anzusprechen; ob sie denn wüßten, was unter diesen oder jenen Umständen zu tun sei, um dann kopfschüttelnd und bestürzt zu reagieren, wenn sie die richtige Antwort nicht wußten, während er sich in Wahrheit köstlich darüber amüsierte.

In einer Hinsicht jedoch war Villa jenen voraus, die festgelegt hatten, was human und was unmenschlich war im Krieg – als gäbe es etwas Humanes im Krieg –: nämlich sein Feldlazarett. Villas ärztliche Versorgung seiner Truppen war ungewöhnlich gut und bestand aus vierzig fahrbaren Lazaretten, die allesamt innen gepanzert waren und mit Operationstischen und den neuesten medizinischen Instrumenten ausgerüstet waren. Mehr als sechzig Ärzte und Krankenschwestern arbeiteten im Lazarett und versorgten die Verletzten, die per Bahn von der Front zu den Basishospitälern in Ciudad Jiménez und Hidalgo del Parral gebracht wurden und schließlich auch nach Chihuahua City, als Villa weiter Richtung Süden vorstieß.

Nun stand der Marsch auf Torreón bevor, das am Rio Nazas, im Herzen von Mexiko, lag und somit von besonderer strategischer Bedeutung war. Wer Torreón hielt, war in der Lage, das Land in zwei Hälften zu teilen und weiter auf die Hauptstadt Ciudad de México zuzumarschieren. Gemeinsam mit den von Süden vorrückenden Zapatistas wären die Revolutionäre in der Lage, das diktatorische Regime des Landes einzuschließen und zu zerreiben, und dann könnten die Konstitutionalisten wie Villa, die Don Venustiano Carranza, den Gouverneur von Coahuila, und dessen Plan von Guadalupe unterstützen, die Regierungsmacht erlangen. Es gab bereits solche, die in Villa den nächsten Präsidenten von Mexiko sahen und dies auch öffentlich vertraten. Aber Villa reagierte nur mit einem Kopfschütteln darauf und sagte, er sei Soldat, kein Staatsmann, und überdies nicht gebildet genug für das Amt des Präsidenten. Er war auf unerfindliche, sture und absolute Weise loyal gegenüber Carranza, den er stets voller Respekt *mi jefe* nannte – mein Boß –, auch wenn Carranza ein Aristokrat war, ein Grande, und er, wenngleich ein Reformer, dennoch jedes Versprechen mied, nach seinem Sieg den Bauern von Mexiko neues Land zu übereignen.

Als Villa nun Rigo auf sich zuschreiten sah, begrüßte er ihn mit einer herzlichen Umarmung und einem Kuß, wie es in Mexiko üblich war; hieß ihn als gleichgesinnten Bandolero willkommen, als Freiheitskämpfer, als alten Compadre.

»Rigo, *mi amigo. Como estás?* Beglückst du uns also doch noch mit deiner Anwesenheit, *compadre*! Wurde aber auch Zeit. Aber nun, wo ich den Grund für deine Abwesenheit sehe, kann ich es verstehen.« Er musterte Araminta eingehend und anerkennend mit der offenen Bewunderung eines Mannes, der ein Auge für Frauen und Schönheit besaß. »Dies ist also *la gringa*, von der ich so viel gehört habe. Kein Wunder, daß du dich entschieden hast, sie zu behalten, *mi amigo! Ay, caramba, general!* Das Herz einer Frau wie dieser zu besitzen... das macht einen echten Mann aus, hab ich recht?«

»Sí, mi general.«

Die beiden unterhielten sich auf pelado, so daß Araminta nicht mitbekam, worüber sie sprachen. Aber sie verstand auch ohne Dolmetscher, daß Villa sie attraktiv fand und es ihm recht war, daß Rigo sie behalten hatte. Seine Sympathie hatte ihren Grund ganz sicher nicht nur in ihrem Aussehen, sondern ebenso in ihren Artikeln, die sie über die Revolution verfaßt und mit solchem Erfolg veröffentlicht hatte. Andernfalls hätte er ihre Anwesenheit im Camp sicher nicht geduldet und von Rigo verlangt, sie fortzuschicken auf seine Ranch in Mexiko – oder schlimmer noch: zurück nach Texas, zurück zu Judd –, denn Villa konnte die Gringos nicht ausstehen, die sich seiner Meinung nach nicht in die Geschehnisse südlich der Grenze einzumischen hatten, sondern sich lieber um ihre eigenen Angelegenheiten kümmern sollten.

Als die beiden Männer ihr Gespräch beendet hatten, führte Rigo Araminta durch den Lärm und die Hektik des riesigen Lagers, das sich entlang der Bahnlinie erstreckte, der Lebensader der Revolution. An der Grenze, in Ciudad Juárez beginnend, verliefen die Eisenbahnlinien einmal quer durchs ganze Land bis hinunter zur Hauptstadt Ciudad de México und verbanden auf der Strecke sämtliche wichtigen Punkte. Aus diesem Grund war es von so großer Wichtigkeit, daß jeder General in Mexiko einen Superintendenten für die Eisenbahn ernannte, dessen alleinige Aufgabe darin bestand, die Strecke zu verteidigen und sie befahrbar zu halten für die Züge, mit denen die Truppen, die Lazarette, Waffen und Munition und all der Nachschub transportiert wurden, die den Krieg in Gang hielten. Für diese wichtige Aufgabe hatte Villa keinen Geringeren als seinen engsten Freund und Berater auserkoren, Mayor Fierro, den er wie einen Sohn liebte und dem er jede Greueltat, wie schrecklich auch immer, nachsah. Daß diese in der Tat derart gräßlich waren, daß sie ihm den Spitznamen »Der Schlächter« eingebracht hatten, ignorierte Villa, auch wenn er jeden anderen für unnütze und grausame Massaker auf der Stelle exekutieren ließ.

Fierro war ein großer und beeindruckender Mann, den alle bis auf Villa fürchteten; denn Fierro war ein Wahnsinniger, wie Rigo Araminta auf ihrem Weg durchs Camp erklärte, und es gab unter all den Revolutionären, vielleicht in ganz Mexiko, nicht einen, der es mit ihm im Kampf oder beim Reiten hätte aufnehmen können. Es war nichts Ungewöhnliches, wenn er nach einer Schlacht persönlich Hunderte Gefangener erschoß, nur dann innehaltend, wenn er seine Pistole nachladen mußte.

»Geh ihm besser aus dem Weg, *querida*«, riet Rigo ihr. »Denn wenn er ein Auge auf dich wirft, wird er nicht einen Moment zögern, dich zu vergewaltigen, auch wenn du meine Frau bist. Und selbst das würde Villa ihm nachsehen, wie alles.«

Araminta erschauderte bei dieser Vorstellung, heilfroh, daß Rigo dank seines Ranges und Reichtums einen eigenen großen Wohnwaggon besaß, den er von El Paso nach Ciudad Jiménez hatte schaffen lassen und zu dem er sie nun begleitete. Sie stiegen die zwei Stufen zur kleinen Plattform am hinteren Ende hinauf, Rigo zog einen Schlüssel aus der Hosentasche und steckte ihn ins Schloß. Die schwere Tür schwang auf, und er führte Araminta ins Innere des Waggons. Für einen Moment verharrte sie in der drückendheißen Dunkelheit, während Rigo die schweren grünen Samtvorhänge an den Fenstern beiseite schob und mit goldenen Satinbändern befestigte, um das Sonnenlicht hereinzulassen. Dann schob er die Fenster zu beiden Seiten des Waggons hoch, damit frische Luft die Schwüle vertrieb.

Die Einrichtung des Wohnwaggons ließ nichts zu wünschen übrig, wie Araminta feststellte, als sie ihren Blick über das Interieur schweifen ließ. Der Salon, in dem sie stand, hatte mit Eichenholz getäfelte Wände und war mit brokat- und samtgepolsterten Eichenmöbeln ausgestattet, die Farben der Polsterungen in den prächtigen Schattierungen der Wüste – Altrosa und Gold, Türkis und Grün; ein dicker grüner Webteppich bedeckte den Boden. Am hinteren Ende des Salons befand sich eine kleine Speisekammer, eine Bar und Kochecke, und von dort führte eine Schwingtür aus Eiche mit schräggestellter eingelassener Glasscheibe auf einen kurzen, schmalen Korridor; was Araminta zunächst für eine Art Wandschrank hielt, entpuppte sich jedoch, als Rigo die Tür öffnete, als voll ausgestattetes Bad. Fließendes Wasser! Es schien schon Ewigkeiten her, daß sie diesen Luxus genossen hatte, und sie konnte es kaum erwarten, die Wanne vollaufen zu lassen und sich ein ausgiebiges Bad zu gönnen! Am Ende des Korridors befand sich eine weitere Schwingtür aus solider Eiche, und dahinter lag das Schlafzimmer, das so opulent war wie der Rest des Waggons, möbliert mit einem Stuhl, einer Eichenkommode, einem Schrank mit mehreren Schubladen und zwei Nachttischen, die zu beiden Seiten eines breiten Messingbettes standen, auf dessen flauschiger leuchtendtürkiser Decke sich ein ganzer Berg Kissen in den Farben der Wüste türmte. Eine weitere schwere Tür bot einen zweiten Aus- und Eingang zum Wohnwaggon.

Araminta hatte natürlich gewußt, daß Rigo wahrscheinlich ebenso wohlhabend war wie ihr Großvater und Judd. Aber dies war der erste sichtbare Beweis dafür, und sie mußte unwillkürlich diesen Wohnwaggon mit der kleinen Hütte vergleichen, in der sie bis vor kurzem gewohnt hatten, und wunderte sich erneut, wie leicht ihrem Geliebten der Übergang von einer Welt in die andere gelang. Und sie mußte an den kleinen, bescheidenen roten Waggon denken, in dem Villa stets reiste. Vielleicht, sagte sie sich in einer plötzlichen Erkenntnis, war es diese Fähigkeit, die ärmliche Herkunft hinter sich zu lassen, was Rigo so wertvoll für Villa machte.

Villa wußte so gut wie nichts über die *hacendados*, die Mächtigen des Landes, die »Spanier«, wie er sie nannte, die er – abgesehen von ein oder zwei Ausnahmen – haßte und am liebsten alle aus dem Land vertreiben wollte, weil sie es waren, die seit der Zeit der Conquistadores die Ureinwohner Mexikos ausgeraubt, abgeschlachtet und versklavt hatten. In den Adern des einfachen Volkes floß das Blut der Mayas und Azteken, den Völkern der antiken Weltreiche, die nicht weniger bedeutungsvoll waren als jenes der Ägypter, deren Wissen und Kultur jedoch auf immer verloren war, ebenso wie die vom Dschungel überwucherten Pyramiden in den Urwäldern Mexikos. Dies war das Erbe der Mexikaner, ebenso groß und reich wie das der Spanier; und vielleicht versuchte Villa instinktiv zumindest einen Teil davon zurückzuerlangen. Vielleicht war er deshalb einsichtig genug, zu erkennen, daß es nach einem Sieg der Revolution solcher Männer wie Rigo bedurfte. Vielleicht war er deshalb so unerschütterlich loyal gegenüber Carranza und verstand intuitiv, daß es mehr als nur Land von den Grandes zu holen gab, Dinge, die ebenso wertvoll waren, Dinge von Schönheit, Harmonie und Grazie, von denen das einfache Volk so wenig besaß.

Je mehr Araminta von Mexiko sah, diesem wilden Land, das ihr Herz ebenso erobert hatte, wie Rigo es getan hatte, desto besser verstand sie auch, was die Führer der Revolution und den Mann, den sie liebte, antrieb. Nur in ihren Armen konnte er für eine Weile vergessen und den inneren Frieden finden, der ihm sonst unmöglich war. Dies – und noch mehr – gab sie ihm, wenn sie sich ihm öffnete und ihn tief in sich aufnahm; und sie war nun froh, daß dem so war.

»Gefällt es dir?« Rigos tiefe Stimme riß sie aus ihren Gedanken. Sie errötete bei seiner Frage. Er war wirklich ein Teufel, dachte sie, der ihre Gedanken lesen konnte. Sie errötete noch tiefer, als plötzlich und unerbeten ein Bild vor ihrem geistigen Auge erschien – Rigo, der sie aufs Bett drückte, sie küßte und am ganzen Körper streichelte, sie verführte, mit ihr tat, was er wollte. »Gefällt es dir?« fragte er erneut, und seine Stimme verriet Verwunderung, weil sie ihm nicht antwortete. Doch als er ihren gesenkten Blick bemerkte, ihre erröteten Wangen und wie sie leicht auf der Unterlippe kaute, schlich sich eine leichte neckende Note der Belustigung in seinen Ton. »Araminta?«

In diesem Moment erkannte sie, daß er mit seiner Frage den Wohnwaggon und nicht seine Liebeskünste gemeint hatte und daß die Art, wie sie das breite Bett anstarrte, ihm verraten hatte, was sie gerade dachte. Im selben Moment ergriff er sie beim Handgelenk und zog sie in seine Umarmung. Sanft und zärtlich ließ er die Hände über ihren Rücken kreisen, zog ihre Hüften an seine, so daß sie sein hartes Verlangen spüren konnte, das seine Lenden entflammte und ihren Schoß in süßer, unkontrollierbarer Antwort darauf schmerzen ließ. In seinen dunklen Augen unter den halb geschlossenen Lidern schwelte die Leidenschaft; sein Blick bohrte sich tief in ihre smaragdgrünen Augen. Sein Mund war dicht an ihrem, sein Atem strich ihr über das Gesicht, warm und erregend auf ihrer Haut.

»Gefällt es dir?« fragte er ein drittes Mal, seine Stimme belegt und kehlig, wie sie es war, wenn er sie liebte – und nun wußte Araminta, daß er damit nicht den Wohnwaggon meinte. »Antworte mir, *querida*«, forderte er zärtlich und schüttelte sie leicht und spielerisch. »Die Wahrheit ... ich will sie hören. Ja oder nein?«

»Ja«, antwortete sie. »Ja ...«

Einen endlosen Moment lang blickte Rigo auf sie herab und weidete sich am Anblick ihrer blonden, zigeunerhaften Mähne, ihrer funkelnden Augen, die ihn an smaragdgrüne Seen in den Tiefen der Cañons erinnerten; ihrer dunklen, langen Wimpern, die ihre rosigen Wangen berührten, als sie die Augen vor seinem musternden Blick schloß; weidete sich am Anblick ihres leichten Stupsnäschens, deren Nasenflügel sich blähten vor langsam erwachender Leidenschaft; ihrer bebenden Lippen; des klopfenden Pulses in der Beuge ihres schmalen Halses; dem Anblick ihrer vollen, runden Brüste, die sich bei jedem Atemzug unter ihrer weiten *camisa* hoben und senkten und gegen den Rüschenausschnitt preßten. Dann war es um ihn geschehen, und er griff ihr ins Haar, zog sie an sich, küßte sie tief und fordernd mit der Gewißheit eines Mannes, der wußte, daß dies sein gutes Recht war und es ihm nicht verwehrt werden würde.

Aramintas Lippen erzitterten unter seinem plötzlichen heftigen Kuß, ehe sie ihn mit ebensolcher Leidenschaft erwiderte; und ihre Zungen vereinten sich zu einem wilden Spiel. Ihr schwirrte der Kopf, als er seinen verwegenen Angriff auf ihre Sinne fortsetzte, und verspürte ein Kitzeln im Bauch, weil sie aus süßer, quälender Erfahrung wußte, daß dies nur das Vorspiel war, ein gekonnter, leidenschaftlicher Akkord auf den Saiten ihres Körpers und ihres Herzens. In ihren Ohren pulsierte das

Blut und sang eine Melodie, so alt wie die Zeit selbst. Das Herz pochte ihr in der Brust, zu einem uralten Rhythmus, den jede Frau kannte, die je einen Mann geliebt hatte, und der sich nun zwischen ihnen zu einem harmonischen, aber immer ungestümeren Trommelwirbel erhob, so wild und schön und heidnisch wie ein kabbalistischer Gesang, so betörend wie ein Traum im Drogenrausch, die Bilder lebendig und gepeinigt, wirbelnd, pulsierend in den schillerndsten Farben.

Ihre Münder noch immer im Kuß, bog Rigo sie langsam, aber bestimmt nach hinten, und Araminta schlang ihm noch fester die Hände um den Nacken, als fürchte sie, in eine bodenlose, wirbelnde Finsternis zu fallen; doch dann ließ sie es zu, darin zu versinken, sich verschlingen und mitreißen zu lassen von dieser Flut der Leidenschaft. Sie spürte, wie ihre Knie weich wurden und jeden Moment nachzugeben drohten; was Rigo zu ahnen schien, denn er faßte sie mit einer Hand in die Kniekehlen und hob Araminta so mühelos hoch, als hielte er ein kleines Kind. Doch Araminta war kein Kind. Sie war eine Frau, die sich vor Verlangen nach ihm verzehrte, einem Verlangen, das nur er in ihr stillen konnte.

Mit zwei großen, kräftigen Schritten trat er ans Bett, kniete sich auf die weiche, sanft nachgebende Matratze und ließ Araminta auf das flauschige Deckbett sinken, ehe er sich mit seinem ganzen Gewicht auf sie legte. Ihr goldenes Haar ergoß sich wie das Sonnenlicht am endlosen Wüstenhimmel auf dem türkisen Satin, so glänzend und schimmernd wie ein Strom goldener Münzen, die er durch die Finger rinnen ließ und die sich über die vielen Kissen ausbreiteten, die sie wie ein spanischer Fächer umgaben. Ihr Haar betörte ihn, seidenweich auf seiner Haut und so einzigartig im Glanz und in der Farbe, daß er selbst aus der Ferne unter all den Frauen, die die Armee der Villistas begleiteten, immer und sofort die eine ausmachen würde, die ihm gehörte – und nur ihm allein. *La mujer del general, la mujer del Salvaje.* So wurde sie genannt. Und das würde sie immer sein, denn er würde sie niemals gehenlassen. Niemals! Er würde jeden umbringen, der versuchen sollte, sie ihm wegzunehmen. Sie gehörte ihm. Ihm!

»Araminta...«, murmelte er und noch einmal: »Araminta...« Seine Stimme klang kehlig und leidenschaftlich an ihrem Hals, daß sie ein wenig zitterte und wimmerte, sowohl erschrocken wie erregt ob der Tiefe seiner Liebe zu ihr und seines Verlangens. Er war besessen von ihr, erfüllt vom rauhen, primitiven, männlichen Begehren, sie zu erobern, zu beherrschen und voll und ganz zu besitzen. Und eben davor fürchtete sie sich, auch wenn sie über ihre weibliche Macht jubelte, derartige Empfindungen in ihm zu erwecken, und ihn zu berücken, zu entzücken und zu fesseln, ihn ebenso zu ihrem Gefangenen zu machen, wie er sie zu seiner gemacht hatte. *»Ángela... gitana... bruja...«*

Engel... Zigeunerin... Zauberin... das alles war sie für ihn – und mehr. Sein Herz erfüllt von diesem Gedanken, küßte Rigo sie erneut, seine Zunge folgte der sanften, geschwungenen Linie ihres Rosenknospenmundes, ehe er ihr leicht auf die Unterlippe biß, daran knabberte, sich weidend am Ausdruck unerträglicher Sehnsucht, der ihr so deutlich ins Gesicht geschrieben war.

Araminta erschauderte in seinen Armen, als sie mit Schrekken gewahr wurde, welche Macht er über sie hatte; daß er sich seiner so sicher war; daß er sie bis in ihr Innerstes hinein kannte, so daß es ihr nichts nützen würde, wenn sie versuchen sollte, sich gegen ihn zu wehren. Sie war ihm so vollkommen erlegen, war so sehr sein geworden, daß er sie nur ansehen mußte, und sie würde innerlich zerschmelzen, ihre Lenden zu flüssigem Feuer zerrinnen, sich danach sehnend, daß er sie nahm, sie ganz ausfüllte und die quälende Flamme ihres Verlangens löschte.

Als hätte er ihre Gedanken erahnt, wurde Rigos Kuß drängender und rauher; und sie schmeckte bittersüß Blut auf ihrer Zunge. Doch es machte ihr nichts aus. Sie war derart verloren an die Empfindungen, die er in ihr auslöste, daß sie keinen klaren Gedanken mehr fassen, sondern nur noch fühlen konnte, als er fortfuhr, sie zu küssen, als wolle er niemals mehr damit aufhören, als wolle er ihr selbst das letzte Quentchen Kraft aussaugen, um sie schwach und wehrlos zu machen. Sein Mund schoß wie eine spanische Bullenpeitsche über ihre Wange zu ihrer Schläfe, in ihr Haar, stechend, brennend, als würde er Wunden auf ihrer zarten Haut hinterlassen. Er küßte ihr Haar, zerzauste es mit den Fingern, vergrub sein Gesicht in der goldenen Flut. Er knabberte an ihrem Ohrläppchen, leckte ihr Ohr; und Araminta verspürte einen heißen, kribbelnden Strom von ihrem Nacken bis tief hinunter in ihren Schoß, der bebte und in Nektar zerfloß. Sie bog den Rücken durch, preßte sich an ihn und verspürte ein Gefühl wie ein Stromstoß, als sie sein Geschlecht an ihrem spürte.

»*Jesús! Qué te quiero!* Wie sehr ich dich begehre!« keuchte Rigo dicht an ihrem Ohr. Ein Schwall spanischer Worte folgte, so als habe er in seiner Leidenschaft Aramintas Sprache vergessen; vielleicht aber konnte er in seiner Sprache seine Gefühle so viel besser ausdrücken. »*Me quiero perder en tú, estar dentro de tú, te chingar, enamour tú, vez y otra vez. En tus brazos, me olvido todo pero tú ... la guerra, los Federales, las Villistas, tu esposo ... todo pero mi venganza, mi venganza dulce, más dulce que siempre sõnaba, porque tú eres mío, sólo mío, por siempre jamás mío, querida. Nunca te soltará, no ... nunca. Contigo, soy completo, mi corazón, mi alma ...*«

Araminta verstand nicht jedes seiner Worte, erfaßte aber intuitiv ihre Bedeutung, als er sie wieder und wieder küßte, bis ihr Mund so geschwollen und ihr Körper so empfindlich war, daß selbst die kleinste Berührung weh tat und sich wie ein

Steppenbrand auf ihrer Haut ausbreitete, als Rigo ihr mit beiden Händen über die Schultern strich und sie einen Moment lang liebkoste. Dann verfinsterte sich sein Blick vor Begierde, sein Griff wurde fester, ehe er ihr die kurzen Ärmel ihrer *camisa* bis zu den Handgelenken herabschob, so daß Araminta gefangen war und sich ihre Bluse um ihre schlanke Taille bauschte. Ihre bebenden Brüste, auf diese Weise entblößt, streckten sich ihm entgegen, willig, schamlos gaben sie sich seinem Blick hin, seinem heißen, hungrigen Mund, seinen liebkosenden Fingern. Begierig nahm er die Einladung an, knetete ihre Hügel, preßte sie an seine Lippen. Sein Mund umschloß eine ihrer Knospen, seine Zunge reizte und leckte die kleine rosige Perle, bis sie zitterte und bebte und wohlige, kribbelnde Schauer Araminta überspülten. Sie stöhnte auf, erregt und nach mehr von diesem süßen Wohlgefühl verlangend.

Sie bekam die Handgelenke frei, schlang Rigo die Arme um den Nacken und streifte ihm den Bolero ab. Mit zittrigen Fingern machte sie sich an den Knöpfen seines Hemdes zu schaffen, versuchte sie zu öffnen, was Rigo erschwerte, als er ihre Hände ergriff und sie auf die Innenfläche küßte, ehe sein Mund erneut ihren fand und auf einem heißen Pfad über ihren Hals bis zu ihren Brüsten hinabwanderte. Niemals würde sie die restlichen Knöpfe öffnen können, dachte Araminta fiebrig, halb von Sinnen vor Verlangen, seine nackte Brust auf ihrer zu fühlen, sein dunkles, seidenweiches Haar auf ihren Brüsten. Ihre Fingernägel strichen über seinen teilweise entblößten Brustkorb, dann packte sie sein Hemd und riß es auf, so daß die restlichen Knöpfe absprangen. Im nächsten Moment entledigten sie sich beide in fiebriger Hast ihrer letzten Kleidungsstücke.

Nackt und keuchend fielen sie übereinander her, rollten und wanden sich auf dem Bett, sich aneinander reibend, bis sein

Geschlecht ihres fand und Rigo mit einem tiefen Stoß so plötzlich und heftig in sie eindrang, daß es Araminta den Atem raubte. Sie keuchte, rang nach Luft, schrie leise auf; sie vernahm sein Seufzen, sein Stöhnen der Lust, in ihr zu sein, ehe er sie beide zu noch höheren Gipfeln der Leidenschaft trieb, indem er sich aus ihr herauszog und erneut in sie eindrang. Sie spürte seinen heißen Atem an ihrem Hals und auf ihren Brüsten, als sein Mund ihre Knospen verschlang, heftig daran saugte und sie mit der Zunge neckte. Sie preßte sich ihm entgegen, während er mit jedem Stoß tiefer in sie drang, härter und härter, bis sie nach Luft japste und sich wie wahnsinnig an ihn klammerte, krallte, ihn mit ihren Schenkeln umschlang und mit ihren Fingernägeln seinen Rücken zerkratzte, als die Ekstase sie ergriff, die seiner in nichts nachstand.

Eine tosende Woge des Hochgefühls überspielte sie beide, verschlang sie und wirbelte in und zwischen ihnen. Köstliche Wellen sinnlichen Entzückens brandeten heran, jede höher und gewaltiger als die zuvor, bis sie mit solcher Wucht so rasch aufeinanderfolgten, daß sie zu einer wahren Flut unerträglicher Leidenschaft wurden, die alles mit sich riß. Gemeinsam ließen sie sich davontragen, ritten auf der schäumenden, wirbelnden Brandung, in verzweifelter Umklammerung vereint, höher und höher, bis sich diese gewaltige Woge neigte und in wilder, dröhnender Gischt überschlug; sie auf dunklen und goldenen Strand warf, in einem letzten Wirbel weißen Schaums treiben ließ, ehe sie sanft abebbte und erstarb.

Als es vorbei war, lag Araminta reglos in Rigos Armen, schmiegte sich an seine harte, muskulöse Brust und wartete darauf, daß das wohlige Schwindelgefühl in ihrem Kopf nachließ und ihr Herzschlag sich wieder beruhigte. Sein Schweiß schimmerte auf ihrer Haut, vermischte sich mit ihrem, und sie atmete das betörende, süße, würzige Parfüm ihres Liebesaktes ein. Wie Tiere sich paarten, so hatten sie sich gerade geliebt, schoß es Araminta durch den Kopf. Anders ließ es sich nicht beschreiben. Und sie hatte jede Sekunde davon genossen! Ihre Wangen glühten, als sie sich dessen gewahr wurde, und erröteten noch tiefer, als sie den Triumph und die Befriedigung in Rigos verzückten Augen sah. Sicher würde er nicht so arrogant und unverfroren sein, sie noch einmal …

»Es ist in der Tat verlockend«, schnurrte er plötzlich unverschämt, als ahnte er ihre Gedanken. »Aber was soll es … wenn ich die Antwort darauf bereits kenne? Ah, jetzt wirst du ganz rot, *mi gringuita*. In deiner Heimat sagt ein Gentleman«, er sprach dieses Wort leicht spöttisch aus, »solche Dinge nicht zu einer Lady, was? Und eine Lady spricht niemals darüber. *Ay, caramba!* Wie dumm die Gringos doch sind! Ich werde das wohl nie verstehen. Es ist nichts, wofür man sich schämen muß, Araminta … das, was zwischen uns ist. So ist es nun mal zwischen Mann und Frau. Wir hier in Mexiko verstehen das. Hier ist *amor* das Leben, es ist alles, das einzige, was uns die *hacendados* nicht auch noch wegnehmen können. Und niemand kann dich mir wegnehmen. Ich würde jeden, der es versuchte, umbringen – auch deinen Mann, Judd Hobart, vor allem ihn. Kannst du das verstehen, *querida*?«

»Ja … ja«, murmelte sie und erzitterte ein wenig, als sie sich vorstellte, wie Rigo jemanden tötete, selbst Judd, und als ihr klarwurde, wie sehr sie sich in seine Hände begeben hatte, nicht nur als seine Geliebte, sondern auch als sein Besitz. Selbst wenn sie sich nicht in ihn verliebt hätte, hätte er sie weiterhin als seine Gefangene gehalten, selbst nach ihrer Kapitulation vor ihm, dessen war sie sich ganz sicher.

»Aber dich bedrückt etwas, nicht wahr?« fragte er.

»*Sí* … nein … Ich meine … ich habe nur manchmal das Gefühl, so verletzlich und hilflos dir gegenüber zu sein, Rigo …«

»Was du ja auch bist«, entgegnete er liebevoll, und seine

Augen funkelten, als er sich auf sie rollte und ihre Handgelenke mit stählernem Griff packte. »Siehst du, wie schwach und zerbrechlich du bist im Vergleich zu mir? Wie leicht ich dich zu meiner Gefangenen machen kann?« Langsam senkte er den Mund auf ihre Brüste und ließ sie vor neuer Lust erbeben. Als er den Kopf wieder hob, umspielte ein unverschämtes Lächeln seine Lippen. »Wie willig dein Körper auf meine Berührung reagiert! Und genau das will ich – daß du so empfindest.« Mit einemmal wurde seine Miene ernst. »Und ich will, daß du immer so empfindest. Weil ich weiß, daß du unbefriedigt und unzufrieden sein wirst, wenn ich es nicht schaffe, dich so fühlen zu lassen. Dann wirst du den Respekt vor mir verlieren. Und wo kein Respekt ist, da kann keine Liebe gedeihen. Frag dein Herz, Araminta, und es wird dir sagen, daß dem so ist. Eine starke Frau wie du braucht einen noch stärkeren Mann; und wenn sie den nicht hat, wird sie sich nach einem anderen umschauen. Ich war einst jung und achtlos, bin losgezogen als Bandit und ließ unbeschützt zurück, was mein war – und habe bitter dafür bezahlt. Nun bin ich älter und weiser – und aus mir ist ein eifersüchtiger Mann geworden. Was mein ist, das behalte ich, bewache und beschütze es, und ich lasse es mir von niemandem wegnehmen. Doch was ich von dir nehme, *querida*, gebe ich in vollem Umfang zurück, weil ich dich liebe, und allein deshalb schon – auch wenn es noch tausend andere Gründe gibt – würde ich dir niemals absichtlich weh tun. *Te quiero, miñal Dime... dime.* Was muß ich noch sagen?«

»Nichts«, flüsterte Araminta. »Gar nichts.«

Und als Araminta ihn aus freiem Willen an sich zog, liebte Rigo sie mit einer Zärtlichkeit, wie er es noch nie getan hatte, küßte sanft ihre Lider und Lippen, während er langsam in sie eindrang. Vereint, eng aneinander geschmiegt, Brust an Brust, Schenkel an Schenkel lagen sie da, so als wären sie wirklich eins; als gäbe es in ihren Herzen keinen Platz mehr für einen anderen Menschen – nun und auf alle Zeit. Wie der Nachtwind in den Cañons der Wüste, so bewegten sich ihre Leiber, wanden und schlängelten sich, mal langsam, mal schnell, unter dem Spiel ihrer Lippen, Zungen und Hände, während draußen am fernen Horizont die Sonne feurig rotgolden am klaren, endlosen Himmel versank.

18. Kapitel

Sie erwartete ein Kind von Rigo. Araminta wußte es in ihrem Herzen, auch wenn sie Rigo nichts sagte, damit er sie nicht fortschickte, ihr zuliebe und zum Schutz des ungeborenen Kindes, weit weg von der Front auf die Casa Grande, seiner Ranch in Mexiko. Es war ausgeschlossen, daß er sie nach Texas brachte, nicht einmal auf seine dortige Ranch, die Casa Blanca. Offensichtlich schien ihr Großvater doch nicht zu glauben, daß sie tot war. Denn nach den letzten Berichten von Rigos Spionen und Informanten hatte Noble Winthrop Plakate drukken und überall in Texas und im Norden von Mexiko verteilen lassen, auf denen er demjenigen eine Belohnung von fünftausend Dollar versprach, der seine Enkeltochter unversehrt zurückbrachte oder Informationen über ihren Verbleib hatte. Zudem hatte er vier professionelle Kopfgeldjäger angeheuert, die nach ihr suchten und sich irgendwo in Mexiko aufhielten, wie Rigo annahm.

Es würde diesen von ihrem Großvater angeheuerten Revolverhelden natürlich einige Zeit kosten, ehe sie ihnen auf die Spur kommen würden, besonders da Villas Armee auf dem Vormarsch war und Rigo eine Handvoll seiner besten Männer losgeschickt hatte, um die Gringos aufzutreiben und auszuschalten. Vor allem deshalb hatte er seinen Wohnwaggon von El Paso hierher nach Ciudad Jiménez kommen lassen und hatte von Araminta wissen wollen, ob ihr das neue Zuhause gefiel, das zu einer Art Gefängnis für sie wurde. Rigo hatte ihr strengstens untersgt, den Waggon ohne ihn zu verlassen. Um sicherzugehen, daß sie sich auch an seine Anweisung hielt, postierte er zwei Wachen am Waggon, jeweils auf der Plattform am vorderen und hinteren Ende, damit Araminta nicht aus der Tür konnte. Und da die Wachen zudem so standen, daß sie die Längsseite des Waggons überblicken konnten, konnte sie auch nicht aus dem Fenster steigen. Auch kalkulierte Rigo die Möglichkeit ein, daß sie sich mit den Wachposten anfreunden und sie dazu überreden könnte, ihr die Flucht zu ermöglichen. Daher wechselten sich die Wachen alle vier Stunden ab, außer nachts, wenn Rigo selber bei ihr war und niemand auf sie achtgeben mußte. Araminta hatte also keine Fluchtchance. Aber sie wäre sowieso niemals weggelaufen, dachte Araminta leicht gekränkt.

Auch wenn sie sich über ihre erzwungene Isolation ärgerte und Rigo einmal nach einem besonders langen und öden Tag dafür verfluchte, hatte sie dennoch Verständnis dafür und akzeptierte es zerknirscht. Um sich die endlosen Stunden zu vertreiben, entwickelte sie eine bestimmte Routine ihres Tagesablaufes und hielt diese möglichst ein, damit sie stets etwas mit ihrer vielen Zeit anzufangen wußte.

Morgens, nachdem Rigo sie geliebt hatte, stand Araminta auf und bereitete ihm das Frühstück, während er die Zeitung las, sofern es eine gab, und sämtliche Berichte seiner Männer und Nachrichten von Villa. Nachdem sie gemeinsam gefrühstückt hatten, wusch sich Rigo, zog sich an und brach auf. Wenn sie sich dann selber für den Tag zurechtgemacht hatte, setzte sie sich mit Notizbuch, Zeichenblock und Stiften an den Tisch und arbeitete, schrieb und zeichnete bis zur Siesta, wenn es Zeit für das Mittagessen war, das sie entweder allein oder zusammen mit Rigo einnahm, wenn er die Zeit dazu fand.

Nach dem Essen zog sich Araminta bis auf die Unterwäsche aus und gönnte sich einen ausgedehnten Mittagsschlaf, um der schlimmsten Hitze des Tages zu entgehen. Manchmal war Rigo da und liebte sie erneut, ging dann nackt hinüber in den Salon oder ins Bad, um Wein oder einen nassen Waschlappen zu holen, damit sich Araminta ein wenig erfrischen konnte. Dann sah sie ihm nach, bewunderte seinen schlanken, muskelbepackten, kräftigen Körper, hielt aber keusch das Laken vor die Brust – sehr zu Rigos Belustigung. Dann blitzten seine Augen, und er lächelte frech, zog ihr mit einem Ruck das Laken weg, hielt sie fest und kitzelte sie, bis sie lachend und kribbelig vor Lust um Gnade flehte – und um mehr.

Nach ihrem Mittagsschlaf vollendete Araminta ihre journalistischen Arbeiten und legte sie für Rigo bereit, damit er sie, wenn er abends heimkam, begutachten konnte, was er auch stets tat, ganz gleich, wie spät es war oder wie müde er auch sein mochte. Sie aßen gemeinsam zu Abend, wenn Rigo nicht bereits mit Villa und anderen Offizieren oder im Kreise seiner Soldaten gespeist hatte, was häufiger der Fall war. Manchmal, wenn die Nacht noch jung war, spielten sie und Rigo noch eine Partie Schach oder ein wenig Gitarre, dann gingen sie zu Bett – und liebten sich noch einmal, ehe sie sanft einschlummerten. Wenn Rigos Verlangen normal war, dachte Araminta bei sich, dann hatten die Mädchen auf dem Miss Standish Mädcheninternat damals nicht gewußt, wovon sie redeten, als es im Flüsterton um Männer ging und sie meinten, eine Frau müsse sich keine Sorgen machen, mehr als einmal die Woche von ihrem Mann »belästigt« zu werden, und das auch nur zwecks Pflicht und Ziel, einen Erben zu zeugen!

Ihre Routine erfuhr nur hin und wieder eine Abwechslung, wenn Rigo ihr erlaubte, den Waggon zu verlassen und sie gemeinsam einen Spaziergang oder eine Besorgung machten, oder wenn sie Besuch von Frauen erhielt, mit denen sie sich angefreundet hatte. Ein Mann durfte den Waggon in Rigos Abwesenheit selbstverständlich nicht betreten. Manchmal nahm er Araminta mit zum Hahnenkampfplatz, den Villa selber gern aufsuchte, zumeist gegen vier Uhr nachmittags, wenn er seine eigenen Hähne kämpfen ließ und sie enthusiastisch anfeuerte. Abends waren Villa und seine *amigos* meistens in irgendeiner Spielhölle zu finden, denn auch wenn der Anführer der Revolutionäre weder trank noch rauchte, war er ein begeisterter Kartenspieler. Hin und wieder kam es vor, daß er frühmorgens einen Boten nach Luis León, dem berühmten Stierkämpfer, ausschickte und sich persönlich im Schlachthof nach einem heißblütigen Stier erkundigte und ihn heranschaffen ließ. Dann ritten sie alle zum nahe gelegenen Korral, wo eine Gruppe *gauchos* dem Stier bereits die tödlichen Hörner abgesägt hatten; und dann legten Villa, León und andere Wagemutige, die es probieren wollten – Rigo eingeschlossen –, den roten Umhang des Matadors an und betraten die Arena. León war natürlich der Beste und Gewandteste von allen, aber auch Villa kämpfte derart unerschrocken und erbarmungslos, daß Araminta, die vom Rand aus zuschaute, ihn allmählich für ebenso wahnsinnig hielt wie Mayor Fierro, »den Schlächter«. Als der Stier einmal, schnaubend und mit gesenktem Kopf, Villa von hinten angriff und ihn buchstäblich durch den Ring trieb, wandte sich Villa um, packte den Bullen am Schädel und versuchte, dem Tier den Hals umzudrehen, ehe die anderen hinzugeeilt kamen und alle Mühe hatten, den tobenden Stier am Schwanz zurückzuziehen. Für die Männer, und das galt auch für Rigo, war dies nichts weiter als ein großartiger Sport; für Araminta hingegen der reinste Wahnsinn, und sie wunderte sich nur, daß niemand dabei umkam. Allmählich gelangte sie zu der Ansicht, daß sie alle nicht ganz bei Trost waren, allesamt Verrückte, diese wilden und draufgängerischen Latino-Männer.

Villa tanzte für sein Leben gern. Als seine Armee auf Torreón zumarschierte, hatte er sogar in Ciudad Carmargo kurz haltgemacht, um der Hochzeit eines alten Freundes als Trauzeuge beizuwohnen. Zwei Tage, so erzählte man sich, habe er durchgefeiert und getanzt und sei dann an die Front gekommen, ohne auch nur eine Stunde geschlafen zu haben. Und daher war es vielleicht nicht ganz so überraschend, daß er Rigo dessen verspätetes Eintreffen bei den Truppen nachgesehen hatte.

Wie Araminta mit der Zeit feststellen konnte, war Villas Verhalten auf dem Schlachtfeld nicht minder ungewöhnlich. Bislang hatte kein mexikanisches Heer sich je vom Basislager entfernt, sondern alle waren stets in der Nähe der Bahnstrecke und Versorgungszüge geblieben. Villa war der erste General, der je auf den Gedanken gekommen war, die Frauen zeitweise zurückzulassen und dann einen Vormarsch zu Pferd zu unternehmen. So verfuhr er auch bei Gómez Palacio, einem Vorort von Torreón, wo er den Feind in Angst und Schrecken versetzte, indem er das Basislager verließ und sein gesamtes Heer in die Schlacht führte. Als Folge wurde Gómez Palacio im Handstreich eingenommen, und kurz darauf, im September, fiel auch Torreón. Doch sollte dieser Sieg nicht lange währen, denn inzwischen war bekannt geworden, daß Villas alter Gegenspieler, General Pascual Orozco, sich mit seinem riesigen Heer aus Ciudad de México Richtung Norden aufgemacht hatte und auf Torreón zumarschierte. Angesichts dieser Bedrohung war Villa zum Rückzug gezwungen. Doch war das keine Aufgabe – einen Monat später machte er, nachdem er einige hundert Kilometer der Bahnstrecke gefolgt war, halt und griff statt dessen Chihuahua City an.

Inzwischen war Araminta sicher, daß sie ein Kind von Rigo erwartete. Ihre Regel war bereits den dritten Monat ausgeblieben, und auch die Veränderungen ihres Körpers ließen keinen anderen Schluß zu, als daß sie schwanger war. Sie hatte es Rigo noch nicht erzählt, wußte aber, daß sie es bald würde tun müssen. Er kannte ihren Körper zu gut, um das Schwellen ihrer Brüste, die leicht dunkleren Brustwarzen und die kleine Wölbung ihres Bauches nicht zu bemerken. Sie mußte zwar selber schon sehr genau in den Spiegel schauen, um das zu erkennen, aber ein Mann, der ihr so nahe und dem sie körperlich so vertraut war, würde es früher oder später mit seinen Lippen oder Händen entdecken.

Von morgendlicher Übelkeit war sie bislang verschont geblieben, höchstens plagte sie manchmal eine unglaubliche Müdigkeit, so daß sie nun länger schlief während der Siesta, worunter natürlich ihre Arbeit litt. Aber das machte Rigo sicher nicht mißtrauisch, denn sie hatte von jeher langsam und sorgfältig geschrieben, und es hatte mitunter Tage oder gar Wochen gedauert, ehe sie die dazugehörigen Zeichnungen vollendet hatte. Sie war darin auch nie von Rigo angetrieben worden. Zum erstenmal war Araminta froh, mit dem Wohnwaggon zu reisen anstatt zu Pferde, denn nun konnte sie sich hinlegen und ausruhen, wenn ihr danach war; eingelullt vom Rattern des Waggons, während sich Villas Zug den Weg gen Norden bahnte; in der kühlen Brise des Fahrtwindes, der durch das Fenster ihres Schlafzimmers hereinstrich.

Fünf lange Tage währte der Angriff der Villistas auf Chihuahua City nun schon, doch bislang ohne Erfolg; und so mußte Orozco schon geglaubt haben, sein Traum eines Triumphes über seinen alten Feind sei in greifbarer Nähe. Araminta konnte nur versuchen, sich auszumalen, welch ein Schock es für ihn gewesen sein mußte, als er eines Morgens aufwachte und feststellen mußte, daß Villa ihn ein weiteres Mal ausgetrickst hatte, indem er mit seinen Truppen im Schutze der Dunkelheit um die Stadt herum marschiert war und mitten in der Nacht angegriffen hatte. Weil er nicht genügend Waggons gehabt hatte, um seine weiterhin ständig wachsende Armee –

die mittlerweile fast viertausend Soldaten umfaßte – heranzuschaffen, hatte er bei Terrazzas einen Güterzug der Föderalisten, den General Castro, der Kommandeur der Föderalisten in Ciudad Juárez, Richtung Süden geschickt hatte, angegriffen und beschlagnahmt. Da auch dieser Zug nicht für den Truppentransport ausreichte, hatte Villa dreist ein Telegramm an Castro geschickt und ihm mitgeteilt, die Lokomotive sei bei Moctezuma liegengeblieben, und forderte eine neue Lokomotive und fünf weitere Waggons an. Das Telegramm hatte Villa im Namen des befehlshabenden Colonels des eroberten Frachtzuges der Föderalisten aufgegeben, daher sandte der ahnungslose General Castro auch unverzüglich den gewünschten neuen Zug. Daraufhin schickte Villa ihm erneut ein Telegramm unter falschem Namen, in dem er Castro die Falschmeldung übermittelte, die Telegrafenmasten zwischen dem derzeitigen Aufenthaltsort des Zuges und Chihuahua City seien unterbrochen, aber da sich von Süden her ein größerer Truppenteil der Villistas nähere, wolle er nun fragen, was zu tun sei. Der überlistete Castro hatte daraufhin zurücktelegrafiert, er solle unverzüglich nach Ciudad Juárez zurückkehren. Villa verschickte weiterhin gefälschte und irreführende Telegramme, während er gleichzeitig einen überraschenden Vorstoß auf die nahezu ungeschützte Grenzstadt unternahm. Als Castro die Meldung von Villas Anrücken erhielt und erkennen mußte, wie gekonnt und skrupellos er hereingelegt worden war, machte er sich bei Nacht und Nebel davon, ohne auch nur seine Garnison davon zu unterrichten. So kam es, daß Villa nach einem kurzen Kampf, bei dem kaum ein Schuß abgefeuert wurde, die Stadt schließlich einnahm.

Und hier in Ciudad Juárez, so nahe der Grenze nach El Paso, geschah es auch, daß erstmals und ohne Vorwarnung jemand den Versuch unternahm, Araminta aus Rigos Griff zu befreien. Inzwischen war es November, und Aramintas Entführung von der High Sierra lag bereits sechs Monate zurück, ohne daß ihr Großvater ein Lebenszeichen von ihr erhalten hatte. Um seine angegriffene Gesundheit vor ihrer damaligen Hochzeit wissend und zunehmend von Schuldgefühlen geplagt, wenn sie daran dachte, wie sehr er sich um sie sorgen mußte, bat Araminta Rigo, ihm zu gestatten, ihren Großvater wenigstens per Telegramm wissen zu lassen, daß sie am Leben und wohlauf war.

»Bitte, Rigo«, bat sie ihn inständig, »verwehre mir das nicht, denn es ist alles, worum ich dich bitte. Er ist ein alter Mann, und auch wenn er mich bedrängt hat, Judd zu heiraten, fühle ich, daß er tief in seinem Herzen etwas für mich empfindet und nur mein Bestes gewollt hat.«

»Das glaube ich kaum, auch wenn ich ihm zugestehen will, daß er, da Judd nun mal sein Patensohn ist und ihm daher wohl etwas bedeutet, absichtlich die Augen vor dem grausamen, bösartigen Wesen deines Gatten verschlossen hat. Aber meinetwegen. Da es dir anscheinend so viel bedeutet und uns nicht schaden kann, da wir morgen früh Ciudad Juárez verlassen und nach Tierra Blanca weiterziehen, will ich es dir erlauben. Aber nur dieses eine Telegramm, *querida*«, fügte er warnend hinzu. »Vergiß niemals: Was mir gehört, gebe ich nicht mehr her. Und kein Mann, nicht einmal dein Großvater, wird dich mir wegnehmen.«

Und so begleitete Rigo sie zur Telegrafenstation beim Bahnhof, wo Araminta dem Telegrafisten den Text ihres Telegramms diktierte, ehe Rigo ihn dann anwies, es durchzugeben. Das Telegramm war nicht so ausführlich, wie Araminta dies gern gehabt hätte, denn Rigo hatte ihren ursprünglichen Text mit ernster und undurchdringlicher Miene rigide gekürzt und nur ein knappes »Großvater, bitte sorge Dich nicht um mich, ich bin am Leben und wohlauf« erlaubt. Dem hatte er – gegen Aramintas Einspruch – den Satz: »Aber das werde ich nur dann auch weiterhin bleiben, wenn Du die Belohnung und die Männer, die Du angeheuert hast, um mich zu finden, zurückziehst. Araminta.«

»Das ist herzlos und überflüssig!« hatte Araminta protestiert und sich auf die bebende Unterlippe gebissen, als in Rigo plötzlich der harte, unerbittliche Bandolero vor ihr stand. Und ihr widerspenstiges Wesen, erstickt durch die Gefangenschaft und besänftigt durch die Liebe, begann sich erneut zu regen und aufzubegehren.

»Nein, ist es nicht«, entgegnete er mit barschem Unterton. »Dein Großvater muß sich ein für allemal damit abfinden, daß es keine Hoffnung für ihn gibt, dich zurückzuholen, daß er dich unwiederbringlich verloren hat – für immer! Er kann froh sein, daß ich bereit bin, ihn wissen zu lassen, daß du noch am Leben bist. Ich hege keine sonderliche Sympathie für Noble Winthrop, ebensowenig wie er für mich.«

»Aber wenigstens kannst du sicher dein, daß deine Rache an Judd voll und ganz erfüllt ist«, sagte Araminta kühl, getrieben vom Haß, den sie für diesen Zug an ihm empfand. »Denn mein Großvater wird ihm mit Sicherheit von meinem Telegramm erzählen.«

»Die ist auch der einzige Grund, weshalb ich deiner Bitte nachgekommen bin, *querida*«, konterte Rigo ebenso eisig, und seine zusammengekniffenen Augen funkelten so hart wie zu der Zeit, als sie seine Gefangene gewesen war.

»Oh!« keuchte Araminta auf, als hätte er sie geschlagen. All die Liebe zwischen ihnen kam ihr nun vor wie eine Illusion, und Rigo wurde in ihren Augen zu einem eingebildeten Verführer, dem sie sich unterworfen hatte. »Sieh mich nicht so an, als würde ich dir gehören. Glaubst du etwa, mein Wille und mein Verstand schmelzen dahin, wenn du mich berührst?«

»Das denke ich nicht.« Absichtlich langsam musterte er sie von Kopf bis Fuß, ehe er seinen Blick auf ihrem vor Demütigung und Wut erröteten Gesicht ruhen ließ. »Das weiß ich, Gringuita.« Er sprach das letzte Wort verächtlich aus, und ein sardonisches Lächeln umspielte seinen Mund.

Das machte Araminta so wütend, daß sie, ehe Rigo ahnte, was sie vorhatte, an ihm vorbei aus dem Telegrafenamt stürmte und die Tür hinter sich ins Schloß krachen ließ, daß fast die eingelassene Glasscheibe zerbarst.

»Araminta!« rief er und eilte ihr nach, sich bewußt, daß er zu weit gegangen war. Nun verspürte er in seinem Herzen nicht nur schreckliche Reue, sondern auch einen plötzlichen und scharfen Stich der Angst um sie, weil sie ganz allein auf den Straßen von Ciudad Juárez war, wo es nur so vor Rebellensoldaten wimmelte, von denen die Mehrzahl nicht zu seinen Leuten gehörte. »Araminta!«

Sie hörte, wie er ihren Namen rief, schaute sich um und sah ihn ihr folgen, rüde jeden anrempelnd und umstoßend, der ihm dabei im Weg war; auf seinem Gesicht eine derart mörderische Wut, daß sie es mit der Angst zu tun bekam. Beim Gedanken, er könne seinen ganzen Zorn und sein heißblütiges Temperament an ihr auslassen und sie vielleicht sogar schlagen, geriet sie gar in Panik, hob den Saum ihres Kleides und lief noch schneller. Sie wußte nicht genau, in welche Richtung sie überhaupt rannte, hegte nur die vage Hoffnung, irgendwie zum Wohnwaggon zu gelangen und sich dort im Schlafzimmer einzuschließen, bis seine Wut wieder verraucht war. Aber sie kannte sich in Ciudad Juárez nicht aus und erinnerte sich nun, verängstigt, verwirrt und allein, auch nicht mehr daran, auf welchem Weg sie und Rigo hergekommen waren. Wohin sie auch blickte, sah sie nichts als ein endloses Schienengewirr und nicht voneinander zu unterscheidende Züge. Alles war in Bewegung, ein lärmendes Chaos, als sich die Villistas auf ihren morgigen Abmarsch Richtung Tierra Blanca vorbereiteten. Rebellensoldaten waren allerorts damit beschäftigt, Güter, Waffen, Munition und all den übrigen Nachschub zu verladen, den Villa, Rigo und andere erfahrene Bandoleros von El Paso aus über die Grenze geschmuggelt hatten; nervös wiehernde und schnaubende Pferde wurden über Rampen in Güterwaggons geführt.

Erleichtert erblickte Araminta, wie sie glaubte, Villas roten Wohnwaggon. Um dort vielleicht zumindest vorübergehend Zuflucht zu finden, da Villa ihr wegen ihrer für die Sache der Revolutionäre so wichtigen und wirkungsvollen Artikel bestimmt helfen und Rigo wieder zur Vernunft bringen würde, eilte sie blindlings auf den Waggon zu. Daher sah sie den Wallach nicht, der in diesem Moment auf sie zugeprescht kam, im Sattel Ernesto Urbino, einst einer von Aramintas zahlreichen Wächtern, bis Rigo ihn, weil ihm die Art, wie Urbino Araminta ansah, nicht gefiel, von seinem Posten abberief. Als Urbino, der Araminta die ganze Zeit beobachtet und auf eine günstige Gelegenheit gewartet hatte, sie nun einholte, sich aus dem Sattel beugte und Araminta packte, schrie sie erschrocken auf, und Rigo, dem ihr schriller Hilfeschrei wie die Krallen eines Falken das Herz zerrissen, mußte mit ansehen, wie Urbino mit ihr davonjagte. Der Sattelknauf bohrte sich schmerzhaft in ihren Magen, hilflos baumelte ihr Kopf zur Seite herab, die Beine in der Luft; es gab nichts, womit sie sich gegen ihren Entführer hätte zur Wehr setzen können.

»He, du! Absteigen! Sofort!« Rigo war auf den nächstbesten Reiter zugestürmt. »Gib mir dein Pferd! *Pronto! Ándale! Ándale!*« schrie er den erschrockenen jungen Soldaten an. Halb wahnsinnig zog Rigo an den Zügeln des Pferdes und zerrte den armen Kerl aus dem Sattel.

»*S-s-sí, general*«, stammelte der Soldat ängstlich, sich wundernd, womit er sich den Zorn von El Salvaje zugezogen hatte, um erleichtert festzustellen, daß dieser gar nicht ihm, sondern einem anderen galt. Rigo schwang sich in den Sattel, gab dem

Pferd die Sporen und jagte Urbino nach, der in wildem Galopp durch die engen, gewundenen Straßen von Ciudad Juárez preschte, begleitet vom Schreien und Fluchen derer, die ihm – und dann dem ihm nachsetzenden Rigo – gerade noch ausweichen konnten.

Wenige Minuten später hatte Urbino die Stadt hinter sich gelassen. Rigo folgte ihm dicht auf den Fersen; ihm war klar, daß Urbino über die Grenze wollte. Wenn es ihm gelang, den Rio Grande zu überqueren und Texas zu erreichen, würde er Araminta zu ihrem Großvater – oder noch schlimmer: zu Judd – bringen und die fünftausend Dollar Belohnung kassieren. Aber das würde Rigo niemals zulassen! Eher würde er sie eigenhändig umbringen! Mit einem heftigen Ruck an den Zügeln brachte er sein Pferd kurz zum Stehen, zog das Gewehr des jungen Soldaten aus dem Halfter, legte an, zielte – und drückte ab. Die Kugel zischte auf das anvisierte Ziel zu und traf Urbinos Wallach in den linken hinteren Schenkel. Vor Schmerz wiehernd, bäumte sich das Pferd auf, schlug wild aus, wankte noch zwei, drei Schritte, ehe es zu Boden ging, sich überschlug und Urbino und Araminta abwarf. Noch immer schrill wiehernd, strampelte es weiter wie wahnsinnig, ehe es mit bebenden Flanken und sich bei jedem schnaubenden Atemzug blähenden Nüstern reglos dalag.

Urbino kam schon im nächsten Moment wieder auf die Beine; er war sofort abgesprungen, als er gemerkt hatte, daß sein Pferd getroffen war. Araminta hingegen lag noch immer dort, wo sie hingestürzt war, benommen und wimmernd; ein schreckliches Dröhnen im Kopf und außer Atem. Im ersten Schock nach ihrem qualvollen Ritt und Sturz des Pferdes konnte sie weder klar denken noch ihre eigenen Schmerzen spüren. Doch tief im Innern betete sie inständig, daß ihrem Kind nichts passiert war. Plötzlich spürte sie Urbinos Hand auf ihrem Handgelenk, als er sie packte und hochzerrte. Im selben

Moment überkam Wut ihren Schrecken. Ein roter Nebel lag vor ihren Augen, ein gewaltiges Tosen hallte ihr in den Ohren, und sie schien jegliche Beherrschung zu verlieren. Wie ein tollwütiger Hund ging sie urplötzlich auf Urbino los, getrieben vom mächtigen mütterlichen Instinkt, das Kind in ihrem Bauch zu beschützen.

So groß war ihre Hysterie und ihr innerer Aufruhr, daß sie es gar nicht spürte, als er sie mit aller Kraft schlug; erst links, dann rechts quer übers Gesicht, daß ihr Kopf zurückflog und sie nach hinten taumelte. Nur vage bekam sie mit, wie Urbino seinen Revolver zog, und griff ihn erneut wie von Sinnen und mit übermenschlicher Kraft an. Urbino, darauf nicht gefaßt, verlor das Gleichgewicht und riß Araminta mit sich, als er zu Boden schlug. Sie langte nach dem Revolver, aus dem sich ein Schuß, der gottlob ins Leere ging, löste, als sie beide über den harten Untergrund robbten und rollten. Schließlich stieß Urbino sie zur Seite, doch nur um sich im nächsten Moment einem noch mörderischeren Angreifer gegenüberzusehen, als Rigo vom Pferd sprang und Urbino die Pistole aus der Hand trat, die in hohem Bogen davonflog.

Blitzschnell, mit den Reflexen eines wilden Tieres, kam Urbino wieder hoch und zückte sein Bowiemesser. Doch ebenso schnell zog Rigo sein doppelschneidiges Messer aus dem Stiefel. Die Klingen blitzten auf in der grellen Sonne, als er sein Messer durch die Finger wandern ließ, ehe er es in die linke Hand schnellen ließ, womit er sein Gegenüber warnte, mit welch tödlichem Gegner er sich eingelassen hatte.

»Sieht so deine Treue zu deinem General aus, Urbino?« knurrte Rigo, das Gesicht in mörderischer Absicht verzerrt. »Seine Frau zu entführen?«

»Fünftausend Gringo-Dollar lassen so manchen Treueschwur zum Teufel gehen, General«, entgegnete Urbino, doch sein breites Grinsen geriet gequält.

»Und dieses Messer«, Rigo hob das teuflische Messer in seiner Hand, »hat schon eine Menge Leute in die Hölle geschickt, Urbino. Sprich dein letztes Gebet, *amigo*.«

Die beiden begannen einander lauernd zu umkreisen. Leicht vorgebeugt, um Brust und Bauch vor der Klinge des anderen zu schützen, die Arme ausgestreckt, als würden sie so die Balance halten, tanzten sie ihren tödlichen Tanz. Wie die makabre Parodie eines Balletts, das sie einmal gesehen hatte, erschien Araminta, die sich mühsam hochgerappelt hatte, der Anblick der beiden Männer. Mit einem Sirren und Zischen durchtrennten die Messer die Luft, ein Geräusch, als würde ein Lasso oder eine Bola geschwungen werden, als die beiden Männer die ersten Attacken versuchten. Auf Urbinos häßlichem Gesicht glänzte der Schweiß; wahrscheinlich Angstschweiß, dachte Araminta im stillen, denn Rigo sah wirklich wie der Leibhaftige aus, als er sein Messer von einer Hand in die andere wechselte, es vorschnellen ließ, so daß Urbino nie wußte, ob Rigo nun mit der Linken oder der Rechten zustoßen würde. Araminta hatte ihn dieses Vorgehen schon dann und wann üben sehen, doch nie mit solcher Geschwindigkeit, und sein unglaubliches Können wirkte übermenschlich. Sie rechnete fast damit, daß ihm das Messer entglitt, doch als das nicht geschah, bekam Urbino es allmählich mit der Angst zu tun.

Dieses Belauern zerrte an seinen Nerven. Nicht mehr lange, und ihn würde der Mut verlassen. Also wollte er es endlich hinter sich bringen. Er verfluchte sich längst für das, was er getan hatte, und wünschte nur, seine Gier auf die verfluchte Belohnung wäre nicht größer gewesen als seine Angst vor El Salvaje. Niemals hätte er die Gringa entführen dürfen, denn selbst ein Blinder sah doch, daß der General von ihr besessen war, daß es an Wahnsinn grenzte. Und er würde zu allem fähig sein. Nun waren nicht nur die fünftausend Gringo-Dollar verloren, sondern vielleicht verlor er, Urbino, gar sein Leben! Er mußte rasch handeln, jetzt oder nie, ehe der verrückte General es tat und es zu spät war.

Urbino benetzte seine trockenen Lippen und schnellte vor, das Messer auf Rigos Bauch gerichtet. Doch Rigo wich geschmeidig wie ein Panther aus, leicht auf den Fußballen wippend; Urbinos Stoß ging ins Leere, und er verlor wegen seines Schwungs die Balance, stolperte und taumelte an Rigo vorbei. Im selben Moment stieß dessen Klinge zu und erwischte Urbino an der Seite. Urbino ließ den Arm sinken, als er das Blut sah, erstaunt, daß Rigo ihn getroffen hatte. Das Blut auf seiner Hand gab ihm den Rest. Wutentbrannt ging er erneut auf Rigo los, doch wieder nicht schnell genug, und Rigo erwischte ihn ein weiteres Mal. Wieder und wieder schlitzte Rigos Messer Urbinos Haut auf, bis dessen Bauch und Seiten mit einem heftig blutenden Muster gezeichnet waren, sein Hemd zerfetzt und blutgetränkt unter den Patronengurten, die er quer über die Brust trug.

Araminta war inzwischen wieder auf den Beinen. Ihr Kopf und ihr Magen schmerzten von dem unsanften Ritt; ihr Handgelenk, wo Urbino sie gepackt hatte, war blau angelaufen, und ihr Gesicht brannte von seinen brutalen Schlägen. Mit zittrigen Fingern hielt sie ihre zerrissene *camisa* zusammen und betete still, daß Rigo gewinnen möge. Sie sah, wie seine satanische Klinge erneut zustieß und traf. Wie Spiegelglas glitzerte sie in der Sonne, als sie zischend durch die Luft fuhr und Urbino die Kehle aufschlitzte. Blut spritzte warm und klebrig auf Rigos Haut und Kleidung, als Urbino mit durchtrennter Halsschlagader röchelnd und gurgelnd zu Boden sank, dann nach vorn fiel und tot im Staub liegenblieb.

Einen Moment lang stand Rigo reglos da, heftig atmend, noch immer das blutverschmierte Messer erhoben. Dann kniete er sich neben den toten Urbino und wischte die Klinge an dessen Hemdrücken ab, ehe er das Messer wieder in seinem

Stiefel verschwinden ließ. Er erhob sich, ging zu Araminta und schloß sie in die Arme, hielt sie ganz fest und strich ihr sanft über das Haar, als sie an seine Brust geschmiegt zitterte und schluchzte.

»Bist du verletzt? *Querida*, bist du verletzt? Laß mich sehen«, sagte er, als sie stumm den Kopf schüttelte und weiterhin den Blick abwandte. Er umfaßte ihr Kinn und drehte ihr Gesicht zu sich, wüst auf spanisch fluchend, als er die blauen Flecken auf ihrer Haut sah. *»Sangre de Cristo! Qué bastardo! Qué hijo de la puta! Maldito sea! Maldito sea al diablo! Espero que su alma miserable se pudra en infierno!«* Doch dann wurde sein Ton sanfter, als er fortfuhr: *»Ay, pobre niña. Lo siento, lo siento. Está bien, está bien. Él es muerto.«* Zärtlich küßte er ihr die Tränen von den Wangen und hielt sie so lange in den Armen, bis sie sich wieder ein wenig beruhigt hatte. Dann legte er ihr die Hand auf den Bauch. *»El niño... está bien?«* Das Kind... ist ihm auch nichts geschehen?

»Du – du weißt von dem Baby?« flüsterte Araminta und fürchtete fast, er werde jetzt böse auf sie sein, weil sie ihm nicht gesagt hatte, daß sie ein Kind von ihm erwartete. Doch als sie zu ihm hochschaute und sich ihre Blicke trafen, sah sie in seinen Augen die sonderbar zärtliche Flamme des Begehrens, des Bewunderns und der Ehrfurcht.

»Hast du denn wirklich geglaubt, ich würde es nicht wissen, *querida*? Ich... der ich deinen Körper so gut kenne wie meinen eigenen? So manche Nacht habe ich neben dir gelegen und auf ein Wort von dir gewartet, habe darauf gewartet, daß du diese gute Nachricht mit mir teilst. Sag, warum hast du geschwiegen? Kann es sein, daß – auch wenn du mich liebst – ein Teil von dir mich immer noch haßt? Kann es sein, daß du... daß du kein Kind von mir haben willst, Araminta? Schämst du dich, Gringuita, weil es ein Halbblut sein wird? Ein uneheliches Kind, ein Bastard – so wie ich?« Araminta konnte sehen, wie sehr ihn dies schmerzte, als sich plötzlich ein finsterer Schatten auf seine Augen legte.

»Nein, o nein, Rigo. Nichts davon. Über all das habe ich gar nicht nachgedacht, bitte glaub mir. Ich liebe dich! Natürlich will ich dein Kind! Unser Kind! Wie kannst du nur annehmen, es sei nicht so? Ich hatte nur Angst, daß ... daß du mich wegschickst ... auf die Casa Grande und –«

»Auf die Casa Grande? Das hast du gedacht? *Ay, caramba!* Mein kleiner, geliebter Dummkopf ...« Er schüttelte lächelnd den Kopf. »Warum in Gottes Namen sollte ich so etwas tun wollen? Die Casa Grande ist schon vor Monaten von den Föderalisten beschlagnahmt worden und wird selbst jetzt noch, soweit ich informiert bin, als Hauptquartier von ihnen benutzt. Wenn ich die Casa Blanca nicht hätte, dann wäre ich so arm wie eine Kirchenmaus, fürchte ich.«

»Oh.« Araminta war überrascht und beschämt. »Das ... das wußte ich nicht. Es tut mir leid.«

»*Sí,* das sollte es auch, *niña.* Nun ja, ich muß zugeben, ich hatte schon vor, dir eine Tracht Prügel zu verpassen, dafür daß du mir im Telegrafenamt davongelaufen bist –« Doch als er sah, wie sich ihre Augen plötzlich weiteten und ihr Gesicht alle Farbe verlor – denn sie hatte in der Tat ihren heftigen Streit ganz vergessen –, hielt er inne und runzelte die Stirn. »Ich habe nur einen Scherz gemacht, *querida.* Auch wenn ich jetzt wirklich versucht bin, dich übers Knie zu legen, weil du angenommen hast, ich könnte es tatsächlich tun! Besonders wo du schwanger bist! Ich mag ja so manches sein – und vielleicht auch nicht immer der Netteste –, aber so brutal bin ich nun wirklich nicht!

Dios mío! Wie kommst du nur darauf, daß ich jemals so etwas tun würde? Ich hatte eine Angst wie noch nie in meinem Leben, als ich Urbino mit dir davonreiten sah! Aber sicher verstehst du jetzt, warum du nie mehr so dumm sein darfst, mir davonzulaufen, ganz egal, wie wütend oder ängstlich du auch sein magst. Ich denke nicht, daß ich dir jemals einen echten Grund gegeben habe, dich vor mir zu fürchten, und ich verspreche dir hier und jetzt, daß es nur einen einzigen Grund gibt, Angst vor mir zu haben: wenn ich herausfinden sollte, daß du mir untreu gewesen bist. Und was das Telegramm an deinen Großvater angeht... nun, verstehst du jetzt, warum ich diese Anmerkung machen mußte? Es ist doch nur zu deinem Schutz, Araminta. Deshalb gebe ich so sehr auf dich acht. Urbino war und ist nicht der einzige in Mexiko, der angesichts der hohen Belohnung versucht sein könnte, dich mir wegzunehmen. Und falls du nicht das heimliche brennende Verlangen hast, zu Judd Hobart zurückzukehren, wirst du dich gefällisgt an meine Anweisungen halten, wenn nicht deinetwegen, dann wenigstens dem Kind zuliebe. Wahrscheinlich ist es nur der Gnade des Himmels zu verdanken, daß du es nicht verloren hast!«

»Ja, ich weiß«, antwortete sie niedergeschlagen, denn in ihrem Herzen wußte sie, daß es ihre eigene Dummheit gewesen war, die es Urbino ermöglicht hatte, sie zu entführen.

»Dann komm. Es ist spät, und wir müssen zurück ins Camp.«

Mit diesen Worten ging Rigo noch einmal zu dem toten Urbino und verscheuchte die Geier, die sich bereits auf dem Leichnam niedergelassen hatten. Rigo ging in die Hocke und nahm sämtliche Waffen und Munition des Toten an sich, denn für die Villistas war beides so wertvoll wie Gold. Dann besah er sich das angeschossene Pferd, das noch immer reglos auf dem Boden lag. Auch wenn es eine schmerzhafte Wunde war, der Wallach würde es ganz sicher überleben; und tatsächlich gelang es Rigo, wenn auch mit Mühe, ihm aufzuhelfen. Er befestige die Zügel des Wallachs am Sattelknauf seines Pferdes, half Araminta beim Aufsteigen und schwang sich hinter sie in den Sattel. Schweigend ritten sie zurück nach Ciudad Juárez.

»Sie lebt noch, und der Kerl hat sie die ganze Zeit in seiner Gewalt gehabt«, sagte Noble Winthrop laut zu sich, als er allein in seinem Arbeitszimmer saß und auf das Telegramm vor ihm auf dem Schreibtisch starrte.

»Großvater, bitte sorge Dich nicht um mich. Ich bin am Leben und wohlauf…« Für Noble gab es nicht den geringsten Zweifel, daß dieses Telegramm von Araminta stammte; das sagte ihm sein Verstand und sein Herz, denn del Castillo selber hätte sich ganz sicher nicht die Mühe gemacht, ihm eine Nachricht zukommen zu lassen. »Aber das werde ich nur dann auch weiterhin bleiben, wenn Du die Belohnung und die Männer, die Du angeheuert hast, um mich zu finden, zurückziehst.« Ja, in diesem Teil des Telegramms erkannte Noble del Castillos Handschrift. Auch wenn das Telegramm ihn in gewisser Weise erleichterte, besorgte es ihn in anderer Hinsicht zutiefst. Warum nicht: »Vergiß die Belohnung und pfeif deine Männer zurück, oder ich bringe deine Enkeltochter um«? Das allein hätte doch gereicht. Nein, die Worte dieses Telegramms waren die eines Mannes, der etwas für Araminta empfand, zumindest genug, um ihr zu erlauben, einem alten Mann die Sorge zu nehmen und ihn wissen zu lassen, daß sie noch am Leben war… und wohlauf. Dieses Wort allein sprach Bände. Warum nicht nur: »Ich bin am Leben«?

Ich bin am Leben, Großvater, aber ich wäre es besser nicht, und daher mußt du dich damit abfinden, daß ich eigentlich tot bin.

»Bitte sorge Dich nicht um mich.«

Ich bin wohlauf, es geht mir gut, Großvater, und auch wenn Rigo del Castillo mein Liebhaber ist, empfindet er soviel für mich, daß er mich an seiner Seite sein läßt und mir erlaubt, dir dieses Telegramm zu schicken, damit du dir keine Sorgen mehr um mich machst. Mein Leben hier in Mexiko ist nicht so schlimm. Es ist besser, als tot zu sein, Großvater; es ist nicht schlimmer, als mit Judd Hobart verheiratet zu sein. Deshalb habe ich mir nicht das Leben genommen.

Deine Enkeltochter liegt in meinen Armen, alter Mann, und weil sie mir gefällt, habe ich noch nicht vor, sie gehenzulassen. Inzwischen kann ich nett zu ihr sein – oder auch nicht. Das hängt ganz allein von dir ab, alter Mann. Es liegt an dir.

All das las Noble Winthrop aus dem Inhalt des Telegramms – das er bekommen hatte und nicht Judd. Und auch das sagte einiges.

Mein angetrauter Gatte, ich liebe dich nicht, habe es nie getan. Ich habe dich nur geheiratet, weil es der Wunsch meines Großvaters war. Und nun bin ich, auch wenn ich noch lebe, für dich gestorben. Ich weiß, daß dem so ist.

Mein Todfeind, deine Braut gehört mir. Es ist vorüber. Du weißt, daß dem so ist. Wir sind quitt. Die Rechnung zwischen uns ist beglichen.

Es hängt allein von dir ab, alter Mann. Entscheide dich; es liegt an dir.

Das Telegramm war in Ciudad Juárez aufgegeben worden, gleich hinter der Grenze, so nah und doch so fern; und nun war Araminta wieder fort, ihm vielleicht für immer entglitten, als gerade mal eine Woche nachdem Villa die Stadt eingenommen hatte, seine Armee weiterzog nach Tierra Blanca, um dort die Föderalisten anzugreifen und niederzumetzeln.

Die Belohnung zurückziehen, ja, das würde Noble ganz sicher tun, aber die Kopfgeldjäger zurückzurufen, das war schon viel schwieriger. Er wußte nicht einmal, wo sie sich derzeit aufhielten. Die Hälfte ihres Honorars hatte er ihnen bereits im voraus gezahlt, zehntausend Dollar, zweitausendfünfhundert für jeden von ihnen; sie hatten sich mit Verpflegung versorgt und waren über die Grenze geritten, wissend, daß sie keine einfache Aufgabe erwartete, außer daß sie, wenn sie del Castillo fänden, auch Araminta gefunden hatten, sofern sie noch am Leben war. Warum war weder Noble noch Judd darauf gekommen, was sie vermuteten – nämlich daß sie den General bei seiner Armee fanden? Konnten vier Gringos, selbst wenn es Kopfgeldjäger waren, wirklich hoffen, Araminta aus der Mitte von viertausend mexikanischen Rebellensoldaten zu befreien? Ihr Auftrag, so hatten die vier Noble gekabelt, sei dadurch zwar nicht unmöglich, nur schwieriger. Sie würden warten und den günstigsten Zeitpunkt abpassen müssen, aber sie würden ihren Auftrag ausführen.

Das war das letzte, was Noble von ihnen gehört hatte. Er hatte es so gewollt, hatte die Hunde von der Kette gelassen, und nun konnte er sie nicht mehr zurückrufen. Entscheide dich; es liegt an dir. Nein, dachte Noble, nun würde das Schicksal entscheiden.

Einen Monat nachdem Ciudad Juárez an die Villistas gefallen gefallen war, eroberten diese auch Chihuahua City und vertrieben die restlichen Truppenteile der Föderalisten unter dem Kommando von General Salvador Mercado, der sich in die Grenzstadt Ojinaga flüchtete, von wo aus er sich über die Grenze nach Él Presidio in Texas absetzen wollte, da alle Straßen Richtung Süden von den Rebellen kontrolliert wurden. Derweil feierten in Chihuahua City die Revolutionäre mit den Einwohnern der Stadt die Befreiung der gesamten Provinz Chihuahua durch die Villistas; es war, als wäre der ganze Ort ein einziges riesiges Freudenfest. Dies war das beste Weihnachten der Revolution. Die Divisón del Norte und ihr Befehlshaber, Pancho Villa, triumphierten; sie hatten die Föderalisten besiegt und vertrieben. Dies war auch die Gelegenheit, auf die die vier von Noble Winthrop angeheuerten Kopfgeldjäger gewartet hatten. Und am Ende gelang ihnen Aramintas Befreiung so spielend leicht, daß sie es kaum glauben konnten.

In Chihuahua City gab es einen noblen Spielsalon, El Cosmopolita. Dieses Etablissement hatte Jacob La Touche gehört, der den Spitznamen »Der Türke« trug. Als feister Mann mit schlurfendem Gang war er vor fünfundzwanzig Jahren nach Chihuahua City gekommen, ohne Schuhe an den Füßen, nur von einem Tanzbären begleitet, und hatte sich über die Jahre zum mehrfachen Millionär gemausert, dessen unbekanntester Spielsalon El Cosmopolita war. Ein prachtvolles Anwesen am Paseo Bolivar gehörte ihm ebenfalls. Es wurde »Palast der Tränen« genannt, weil es mit den Gewinnen jener Spielhölle bezahlt worden war, die so manche Familie in Chihuahua City in den Ruin getrieben hatte. Doch Villas Triumph war der Untergang des »Türken«, der die Zeichen an der Wand erkannte und sich, weil ihm sein Leben lieb war, zusammen mit Mercado Richtung Ojinaga aus dem Staub machte. Als Villa in Chihuahua City einmarschierte, beschlagnahmte er als erstes sowohl das El Cosmopolita wie auch den Palast der Tränen. Das Anwesen vermachte er einem seinem Generäle als Weihnachtsgeschenk, die Spielhölle behielt er selbst. Und hier, im El Cosmopolita, sollte auch die offizielle Siegesfeier stattfinden, zu der Villa etliche seiner Offiziere und Soldaten zum Roulette- und Pokerspiel eingeladen hatte.

»Ich werde nicht lange fort sein, *querida*«, versprach Rigo Araminta, im Begriff aufzubrechen. »Denn die Roulettetische sind präpariert, und aus einem mir unerfindlichen Grund spielen wir Mexikaner Poker ohne die Sieben, Acht und Neun, was das Spiel nicht annähernd so interessant macht, als wenn es mit einem amerikanischen Blatt gespielt wird. Ich bringe dir vom Chinesen was zu essen mit, wenn der alte Chee Lee was Genießbares gekocht hat! Ruh dich inzwischen ein wenig aus. Ich weiß, wie anstrengend der letzte Monat für dich gewesen ist.« Sein Blick verdüsterte sich einen Moment vor Sorge, ehe er Araminta zärtlich küßte.

Sie war nun im fünften Monat schwanger, und auch wenn Rigo sie schöner denn je fand, war ihr Gesicht blaß von den Strapazen der Reise, und sie hatte Schatten unter den Augen, was Rigo daran erinnerte, wie sie am Tag ihrer ersten Begegnung, damals im Hotel von El Paso, ausgesehen hatte. Ihr Bauch unter dem weiten schlichten Kleid, das sie trug, war nun leicht, aber sichtbar angeschwollen; und in diesem Moment fand Rigo, daß sie im Schein der Lampe wie eine Madonna aussah, und er verspürte einen Stich im Herzen aus Liebe zu ihr.

»Ich bin wirklich ein wenig müde.« Araminta seufzte und schloß kurz die Augen. »Ich denke, ich werde mich ein bißchen hinlegen und lesen, bis du zurückkommst. Viel Spaß, Rigo, und falls ich schon schlafen sollte, dann weck mich ruhig. Ich möchte für meinen Artikel, den ich darüber schreiben werde, alles über das Fest hören und wie Villa seinen Sieg feiert, und natürlich will ich auch wissen, ob du beim Pokern gewonnen hast.«

Fast hätte Rigo seine Meinung geändert und wäre bei ihr geblieben. Doch dann erinnerte sie ihn, daß Villa es gewiß als Beleidigung auffassen würde, wenn einer seiner wichtigsten Generäle der Feier fernblieb, und so ließ er sich schließlich überreden. Sie hörte ihn noch draußen mit den Wachposten reden, dann brachte ihm sein Bursche, Chico Morales, den Hengst; Rigo stieg in den Sattel und ritt zum El Cosmopolita. Araminta war tatsächlich erschöpft, und nachdem sie ein wenig in der Zeitung gelesen hatte, fielen ihr die Augen zu, und sie versank in einen so tiefen Schlaf, daß sie nicht mitbekam, wie die Posten draußen vor dem Waggon ausgeschaltet wurden und jemand die Tür zu ihrem Schlafzimmer öffnete. Doch selbst wenn sie etwas gehört hätte, hätte es ihr nichts genützt, denn die beiden Kopfgeldjäger, die in diesem Moment in den Waggon eindrangen, hatten ein mit Chloroform getränktes Tuch dabei, um sie zu betäuben, damit sie nicht schrie und ihnen die Villistas auf den Hals hetzte.

»Jesus Christus!« fluchte einer der Männer leise, als er sich über Araminta beugte, die friedlich schlafend auf dem Bett lag, das offene Haar wie geschmolzenes Gold im Schein der Lampe, die Haut schimmernd wie Perlen, die Brüste unter ihrem durchsichtigen Nachthemd mit jedem Atemzug wogend. »Sieh sie dir an! Kein Wunder, daß del Castillo sie nicht wieder rausrücken will und aufs Lösegeld pfeift!«

»Kann man wohl sagen«, pflichtete ihm der andere bei, ehe er Araminta das Tuch auf Mund und Nase preßte und sie betäubte. »He, Cheyenne, guck dich mal um, ob du nicht einen Schal oder so was findest, womit wir sie einpacken können, damit sie nicht friert. Dieser verdammte Hurensohn!« stieß er im selben Moment leise aus, als er die Bettdecke wegzog. »Sie ist schwanger! Na, großartig! Das hat uns gerade noch gefehlt!«

»Das macht's komplizierter, aber, zum Teufel, Grant, was hast du denn erwartet? Del Castillo hat sie entführt, Menschenskind! Wahrscheinlich ist er Tag und Nacht auf ihr gewesen. Hier, zieh ihr den Poncho über, schnapp sie dir und dann nichts wie raus hier.«

Draußen warteten bereits ihre beiden Kumpane, Kiefer und Hondo, mit einem Planwagen; Grant und Hondo legten Araminta in den hinteren Teil, deckten sie gut zu und setzten sich dann neben sie, die Sombreros tief ins Gesicht gezogen, Dekken über die Schultern. Dann rumpelte und ruckelte der Planwagen los, rollte langsam durch die Straßen von Chihuahua City bis zum Stadtrand und weiter in die Dunkelheit hinaus.

Während der langen Reise zur Grenze benahmen sich die Kopfgeldjäger ausnahmslos höflich. Sie sprachen sie mit »Mrs. Hobart« an, was Araminta ärgerte, und taten ihr nichts zuleide, außer daß sie sich weigerten, sie wieder laufenzulassen, selbst als sie ihnen erklärte, daß ihr keine Gefahr mehr von Rigo drohte, sondern daß sie im Gegenteil auf der Stelle zu ihm zurückwolle. Sie entschuldigten sich, blieben aber stur und taub gegenüber ihren Bitten; denn sie wollten auch die andere Hälfte ihres Honorars kassieren. Araminta hatte sie endlos bekniet, doch vergeblich. Nun saß sie zusammengesunken und zutiefst verzweifelt hinten auf dem Planwagen, eingewikkelt in Rigos Poncho, ein altes Tuch um den Kopf geschlungen. Bald würden sie die Grenze erreichen, den Rio Grande überqueren, und dann wären sie in Texas ...

Oh, warum hatte ihr Großvater diese Männer nur angeheuert? Kerle wie diese würden für Geld alles tun; sie behandelten sie doch nur deshalb so zuvorkommend, weil sie ihr Honorar haben wollten; unter anderen Umständen hätte sie sie wahrscheinlich skrupellos umgebracht. Mehr als ein dutzendmal hatte Araminta mit dem Gedanken gespielt, einen Fluchtversuch zu unternehmen; sie trug noch immer das Messer an ihrem Oberschenkel, und wenn es ihr gelänge, zu fliehen und das nächste Dorf zu erreichen, dann würde Rigos Namen, da war sie sich sicher, sie schon beschützen. Sie sprach inzwischen gut genug Spanisch, um *»El Salvaje, soy la mujer des Suyo«* sagen zu können. El Salvaje, der Grausame, ich bin seine Frau! Sicher würde sie dann niemand anzurühren wagen. Aber sie würde, behindert durch das Kind in ihrem Bauch, nicht weit kommen; und die Kopfgeldjäger hatten sie bisher nicht einen Moment aus den Augen gelassen, so daß es keine günstige Gelegenheit für einen Fluchtversuch gegeben hatte. Doch wenn sie es nicht bald versuchte, würde sie überhaupt keine Chance mehr dazu haben.

Wenn sie doch nur den Planwagen stehlen könnte! Wenn lediglich Hondo sie bewachen würde, könnte sie ihn von hinten mit dem Messerknauf bewußtlos schlagen, ihn dann vom

Kutschbock stoßen und davonjagen. Aber die anderen drei, Cheyenne, Kiefer und Grant, folgten ihnen auf ihren Pferden; sie hätten sie ganz sicher rasch wieder eingeholt. Verzweifelt ließ sie den Blick über die steilen Felswände des Cañons schweifen. Wenn sie erst die Ebene erreichten, würde sie sich nirgends mehr verstecken können, selbst wenn ihr die Flucht gelingen sollte. Doch wenn sie die Felsen hinaufkletterte, würden die Kopfgeldjäger ihre Pferde zurücklassen müssen, um ihr zu folgen, und vielleicht könnte es ihr gelingen, sie zu umkreisen und sich eines der Pferde zu stehlen.

Das war ein törichter, verzweifelter Plan, sagte sich Araminta im stillen, aber ihr fiel nichts Besseres ein. Doch ehe sie es auf einen Versuch ankommen lassen konnte, gab Cheyenne das Zeichen zum Halt und meinte, es sei Zeit für eine Rast, damit die Pferde etwas trinken konnten. Als Rigo sie entführt hatte, hatten sie nie so oft Rast gemacht. Aber damals war sie auch nicht schwanger und nicht so schnell erschöpft gewesen. Cheyenne öffnete die hintere Lade des Planwagens und half Araminta beim Aussteigen, dann ging er mit ihr das kurze Stück den Cañon hinab, wo einige Felsbrocken ihr genügend Abgeschiedenheit boten, um sich ungestört zu erleichtern. Sie starrte die zerklüftete Wand des Cañon hinauf und überlegte, ob es ihr gelänge, ehe Cheyenne etwas bemerkte, die schmale Nische zu erklimmen, die sich den Hang hinaufschlängelte und irgendwo hoch droben zwischen den Felsen verlief. Sie mußte es zumindest versuchen.

Doch es war aussichtslos; der Pfad war zu steil und zu holperig; der spitze Kies und das Geröll boten ihr keinen Halt, immer wieder rutschte sie ab und verlor sogar ihr Kopftuch dabei. Im nächsten Moment verlor sie völlig den Halt, rutschte rückwärts in die Tiefe, bis plötzlich Cheyenne die Arme um sie legte, sie festhielt, hochhob und wieder absetzte. Langsam drehte sie sich um und schaute ihm ins Gesicht, seine Hände noch immer auf ihren Armen, so daß sie nicht weglaufen konnte.

»Das war äußerst unklug von Ihnen, Mrs. Hobart.« Auf seinem Gesicht mit den blonden Bartstoppeln stand Wut geschrieben. »Sie hätten sich dabei verletzen können; Sie hätten stürzen und Ihrem Kind schaden können. Das kann ich nicht zulassen. Ihr Großvater bezahlt uns dafür, daß wir Sie heil zu ihm zurückbringen. Ich wäre Ihnen sehr verbunden, wenn Sie derartige Dummheiten in Zukunft unterlassen würden.«

»Und ich wäre dir sehr verbunden, wenn du deine dreckigen Pfoten von meiner Frau nehmen würdest!« ertönte plötzlich eine harte, kalte Stimme und ließ sie beide zusammenfahren.

Du lieber Himmel! Es war Judd! Araminta fuhr herum und zuckte zusammen, als ihre Augen bestätigten, was ihre Ohren gehört hatten. Das kann doch nicht sein, sagte sie sich, das konnte nicht wahr sein. Es mußte ein schrecklicher Alptraum sein – aber das schlimmste Monstrum saß vor ihr auf seinem Lieblingspferd, nur wenige Schritte von ihr entfernt. Sie begann heftig zu zittern, weil sie nun wußte, was er Marisol angetan hatte und zu welcher Grausamkeit er fähig war, eine Grausamkeit, die sie zuvor nur gespürt, aber instinktiv gefürchtet hatte. Sie war nicht länger das naive junge Ding, ihre Zeit in Mexiko hatte ihr die Augen gegenüber der Welt und ihrem Leben geöffnet; und nun sahen diese Augen die tiefen Falten in Judds Gesicht, Spuren seines zügellosen Lebens, ebenso die blutunterlaufenen Augen und das Doppelkinn, das von zuviel Essen und Trinken herrührte, dazu den brutalen Zug um seinen Mund. Und mit einemmal war ihr völlig unverständlich, wie sie diesen Mann jemals hatte heiraten können, selbst wenn sie es ihrem Großvater zuliebe getan hatte.

Aus zusammengekniffenen kristallblauen Augen starrte Judd sie kalt an und hatte plötzlich das Gefühl, als hätte ihn etwas mit voller Wucht in die Magengrube getroffen, so daß es ihn fast umwarf. Allmächtiger! Sie war wunderschön, noch schöner, als er sie in Erinnerung hatte. Er hatte sie nie mit offenem Haar gesehen, hatte nie gewußt, wie lang es war; bis zur Hüfte reichte es ihr, ein Wasserfall flüssigen Feuers im Sonnenlicht. In den Tiefen ihrer smaragdgrünen Augen schwelte das sinnliche Wissen einer neu erwachten Braut; ihr üppiger, rosiger Mund verlangte nach den harten, hungrigen Küssen eines Mannes – und hatte sie erhalten, wie Judd sich klar machte, als sein Blick auf ihren geschwollenen Bauch fiel, wo sie die Bastard-Brut von del Castillo unter dem Herzen trug! Kein Wunder, daß der Mistkerl kein Lösegeld gefordert oder sie zurückgeschickt hatte. Er hatte ihr ein Kind gemacht – und ihrem Aussehen nach zu urteilen, konnte er damit nicht lange gewartet haben. Er mußte ziemlich sicher gewesen sein, daß er diesen Bastard gezeugt hatte, sonst hätte er Araminta wohl kaum so lange bei sich behalten. Er hatte sie also nicht mit anderen geteilt, sondern sie ganz für sich allein beansprucht. Nun, das würde sich schon sehr bald ändern, wenn er, Judd, sie erst mal in die Hände bekommen hatte. Sie war zu besudelt, um weiterhin seine Frau sein zu können, aber als Hure würde sie sich bestens machen, ehe er mit ihr fertig wäre.

»Hau ab«, herrschte er Cheyenne an. »Du hast deinen Job erledigt. Hier hast du dein Geld.« Judd löste ein Paar Satteltaschen vom Sattelknauf und warf sie auf den Boden. So ungern er sich auch vom Inhalt dieser Taschen trennte, wollte er sich dennoch nicht mit den Kopfgeldjägern anlegen, denn Cheyenne sah ganz so aus, als würde er Araminta zu Hilfe kommen. »Nimm's dir und verschwinde.«

»Nein! Bitte nicht ...«, flehte Araminta und legte Cheyenne eine Hand auf den Arm. »Bitte laß mich nicht allein mit ihm.«

»Er ist Ihr Ehemann, Mrs. Hobart, ob Ihnen das nun gefällt oder nicht«, entgegnete Cheyenne lapidar, schüttelte ihre Hand entschlossen ab, griff sich die Satteltaschen und schwang sie sich über die Schulter. »Und wie er ganz richtig gesagt hat: Mein Job ist erledigt, und damit hat es sich.« Dann ging er mit gleichgültiger Miene, ohne einen Blick zurückzuwerfen, zu seinen Kumpanen. Gleich würden sie aufsitzen und davonreiten, ohne einen Gedanken daran zu verschwenden, daß sie Aramintas Leben zerstört hatten.

Langsam stieg Judd aus dem Sattel und kam auf sie zu; sich auf perverse Weise an ihrer Angst weidend, als sie mit vor Schreck geweiteten Augen vor ihm zurückwich, bis sie mit dem Rücken gegen einen Felsen stieß wie ein in die Enge getriebenes Tier, dem jeder Fluchtweg abgeschnitten war. Mit einem brutalen Griff packte er sie, zog sie an sich, so daß sie die harte Ausbuchtung in seiner Hose fühlen konnte; er griff ihr ins Haar und bog ihr den Kopf zurück, als wollte er ihr das Genick brechen. Er begehrte sie noch immer und haßte sie dafür, haßte sie, daß sie es gewagt hatte, zu überleben und einem anderen zu geben, was ihm, ihrem Mann, zustand und gehörte. Das würde er sie bitter büßen lassen, beschloß er; und Araminta sah dies in seinem Blick, als er auf sie herabstierte und sein fauliger Atem, der nach Whiskey stank, über ihr Gesicht strich. Dann preßte er plötzlich – zu ihrem schieren Entsetzen und ihrer tiefsten Abscheu – seine Hand auf ihren Bauch und fragte gehässig: »Hat es dir gefallen?«

Gefällt es dir?

Ja ...

Sie schloß fest die Augen bei der Einnerung an das, was sie mit Rigo geteilt hatte, und versuchte, jetzt nicht daran zu denken, damit es nicht von Judd beschmutzt werden konnte. Tränen traten ihr in die Augen, während sie versuchte, all ihren Mut zusammenzunehmen und die aufsteigenden Tränen zurückzuhalten. Als sie nicht antwortete, schüttelte Judd sie heftig.

»Antworte mir gefälligst, du verdammte Schlampe! Du Hure

eines Mexikaners! Oder ich schwöre dir, ich drehe dir deinen verfluchten stolzen Hals um! Hat es dir gefallen?«

Sie wußte, daß er von ihr erwartete, von ihr verlangte, daß sie sich vor ihm duckte, ihm vor die Füße fiel und ihn um Gnade anflehte, daß sie seine Frage verneinte, und daher richtete sie sich auf und tat ihm diesen Gefallen nicht.

»Ja«, antwortete sie ganz ruhig – und Rigos Rache schmeckte süß auf ihrer Zunge. »Ja, es hat mir gefallen. Er hat mich nicht mal dazu zwingen müssen.« Im selben Moment schlug Judd zu; seine fleischige Faust traf sie so hart im Gesicht, daß sie zurücktaumelte, den Halt verlor und der Länge nach zu Boden fiel. Sie schmeckte Blut auf ihrer Unterlippe, als sie mit einem derart wutentbrannten Blick durch ihr zerzaustes Haar zu ihm hochschaute, daß ihm für einen kurzen Moment mulmig wurde. »Dafür wird Rigo dich umbringen«, sagte sie leise, aber mit solcher Gewißheit, daß Judd – auch wenn ihm gar nicht danach zumute war – lachte. Mit der Dreistigkeit eines Feiglings, dachte Araminta verächtlich.

»Aber vielleicht lege ich ihn zuerst um. So wie ich auch deinen Großvater umgelegt habe, du Schlampe! Ja, das habe ich getan, ehe ich hierhergekommen bin«, prahlte er und schokkierte und entsetzte sie mit dem unmißverständlichen Klang der Wahrheit in seinen Worten. »Soll ich dir mal was sagen? Ich glaube, der alte Narr hatte tatsächlich vor, seine Drohung wahr zu machen, dafür zu sorgen, daß du dich von mir scheiden läßt; meinen Namen in den Schmutz zu ziehen und mich vor Gericht zu schleppen, mich zu enterben und um die High Sierra zu betrügen! Er hat genau gewußt, daß ich dich nicht wiederhaben will, zumindest nicht als meine Frau. Aber Noble konnte ja keine Ruhe geben. Er mußte unbedingt diese verdammten Plakate mit der Belohnung drucken lassen und diese gottverfluchten Kopfgeldjäger anheuern.

Eigentlich sollte sich Noble heute hier mit ihnen treffen,

nicht ich. Er hatte wohl Lunte gerochen und mir nicht mehr getraut, weil ihm klar war, was ich alles davon hätte, wenn ich ihn und dich los wäre. Also hat er mir nichts davon gesagt, daß du noch am Leben bist, daß seine Schergen dich gefunden haben und zurückbringen. Wenn ich nicht zufällig heute morgen auf der Ranch vorbeigeschaut hätte, hätte ich niemals von dem Telegramm erfahren, in dem ihm die Kopfgeldjäger mitgeteilt haben, wann und wo er sich mit ihnen treffen solle. Glück für mich, daß Teresa so aus dem Häuschen über die gute Nachricht war – und natürlich angenommen hat, ich sei es auch –, daß sie alles brühwarm ausgeplaudert und mir sogar das Telegramm gezeigt hat. Die blöde Kuh! Damit hat sie Nobles Todesurteil unterschrieben.

Ich bin ihm sofort nachgeritten. Er hatte einen beträchtlichen Vorsprung, aber so alt und krank, wie er war, hatte ich ihn schnell eingeholt. Und als er versucht hat, mich mit seinem Stock abzuschütteln, hab ich mir das Ding geschnappt und ihm damit eins über seinen verdammten Schädel gezogen. Zack! Hättest ihn mal sehen sollen, den alten Narren! Wie ein vom Blitz getroffener Ochse ist er aus dem Sattel gekippt. Wahrscheinlich hat er gar nicht gewußt, wie ihm geschah. Dann hab ich mir die Satteltaschen mit dem Geld für die Kopfgeldjäger geschnappt und bin hergeritten. Inzwischen fressen ihn bestimmt schon die Aasgeier. Und genauso wird auch dieser Hurensohn del Castillo enden, wenn er es wagen sollte, seine verdammte Visage blicken zu lassen!

Aber jetzt ist's genug der Worte … Weib.« Er grinste, und sein Blick strich so lüstern über ihren Körper, daß Araminta eine Gänsehaut der Abscheu über den Rücken lief und sie glaubte, sich übergeben zu müssen. Er war ein Wahnsinniger! »Schätze, es wird höchte Zeit, unsere Hochzeitsnacht nachzuholen, findest du nicht?« Bei diesen Worten packte er mit beiden Händen den Saum ihres Ponchos und riß ihn mit einem

Ruck entzwei, worauf Araminta nur noch in ihrem durchsichtigen Nachthemd vor ihm stand, seinem gierigen Blick, wie von Sinnen vor Wahnsinn und Lust, ausgesetzt. Da sie wußte, daß es aussichtslos war, sich gegen ihn zu wehren, konnte sie nur auf den Tod hoffen. Als hätte er ihre Gedanken gelesen, lachte Judd höhnisch auf. »Und während ich auf dir liege, denk immer an eines, du billige kleine *puta*: Wenn ich mit dir fertig bin, werde ich dich auch umbringen – zusammen mit deiner Mißgeburt, die du dir von diesem Bastard del Castillo hast andrehen lassen!«

»Irgendwie, *amigo*, habe ich da meine ernsthaften Zweifel.«

Aramintas Herz tat einen Sprung. Ungläubiges Staunen und überschwengliche Freude durchfluteten sie, als sie diese tiefe, spottende spanische Stimme vernahm, die sie überall und immer erkannt hätte. Sie riß sich von Judd los und rief: »Rigo!«, und im selben Moment gingen die beiden Männer aufeinander los, als sich mehr als ein Jahrzehnt aufgestauter Haß und eine mörderische Feindschaft entluden. Rigo riß Judd zu Boden; und sie wälzten sich wild umher, Staub wirbelte auf, Fäuste flogen und schlugen brutal zu.

Es war ein schrecklicher Anblick der Gewalt, aber Araminta verspürte ein morbides Hochgefühl dabei, unfähig, den Blick abzuwenden. Halb fürchtete sie noch immer, Rigo könne nur eine Halluzination sein. Doch in ihrem Herzen hatte sie gewußt, daß er ihr zu Hilfe kommen würde, daß er sie suchen und finden würde, und wenn er dabei bis ans Ende der Welt hätte gehen und Tod und Teufel trotzen müssen. Er schlug gnadenlos auf Judd ein, dessen Auge längst blau war und dessen Nase blutete, ehe er Rigo einen Kinnhaken verpaßte, der ihn zurückschleuderte.

Judds Hand fuhr blitzschnell zum Halfter und zog den Revolver. Aber Rigo bekam sein Handgelenk zu fassen und schlug Judds Hand so lange auf den harten Boden, bis ihm die Waffe entglitt und außer Reichweite landete. Im nächsten Moment hatten sie sich beide aus dem Griff des anderen gewunden und waren gleichzeitig aufgesprungen, die Gesichter geschwollen, zerschrammt und blutig. Nun standen sie sich schnaufend gegenüber, schlugen vor Schmerz knurrend weiter aufeinander ein. Ein lautes Knacken war zu hören, als Rigo Judd eine Rippe brach; Judd verzog das Gesicht und preßte schützend einen Arm auf die Stelle. Doch Rigo ließ nicht ab; mit einem diabolischen Grinsen hämmerte er Judd die Fäuste ins Gesicht und verpaßte ihm einen Kinnhaken, der Judd zu Boden warf. Als Rigo sich über ihn beugte, trat Judd ihn in den Unterleib, worauf Rigo zurücktaumelte, stolperte und der Länge nach hinschlug.

Nun lagen sie beide wieder am Boden, bekamen einander an der Gurgel zu fassen, würgten, husteten. Nach Luft japsend und röchelnd, drückte Judd Rigo mit aller Kraft die flache Hand auf die Nase, um ihn abzuwehren, während Rigo Judds Kopf wieder und wieder mit voller Wucht auf den harten Untergrund schlug, bis Judd eine Handvoll Erde zu fassen bekam und sie Rigo in die Augen schleuderte und ihn damit blendete. Sich blitzschnell zur Seite abrollend, bekam Judd seinen Revolver zu fassen, richtete sich auf, hob die Waffe und zielte damit direkt auf Rigos Herz.

»Nein! Das lasse ich nicht zu! Das lasse ich nicht zu!« schrie Araminta und warf sich schluchzend Judd entgegen und damit in die Schußbahn, die Finger zu Klauen gekrümmt, mit denen sie wie eine Wildkatze nach seinem Gesicht langte, bis er sie um die Hüfte packte, an sich zog und ihr dann die Mündung seines Revolvers an die Schläfe preßte.

»Sag ›*Vaya con Dios*‹, du verdammte Schlampe«, höhnte Judd und spannte den Hand. Aramintas Augen weiteten sich vor hilflosem Schrecken und trafen sich mit Rigos ebenso entsetztem, gepeinigtem Blick in einem verzweifelten stummen emotionalen Austausch all der Worte, die auszusprechen nun keine Zeit mehr blieb, als ein fürchterlicher, dröhnender Knall ihre Ohren betäubte und eine gnädige, wirbelnde Finsternis Araminta verschlang.

Epilog

Wenn Liebende vereint und Herzen sich umarmen

20. Kapitel

Chihuahua, Mexiko 1914

»Ich mußte schießen. Er hätte sie sonst umgebracht, wie er es auch bei mir versucht hat.« Langsam senkte Noble das Gewehr und starrte auf den Leichnam seines Patensohns Judd, der wie ein groteskes, lebloses Bündel vor ihm auf der Erde lag. Verwunderung klang in Nobles Stimme mit, so als könne er noch immer nicht fassen, daß Judd so hinterhältig und in mörderischer Absicht mit dem Gehstock auf ihn eingeschlagen hatte und dann, ihn dem Tod überlassend, auf und davon geritten war. »Du hättest es auch zu Ende bringen sollen, Junge!« sagte er plötzlich, und sein Ton klang für einen Moment derart barsch, daß Rigo schon glaubte, der alte Gringo meine ihn damit. Seine dunklen Augen blitzten auf wie die Klinge seines doppelschneidigen Messers, als sein Blick in die Höhe fuhr, während er weiterhin neben der bewußtlosen Araminta am Boden hockte und sie zärtlich an seine Brust drückte. »Hab ich dir nicht immer gesagt, Judd: Wenn du etwas tust, dann mach es auch richtig! Hab ich dir das nicht immer und immer wieder gesagt? Wenn du das getan hättest, dann wären wir jetzt beide nicht hier.«

In Nobles Augen war es einfach nicht gerecht, daß Judd nun tot war, Rigo, der Bandit, jedoch am Leben ... noch immer am Leben, verdammt sollte er sein, dieser abgefeimte Schurke! So mächtig war dieser Gedanke für einen Moment, daß Noble halb versucht war, auch ihn zu erschießen. Seine Hand schloß sich um das Gewehr, sein Finger am Abzug zuckte. Doch dann sah er etwas, was er schon seit einer Ewigkeit nicht mehr gesehen hatte, und dann – verdammt sollten sie sein, die Tränen eines albernen alten Mannes, die ihm plötzlich in die Augen traten – schob er langsam und ohne sich dessen bewußt zu sein das Gewehr zurück in sein Halfter.

Sein Sohn Preston und seine Schwiegertochter Katherine hatten einander genauso angesehen, wie es Rigo und Araminta in diesem Moment taten, als sie mit flatternden Lidern die Augen aufschlug. Alles um sie herum war vergessen, nur sie beide zählten füreinander; eine so reine Liebe stand auf ihren Gesichtern, so unendliche Sehnsucht und tiefe Emotionen, daß Worte überflüssig waren. Sie hatte ihm die Arme um den Nacken geschlungen, und nun umarmte er sie und küßte sie tief und leidenschaftlich – und sie klammerte sich an ihn und erwiderte schamlos seinen Kuß, während ihr die Tränen über das Gesicht rannen. Doch Rigo küßte ihr alle Tränen von den Wangen, ehe er ihr etwas in einer Sprache zuflüsterte, die Noble nicht verstand, die Araminta jedoch genau zu verstehen schien, so wie sie sich an jedes einzelne Wort klammerte, ihr Herz in den Augen, die Hand für einen Moment zärtlich auf seiner Wange, ehe sie seine Hand ergriff und an ihren Bauch preßte, wo sie ihr gemeinsames Kind unter dem Herzen trug.

Ein Kind. Noble schloß die Augen, als er begriff, und spürte einen plötzlichen Kloß im Hals, als er sich mit einem Mal schmerzlich und unerbeten bewußt wurde, welch leerer, verbitterter, einsamer alter Mann er war, der seinen eigenen Sohn vertrieben hatte, sein einziges Kind. Und von ganzem Herzen mißgönnte und neidete er Rigo dessen Hand auf Aramintas Bauch, das neue Leben, das mit Rigos Samen gezeugt dort in ihr heranwuchs.

Ach, junger Mann, junger Mann, so viel weiser als ich. Auch ich wußte einst, was es heißt, jung zu sein und zu lieben ... so lange ist das her, daß ich es schon seit vielen Jahren, bis zu diesem Augenblick, fast vergessen hatte...

Eine schreckliche und unerwartete Pein stieg in diesem Moment in Noble auf, als er erkannte, was er verloren hatte, was er so sorglos weggeworfen hatte; doch nun war dies alles für immer verloren, selbst Araminta und das Kind, das sie trug; ein Kind, das eigentlich von ihrem angetrauten Mann Judd Hobart gezeugt sein sollte, das jedoch das Kind von Rigo del Castillo war, gezeugt aus Liebe. Daß er, Noble, tatsächlich erleben mußte, wie sich das Blut seiner Feinde mit seinem vermischte... Denn floß in Aramintas Adern nicht sein Blut und somit auch in denen ihres Kindes, das sie diesem gutaussehenden, heißblütigen Hispano gebären würde, diesem stolzen, starken jungen Hengst von einem Mann, mit einer Welt des Wissens und der Weisheit in den Augen?

Oh, stolzer, starrköpfiger alter Narr! Was würdest du nicht alles darum geben, wenn du das Rad der Zeit zurückdrehen könntest! schoß es Noble durch den Kopf, und er verfluchte sich und seine Blindheit bis zu diesem Moment, nun, wo es zu spät war. Mit schwirrendem Kopf und schmerzendem Herzen sackte er langsam aus dem Sattel.

»Großvater! Großvater!« schrie Araminta, sprang auf und eilte zu ihm; tiefe Besorgnis auf dem Gesicht, als sie sich über ihn beugte, ihn ein wenig hochhob und ihm den Kragen löste. »Ist es wieder der Schmerz in deiner Brust?«

Nein, der Schmerz in meinem Herzen.

»Oh, Rigo«, Araminta schaute qualvoll zu ihm auf, während sie den Kopf ihres Großvaters an ihre Schulter schmiegte. »Hilf mir, wir müssen ihn zu einem Arzt bringen. Er stirbt sonst.«

Doch anstatt ihr zu helfen, ging Rigo neben ihnen in die Hocke und musterte ihren Großvater mit einem leidenschaftslosen Blick.

»Tja, wenn dem tatsächlich so sein sollte, alter Gringo, dann würde mich das wirklich überraschen«, knurrte er spöttisch, woraufhin Noble die Augen weit aufriß und ihn mit einem zornigen Blick bedachte.

Wie konnte dieser unverschämte junge Kerl es wagen, sich über ihn lustig zu machen? entrüstete sich Noble wutentbrannt.

»Ich meine«, fuhr Rigo fort, »was muß das für eine Enttäuschung für so einen großen, kräftigen Mann wie dich sein ... erst einen Schlag auf den Schädel einzustecken – der wohl ohne Zweifel selbst den größten Bullen niedergestreckt hätte –, dann – *caramba!* – es irgendwie zu schaffen, den ganzen langen Weg hierher zu reiten, um die Enkeltochter zu retten, nur um dann hier zu sterben, mitten in der Wüste, in Chihuahua, südlich der Grenze? Nun, ich bin baff, das ist alles. Wär ich an deiner Stelle, alter Gringo, dann würde ich lieber in meiner Heimat sterben, im eigenen Bett, und ich würde alles tun, um dem Tod von der Schippe zu springen, damit ich meinen Urenkel noch sehen kann.« Rigo zuckte gleichgültig mit den Achseln. »Aber was weiß ich schon? Ein armseliger mexikanischer Bastard, was? Trotzdem würde ich das tun, alter Gringo, wenn ich an deiner Stelle wäre.«

Eine kleine angespannte Pause entstand, was Rigo jedoch nicht wahrzunehmen schien.

»Weißt du, Araminta, *querida*«, fuhr er ganz beiläufig fort, so als wäre ihm die Idee gerade erst gekommen. »Ich denke, ich werde die Casa Blanca verkaufen. Jetzt, wo die Föderalisten aus Chihuahua abgezogen sind, kann ich mein Land hier wieder in Anspruch nehmen, und unsere Kinder können auf der Casa Grande zur Welt kommen.«

»Araminta, hilf mir hoch!« knurrte Noble plötzlich mit zusammengebissenen Zähnen, als er feststellte, daß bei dieser unverschämten Herausforderung seine Benommenheit und die Schmerzen in der Brust sonderbarerweise abzuklingen begannen. Er würde diesem arroganten Banditen, diesem dreisten Desperado, zeigen, aus welchem Holz er, Noble Winthrop, geschnitzt war! Aber er war ein großer, schwerer Mann, und Araminta war nicht stark genug, um ihn allein hochzuziehen.

Für einen langen Moment starrte Noble auf die ausgestreckte bronzene Hand, jene Hand, die im allerletzten Moment beherzt die Pistolenmündung an Aramintas Schläfe beiseite geschlagen hatte, selbst als Noble auf Judd geschossen hatte, so daß die Kugel aus Judds Waffe ins Leere ging und Aramintas Leben und das ihres ungeborenen Kindes verschonte.

»Nun, alter Gringo, hast du dich nun endlich entschieden, ob du heute sterben oder weiterleben wirst? Es ist deine Entscheidung. Es liegt an dir.«

Es liegt an dir. Diese Worte bargen eine zweite Chance, eine Chance, die Fehler der Vergangenheit nicht noch einmal zu wiederholen; die Chance, es diesmal richtig zu machen.

»Heute ... heute, junger Mann, werde ich leben«, sagte der alte Mann und ergriff die ausgestreckte Hand.

»Ein weiser Entschluß, alter Gringo«, entgegnete der junge Mann und half Noble beim Aufstehen.

Die junge Frau schaute ihnen stumm dabei zu; den Kopf ein klein wenig gesenkt, während sie innig der süßen Melodie des spanischen Liebesliedes lauschte, das in ihrem Herzen erklang.

ENDE

Anmerkungen der Autorin

Liebe Leserinnen,

ich wünschte, ich könnte sagen, daß »Desperado« allein das Ergebnis meiner Imagination ist, eine erfundene Geschichte, und daß ich mir all die Greueltaten sowohl der spanischen wie der amerikanischen *hacendados* gegenüber dem einfachen Volk von Mexiko nur für dieses Buch ausgedacht habe – doch dem ist leider nicht so.

Unglücklicherweise war solche Gewalt nur zu alltäglich und unmittelbare Auswirkung der Mexikanischen Revolution, die 1910 begann und bis etwa 1917 dauerte, als Venustiano Carranza Präsident wurde. Oder 1920, als Alvaro Obregón Präsident wurde; oder 1929, als Pascual Ortiz Rubio Präsident wurde; oder 1940, als Manuel Avila Camacho Präsident wurde; aber man könnte auch sagen, daß sie bis zum heutigen Tage andauert. All diese Jahre waren gekennzeichnet von Aufruhr und Gewalt; die letzte bedeutende Rebellion ereignete sich im Jahre 1938, als Saturnino Cedillo besiegt wurde.

Mexiko ist in vielerlei Hinsicht ein wildes, rauhes und wunderschönes Land. Ich habe es oft besucht; und es erstaunt mich immer wieder, wieviel die Menschen Mexikos über uns Amerikaner wissen, wir hingegen so wenig von ihnen – und das trotz der vielen Hispanos, die bei uns leben. An diesem mangelnden Wissen muß sich in der Tat schleunigst etwas ändern! Immerhin ist Mexiko, wie Kanada im Norden, unser südlicher Nachbar. In der Figur des Generals Rigo del Castillo habe ich versucht, nicht nur den Geist und das Wesen der unterschiedlichen Kulturen Mexikos zum Leben zu erwecken, sondern auch die zärtliche und romantische Seite, die viel zu oft übersehen oder vergessen wird bei all unserer Faszination für *»el hombre machísimo«*. Weder General Rigo del Castillo noch *»la gringa«* Araminta Winthrop haben je außerhalb meiner Phantasie existiert.

Was die Darstellung des berüchtigten Pancho Villa angeht, habe ich versucht, mich vornehmlich auf Berichte aus erster Hand zu stützen, aufgezeichnet von jenen, die ihn tatsächlich persönlich gekannt haben. Besonderen Dank schulde ich John Reed, einem bekannten Journalisten und dem Autor von »Zehn Tage, die die Welt erschütterten«, seiner klassischen Reportage über die Sozialistische Revolution, die ihn zum Begründer der modernen Schule kreativen Journalismus machte, vor allem aber seinem Buch »Aufstand in Mexiko«. John Reed berichtete während der Revolution aus Mexiko und begleitete die Armee der Revolutionäre, unter ihnen auch die Villistas. Er kannte Pancho Villa persönlich, und zahlreiche der Begebenheiten, auf die ich mich in diesem Buch beziehe, vor allem was Villa und die Villistas angeht, stammen aus Reeds Werk, auch wenn die wenigen Freiheiten, die ich mir entsprechend meiner Geschichte hin und wieder erlaubt habe, und jeder Fehler, den ich dabei vielleicht unbeabsichtigt gemacht haben mag, auf meine Kappe gehen. Die beiden in Kapitel 13 zitierten mexikanischen Lieder sind ebenfalls Reeds Buch »Aufstand in Mexiko« entnommen. Veränderungen im Spanischen und Englischen stammen von mir.

Auch wenn vieles, was über Mayor Fierro dokumentiert worden ist, mit einiger Sicherheit darauf schließen läßt, daß dieser Mann ein Wahnsinniger war, bin ich mir nicht sicher, ob gleiches auch für Pancho Villa gilt. Bei meinen Studien über ihn bin ich zu der Ansicht gelangt, daß er wohl ein großer

Revolutionsführer gewesen wäre, wenn er ein vielgereister und belesener Mann gewesen wäre. Aber nicht seine mangelnde Bildung war sein größtes Manko, sondern wohl eher die Tatsache, daß er nur ein einfacher Mann aus dem Volk war und kein Politiker, etwas, worüber er sich selber im klaren war (auch wenn ich zu bezweifeln wage, daß er sich sonderlich wohl gefühlt hätte inmitten der Polit-Profis, wie sie heutzutage unseren Congress bevölkern!). Ob Villa nun ein guter Mensch war oder nicht, vermag ich nicht zu beurteilen. Ich vermute, daß er tatsächlich skrupellos war, wenn es seinem Ziel diente; aber ich glaube auch, daß es bei ihm so war wie bei anderen legendären Figuren – wie etwa Billy the Kid, Jesse James und Butch Cassidy –, nämlich daß viel des wirklichen Menschen hinter der Legende verlorengegangen ist; daß sowohl Helden- wie Greueltaten übermäßig aufgeblasen wurden, ohne daß dabei bedacht wurde, daß Villa – wie so viele problembeladene und Probleme machende Jugendliche unserer Tage – ein Produkt seiner Zeit und der Gesellschaft war, gerade mal sechzehn Jahre, als er seinen ersten Mord beging – an einem Mann, der, wie er stets betonte, seine Schwester vergewaltigt hatte. Wären sich die Villistas und Zapatistas irgendwie einig geworden, hätte das diktatorische Regime Mexikos ganz sicher keine Chance gegen sie gehabt. Doch unglücklicherweise war es schon immer typisch für mexikanische Streitkräfte, sowohl für die Föderalisten wie auch für die Revolutionäre, zu viele Generäle und zu wenige Soldaten zu haben. Nach ihrem zweiten Sieg über Torreón im Jahre 1914 verzettelten sich die Villistas, wie so viele ihresgleichen, mehr und mehr in Chaos und Auflösung. Villa selbst starb im Jahre 1923 im Alter von 45 Jahren, als er – obwohl es zu diesem Zeitpunkt relativ ruhig um ihn geworden war – in Hidalgo de Parral, dreihundert Kilometer südlich von Chihuahua City, einem Attentat zum Opfer fiel. Sein von Kugeln durchsiebter 1919

Dodge kann noch heute in Quinta Luz besichtigt werden, seinem ehemaligen 30-Zimmer-Anwesen, das nun ein Museum in Chihuahua City ist. Im Jahre 1925 exhumierten Grabschänder seinen Leichnam und schnitten den Kopf ab, der bis heute nicht wieder aufgetaucht ist; die restlichen sterblichen Überreste liegen in Mexico City begraben. Der Schlachtruf *»Viva Villa!«* jedoch ist bis heute unvergessen. 1914 hob der US-Senat das Waffenembargo gegenüber den Revolutionären südlich der Grenze auf.

Ich möchte meiner Lektorin und Freundin Fredda Isaacson dafür danken, daß sie mit mir durch dick und dünn ging, während ich an diesem Buch schrieb, was sie etliche Überstunden und Scherereien gekostet hat, wie mir sehr wohl bewußt ist. Und trotzdem war sie mir stets eine geduldige Zuhörerin und Ratgeberin, die Worte des Trostes und der Aufmunterung spendete, was wir Autorinnen bei unserer monatelangen einsamen Arbeit so sehr brauchen, bei der wir so wenig Gelegenheit haben, Streß und Frustration abzulassen, und so wenig Echo und Lob für unsere Mühen erfahren. Ein einfaches Dankeschön reicht nicht aus, um meine tiefe Dankbarkeit gegenüber Fredda auszudrücken, weil Fredda irgendwie immer beides hinkriegt – Kritik in annehmbarem Maße und aufrichtige Komplimente. Ich wüßte nicht, was sich eine Autorin noch mehr von einer Lektorin wünschen könnte – und kann nur hoffen, daß gleiches auch umgekehrt gilt.

Doch vor allem möchte ich Euch, meinen lieben Leserinnen, danken, denn wenn Ihr meine Bücher nicht kaufen, lesen und mögen würdet, hätte es keinen Sinn, sie zu schreiben. Etwas mehr als ein Jahrzehnt bin ich nun im Geschäft, und weil ich es bislang noch nicht getan habe, möchte ich es an dieser Stelle tun: Ich bedanke mich bei Euch allen!

»Desperado« ist Euch gewidmet, und ich hoffe, daß Rigo und Araminta, die mir beim Schreiben wie Freunde ans Herz gewachsen sind, Euch ebenso gut unterhalten, wie sie mich unterhalten haben.

Bis zum nächstenmal alles Gute, viel Spaß beim Lesen, *mis amigos!*